无争

凡尘寂

逡罗 著

三辰影库音像出版社

责任编辑：朱 江

图书在版编目（CIP）数据

凡尘寂·无争 / 逡罗著. -- 北京：三辰影库电子音像出版社，2018.2
 ISBN 978-7-83000-289-3

Ⅰ. ①凡… Ⅱ. ①逡… Ⅲ. ①长篇小说－中国－当代 Ⅳ. ① I247.5

中国版本图书馆 CIP 数据核字（2017）第 196661 号

书　名	凡尘寂·无争
作　者	逡罗
策划编辑	琥珀
出版人	王六一
出版发行	三辰影库电子音像出版社
社　址	北京市朝阳区北苑路媒体村天畅园 4 号 1306 室
网　址	http://www.sunchime.cn
印　制	北京市玖仁伟业印刷有限公司
开　本	710 毫米 ×1000 毫米　1/16
印　张	18
字　数	240 千字
版　次	2018 年 2 月第 1 版
印　次	2018 年 2 月第 1 次印刷
书　号	ISBN 978-7-83000-289-3
定　价	39.80 元

版权所有　翻版必究
凡购本社图书，如有缺页、倒页、脱页，由发行公司负责退换。

【目录】

001　【楔子】

007　【卷一　饕餮】

043　【卷二　御鬼】

080　【卷三　银鱼】

127　【卷四　虫蛊】

179　【卷五　剑仙】

219　【卷六　并蒂】

【楔子】

东海之上,一座孤岛与流波山比邻,名曰"囚谷",是江湖上人人谈及变色的流放之地。

鼠三眯缝着眼睛愣愣地看了水天相接的地方半响,竟有片刻的迷醉。这是他被囚禁在囚谷的第七个月了,每一天他都感觉不甚真切。

七个月前,鼠三还有一个在江湖上响当当的名字——鬼盗。江湖上传闻鬼盗如风似幻,没有他偷不到的东西,也没人见过他偷东西的经过。有人说他轻功的造诣直逼翠渊阁的行水诀。只是突然之间就在江湖之上没了踪影,有传闻说他贼胆包天,偷到了钟虢夫人的头上,死在了钟虢夫人的八卦龙须帕之下。

傍晚,华灯初上。伍宛城中。

这一日是伍宛城城主夫人的寿辰,伍宛城在诸城之中威名远播。一些附属其羽翼之下的势单力孤的城邦,早已派使臣携重礼为城主夫人贺寿。

集市上张灯结彩,人群接踵而行。鼠三虽是盗中的翘楚,却也深奉贼不走空之道。在集市上穿梭片刻，怀中已然装满了五颜六色的钱袋。

一阵酒香扑鼻，鼠三动了动鼻子，顺着香气的方向张望过去。一个脑满肠肥的和尚正朝他踉踉跄跄地走来，嘴里还打着酒嗝。鼠三眼前一亮，那和尚的手中除了一个脏兮兮的酒坛之外，还有一串晶莹剔透的玛瑙念珠。

鼠三和那个胖和尚擦肩而过的一瞬，那串本来在和尚手里的念珠已经被鼠三塞进了怀里。鼠三正要离开，突然眼前人影一闪，那和尚挡住了鼠三的去路，鼠三眨了眨眼睛，竟然没察觉出和尚是用了什么身法挡在了自己的身前，只是那和尚的脚步凌乱，显然是醉了。

鼠三笑了笑，正要避开和尚。那和尚却先开口："怪……怪事，佛爷我的念珠在手里拿得好好的，怎么突然就往你怀里钻呢？"

鼠三心中一沉，那和尚的手里拿着的不就是刚才自己从他手中偷走的念珠吗？这和尚是何时从自己的怀中取回了念珠？自己却未察觉半分。鼠三堆笑道："大师您醉了，这珠子不一直在您手中吗？"

那和尚也不搭茬儿，又打了一个酒嗝，自顾自地说："莫非你会变戏法？要不你就是个贼偷！"

鼠三慌了："大师，您可不能冤枉好人啊。"说着便仗着脚下的功夫溜了。

一连跑了几条街才回头张望，再回过头时，脑袋撞在了一个圆滚滚的大肚子上。

那和尚摇摇晃晃地站在鼠三的面前，手里还拿着那个脏兮兮的酒坛，道："果然是个贼偷，这轻身的功夫真不赖，佛爷险些就追你不上了。"

鼠三这下知道遇到高手了，也不遮掩，拱了拱手道："在下鼠三，江湖上略有薄名。今日大师若肯放我一马，日后定当厚报。"

那和尚举起酒坛，豪饮了一大口，却是掰着手指将鼠三所犯过的罪行一一道出。鼠三听得心惊，本以为自己偷盗的时候无人看见，这疯疯癫癫的和尚是从哪里知晓的？

鼠三道："在下所偷的大多是为富不仁的商贾，于天理无害。"

和尚口舌不清地说："上月初九，你偷了百生大帝的一棵升阳草。你可知这一棵小草能救活多少人的性命？江南一带的瘟疫全仗着这棵小草了。没有了它，百生大帝足足多费了三日的时间才调配出治疗瘟疫的药方。这三日之中你可知死了多少人吗？阿弥陀佛！"

听得和尚此言，鼠三知道和尚绝不会善罢甘休了，也做好了拼死一搏的准备。面色一沉道："大师言下之意是不肯放过我了，敢问大师法号如何称呼，若是今日我侥幸逃脱，日后必有重逢之日。"

那和尚哈哈大笑："佛爷法号笑弥勒。"

不怒金刚——笑弥勒！

风吹过，吹乱了鼠三的思绪。任何人只要听到"不怒金刚"四个字就知道唯一能做的就是束手就擒。

栽在他的手里不丢人，况且他说只是把自己囚禁在囚谷二十年。

二十年而已。

突然，天边的一点光亮吸引了他的视线。鼠三纵身一跃，跳到了足有五丈高的树枝上，树枝只是微微颤动了一下，几片树叶随即飘落。落在了在树下睡觉的人身上。那人坐起身来，露出虬结的肌肉，不耐烦地对树上的鼠三道："娘的，你这耗子是不是又皮痒了？老子在梦里差一点就杀了那个疯和尚了。"

囚谷上的人都是被笑弥勒抓来的，他们有的罪大恶极，有的十恶不赦。但是笑弥勒从不杀人，就算是那个江湖上人人得而诛之的淫贼也不过是被笑弥勒囚禁三百一十一年，当然，他还能活到那个时候的话。

鼠三听了树下大汉的话，轻蔑道："你的双手都被笑弥勒废掉了，怎么杀他？就算你的手完好无损，再给你十双手你有把握接得住他一掌吗？"

那汉子正要反驳，却听鼠三皱眉指着一个方向说道："你看，那是什么？"

汉子不满地顺着鼠三的手指的方向望去，道："好像是……星星？"

楔　子

一旁的人笑道:"光天化日下,你能看到星星?"

不知何时,四周的人越聚越多,大家都发现了天空上那一点奇怪的光亮。

鼠三敏锐地感觉到了那一点光亮正在慢慢变大,隐约地还夹杂着些许灼烧的感觉。

鼠三大惊失色,对下面的人喊道:"快跑,是火!是个火球!"

与囚谷相隔数十里的海面上,水和天似乎是连在了一起。仇斯如闲庭信步一般,在海面上飞驰。

这行水诀本是陷空山翠渊阁的不传秘术。只是自翠渊阁祖师孙明水羽化之后,这一秘术逐渐衰落,早于百年之前便已失传,不知仇斯从何处习得。

这行水诀虽名为"行水",实为御气的法门。只是若想做到仇斯这般举重若轻,非得登峰造极不可。

之于江湖,仇斯初来乍到。

当年,仇斯的师父将《普若明心咒》传给他的时候曾对他说过,这个世界上能杀死他的无非两人一剑而已。

仇斯不想知道那两个人是谁,却想知道那把剑。

而那把剑便是昙花仙子的"未几",乃是昙花仙子心中的恨意所化,是岁月无法荡涤的执念,是天地也不可转的决绝。

后来仇斯问他师父该如何破这把剑,师父大笑着告诉他,那就要找到比未几更凶的剑喽!

东海之上,一只虎背鲨从海水中一跃而出迎面扑向仇斯,钢锉一般锋利的牙齿夹杂着血腥与死亡的气息,把仇斯从思绪中唤回现实。

仇斯微微皱眉,来此地之前,他在流波山上发现了一处极为罕见的水火双灵晕,也因此耽搁了些许时间。而现在离他师父算出的时间还有两个时辰,仇斯不想因为这个畜生而耽搁了时辰,于是便不再理会它,凌空踏在水面上,顷刻间将那只虎背鲨远远地甩在了身后。却不想那畜生一副不擒杀猎物誓不罢休的性子，反而拼命地朝仇斯相反的方向游去。

一丝不安蒙在了仇斯的心头，前边一定出事了。念头方起，海面仿佛颤抖了起来，隆隆巨响未落，一道数十丈的海浪便向仇斯拍来。

接着青光一闪，仇斯如离弦的箭穿过如雷霆万钧一般的水墙。衣衫却未曾染湿半分。足下运劲，御行水诀至豪巅。

离囚谷还有数里之遥，放眼望去却已如炼狱一般。寻常的高手在这样灼热的环境之下已然是吃不消的，仇斯却视这满岛的熊熊烈火如无物。

仇斯方踏上囚谷便已察觉出蹊跷。这火绝非凡间应有之火，况且这"天罚"降临的时辰比师父推算的足足早了一个时辰。仇斯知道师父是不会错的，除非师父有意将错误的时辰告诉他，但仇斯不在乎这其中的深意。

大火足足烧了三天三夜，仇斯第一次感觉到什么是无助。

仇斯想起那日师父的话："不日将有天罚降临囚谷，就算是恶贯满盈之辈若有悔改之心也理当容他回头。囚谷三千人的性命就由你来拯救吧。"

他用尽了师父传授的所有阴寒至极的功夫，却依旧杯水车薪。三日后，囚谷之上已无可烧之物了，裹着焦臭的浓烟直升天际。三千条罪大恶极的性命连同这岛上的一切皆化为灰烬。

而之前在东海之滨的小渔村，仇斯遇到了正在放火屠村的"疾火仙"祝金乌。仇斯一气之下以"玄天阴风指"将祝金乌冰封在东海之眼，那也不过才费了仇斯三招。

最后，仇斯在一个巨大的深坑中寻得一物，那物如磨盘大小。仇斯皱眉，难道竟是这么个东西夺走了岛上囚犯三千条性命？

他越想越怒，一掌拍在了那异物之上。

并没有像仇斯想象中的那样迸飞四散，甚至并未留下半点凹痕，只是晃了晃。仇斯微露讶意，他知道自己的这一掌之下放眼整个江湖，能全身而退者已寥寥无几。这东西是何材质，如此坚硬？

没由来的他想到了在流波山见过的水火双灵晕。他想,自己该有一件趁手的兵器才对。

这一年的年号无关紧要,不过从这一天开始,天地换了颜色,多年以后,人们似乎心照不宣地以这一天为界限。这天之后,江湖人称之为"天罚元年"。

卷一 饕餮

盛夏时节的江南小镇。空气中弥漫着灼烧的味道。只有知了永远不知道疲倦。

"你是谁?"一个看不清楚脸的人问。

"杀你的人。"柳醇清漫不经心地回答。

"为什么要杀我?"那个人继续问。

"不为什么,我要杀的人,他就绝对没有活着的理由。"柳醇清恨恨地说。

"哦。"那人似乎并不意外。

"不过你是个例外。"生与死之间的问答柳醇清就像是在说着与自己无关的话,淡漠又随意。

"你叫什么名字?"那人问。

"我叫……我叫……"柳醇清想了许久,也想不起来自己叫什么名字了,反而越想,头越疼。

梦,每次到这里都会戛然而止。

柳醇清已经记不起来这是第几次做着同样的梦了。

"啪"的一声，先生将戒尺重重地打在面前的案几上。柳醇清一个激灵坐了起来。

"清儿，把刚才先生讲的内容重复一遍。"教书先生微怒着说道。

柳醇清在心里暗暗咋舌，怎么好好的就在学堂上打起盹了呢？无奈只好将右手伸出，道："刚才与孔圣人在梦中下棋，赌注为打手心。他老人家的一条大龙眼看着就被我斩了。唉，先生的一尺将孔圣人救了。愿赌服输，请先生代孔圣人打我的手心吧。"柳醇清胡说八道，引得私塾里的其他学生哄堂大笑。

那先生气得面红耳赤，一边用戒尺重重地打柳醇清的手心，一边不住地道："简直是有辱斯文。"

柳醇清轻轻地摸了摸红肿的掌心，毫不在意。让他担心的是身后空空荡荡的座位，那是小武的位置。

这已经是镇子上失踪的第九个孩子了，听刚从外面做生意回来的陈大叔说，隔壁镇子上出现了一个妖怪，闹得可凶了。官府也派人捉了很多次，可每次不是寻不到踪影就是一去不返。

现在大家都说镇子上失踪的孩子怕是被妖怪吞了去了。

傍晚下了学堂，柳醇清路过市集旁的那棵大柳树时，遇见了正在喝茶纳凉的李跛子。

李跛子是个闲人，整日无所事事，偏爱与这帮孩童厮混，他口才极佳，成群的孩子总要缠着他讲上三五个故事才痛快。故事的内容无非是神、怪、妖、魔，总之不着边际得很。不过孩子们倒也听得认真，每每讲到惊险处，或是惊呼，或是皱眉，犹如身在其中。李跛子见他们爱听，倒也乐得讲下去。

看到站在远处望着他们的柳醇清，李跛子招手唤他过去。摸摸他的脑袋，笑道："清儿，几日不见又长高了些。"

柳醇清挠挠头："李伯，这几日可见过小武？"

李跛子叹了口气:"前些日子听人说镇上有妖怪作祟,专吃活人。那娃此刻怕是已成了那妖怪腹中之物了。"

柳醇清的心一紧,忙问:"李伯,真有妖怪吗?"

李跛子悠悠道:"镇子上的人都说我李跛子爱胡诌,可这要紧的当儿,我怎么敢乱说。"李跛子的神情难得地变得凝重起来。

柳醇清想了想,恍然大悟道:"不如去请升阳观的道长们开坛作法,管它是什么妖魔鬼怪,一股脑儿地都收了去!"

李跛子撇了撇嘴,道:"升阳观的牛鼻子只懂骗那些善男信女的香火钱,那点微末的道行未必能降得住妖物!要说降妖,还需得是若忘山里的那位神仙!不是我夸口,整个镇子里也就只有我与那神仙有过一面之缘。"说罢,李跛子得意地笑了笑。

柳醇清来了兴致,央求着李跛子讲一讲关于那神仙的事。

李跛子喝了口茶才幽幽地讲道:"那一年我在若忘山上砍柴,天色已经不早了,我怕你婶子担心,就想打完这一担柴就回去,一不留神把砍柴刀掉到了一处陡崖下,我费了好大番周折才爬到那陡崖下面。可就在这时,那地面突然抖个不停,就像有什么东西要从地里面拱出来一样,可把我吓坏了。我也顾不得那刀了,小命要紧,转身就往山下跑去。"

说到此处,李跛子拍了拍胸口,似乎仍是心有余悸。过了一会儿才接着道:"可是这时地下突然传来一声怪吼,那声音震得我耳朵生疼,腿一软就坐在了地上。我一回头,好家伙!一只浑身火红的妖怪就在我身后瞪着两只铜铃似的大眼睛直直地盯着我。那妖怪看起来像头牛,但是比十只牛加起来还要大。"

听到这里,柳醇清的手心已满是汗水,似乎也为李跛子捏了一把汗。

李跛子晃了晃脑袋,继续道:"事已至此,我索性闭着眼睛等死。可是等了好久也不见那妖怪来吃我,我悄悄地睁开眼睛,仔细一看,原来那妖怪被一条粗大的铁链锁在了地下,我这颗悬着的心总算是落了下来。正准备逃命的时候，那妖怪竟然转过身去，和树干差不多粗细的尾巴就冲我甩了过来。"李跛子拍了拍右腿说："多亏了离得远，只把我这条腿打断了，否则我这条小命就没了。当时疼得我满地打滚，那妖怪不住地低吼，就像在笑我一样，真它奶奶的。就在这时候，有人突然说道：'你这畜生，把你锁在地下还敢害人？要是让那人知道你的所为，必会剥了你的皮，抽了你的筋！'那妖怪好像听懂了似的，趴在地上哆嗦起来，就像小狗一样温顺。我这才看清，说话的人竟是一个女子，就像画里的仙女一样貌美……"说罢，李跛子似是陷入了回忆当中。

柳醇清见李跛子神色痴迷便提醒道："李伯，你倒是接着说呀！"

李跛子咳嗽了一下，接着道："那女子走到我身边，随手在我腿上摸了一下，一股暖洋洋的感觉就顺着我的腿涌进了心里，接着一股困意涌上来，不知怎么就睡着了。等我醒来，那女子和妖怪都不见了，要不是腿上的伤疤还在，我还真以为这是场梦呢！"说着，李跛子挽起了裤管，露出一条丑陋的疤痕，道："我虽然成了瘸子，但这条腿总算是保住了。那女子定是神仙下凡，要不怎么一句话就制伏了那妖怪，还医好了我的断腿。"

柳醇清不知道他是在胡说还是确有其事，抬头远远望了一眼镇子的东面，高耸入云的若忘山正静默地矗立在那里，葳葳郁郁，木影森森，幽静中透着谜一样的深邃。柳醇清想：那山上如果真有神仙一样的人物，只希望她可以还小镇一个太平的日子。

天突然没有预兆地阴了下来，还没有落下的日头也被浓密的阴云挡了个严严实实。

"清儿，吃饭了。"姨娘见柳醇清还在院子里发愣，便轻声唤道。

柳醇清应了一声。

姨娘也抬头看了看头顶阴沉沉的天，喃喃道："这场雨看来小不了。"看见柳醇清又在发愣，叹了口气转身进屋。

一个月前，柳醇清的爹娘死于瘟疫，一对自称是柳醇清的姨娘与姨夫的夫妇突然来访,帮着他料理了爹娘的后事,孤苦伶仃的他被姨娘带回了家里。姨娘家虽非大富之家,可家境也算殷实,而且姨娘与姨夫膝下并无子嗣,对柳醇清像亲生骨肉一般疼爱,虽说是寄人篱下,可也并未委屈了他。

这时,雨似瓢泼一般骤然坠下,柳醇清急忙跑进屋子里。

饭菜已然摆在桌上,香气四溢。姨夫夹了一块红烧蹄髈,放在柳醇清的碗里。柳醇清心里顿时涌出阵阵暖意,心想:虽然与父母已是阴阳相隔,幸好有姨娘收留,可见老天对自己还是有所眷顾的。

雨势渐急,丝毫没有停歇的迹象。

姨娘突然看了一眼姨夫,姨夫犹豫地看着姨娘,欲言又止。

而柳醇清只顾低头吃饭,并未留意他们古怪的眼神。

终于,姨夫咳嗽一声道:"清儿,这几日不太平,私塾不去也罢。明日我去和先生说说,放你几天假,也好在家陪你姨娘好好说说话。"

柳醇清高兴地应了一声。一想到不用再去学堂,柳醇清的心里一阵欢喜,连这闷热的天儿也变得凉快了许多。

姨娘道:"清儿,明日我去升阳观给你和你姨夫求一道平安符,你陪走一趟吧。"

柳醇清道:"好。"

如今小镇上人心惶惶,家家都将自己的子女关在家中,害怕被那吃人的妖怪捉了去。一想到与自己交好的玩伴现在都生死未卜,柳醇清的心里又是莫名地烦闷起来。

外面雨势渐涨,夹杂着隆隆雷声。柳醇清心不在焉地低着头往嘴里扒着饭,听着外面急促的雨声,心里没由来地掠过一丝惶恐。

这时,门突然被人从外面狠狠地踢开,只见一个圆滚滚的东西被门槛挡在了门外。

柳醇清吓了一跳。定睛望去,才看清那肉球似的东西竟是个人。

那怪人鼻翼微微颤动,嘿嘿笑道:"好香,好香!"

柳醇清的姨夫与姨娘对望了一眼，二人均是见过世面之人，知道来者不善。

柳醇清见这人好生无理，便要张口训斥，却被姨娘轻轻按住了手，示意不可轻举妄动。

姨夫却不动声色地朗声道："贵客若不嫌弃寒舍简陋，饭菜粗淡，不如一起吃些酒食如何？"

那肉球一般的怪人笑道："如此甚好！"说着便坐到了桌前。圆滚滚的体态虽然惹人发笑，但从此人的步法却透着一股极为轻巧灵动的内力。

柳醇清从未见过像他那般肥胖的人，觉得好生滑稽。当下强忍笑意。

姨夫面色不改，将酒杯递到那人面前，道："贵客骨骼惊奇，绝非寻常之人。今日得见实乃在下之幸，以此水酒，聊表敬意。"

那人依旧笑道："好说，好说。"突然双眼精光一闪，死死抓住姨夫的手腕，口中竟流出涎水，眯着眼笑道："好香，好香！"一用力，竟将姨夫的手臂生生扯了下来。

柳醇清与姨娘对眼前的突变惊愕不已，呆呆地愣在了那里。

姨夫的脸色惨白，因疼痛而扭曲的面容更显狰狞。撕心裂肺的喊叫似乎惊醒了呆立的姨娘，姨娘惊呼着向门外逃去。那怪人闪电一般挡在了姨娘面前，一边啃食着手里那条血淋淋的残臂，一边对姨娘道："莫急，莫急！等我吃完了那贼公，再吃你这贼婆也不迟。"姨娘似软泥一般坐在地上，早已面无血色。

柳醇清又惊又怒，见姨夫与姨娘受制于人，也不知道哪里来的勇气，竟冲上前去与那怪人厮打。

那怪人"咦"了一声道："你这娃倒也有几分血性，虽说你细皮嫩肉，可味道却远不如这贼公、贼婆来得鲜美可口，当真是可惜得紧。"

那怪人稍一用力，便将柳醇清甩了出去。柳醇清登时眼前一黑，昏死了过去。

也不知过了多久，柳醇清闻到一股浓重的血腥味。他缓缓地睁开双眼，顿时感觉头痛如裂，身子像是卧在棉花上一般。只听见耳边有人叫道："李头儿，这小子醒了！"

柳醇清这才看见一群官差模样的人围着自己，脑中猛地浮起那恐怖的一幕。又看见满地血污，不远处黑糊糊的一团血肉模糊的东西散发着阵阵的腥臭，柳醇清"啊"了一声，转过身呕吐不止，想来那一定是被那妖人所害的姨夫、姨娘。

见一个官差朝自己走来，柳醇清猛地跪在官差面前，哭道："官爷要为我姨夫、姨娘做主呀！"

那官差冷冷喝道："住口！你这狼子野心的贼人！定是你看中了你姨娘的家财，才做出这般有逆人伦的血案！你姨夫与姨娘好心收留你，你怎么敢做出如此禽兽之举！来呀，给我绑了！"

众捕快七手八脚地将柳醇清绑了个结结实实。

柳醇清惊愕道："官爷，冤枉啊！我姨夫与姨娘都是被妖怪所害，请官爷明察！"

那官差道："事到如今你还敢狡辩，若真如你所说系妖人所为，那为何单单你毫发无伤？"

柳醇清一时语塞，竟无言以对。半晌才哭喊道："官爷，小人真的冤枉！"

那官差冷笑道："你以为不认罪本捕头就奈你不何吗？县衙大牢里的刑具可不是摆设，到时候就算你是石头变的也得给我开口说话！"

众官差七嘴八舌道："李头儿真神人！若是我们怎么也不会想到凶手竟是个娃娃，料想这黄口小儿怎么能逃得过李头儿的法眼！"

那捕头听着众官差的恭维，心里说不出的得意。冷冷地看了一眼柳醇清，道："快将他押进大牢，待明日与知县老爷细说此子的恶行。"

官差押着柳醇清向大牢走去。柳醇清无力地低着头任由他们推搡。一想到姨夫、姨娘身遭横祸，自己却被当成了凶手，欲申冤，却百口莫辩，一时间竟心灰意冷。他在心里暗想，早知如此倒不如被那妖人吃了来得干净利落。想到这儿，他又大惑不解，那妖人想来便是近日里人人谈之色变的"妖怪"，看此人杀人如同儿戏一般，定不是一个心怀慈念之徒，为何残杀了姨夫姨娘之后，却单单没有将他吃掉？

正思索间，并没有注意一名官差悄悄地走到李捕头身旁，细声道："多亏了李头儿机警，认定了那小童是凶手，这等血案想必定是近日来传得沸沸扬扬的妖怪所为！这让我等何处去寻那妖怪？况且以今日情形来看，那妖怪绝非善类，万一我等遇上了决计讨不得好处。要怪就怪这孩子大难不死，如此一来竟便宜了我等，既破了这血案，在县太爷那儿也有个交代，又免去了与妖怪正面交手的危险！"

李捕头道："此事不足为外人道也，只有我等兄弟知晓便可，莫要走漏了风声，否则你我这身官衣难保！"

夜晚微风和煦，和这旖旎的光景相对比，柳醇清仿佛置身于数九寒冬之中，几近痛不欲生。斑驳的月影透过大牢的窗子散落在地上，照出柳醇清的身影，此时柳醇清正抱着膝盖缩在大牢的角落里，强忍着泪水。

大牢里关押着形形色色的犯人，哭喊、叫骂之声不绝于耳，也有人病怏怏地卧在潮湿的稻草上，许是刚刚受过大刑，已经气若游丝。整个大牢里散发着浓重的腐臭，污秽不堪。

"小子，瞧你年纪轻轻竟也是我辈中人，犯了什么案？"对面大牢里一个人问道。

柳醇清见他满脸的横肉，一副猥琐之相，想来也绝非善类，当下闭目不语。

"他奶奶的，你是聋子吗？老子问你话你竟敢不答？"那人骂道，满眼嘲讽的神色。这大牢里枯燥无味，出狱又遥遥无期。一干犯人见那人嘲讽、奚落柳醇清，竟无人劝解，反而起哄叫嚷。牢头也睁一只眼闭一只眼，显然也是想要寻柳醇清的开心。

柳醇清少不更事，此刻已是惊怒交加。虽然闭目假寐，却掩饰不住恐惧的神情。众犯人见他欲盖弥彰，哄闹之声反而更甚。

柳醇清紧捂双耳，一时间恐惧与屈辱之意袭上心头，竟涕泪横流。

不知不觉，柳醇清又想起了自己苦命的身世，悲愤之下他甚至想就这样草草结束自己的性命。也不知过了多久，四周竟归于沉寂。刚才那阵奚落自己的吵闹之声几乎在一瞬间安静了下来，只有如雷鸣般的鼾声此起彼伏，就连狱卒竟也伏在案上酣睡。

只听一个懒洋洋的声音悠悠道："尔等如此聒噪，让贫道如何安睡？"

柳醇清惊愕地转过头去，那声音竟是从自己身后传出的。只见身后的稻草里钻出一个邋里邋遢的道士，满脸尘土，杏黄道袍也已然破败不堪。那道士对目瞪口呆的柳醇清嘿嘿一笑，道："小施主，贫道可曾吓到你了？"

柳醇清呆呆地点了点头，又摇了摇头。突然想到了什么，便问道："这些坏人怎么都昏睡了？"

那道士颔首笑道："雕虫小技耳，不足挂齿。贫道不忍见小施主受这等腌臜无赖的戏弄，故略施小术，无非是让他们安静片刻罢了。"

柳醇清感激道："多谢道长！"

那邋遢道人道："贫道观小施主面似温玉，目若朗星。一丝浩然正气游走于眉宇之间，绝非奸恶之人，怎么会受这牢狱之灾？"

柳醇清见这道士话语和蔼，又仗义相助，顿生好感。当下将自己如何眼见妖人害死姨夫、姨娘，又如何含冤入狱，统统讲与那道人。

那邋里邋遢的道士听完后也是唏嘘不已，愤愤道："欲加之罪，何患无辞？依贫道看，他们定是知道此案绝非你一介孩童能做得出来的，那官差怕是捉你做了替罪的羔羊，只为草草了案而已。"

柳醇清听罢也是怒不可遏，转而又黯然道："姨夫、姨娘待我如亲生骨肉，未及报答便身遭横祸。只可惜我身在牢狱，活不活得过明日尚且还是未知之数，又如何去寻那妖人报仇？即便寻到了妖人又能怎样，不过是再添一道冤魂罢了。姨夫与姨娘的恩情也只有来世再报了！"

说罢，柳醇清涕泪横流，想到伤心处更是放声大哭。

那邋遢道士听罢，嘿嘿笑道："未必！"

是夜，残月如钩。

柳醇清站在大牢的墙外，抬头愣愣地看着漫天的星斗。此刻，他的心却比这璀璨的星光更加深邃。半个时辰前他还是身受牢狱之灾的阶下囚，转眼间便摆脱了这牢笼的束缚，短短的一瞬竟让他那颗稚嫩的心觉得恍如隔世。

不大一会儿，那邋里邋遢的道士从衙门的墙上翩然落下。柳醇清看得目瞪口呆，好一会儿才道："道长真神人也！"

那道士摆了摆手道："小施主，莫要取笑贫道了，贫道苦学茅山之术，如今却要做上一回'梁上君子'，实在是愧对祖师！"

柳醇清又问："道长可曾寻回要寻之物？"

那道士拍了拍手中的包袱，道："竟是在柴房中寻得，想来也是，那昏官如何晓得我这宝物的精妙？"

柳醇清似懂非懂地点了点头，问道："道长一身本事简直令人匪夷所思，只是不知所为何事竟也身陷牢狱？"

那道士笑道："贫道云游四海，数日前听说这里有妖怪作祟，出家之人便要以天下苍生为先，若能寻得那吃人的妖怪，即便是拼得这身皮囊也要将之铲除，所以便来此处想一探究竟。只可惜那妖怪神出鬼没，一连几天贫道也没有找到它的藏身之所。那一日，贫道走得有些疲累，便在衙门口的石阶上纳凉。想是那衙役见贫道衣衫褴褛，便对贫道大声呵斥驱赶，贫道见那衙役狗眼看人低，便接连说中了他几件不为人知之事。那衙役见贫道卜算如神，便将贫道引荐给了知县大人。贫道推脱不过只好相见，那知县所问之事一一被贫道言中，于是那知县便求贫道为其卜问官运。贫道便卜了一卦，告知从卦象上看，那知县福泽浅薄，做到知县已然是上天的眷顾。安于现状即可，若一味寻求升官之道不仅官职难保，恐有性命之虞！岂料那昏官听罢竟怒斥贫道妖言惑众，遂搜走了贫道的符箓与木剑，将贫道关进大牢。世人都喜闻良言，岂知命由天定，凡夫俗子哪能窥得天机？贫道早就为自己卜了一挂，已然料到有此劫数，只可惜符箓不在，否则这方寸之间哪能困得住贫道？无奈之下贫道每夜略施小术，令牢狱之中一干人等昏睡片刻，贫道借着这个机会挖了一条直通牢狱之外的地道，今日幸得小施主相助，才大功告成。"

柳醇清躬身道："原来是这样，这昏官不明察秋毫为百姓做主也就罢了，怎的还将这无妄之罪强加于道长的身上，真是岂有此理。不过小子还要多谢道长救命之恩！"

那邋遢道士哈哈笑道："也是上天不忍小施主的性命毁于那黑心官差之手，天意如此，贫道不过是顺天而行罢了。不知小施主今后如何打算？"

柳醇清神色黯然道："我姨夫、姨娘死于那妖怪之手，如今只有去若忘山上请升阳观的道长们捉妖降怪，一来为姨夫、姨娘报仇，二来又洗清我的冤屈，以免终日背着一个逃犯的恶名！"

那道士摇头道："小施主所说的升阳观贫道也略有耳闻，依贫道浅见，那观中的道士虽多，真正有道行德行的道长却不多，即便所有道士一齐出手，也未必是那妖怪的对手。"

柳醇清听罢，心里顿时凉了半截。当初李跛子说升阳观里的道士都是些不学无术之人，当时他还将信将疑，现在听这道士也这般说，必是实情。一想到自己只能隐姓埋名苟且偷生，更别提为姨娘一家报仇了，泪水竟似断了线的珠子滑落脸颊。

那道士沉默片刻，道："降妖除魔乃是我道门中人的本分，贫道虽道术拙劣，本也义不容辞，只可惜如今已沦为逃犯，自身尚且不保，又何谈降妖除魔？真是惭愧。"

柳醇清正色道："道长恩情我已然难报万一，又怎敢再劳烦道长。更何况那妖怪穷凶极恶，远非一人之力可以降服的。"

那道士微微一笑，不置可否道："据贫道所知，若忘山的落乌峰上住着一位法术通天的隐士，若能请得他出山相助，降服区区一只妖怪不过是举手之劳罢了。"

柳醇清暗想：难不成是李跛子所说的那位神仙？问道："那位隐士，道术可及道长？"

那道士听罢哈哈大笑："我不过是萤火之光，岂敢与皓月争辉？"

柳醇清惊诧不已，以这位道长的能力，已经让他钦佩不已，究竟是何人有如此能耐，能让道长这般自谦。若是能得到那人相助，自己的深仇必定可以得报。柳醇清当即拜倒在地道："道长大恩大德，柳醇清永世不忘。"

那道士忙扶起柳醇清道："小施主言重了，你我之缘未尽，他日必会重见。临别之际贫道愿赠小施主一卦，以卜此去吉凶。"

柳醇清不好拒绝，只得道："如此就有劳道长了。"

那道士道："此时此地甚为仓促，不如测个字如何？"

柳醇清道："也好！"说罢蹲在地上以树枝写下一个"一"字。

那道士凝视良久，沉默不语。柳醇清见他神情凝重，心下也顿感不妙，问道："敢问道长有何不妥？"

那道士沉声道："这'一'字，乃是生之终笔，死之始笔。依贫道看，此去路途凶险，恐九死一生！"

柳醇清粲然一笑，道："实不相瞒，今夜若不是道长出手相救，醇清也断难苟活。与其让那些恶人羞辱我，还不如自行了断来得干净利落。事到如今，醇清还会再怕这凶险吗？有一线生机足矣。"

柳醇清当夜便与那邋里邋遢的道士作别，直奔若忘山的落乌峰。

若忘山共七险十二峰，主峰之上有一处道观名曰"升阳观"，道观依山而建，青砖碧瓦，庄严肃穆。山上终年云雾缭绕，远远望去俨然一派仙阁玉宇的景象，令人仿佛置身于绵长的梦境之中。往来香客亦是络绎不绝，故而开辟了一条山路方便游人香客的往来。但大多数山峰峻秀奇险,人迹罕至,毒虫猛兽举不胜举,落乌峰便是其中之一。

道士断言那隐士必在落乌峰,只是若要寻得他的住所非得费一番周折不可。那道士说了几句踏步方位的口诀,内容极其晦涩难懂。见柳醇清眼中尽是困惑的神色,当下便逐一讲解。好在柳醇清天资过人,不多时便已理解了口诀的要义。那道士只说若遇困阻按此诀便可。

柳醇清又拜倒在地,千恩万谢。等起身再看,那道士早已没了踪影。

柳醇清连夜上山,转眼已是第二日的正午,太阳热辣辣的,像是要蒸腾掉大地之中最后的一点水分。柳醇清顶着烈日艰难地沿着山路前行,腹中饥渴难耐,加之落乌峰山路崎岖,整个人早已疲惫不堪。

坎坷的山路漫长,望不见尽头,远处一道瀑布似银链一般挂在了山头,水流的声音如滚滚奔雷,激起的水花映出了七彩虹光。水中两尾小鱼在微波荡漾的水中欢快地游弋着。几只蝴蝶流连穿梭于暗香涌动的花丛之中,似是有无声的乐曲在应和那欢快、灵动的舞姿……

若非此地人少涉足,如此美景倒也称得上极致。只是柳醇清此刻无暇顾及四周的景色,脚步渐渐虚浮,眼神迷离,甚至前方的路也已看不真切。没走两步便在这滚滚烈日的烘烤下晕厥了过去。

倒下的那一刻,仿佛看见了姨娘慈爱的微笑,还有姨夫那关切的目光。耳边还环绕着昔日与伙伴们玩闹的笑声……

忘记昏迷了多久,柳醇清只是觉得自己在一片泥泞的沼泽当中越陷越深。突然一阵沁人心脾的幽香将他从那黑暗的深渊里拉了回来。

似是有人轻轻地撬开了他的嘴巴,玉石般滑凉的手指拂过柳醇清干裂的嘴唇,有种异样的感觉在他的心里泛起涟漪,让他情不自禁地想起了自己的娘亲。那时候爹爹在外给人做帮工,娘亲则做些针线活计来贴补家用,每次东家结算工钱后,娘总会让他闭上眼睛,像变戏法似的拿出一些松子糖,然后塞进他的嘴里。手指碰到嘴唇的感觉也是这样痒痒的,心里却说不出的受用。只是这样的感觉似乎已是很遥远的记忆，远到犹如前世。

接着一颗圆溜溜的东西滑进了他的嘴里，他下意识地轻咬了一下，香甜的汁水顺着喉咙流了下去，饥渴之意顿时烟消云散，那竟是一枚果子。柳醇清又咀嚼了片刻，鲜嫩的果肉充斥在嘴里，柔软可口，让人不忍心下咽，吃到胃里涌起阵阵暖意，疲惫之意顿消。

只听一个灵动的声音幽幽说道："你总算是醒了过来，若不是见你这般俊俏可人，姐姐才舍不得将这果子送与你吃。"

柳醇清抬起头来，这才看清面前站着的竟是一个女子。

这女子生得明眸皓齿，朱唇潋滟。一头乌黑的秀发似墨泼的绸缎一般滑落在肩上，一袭碧青霓裳随风轻舞，竟似画中的仙子一般不落凡尘。柳醇清不觉痴了。

柳醇清就像被施了定身法术一般，痴痴地望着眼前的女子。

那女子掩口笑道："你若再看片刻，只怕这天就要黑了。姐姐可没有多余的果子给你做晚饭了。"

柳醇清这才回过神来，如梦初醒，脸上登时一红。只见那绿衣女子眉眼间的笑意更浓了。

柳醇清暗想，这仙子一般的姐姐定是那道士所说的隐士吧？想到此处当即跪倒在地。

那女子微感诧异，道："不过是区区一枚果子而已，何必行此大礼，如此一来到让姐姐感到惭愧了。"

柳醇清道："小子柳醇清，就住在山下的镇子里。此次上山便是要请神仙姐姐为我主持公道！"柳醇清当下将自己的遭遇说与那女子，情绪所致，竟涕泪横流。

那女子听完柳醇清的遭遇也是感叹不已。只听她道："既然你叫我一声姐姐，那我便认下你这乖巧的弟弟了。只是姐姐并非你口中的隐士，姐姐叫桂青，不过是居住在山中的一介弱质女子，何谈降妖捉怪？就是姐姐有心帮你,怕也只是心有余而力不足。"

柳醇清的心顿时凉了大半,难道真的无法为姨娘报仇?难道真的还要任凭那妖怪兴风作浪,残害他人?难道自己真的要背着弑杀姨娘的恶名,苟且偷生?想到此,一时间百感交集,索性坐在地上号啕大哭起来。

桂青哪见过这阵仗,见他哭得这般伤心,慌忙安慰道:"姐姐的话还没说完,你急着哭什么?"

柳醇清听见桂青的话,心里登时一喜,忙道:"姐姐可有办法将那妖怪除掉?"

桂青道:"办法姐姐虽然不知,但是姐姐却知道这山上的确隐居着一位法术通天之人,此人修为神鬼莫测,只怕他才是你要找的人!"

柳醇清大喜过望,那道士所言果然不虚。原来这山中真的有这样一位高人。

柳醇清道:"还劳烦姐姐告知那高人住处何在?"

"姐姐虽知晓若忘山的一草一木,但是那人行踪不定,因昔年孽缘,他将自己囚禁在若忘山十年了。他的住处极是隐秘,就连姐姐也不知晓。"说起这个人,桂青面颊微微泛起红晕,更显得妩媚动人。

柳醇清微感失望,不过终究知道那神秘莫测的高人就在这落乌峰上,此行不虚。正要和桂青告别,独自去寻那隐士,忽听得一声如闷雷般的低吼,脚下的山体开始剧烈地颤动。

突然,在一处陡崖下,一道红光冲天而起,直奔落乌峰东南方向。滚滚热浪似万马奔腾一般袭来,夹杂着一声声震耳欲聋的咆哮声。柳醇清早已吓得面如土色。

桂青瞧见那红光亦是花容微变,脱口道:"赤焰金毛犼!"

周围的花草也因那道红光变得焦枯,眼见这热浪滚滚来袭,柳醇清险些又晕厥过去。

桂青牵起柳醇清的手,柳醇清蓦地感觉到一股清爽的凉意顺着掌心传来，燥热烦闷之意大消。柳醇清正要出言相谢，只听桂青喃喃道："十年之期已过，那畜生终究是出来了。"

柳醇清忽然想起李跛子的话，难道这若忘山中也有妖怪？

桂青似是想起了什么，惊呼道："不好！那畜生定是去寻那人报仇去了！"

柳醇清此时已是一头雾水，桂青来不及解释，拉着柳醇清向那道红光追去。

柳醇清只觉得耳畔生风，脚下的山路飞快地向后移去，整个身子竟已悬在空中随着桂青御风而行。

桂青秀眉微蹙，似是在担忧着什么。柳醇清紧紧握住桂青的手，心里说不出的平静。桂青的纤纤玉手亦是牢牢地牵着柳醇清，他与这神秘的女子虽是萍水相逢，却没由来地生出一种信任之感。

片刻之后，桂青带着柳醇清来到一片树丛之中。刚才那道红光便是消失在这里。这片树丛出奇的茂密，树与树之间看似杂乱无章，实则错落有致。柳醇清望了那片树林片刻，突然觉得眼前的树木的排列瞬息万变，不多时便已头晕眼花。柳醇清揉了揉眼睛，那树林又变回了原来的模样。

只听桂青幽幽道："这里就是他的'九曲梨花阵'了。"

相传"九曲梨花阵"乃是上古奇阵，寻常人若是误入此阵必迷失方向，每日只在巳时开放生门，以供误入之人迷途知返。此阵初九重，复九重，千变万化。阵中暗含九宫八卦之理，遵循五行生克之道。若无入阵法门，一意孤行只会困死在阵中，万劫不复。故江湖中人常言"宁入黄泉赴奈何，莫踏九曲闻梨花。"

桂青诧异道："这畜生怎么会如此了得，竟入得阵去？"

柳醇清道："桂青姐姐，那红光究竟是何物？"

桂青道："天下间的明川大山多有穴眼，乃是藏风聚气之所在。穴眼汲取日月精华，形成'五行灵晕'，晕中往往孕育五行灵兽。若是寻常走兽慕求成仙之法，必经三灾九劫方可初窥门径。灵兽之身本就是天地之造化，生来便可幻化人形，修仙问道亦是简单之极。那畜牲便是火灵——赤焰金毛犼。"

柳醇清瞪大了眼睛，如此玄而又玄之事他是闻所未闻，但此话出自桂青之口，他自然是深信不疑。

桂青又道："十年前这畜牲为祸人间，所到之处尽是一片火海，百姓都被它烧成了焦炭。终于这畜牲的暴行激怒了那人，那人追至若忘山将它困在了落乌峰。此番脱困，定是要去寻那人报仇。只可惜连我也入不得这九曲梨花阵，不过想来那畜牲也绝非那人的敌手。"

话虽如此，可桂青却难掩担忧的神色。

柳醇清蓦地想到了什么，道："姐姐，我有入阵之法。"

柳醇清想起了那邋遢道士所传的口诀，见桂青诧异的神色便将那口诀背诵出来。

桂青听罢困惑之色更甚："你这口诀这般晦涩，我也分辨不出真假。不过其中方位的变化与五行生克之理倒也像是入阵的法门。"桂青看了看柳醇清，又道："事已至此，你可敢随我入阵闯他一闯，索性破了他的九曲梨花阵！"

柳醇清点了点头。

桂青又低声道："若是这口诀有误，你我怕是要困死在这阵里，你真的想清楚了吗？"

柳醇清道："若是请不到那位高人出山降服那妖怪，我又有何面目苟活在世上。"心中又暗想：若是能和桂青姐姐死在一起也算是一件幸事。

桂青道："好弟弟，果然有情有义，想来那人未必会如此绝情，就算你我被困在里面，他定会救我们出去。"说罢牵起柳醇清的手便走入阵中。柳醇清紧握着桂青的手，两个人按照口诀小心翼翼地穿梭在树林里。那林中的草木似是活了一般，每走一步眼前的景致便大不相同。

突然眼前的景物变得飘渺起来，似是升起一片雾气，如梦似幻。

桂青越走越是心惊，不知为何，自打走进这树林，心里便生出一股烦躁之意，她在心里默念静心口诀，总算是将那股躁动压了下去。

突然柳醇清大喊道："姨娘！"说着便要挣脱桂青的手，向树林深处跑去。

幸亏桂青眼疾手快，一把拉住了柳醇清的衣角，道："清儿不可，那边根本没有人！"

柳醇清此刻哪里肯听，不顾桂青的阻拦，一心只想去寻幻想中的姨娘，他的意识已然涣散。无奈桂青只好将手掌贴在他的后心，一股温暖纯净之气自桂青的掌心源源传入柳醇清的体内，片刻之后柳醇清才如梦初醒一般，眼中却依然噙着泪水。

柳醇清黯然道："多谢姐姐。"虽然险象环生，却殊无欣喜。想来定是思念姨娘所致。

只听桂青懊恼道："都怪姐姐鲁莽，险些害了你。这根本不是九曲梨花阵！"

桂青双手蒙住柳醇清的眼睛，两个人在心里默默地按照那口诀所述前行，既然入阵如此之深仍未迷失心智，想必那口诀绝非虚假。二人复行数百步，忽然听得潺潺的溪水声和清脆婉转的鸟鸣。

桂青定神望去，眼前豁然开朗。一座简陋的茅舍建在一片空地上，周围星星点点散落着娇艳的野花，微风吹起送来淡淡的清香。果然已无方才摄人心魄之感。

桂青道："好弟弟睁开眼吧，我们到了。"

柳醇清睁开眼，阳光刺得他双眼生疼，好一会儿才看清了眼前的景象。道："这难道便是那高人的住处？"想了想刚才的险境又道："要不是姐姐，只怕我要困死在那树林里了。"

桂青面带怒容道："我早该想到，那人如此自负，又怎会沿袭前人所传阵法？他定是在这阵中做了些许改动，莫说是你，险些让我也着了他的道。"

忽然听见茅舍院内传来一阵惊雷一般的笑声，只听一人闷声道："十年了，老子终于出来了，你果然在这里。哈哈哈哈！"声音震得柳醇清险些跌倒，桂青也是晃了一晃，一把将他扶住，面色却已然变得惨白。想来说话的定是那脱困而出的赤焰金毛狐。

又有一人道："当年你作恶多端，但仇某也难逃干系，所以仇某才未取你性命。仇某虽说将你困在若忘山十年，可这十年间仇某也未曾出过这阵中半步，也算是仇某自囚了。仇某将这'九曲离魂阵'的口诀留给你，便是让你前来报仇的。若是你能伤得了仇某，这条命送与你又何妨？"

声音淡淡地飘了过来，似是晨幕中轻轻升起的若有若无的薄雾，但瞬间便将那沉闷之声所透着的压迫之感荡涤化去。

桂青面色微红，愤愤道："若是知道这畜牲早就知晓入阵之法，当初我便应该让它说与我听。"

赤焰金毛狐忙道："先生误会了，十年间我总算化去了心中的戾气，若非先生将我囚禁于此，想必此刻我早已坠入魔道。对先生我只有感激，又怎敢以德报怨，来寻先生晦气。"

半晌那人才道："如此甚好，甚好。"话虽如此，可声音中却难掩失望之意。

赤焰金毛狐道："若是先生不嫌弃，我甘愿为先生的坐骑，为先生代步驱使，也好时刻聆听先生的教诲，以免杀伐之心再起，妄生罪业。"

那人道："仇某何德何能，怎敢以火灵为驾。既然你心中戾气已除，又不想找仇某报仇，那你尽可离去。他日你若是后悔，大可来此处取仇某的性命。"

赤焰金毛狐急道："若是先生不答应，我就……"

赤焰金毛吼话还没说完，便听那人道："桂青姑娘好本事，十年未见你这'一叶障目'诀可着实精进不少，若不是你身旁那娃娃肉体凡胎，就连仇某也难察觉你的所在。"

桂青闻罢,脸上升起淡淡红晕,对柳醇清道:"我这点微末道行,终究是瞒不过他的。待会儿若是他不肯随你下山,你只需这般……"说着便在柳醇清的耳畔说些什么,这才素手一挥,只见一道淡绿色的光幕便瞬间散去。

柳醇清这才发现,不知何时自己已被这光幕笼罩其中,莫非这便是那人口中的一叶障目诀?正出神间,桂青已牵起他的手向院子走去。

庭院中一人身穿青布长衫,面容清瘦冷峻。腰间斜斜地坠着一柄长约二尺的短剑坐在一方石桌前,端起面前的茶盏轻呷了一口。

不远处一只通体火红的驴子卧在茵茵的草地上,却唯独不见先前说话的赤焰金毛吼。那驴子看见桂青走了进来,突然警惕起来,哼了一声,愠怒中透着不屑。

桂青款款施礼,道:"一别十年,想不到先生风采依旧。"

青衫男子仿若未听见一般,瞥了一眼桂青身旁的柳醇清,才淡淡道:"想不到连仇某的九曲离魂阵也拦不住桂青姑娘,当真是仇某浅薄了。"空灵的声音传到桂青的耳边,似是在耳畔徘徊,又似是遥不可及一般,只是殊无半分情感,让人听不出的奉承还是揶揄。若非看破了世事的无常,又怎么会做到这般淡然如水。

桂青道:"小女子这点伎俩又如何破得先生的阵法,这次入阵得见先生全是我这好弟弟的功劳!"

青衫男子仔细打量了柳醇清一番,道:"你是何人?来此所为何事?"

柳醇清忙跪倒在地道:"小子柳醇清,此次上山便是恳请先生为山下的百姓做主!"当下将姨夫、姨娘如何遇害,自己如何蒙冤,又如何为那道士所救,并告知他前来落乌峰上寻找高人相助,一一说与面前的青衫男子。

青衫男子又呷了一口茶,神色淡漠:"莫说区区一个道士,就算是家师复生也未必敢擅闯仇某的九曲离魂阵,更莫说知晓入阵的法门了。你有能耐破得了仇某的阵法，自然也有与仇某一争长短的本事，只是若你觊觎仇某的天罚剑，你可当真来错了地方。"

听到青衫男子说出"天罚剑"，桂青娇躯一震，显然是知晓这三个字的分量。

柳醇清忽然想起来某一日在与李跛子闲聊时，他曾经提到过这天罚剑，只说此物为天下间第一利器，江湖之中神兵利刃虽不计其数，却无能出其右者。柳醇清当时只道是他信口胡言，哗众取宠罢了，想不到原来真有此物，更不想竟被眼前之人误以为是为此而来。

柳醇清正要辩解，忽听青衫男子道："仇某自知杀业太重，早已舍弃天罚利刃，此剑原本就不该是凡间所有。是也好，不是也好。既然你入得了我的九曲离魂阵，也算是你我之缘，我也不为难与你，你走罢。"说罢将盏中茶水一饮而尽。

柳醇清此刻心急如焚，若是此人不肯出手相助那可如何是好。正欲大哭时，忽见桂青冲着自己眨了眨眼睛，猛地想起了桂青教他的话。当下便作揖道："这本是我与千千万万百姓之事，本就与先生无关，若是因此连累先生白白枉送了性命那我可当真是难辞其咎了，先生不去也罢，不去也罢。"说着转身便要出去。

青衫男子道："好个伶牙俐齿的娃娃。你可知仇某自号'求死'，大半生踏遍江湖只为寻求配与仇某以命相搏之人，但求一死，却终不得愿。'性命'二字仇某早就视如草芥一般，以此激将之法也未免太过小看仇某。"原来此人便是仇斯，取谐音之意自号"求死"，当年以一柄天罚剑一剑击杀洛风谷的凶兽"赤尾恶蛟"，一战成名。又不知何故，一夜之间灭了江湖中久负盛名的紫星门满门，门中上下七十一人皆成了他剑下亡魂。求死先生之名已然天下皆知，其风头一时无两。江湖之上人人都欲击败他而成名，而觊觎天罚剑之人更是如过江之鲫。但仇斯与人比斗只为求死，大大小小数百战却未尝败绩，天罚剑下更是绝无生还之人，是以江湖中人闻得"求死先生"之名皆谈之色变。自会稽山与"快剑仙"一役，此人便在江湖上销声匿迹了。有人说他与快剑仙同归于尽，亦有人说他一生求死，却已看破生死之樊篱，羽化登仙去了。不过终究是传闻罢了，没想到此人竟隐居于此。

柳醇清被问得面红耳赤，一时间已无对答之言。

桂青道："先生真忍心见那妖怪荼毒世间百姓？"

仇斯淡淡道："世间之事自有世间之人打理，仇某又何必做这越俎代庖之事？"

桂青道："先生即在红尘中，又怎能以世外之人自居？"

仇斯沉默了片刻，似是追忆遥远的往事。许久才幽幽道："入世也好，出尘也好，都不过一念之间罢了，我心既然已无红尘，俗世虽大却无我容身之所。"

桂青气道："江湖中人都说求死先生一生但求一死，依我之见只怕是徒有虚名。我眼前的求死先生不过是惧怕'土灵'之威的胆小之人罢了。"

仇斯眼中突然闪过一丝稍纵即逝的喜色，道："你说这娃娃口中的妖怪竟是'土灵'？"

桂青道："我虽出不得这若忘山，但是却能感受到'土灵晕'的地脉之气，在山下镇子上兴风作浪的必是土灵！"

仇斯道："桂青姑娘既然这么说，那定是土灵无疑，仇某若是再推脱只怕会令姑娘笑话了。"

柳醇清见眼前的青衫男子已然答应出山降服那妖怪，大喜过望。当即拜倒在地道："多谢先生相助！"抬起头正看见桂青对着自己俏皮地眨了眨眼睛，心里顿时又涌起一阵感动。若不是桂青姐姐，自己也绝不会寻得这隐居深山的高人。

仇斯看也没看柳醇清，径直朝那草地上的驴子走去。那驴子见仇斯走了过来，蓦地站起身来。火红的皮毛在微风中轻轻翻动，远远望去竟像一团燃烧起来的火焰，好像稍一触碰便会灼伤一般，令人不敢直视。仇斯伸出手轻轻地在驴子身上拂过，那驴子低着头，任凭他的抚摸，似是极是受用一般。

只听仇斯道："既然你想留下，我也不勉强，你我之缘未尽，就随我下山走一遭吧。若是此行我得偿所愿，你今后自当好自为之。"

那驴子似是听懂了一般，随着仇斯慢悠悠地向院外踱着步子，柳醇清紧忙随着仇斯走出院门。

忽听仇斯淡淡道："桂青姑娘，我此去只为求死，若是未能完成姑娘所托，还请姑娘见谅。"

桂青愣了愣，又听他道："若是我终可一死，九泉之下定会感激姑娘的成全。"

仇斯负手在前，无心于身边的景致，那淡然的眸子，仿佛将世间的一切尽收于此，又似将世间的一切都不放在眼里。

身后那浑身火红的驴子驮着柳醇清紧随仇斯身后，起初百般不愿，若非是仇斯之意，此刻早已将背上的娃娃摔了出去。那驴子走在山路上，时而嗅一嗅路旁的野草，时而将野花大肆咀嚼，似乎味道不佳，便又吐了出来，总之欢快得紧。

只是苦了柳醇清一边紧紧抓住它那火红色的鬃毛，一边还不忘与桂青道别。

青草遍野的山坡上，桂青呆立良久。十年来自己朝思暮想的不过就是再见他一面，可是见到了又如何，依旧无法融化他冰封已久的心。微风轻轻吹动她鬓边的一缕长发，她却无心梳理。破碎的记忆又在她的脑海中交织出了一幅完整的画面，是他在赤焰金毛猁的利爪下救出了自己，是他一剑便将那畜生封印在这山里十年，也是他采百花琼浆救了自己的性命……

只是关于他的记忆着实是少之又少，少得令她不忍心再去回忆，似是每追忆一次，他的样貌便模糊一分。若不是那少年闯得他布下的阵法，自己当真不知何时才能见得着他，倘若没有旁人，她真想对他诉一诉自己这些年来的相思之苦，只是他那冷若冰霜的模样令她气结，一时出语相激。

一想到他此行便是去寻那土灵，桂青的心便有些惴惴不安。以仇斯的修为，想来那土灵定非他的敌手，只是仇斯一心寻死，若是稍有不慎只怕今日一见便是诀别。

仇斯在山下渐行渐远，那一抹青绿的衣衫早已变得不真切。桂青对着山下道："桂青在先生的院中准备了桂花酿，望先生早去早归。"声音在山中荡来荡去，也不知他听见了没有。

这一晚阴云遮月，绵绵细雨打湿了柳醇清的衣衫，雨水落在那驴子的背上瞬间化作一缕蒸汽，消散开来。仇斯负手在侧，似是有无形的气罩将雨水隔开。

仇斯淡淡道："是这里？"

柳醇清强忍泪水，点了点头。只见那门上赫然张贴着官府的封条。这便是姨娘家的宅院了。

仇斯双手微微用力便弄断了门上的铜锁，信步迈入。柳醇清看得目瞪口呆，好半天才缓过神来，紧忙跟了过去。

一入院门，仇斯双眼精光一闪。虽是阴雨天，可这院中弥漫着的土灵之气仍未消散。厅堂之中，隐约可见地上一片污浊，那是死去的姨娘与姨夫留下的痕迹，柳醇清跪在湿冷的地上，号啕大哭。

仇斯环顾四周，感受这土灵之气，对柳醇清的哭喊置若罔闻，一副若有所思的神色。

仇斯问他："你曾说过镇子上失踪的孩童是土灵所为？"

柳醇清正要答话，只见大门"轰"地被撞了开来。一群捕快模样的人将柳醇清与仇斯围在了中间。

一人道："本捕头早就知道你这贼子定是与外人勾结，这才有意将你从大牢里放了出来，便是让你去寻那帮凶，看来本捕头所料不差，你身边之人便是你的同党！"说完竟还隐隐有得意之色。

原来这人便是捉拿过柳醇清的李捕快，一班衙役本是刚刚吃完花酒，走到这里见这宅子的封条被人撕了下来，想一探究竟，不想误打误撞竟碰见了逃出大狱的柳醇清。

李捕快身边一人奉承道："李头果然神机妙算，算准了这娃娃图谋姨娘的家财，定会再回到这里，才布下了天罗地网。这欲擒故纵之计用得当真妙极！"

听完手下人的奉承，李捕头更是难掩欣喜之色，道："多说无益，快将这两个贼人与我绑了，若是胆敢抵抗……"说着便抽出了腰间的佩刀道："本捕头的宝刀可不答应！"

柳醇清深作一揖道："官爷明鉴，我已寻得高人，恳请官爷容我去寻那妖怪，有仇先生相助定会制伏那妖怪，一来洗刷我的冤屈，还我姨夫、姨娘一个公道，二来也好与官爷有个说法。"

李捕头道："休要狡辩，你这小儿的伎俩岂能瞒过本捕头的法眼。如今已诱得你的同党，我看这案子也可了结了。"说着对左右喊道："来呀，与我绑了！若敢不从，就地正法！"

那李捕头也是精明之人，见仇斯始终负手站立，对眼前的变故不以为然，且腰间悬挂佩剑，显然有些手段，若不先发制人只怕是胜负难料。

众捕快得令，一拥而上，眼见冷森森的刀锋直愣愣地朝柳醇清劈了过来，柳醇清大惊，心中暗想：我命休矣！索性闭上了眼睛。忽听"哎呦"一声惨叫，柳醇清再睁眼时那捕快已然跌了出去，眼前那驴子不知何时跑了过来，正欢快地飞起后腿，又踢中了一名捕快，像先前那捕快一样飞了出去，胸口凹陷大块，眼见是活不成了。

仇斯道："莫要伤人性命。"

那驴子听罢打了一个响鼻，似是意犹未尽一般，尾巴一扫，便又将一名捕快打晕了过去。转眼间众捕快皆被那驴子打倒在地，只剩下那李捕头还站在那里，冷汗顺着他的额头渗了出来。他紧握手中的刀对仇斯道："本捕头岂会与一只畜牲争斗？"刀锋一指仇斯，又道："拔剑吧，本捕头刀下从不死手无寸铁之人，也好让你领教本捕头的本事！"话虽是这样说，但双脚竟已然抖了起来。

李捕头话音未落，只见青光一闪，连身形也未看清，仇斯便已到他的眼前。李捕头大惊，抽刀便砍。这一抽之下又是一惊，那刀似是在空中生了根一般，任凭他用尽全身气力也动不得分毫。原来那刀锋竟被仇斯夹在二指之间。

李捕头这一惊着实非同小可，口中结巴道："你……你……"

仇斯淡淡道："你这宵小之辈，也配一观仇某的'无争剑'？"原来仇斯腰间所配之剑名曰"无争"。

仇斯二指一错，只听"铿"的一声脆响，竟是将那刀尖硬生生地折了下来。

李捕头怪叫了一声，扔下断刀，也顾不得地上的一班捕快，夺路而逃。

仇斯随手将那一截刀尖掷飞了出去，刀尖不偏不倚地钉在了李捕头的帽檐上，李捕头惨叫一声，登时吓得昏死了过去。

柳醇清正要拍手称快，却见那驴子全身火红的毛发微微竖了起来，口中嘶嘶地低叫，似是如临大敌一般。

仇斯眼中又闪过一丝复杂的神色，说不出是欣喜还是担忧。

只听他道："土灵现身了。"

天边已微微泛白，柳醇清与仇斯走了半晌，终于望见了那依山而建的升阳观。

远远望去，升阳观青砖碧瓦，一派庄严肃穆。在半山腰的云雾中若隐若现，竟不似人间宫殿。柳醇清不觉看得痴了，敬畏之意油然而生。

仇斯道："土灵必是在那观中。"他一路寻着土灵之气来到此处，虽是近在咫尺，但不知何故，他眉头紧锁，眼中皆是鄙夷之色。

柳醇清见他神色异样，便问："先生，此处有何不妥？"

仇斯道："天下间但凡道观庙宇，其上必有紫气升腾。我观这升阳观上不但紫气消弭殆尽，反而污浊之气横行！当真是怪异至极。"

柳醇清想了片刻，恍然道："是了，定是那妖怪所为！"

仇斯摇了摇头，道："只怕未必，这紫气乃是日月精华凝聚在这道观而成。若是土灵所为，紫气固然消失不见，可断然不会升腾这污浊之气，这绝非一日之功！只怕这观中道士已远离了正道，堕入偏门！"见柳醇清将信将疑，又道："多说无益，到那观中一观便可知晓！"

升阳观门森然豁开，一股浊腐之气夹杂着丝丝阴冷扑面而来，柳醇清倏地打了一个冷战，心里涌起阵阵惧意。仇斯见柳醇清面露恐惧之色，便牵起柳醇清的手。一股暖意顺着仇斯的掌心流入自己体内，心下稍安，迈步随着仇斯向大殿走去。只是那火红的驴子似是察觉到了什么，极是不情愿地跟在仇斯的身后。

一入大殿，腥臭之气更甚。大殿之上已是一片狼藉。

柳醇清"啊"了声，弯腰呕吐不止，仇斯的脸上依旧冷若冰霜。只见大殿之中一个体型硕胖之人坐在地上，手里竟握着一条人腿不住地撕咬，双眼微闭，极是陶醉，仿佛那血淋淋的人腿是人间美味一般。旁边散落着吃剩下的骨头，一群道士模样的人缩在大殿的角落里瑟瑟发抖，想来定是这紫云观中的道士。

柳醇清躲在仇斯的身后，双手死死攥着仇斯青绿色的长衫。只听仇斯淡淡道："区区土灵也敢在真武帝君前这般放肆！"

那怪人这才睁开双眼，瞧了一眼仇斯，嘴角便勾起轻蔑的笑意。又看了一眼躲在仇斯身后的柳醇清，嘿嘿笑道："原来是你这娃娃，那一夜我救你一命，想必你此次前来定是报恩于我！"说罢便哈哈大笑起来。

柳醇清怒道："你这妖怪，杀我姨夫、姨娘。我恨不得将你碎尸万段！"

那怪人摇头道："无知小儿，那夜若不是我，此刻你怕是已成了这观中道士的腹中之物了！"那怪人有意无意地看了一眼缩在大殿角落里的道士，那几个道士大骇，皆肝胆俱裂昏死了过去。

仇斯向前挪了一步，道："堂堂土灵竟为难一群手无缚鸡之力的道士，传出去怕是有损阁下威名。"

那怪人微露讶异，见仇斯面容俊朗，双目淡然如水，心下已然明了。只听他嘿嘿笑道："你是何人？居然道出了我的来历！我可不管什么狗屁威名，我只管填饱肚子，我劝你趁早还是带着这娃娃滚远些，如若不然，休怪我也将你二人吞入腹中！"

仇斯道："若是吃得下，尽管张口吧。"说着手作剑指，真气顺着二指指尖化作一道火光直奔那怪人的面门而去。

火势之快已容不得那怪人躲闪，只见他大张其口，将那滚滚烈焰尽数吸到口中，笑道："你这人倒也有些本事，知道我吃了这么多腥膻之物，特意给我暖暖肠胃，倒是体贴得紧！"

仇斯见那怪人谈笑间便破去了自己的"离火诀"，倒也不以为忤。

那怪人又道："来而不往非礼也，你这火忒不旺，不要也罢。"大口一张，竟将吸去的离火又喷了出来，直奔仇斯与柳醇清而去。柳醇清惊叫了一声，只见仇斯手臂横在柳醇清面前，奔腾的火焰皆打在了仇斯的衣衫之上，也不知这青色长衫是何材质，这般熊熊烈火竟也烧它不着。

那怪人道："这礼数还也还了，趁我还有些兴致，你二人赶快逃命去吧。"说罢也不再理会仇斯与柳醇清，径直向大殿角落里那群昏死的道士走去。那怪人拎起一名道士，扯下了他的手臂便往口中送去。柳醇清蓦地想起姨夫的惨状，当下惨白着脸扭头，不敢望向那边。

柳醇清见仇斯对那血腥至极的一幕视而不见，便低声道："先生，不如救救道长们吧。"

仇斯冷冷道："一群丧心病狂之徒，也配仇某出手相救？"

柳醇清听得一头雾水，正要细问。突然一名道士从大殿的角落里一跃而起，此时那怪人正撕咬着一条血淋淋的断腿，恰巧遮挡住了视线。那道士抽出一柄木剑，闪电般送入那怪人的肚腹之中。

原来那道士一直装死，便是等待这一招制敌的时机。

道士见已然伤了那怪人，难掩兴奋之意，哈哈大笑起来。

柳醇清大喜，对仇斯道："先生，那妖怪被制伏了！"

仇斯眼中闪过讥诮之意，微微摇了摇头。果然听得那怪人笑道："好个卑鄙的牛鼻子，这一剑刺得好生歹毒，只是我皮糙肉厚，这一剑怕是还未伤及要害！"

这一剑早已齐根没入那怪人的腹中，他此言显然尽是揶揄之意。

那道士手还未离木剑，便被那怪人牢牢抓住，道士大骇正要挣脱，不想另一只手也被抓了个正着，那怪人狞笑着，双手一分，那道士便被撕成了两半。

这时那怪人这才将腹中的木剑缓缓抽出，怪笑道："你这木剑终究是有形之物，如何破得了我这无形之欲？"木剑抽出不到片刻，伤口便愈合如初。

仇斯道："果然是饕餮！"

饕餮虽孕生于土灵晕中，却实为世间之人的欲望所汇聚而成，以世人的欲望为食，极是贪婪。

仇斯对柳醇清道："你且退下，这里太过凶险。"说着又对那驴子道："照看好那娃娃，若是仇某身有不测，你便带着那娃娃逃命去吧，料想那土灵也奈何不得你。"

柳醇清牵着那火红的驴子退到了大殿之外，双眼却时刻留意殿中的情形，那驴子显得极为不安，柳醇清轻轻抚摸着它，这才安静了许多。

大殿之上，仇斯目中精光微露，青色长衫此时无风自动，显然已动了真气。

忽然见那饕餮微微颤动鼻翼，口中竟流淌出涎水。贼溜溜的双眼看向仇斯，兴奋道："世间竟有如此美味！原来你的心中也存有欲望，适才竟未察觉，险些放走了你，那可当真可惜至极了。"

说着那圆滚滚的身躯竟快似闪电一般向仇斯扑了过来。柳醇清惊叫道："先生当心！"

　　仇斯足尖点地，似是随风飘舞的落叶一般，翩然向后飞去。堪堪避过了饕餮那凶猛的一招。

　　饕餮嗅了嗅仇斯留下的气味，道："好纯粹的欲望，那人果然没有诳我。"

　　仇斯听他这么说，心中隐隐觉得哪里不对，竟有一种莫名的担忧，问道："你说所说的'那人'又是何人？"

　　饕餮哈哈笑道："你若想知道倒也不难，到我的肚子里我再说与你听也不迟。"说着又向仇斯扑了过来，速度更快了些，来势也更加凶猛。

　　这一扑已然避无可避，仇斯奋起一脚，正踢在饕餮那肥硕的头颅之上，就算那脑袋是铜铸铁打，也未必经得起仇斯这一脚所含的力道。

　　可那饕餮只是跌出几丈远，似乎并无大碍。他坐在地上揉着脑袋"嘿嘿"笑道："你这人倒也有几分力气，待我吃光你的欲望，看你还如何猖狂！"

　　只见仇斯面色苍白，暗行真气竟发现周身真气已不见了大半，当下已然明了，那饕餮原本所食的并非是人的血肉，而是人心中无限的欲望。适才那一脚踢中了饕餮的脑袋，便已经着了他的道，若是再让它近身的话，只怕是凶多吉少。

　　仇斯知道自己的欲望无他，唯求一死而已。

　　一股带着血腥的力道迎面扑了过来，仇斯知道饕餮已然动了杀机，当下凭空御气，与那饕餮周旋。仇斯浸淫行水诀多年，若论御气之术当今天下实难有望其项背之人。

　　几番扑空下来，那饕餮气喘如牛，仇斯的欲望又馋得它口中涎水不住地滴出，它恶狠狠道："你这人好没道理，只会闪躲，与那鼠辈又有何异？有种的拔出你的佩剑，与我比试比试！"

　　仇斯听罢，手慢慢摸向腰间的无争剑，似是又想到了什么，手又慢慢地松了开来。

饕餮见他如此犹豫，哈哈笑道："不错不错，还算你有些自知，试问天下又有何兵刃能伤得我？既然如此，我就不陪你玩了，饿肚子的滋味可不那么好受！"

只听饕餮大吼一声，身体急速膨胀。仇斯暗暗一惊，饕餮要现原身了！

只见那饕餮转眼间已化作羊身虎爪的怪物。那怪物的眼睛长在腋下，硕大的头颅竟只有一张满是獠牙的嘴。

那饕餮大口一张，竟将整个大殿之物吸进嘴里。仇斯身处大殿，虽仍泰然自若，却已察觉到周身真气已渐渐被那饕餮吸了过去，虽是生死有关的当口，仇斯的心中反而升起难以名状的坦然。

柳醇清见仇斯已被饕餮逼得险象环生，不禁又惊又恐，眼泪早已夺眶而出。不知是泪水模糊了视线，还是恍惚中出现的幻觉，他竟看见了仇斯微露的笑容，没有波澜，只有静静的恬淡。

突然那火红的驴子挣脱了柳醇清手中的缰绳，嘶鸣着冲进了大殿，像一团正在熊熊燃烧的火焰一般势如破竹。

饕餮一惊，似是忌惮这驴子一般，急忙躲避开来。那股巨大的吸力自然消失了，仇斯脸上失望的神情不言自喻。

那驴子站在大殿之中，双眼死死盯着饕餮那庞大的身躯，鼻孔呼呼地喷着白烟。饕餮瓮声瓮气道："好个火灵！居然自甘堕落，甘忍他人的胯下之辱！"

那驴子充耳不闻，只见它皮毛似是燃着一般，隐约晃动着火光。殿中的温度越来越高，隐隐传来焦糊之味。

仇斯面色惨白，盘膝坐在一旁调理内息。柳醇清不顾大殿之中的灼热，来到仇斯身旁，关切地问道："先生，你还好吧？"仇斯点了点头，却已然说不出话来。

一股热浪袭来，吹得柳醇清险些飞了出去。原来那驴子已经和饕餮纠缠在了一起，只隐约瞧见一团红光上下翻飞，殿中的石柱被打断了几个，这雄壮的大殿眼见是保不住了。

仇斯对柳醇清道:"你快些出去,这里要塌了……"

柳醇清死死地攥着仇斯的衣角,说什么也不肯离开。忽听得似是有人在耳边轻唤:"好弟弟……"

柳醇清精神一振,脱口道:"桂青姐姐!"当下四顾,却并未看见桂青的踪影。又听桂青的声音在耳边道:"好弟弟,姐姐在这升阳观外,你出来,姐姐有话对你说!"

柳醇清对仇斯道:"先生你稍等,我去去就来。"说着便向观外跑去。

升阳观山门大开。

门外桂青眉眼间尽是焦虑之色,不住地向里面张望。见柳醇清跑了出来,欢喜道:"清儿,姐姐在这里。"

柳醇清大喜过望,忙道:"姐姐,你快去救救先生吧。"

桂青嗔怒道:"他何等的本事,我一弱小女子哪配救他的性命。"

柳醇清忽然哭道:"姐姐若是不救先生,只怕……只怕……"

桂青轻咬嘴唇,道:"我此次前来只为救你的性命,他是死是活与我何干,况且他随你下山便是求死,何不遂了他的愿,倒也干净利落。"

柳醇清见她言不由衷的神情,便道:"姐姐莫说气话了,快去救先生吧!"

桂青道:"好弟弟,你有所不知,姐姐虽熟知若忘山的一草一木,可唯独这升阳观姐姐可入不得。这本是真武帝君的道场,连姐姐也不能妄入!"

柳醇清急道:"这可如何是好?若是耽搁片刻,只怕先生还有那驴儿就要沦为那怪物的腹中之物了!"

桂青道:"莫急,姐姐自有办法!"说着从袖口中取出一枚四四方方的物件,在阳光的照耀下,映射出五彩霞光。

柳醇清伸手接过,竟是一枚翠绿色的石印。上有镂空的山水景色。不知是出自哪位名家之手,只觉得这巧夺天工的技法实不应是人间所有。柳醇清天资聪颖,隐约察觉出这石印上所刻的便是若忘山的七险十二峰。

柳醇清道："姐姐，这是何物？"

桂青道："你只须将此物砸向土灵便可，姐姐定要教土灵知道，若忘山虽小，却也容不得它放肆！"

大殿之上，那火红的驴子仍和饕餮缠斗，只是那驴子似是担忧波及一旁的仇斯，始终显得有些畏首畏尾，未尽全力。饕餮渐渐占据了上风，突然一声咆哮，巨大的虎爪结结实实地拍在了那驴子的身上，驴子怪叫了一声飞了出去，似是断了线的风筝一般，重重地摔在大殿之外的空地上，激起了大片的尘土。

那饕餮瓮声笑道："我道火灵如何凶悍，竟也不过尔尔！如此不济也配与我同列灵属？"

那驴子想要挣扎着站起来，却已没有了力气。

饕餮当下也不理那受伤的驴子，径直走向盘膝而坐的仇斯，每走一步便震的大殿为之一颤。

饕餮见仇斯面色坦然，笑道："你这人死到临头居然殊无惧意，倒也算个人物。如此我也不折磨了，给你一个痛快便是。"

柳醇清大喊："住手！"

饕餮回过头，见柳醇清气喘嘘嘘的模样，哈哈笑道："我还道你这娃娃识时务，独自逃命去了。虽然你清汤寡味，但是这次若是再放走你，只怕我的肚子也不答应。"

柳醇清也不搭话，将手中的石印高高地抛了出去，只见那石印竟悬在了空中，缓缓转动。忽然那石印长大了一倍有余，再一转眼，竟然又变大了许多。

仇斯抬眼望向那石印，心中也是暗暗一惊，脱口道："山神掌四季，石印镇九渊。桂青姑娘你这又是何必呢！"

石印越变越大，饕餮见那石印古怪至极，心下已隐约感到不妙。还未来得及细想，那石印便狠狠地向它砸了过来。

只听"轰"的一声，饕餮已被那石印死死地压住，身下的青石板已化作了齑粉。那一方巨大的石印似是蕴藏着万钧之重，以饕餮之凶竟也挣脱不得。

饕餮反复试了几试，见挣脱无望便对柳醇清破口大骂："早知你这娃娃如此恩将仇报，当初便不应救你！"

柳醇清不知它在说什么。当下问道："我且问你，镇上失踪的孩童与你有何仇怨？你何苦将他们吃掉？"

那饕餮怒笑道："我只食心中存有欲望之人，殊无欲望的孩童我吃他们作甚？那失踪的孩童皆是你那黑心的姨夫、姨娘所为！他们拐走孩童卖到这升阳观中，以供这里的道士炼丹制药。"

柳醇清见他辱及自己的姨夫、姨娘，便想呵斥，突然听到一旁的仇斯道："饕餮所言非虚。"

柳醇清脑中仿佛轰然响起一记炸雷，欲辩却已无言。

仇斯又道："我初入此殿，便已闻到一股焦糊之味，若是寻常炼丹绝不会有如此诡异、阴寒之味。定是这观中道士以童子的'纯阳之精'妄图炼制长生不老的丹药。那焦糊的味道便是孩童的骨灰散发而出。这乃是道家大忌，实属邪道，不怪这道观紫气殆尽，浊气横行。"

柳醇清神色黯然，忽想起那日夜里姨娘要他陪着去升阳观求平安符，想必是家家户户都将自家的孩子看紧，无奈之下姨娘竟想将自己卖与这升阳观的道士。若非那夜饕餮杀死了姨夫和姨娘，只怕自己早已化作这炉中的灰烬了。一念至此，柳醇清不知该庆幸还是难过。

柳醇清呆呆地出神，任凭饕餮如何求饶、谩骂，皆置若罔闻。

饕餮见柳醇清不理睬自己，发出绝望的一声长啸，道："等他日我复生之后，定要将你们百般折辱，求死不得！还有那若忘山神，到时候我定要吃光你的若忘山！"

仇斯忽然问道："是何人让你来到此地？"

饕餮怒道："等我复生之后第一个要杀的便是他，让他知道骗我的下场！哈哈哈哈……"一阵怪笑之后，只见那饕餮右手死死握住了左手的手腕，怒吼一声竟将左臂生生扯了下来，塞进了嘴里，大肆咀嚼……片刻那饕餮竟化作一缕青烟，消弭于无形。

仇斯道："欲求不满竟将自己为食，这是何等的欲望，这欲望又是何等的可怕。"

那石印也变回了原来的大小，地上滚过一颗暗黄色的珠子。

柳醇清正要去拾那颗珠子，忽听仇斯道："不可！"

柳醇清忙缩回伸出的手。仇斯道："这土灵珠是这饕餮的本元灵珠，饕餮所吞噬的欲望尽收于此物之中，饕餮的灵珠实乃天下至为污秽之物，莫要被它脏了手。"

说着从袖中摸出一个小瓷瓶，似玉石一般温润。仇斯将那土灵珠收到瓷瓶之中，又拿起那方石印，见那驴子已经能行走，并无大碍，心中一定，对柳醇清道："走吧，我们去见桂青姑娘。"

天色渐暗，升阳观前依旧翠木环抱，偶有鸟儿停在枝头，微风吹得树叶沙沙作响，伴着几声脆鸣倒也叫人心旷神怡。

桂青见仇斯走了出来，柳醇清牵着那火红的驴子紧随其后。她紧锁的眉头终于松了开来，眉梢眼角又见说不尽的万种风情。

仇斯将石印递与桂青道："仇某何德何能，岂敢劳姑娘如此相待。这石印是姑娘的身家性命，姑娘千万收好，不到万不得已切不可轻易示人！"

桂青接过石印，讥讽道："桂青此次只为救我那乖巧的弟弟，与先生何干？你与那红毛畜牲死便死了，若是连累我的好弟弟，我……我可不依……"说着牵起袖口拭去了眼角的泪珠。

仇斯知她说的是气话，道："不管怎样，仇某总归是欠姑娘一个人情，这个你拿去。"说着从怀中摸出那个小瓷瓶，道："将这土灵珠埋在若忘山中，可保千年之蓊郁，也算是仇某的一点心意。"

桂青接过瓷瓶，笑道："先生可真会做生意，那饕餮可是败在我的神印之下，这土灵珠本就该归我所有，若是想以此还了我这人情，未免也太过便宜。"

仇斯道："上天也好，入地也罢，仇某都依姑娘便是。"

桂青道："先生果然爽快，我所托之事倒也不难。可怜我这弟弟无家可归，若是任凭他自生自灭我也不忍，思来想去也唯有跟着先生才最为稳妥。"

仇斯淡淡道："仇某向来孤僻，若是强求那娃娃跟在仇某身边，只怕会委屈了他。"见桂青满是揶揄的神情，知道她要讥讽自己出尔反尔。只得对柳醇清道："清……清儿，我还少个牵驴的童儿，不知你可愿意……"

仇斯话音未落，柳醇清便拜倒在地，道："多谢先生收留！"

桂青将土灵珠埋在若忘山半腰，仇斯与柳醇清在远处望着。那驴子似是对这些不感兴趣，懒懒地卧在草地上闭目酣眠。

柳醇清忽然想到了什么，问道："先生，那饕餮可是死了？"

仇斯沉吟半晌才道："饕餮实为人之欲望所化，世人若仍存欲望，饕餮便不会死，它活在世人的心中！"

柳醇清似有所悟，夕阳西下，暖暖的余晖披在他的身上。

望着被斜坠的日头燃红了的云彩，柳醇清知道这日头能燃尽漫天的云霞，却不知何时才能燃尽世间的欲望。

卷二 御鬼

转眼间已过了半月有余，柳醇清也在仇斯的小院中安顿了下来。每日做些力所能及的杂务，院中本就不大，清扫起来倒也格外轻松。闲下来时便与那驴子玩耍胡闹，那驴子也乐得与他厮混。或驮着他游山玩水，毒蛇猛兽似是极为忌惮这驴子，每每见那驴子出行便远远避让。山路虽说崎岖，但那驴子却依旧上下飞奔，如履平地一般。几日下来，柳醇清对若忘山也熟悉了许多。这十余日的光景，却教他有种恍如隔世的感觉。

仇斯撤去了林中所布下的阵法。他道："既然有人已知仇某的所在，若是再以此阵偷安恐贻笑大方耳。"

倒是桂青常来寻柳醇清说话，所问之事皆是仇斯的近况。

柳醇清正与驴子说话，桂青又来例行一问，柳醇清便打趣道："姐姐如此关心先生，倒教我这心里不是滋味了。"

桂青面色微红道："油腔滑调，你与他身边这么久，就只练得嘴皮子上的功夫？"

柳醇清苦笑道："先生向来不喜说话，我又不敢打扰先生清修，平日里就只能与那犟驴儿自说自话。"说着瞥向了卧在一旁的驴子。那驴子闭目假寐，似是极不喜欢桂青一般。

桂青道："那畜牲倒是改了秉性，清儿，若是它敢欺负于你，你便告诉姐姐，姐姐给你做主。"

柳醇清沉默片刻，黯然道："若不是姐姐，我与先生只怕早就成了那饕餮的腹中之物，更不要说为我姨夫、姨娘报仇了！"

桂青气道："那黑心的贼人你还念着他们做什么！"转念又道："不是你家先生不济，只是他早就看透了这个世道，一心求死罢了。莫说区区土灵，当年赤尾恶蛟何其凶狠，号称天下第七凶兽，他也仅是一招便打碎了它的灵珠。"

柳醇清道："先生既然肯收留于我，我感激还来不及，又怎敢小看先生。"

这天，眼见天色渐晚，桂青变戏法似的摸出几颗圆溜溜的果子，塞到柳醇清的手中。果子非桃非李，鲜红的样子好不惹人喜爱。正是初见桂青时，桂青喂他吃过的果子，那甘甜可口的味道似仍徘徊在柳醇清的齿颊之间。那驴子闻到了味道，倏地睁开眼睛死死地盯着柳醇清怀中的果子，不住地吞咽口水。

桂青看在眼里，对柳醇清道："姐姐这'八荒如意果'虽不是灵根仙果，但也是世间罕有的宝贝，你自己吃便可，若是让姐姐知道你与外人分食……"说着有意无意瞥了一眼那驴子，道："姐姐可是要生气的！"

那驴子当下转过头去，鼻中不住地呼气，极是气愤。

柳醇清道："知道了。"心中却笑她的脾气和娃娃一般，也不知她与这驴子有何过节。

柳醇清与桂青道别，翻身骑到了那驴子身上，那驴子似是还在生气。柳醇清趁着空当顺手将一枚果子塞进驴子的口中，那驴子还没来得及咀嚼便吞了下去。那驴子欢快地嘶叫了一声，飞也似的向仇斯小院的方向跑去。

柳醇清紧抓驴子的鬃毛，不住喊道："慢些，慢些！"

桂青眼带笑意，望着柳醇清离去，微风吹过，只留下了她笑靥如花。

夜已渐深，柳醇清辗转反侧，难以入眠。耳畔缭绕着若有若无的琴声。心里莫名地涌起一阵烦闷之意，似是万千虫蚁爬上心头，说不出的难受。

一股难以名状的怒火自柳醇清的心头倏然升起，这种恨意简直比血海深仇更甚数倍，只是不知该将这灼灼怒意转嫁与谁。这种憋闷的感觉直令柳醇清痛不欲生，他双眼猩红，心中只有一个念头，杀！

这念头一起，便再难以抑制，仿佛不杀尽这若忘山的一种生灵便难以罢休一般。

就在这时外面有人轻道："若是还没睡着便出来与我说说话吧。"竟是仇斯的声音。

仇斯的声音幽幽地传入耳中，如清风一般吹散了柳醇清盘绕在心中的杀伐之意。

柳醇清"啊"了一声，仿佛卸下了心中的千斤重担，他满头是汗地喘着粗气。只觉得自己心里豁然有种酣畅淋漓的痛快，于是欣喜地冲外面道："是，先生！"

月朗星稀，偶有微风却难吹走炎炎暑意，三两只蛐蛐躲在草丛之中不住地作响，如此寻常的夜晚却让一阵捉摸不定的琴声变得稍显烦躁。

仇斯坐在小院的石桌前，双目微闭似是细闻那淡淡的琴声。柳醇清立在仇斯身旁，过了片刻才道："先生，这琴……"

仇斯摆了摆手，又听了好一会儿才道："想不到如今世上还有人能奏得这'七啸煞音'。"

柳醇清不解地问道："先生，这琴声好生怪异。"

仇斯并未搭话，只问道："清儿，这几日可还住得惯？"

柳醇清道："住得惯，住得惯。这十几日有那驴儿陪我玩耍，桂青姐姐也常来送我果子，再快活不过了。"

仇斯道："如此便好，我还怕这山上的生活清苦，委屈了你。明日不如下山去镇子上的集市买些喜爱的吃食，再添一套换洗的衣裳。"

柳醇清一惊，拜倒在地道："是不是清儿笨手笨脚，惹先生生气了。清儿任凭先生打骂，只是别撵清儿下山……"说着便哭了起来。

仇斯轻道："我只是让你下山游玩一番，明日牵着那驴儿一起去罢，路上莫要贪玩，早去早回。"

柳醇清知道自己误解了仇斯之意，当下破涕为笑，道："多谢先生！"

一夜无话，转眼天光大亮。

柳醇清牵着那驴子便下了山去，临行前仇斯将一颗浑圆的珠子交给他道："你将这珠子拿到当铺去换些银钱，也好买些喜爱之物。"

柳醇清见那颗珠子通体洁白光润，捧在手中华贵之气尽显。心中暗暗咂舌：好大的珍珠！

仇斯也不多言，只是望着那珠子的眼神有些怅然，似乎是在追忆往昔的种种。

柳醇清道过谢，翻身骑到了那驴子的背上。仇斯忽然道："路上莫要生惹是非。"也不知是说与柳醇清还是那驴子。

柳醇清道："我记下了，先生。"说着双腿一夹，那驴子四蹄翻飞，转眼的功夫已不见了身影。

许久未在这镇子上走动，此番故地重游却已是物是人非。柳醇清生性豁达又加之年少懵懂，倒也并无感慨之意。

柳醇清身下骑着火红的毛驴，那驴子皮毛赤红夺目，远远望去似一团燃着的火焰一般，引来行人纷纷侧目。集市上叫卖还价之声不绝于耳，柳醇清逛了片刻便已觉得眼花缭乱。见一处买糖人的摊位挤满了人，形态各异的糖人扎在草把之上，憨态可掬的样子好不惹人怜爱。

柳醇清一摸怀中，只有那颗硕大的珍珠，他暗道：如此珍宝莫要被贼人盗了去，早些去当铺换些银钱才好。

正要骑着驴往当铺的方向走去,突然被几个体格魁梧的壮汉拦住了去路。当中一人道:"小子,大爷见你胯下这畜牲不错,借大爷骑一骑如何?"话虽如此,可语气中尽是恫吓之意。

柳醇清见那人面生恶相,一脸的横肉,衣襟大敞,露出胸前的猛虎刺青,好似林中的土匪一般。不禁有些胆颤,只得硬着头皮道:"我这犟驴儿性子顽劣,不易驯服。大爷还是放我离开吧。"

那人凶相毕露道:"他奶奶的,老子看上你这驴子,便是你几世修来的福分,识相的赶快滚下来,若是再罗哩罗嗦,休怪老子的拳头无眼!"身旁一干地痞无赖也跟着起哄。

柳醇清又惊又惧,已然没了办法,泪水在眼眶中蓄势而出。众人见柳醇清如此模样,哄笑之声更甚。围观的老少素知这群无赖的恶行,见他们如此为难一个孩子,虽心中愤恨,却无人敢出声劝阻。

那恶人见柳醇清不知所措的神情,便已知晓自己吃定了这娃娃。当下走过去,一手拽住驴子的鬃毛,一手去扯柳醇清的衣襟,道:"给我滚下来……"

话还没说完,只见抓着鬃毛的那只手"腾"地一下冒起了阵阵白烟,转眼间一只手已皮焦肉绽,连骨头也变得焦黑枯臭,这只手眼见是保不住了。

那恶人疼得满地打滚,口中不住骂道:"你这娃娃居然敢施妖法!老子……老子跟你没完……"

那驴子不住地嘶鸣,似是嘲笑一般。柳醇清不想将事情闹大,当下赶着驴子离开人群之中,众地痞见为首的如此下场,竟无一人敢拦他,乖乖地闪出了一条去路。

只是那驴子似是尚未尽兴一般,悻悻地驮着柳醇清离开了。

柳醇清暗呼侥幸,若不是先生早有交待莫惹是非,只怕那些地痞无赖早就化作焦炭了!

正行走间,忽听得哀乐声起。柳醇清翻身下来,牵着驴子与行人分在两侧，闪过一条路来。原是有人家出殡，前有引魂幡开道，各种纸扎、粗、细乐班紧随其后。孝子手持哭丧棒，身后是一口厚实的漆皮寿材，末尾是坐在马车之上的女眷和步行的亲友，哭喊之声令人闻之欲绝。待送葬的队伍经过，漫天飘落沿街扔撒的纸钱，生老病死本就是人之常情，片刻的唏嘘过后又有谁会为不相干的人坏了心情。正所谓"亲戚或余悲，他人亦已歌。"

柳醇清正要接着前行，突然又见一支出殡的队伍经过，排场比之前一支队伍要逊色不少，显是小户人家。

柳醇清只得与行人让过路来，只听得行人中有人道："这已经是今天的第五支出殡的队伍了，这他娘的是什么世道，死人也要赶在一块儿。"

柳醇清隐隐不安，牵着驴子，寻小路走去。一路走来，越是心惊。沿街的几户人家，大多门前立着纸人纸马，零星散落着纸钱，向里望去，只见厅中高搭灵棚，来往皆是吊唁的宾客。

柳醇清低着头，终于寻得一家当铺。在当铺前拴好了驴子，道："你在这里等我，我去去就来。"那驴子点了点头，打了一串响鼻，看来是听懂了柳醇清的话。

柳醇清迈步走进当铺，伙计迎面走来，笑道："呦，这位小哥，您是当当还是赎当？"

柳醇清见着当铺里热闹非凡，进出之人络绎不绝，生意好不红火。清了清嗓子道："当些东西。"

伙计将他引至一处柜台前，柳醇清将怀中的珠子递与柜台后面的朝奉，那朝奉捧着珠子看了半晌，面色微变，既然能在这当铺中谋得营生，必是见过世面之人，那惊讶的神色转瞬即逝。

朝奉道："这位小爷，想当多少？"

柳醇清道："我也不知此物价值，你说多少便是多少。"

那朝奉心中已猜到一二，便笑道："不急，不急。来呀，带这位小爷内厅喝茶，再取些糕点，莫要怠慢。"

伙计将柳醇清带入内厅，桌上已摆好了三五样糕点，又沏了一壶上好的茶。道了一声"您慢用"，便退了出去，半晌竟无人过问。柳醇清吃了些糕点，忽想起那驴子还在外面，正要起身，见那朝奉带着一群官差的模样的人走了进来。

朝奉道："官爷，就是此人！"

柳醇清见来人正是李捕头，心中一惊，结舌道："官爷，这……我……"

李捕头见是柳醇清，心中也是一凉，暗想：既然这娃娃在此，那青衫男子必定也在附近，若是惹恼了他，只怕这次就没那么走运了。

那朝奉拿出那颗子，道："官爷，这便是他所当之物，如此罕见之物，莫说是在下平生仅见，怕是放眼世间也是绝无仅有的宝贝。如此宝贝竟在一介孩童的手中，必是所盗的赃物！"

李捕头心中还在思索对策，只见一捕快作势便要拿人，口中喝道："大胆贼人，光天化日之下竟敢公然销赃，还不束手就擒，莫让我等动手！"上次在柳醇清姨娘的家里，众捕快死的死，伤的伤，仅有李捕头一人全身而退，此番众人皆是新进的衙役，与柳醇清并未照面。而李捕头顾忌颜面，自然不会将当日之事说与众人，因此众捕快见疑犯不过是个孩童，自然未放在眼里。

李捕头一把拽住那捕快，忙道："休得无礼！"

捕快一愣，愕然道："李头，这……"

李捕头未搭话，反而对那朝奉低声问道："我且问你，与这人一同前来的可有一青衫男子？"

朝奉道："这娃娃是一个人来的，并未见有人同行。"

李捕头心中的一块石头落了地，手已握住了刀柄，暗想："那人不在就好，将这娃娃捉到大牢里，布下天罗地网，那人不来便罢，若是胆敢劫狱，就算他有通天的本事也教他有去无回！"

心中打定主意便要动手，忽听得内厅之外一阵喧哗，李捕头恐有闪失，便派遣身边的一个捕快出去打探，片刻之后那捕快慌里慌张地跑了进来道："李头，驴……有头驴子闯了进来！"

李捕头吓得面如土色，暗叫糟糕，一心提防那青衫男子，唯独忘了这红毛畜牲！只见那驴子大摇大摆地来到内厅门前，并未进来，而是在门前卧倒，双目微闭竟打起盹儿来，缰绳还绑在一截木桩之上，木桩大半带着阴湿的泥土，李捕头知道这必定是刚从土中硬生生地拔了出来，暗暗咂舌：这畜牲好大的力气！

厅内忽然变得灼热起来，一干捕快皆是大汗淋漓。若不是李捕头拦着，早就动手把那驴子赶了出去。

柳醇清见驴子闯了进来，一颗悬着的心才放了下来。定了定神道："官爷，这珠子乃是我家先生之物，官爷若是不信，可随我上若忘山与我家先生当面对质！"

李捕头惊道："不必不必！我早就知道此事定有隐情，原来是那位先生之物，难怪连这当铺的朝奉也未见识过！"说着忽然甩了一记耳光，重重地打在那朝奉的脸上，道："瞎了你的狗眼，这位公子眉目俊朗，面生浩然之气，怎会是那贼偷，我看你定是觊觎这位公子的宝贝，想栽赃嫁祸！"李捕头也是城府极深之人，见退路已然被那驴子挡住，自然不可鲁莽行事，为今之计只有拿这当铺的朝奉开刀，更何况这"欲加之罪"的把戏他最为拿手。

那朝奉大惊，捂着脸跪倒在地道："官爷饶命啊！小人冤枉……"身子簌簌发抖，如筛糠一般。

李捕头冷道："还不速速将这位公子之事办妥！"

朝奉连连称是，招呼伙计过来，道："速开一百两的银票与这位公子……"话音未落，只见李捕头怒目瞪了过来，心中一寒，忙改口道："不不，纹银一千两，一千两……"

见李捕头面色缓和下来，心中登时一松，这才忙擦了擦额头上的汗。

不多时伙计拿来了当票与银票，交与柳醇清。柳醇清小心地掖进怀里。李捕头陪笑道："小公子，可还满意？"

柳醇清笑道："官爷当真是明察秋毫，做事干净利落。我等草民有官爷庇护真是三生有幸。"

李捕头也不知道他此言发自肺腑还是有心讥讽，不过倒也不以为忤，道："本捕头吃的便是这碗饭，都是分内之事，以后公子若是有何吩咐尽可差遣。"

柳醇清道："不敢劳烦官爷，若是官爷没有别的事，那小子就先告辞了。"

李捕头道："公子请便。"说着做了一个"请"的手势。

柳醇清牵起毛驴，那驴子这才懒洋洋地站了起来，随柳醇清向外走去。直到一人一驴消失在视野中，李捕头才长长地出了口气。

一班捕快眼中尽是疑惑之色，想这李捕头平日里也绝非善类，今日怎会在一个娃娃面前唯唯诺诺。正要出言询问，李捕头却摆了摆手，道："此事休得再提！"话已至此，众捕快也不好再问。

微风吹来，李捕头只觉得后背刺骨的冰冷。原来，汗水早已浸透了衣衫。

柳醇清牵着驴子，游弋在集市上往来的人群中。一路上尽是走江湖卖艺的把式，柳醇清看得好不欢喜。

此时虽已过晌午，可柳醇清游兴未减。那驴子却有些心不在焉，柳醇清抚摸着驴子的背颈道："怎的如此无精打采，难不成是饿了？"那驴子点了点头。柳醇清说道："这里不是若忘山，可没有桂清姐姐的仙果，你等着，我去给你买些上好的草料！"说着柳醇清四下寻找可供那驴子吃食的草料。

正分神的当儿，忽听身后有人大喊："哎呀，哪里来的杂毛畜牲，还敢偷吃我的烧鹅，看我不给你点颜色瞧瞧！"

柳醇清回过头循声望去，只见一处肉档后面一个肥头大耳的中年汉子挽起衣袖，向自己的驴子走来。手中握着斩切烧鹅的刀，上面泛着腻腻的油光。

而那驴子此时正满不在乎地咀嚼着口中的烧鹅。

柳醇清知道这驴子定是趁着自己一不留神，吃了这肉档的烧鹅。柳醇清忙拦住那中年汉子，道："这位大叔，都怪我没看紧这犟驴，它所偷食的烧鹅我赔给你便是。"

那汉子见柳醇清说话倒也客气，既然他说赔给自己，索性收了银钱，不与那驴子一般见识，道："我只知道驴子只吃草料青菜，这吃荤的驴子可是头一遭见到，真他娘的稀罕！"

柳醇清被汉子说得面红耳赤，只得尴尬地笑了笑，忙牵着驴子离开了此地。

柳醇清怒道："我的颜面都被你给丢尽了！"正说着柳醇清的肚子叫了起来，他又道："你吃也吃了，我还饿着肚子哩。"那驴子似是也知自己犯了错，便用头蹭了蹭柳醇清，呼出的热气打在柳醇清的脖子上，痒得柳醇清哈哈大笑，忙道："怕了你还不成！"

柳醇清买了些烧饼、糕点，一边坐在驴子的背上吃着，一边逛集市。逛着逛着便忘了时辰，直到太阳斜坠。

集市上已华灯初上，往来的行人却并未减少，夜间的集市倒也别有一番景致。

柳醇清忽见一处摊位前摆满了笙管笛箫，摊位主人手持一只翠绿的竹笛吹了起来，那声音清脆婉转，说不出的动人。

柳醇清登时来了兴致，随手拿起一只竹笛，鼓起腮帮用尽全身的气力吹了起来，那竹笛却响也未响，更不用说吹奏出一支曲调了。

摊位主人笑道："公子，这笛子若是这么吹可不成。"

柳醇清听他这般说，便起了好胜之心。也不讲究技巧只是对着音孔一味地胡吹，那驴子打了一串响鼻，似是讥讽一般。柳醇清怒道："连你这犟驴也要嘲笑我不成！"

正说着，柳醇清忽见一个人影如鬼魅一般从不远处一所高大宅院的院墙上落下来。柳醇清忙揉了揉眼睛，定睛再瞧果然是个人影，可是哪有人会像落叶一般翩然飘落？

柳醇清觉得这个人的身影好生熟悉，在心中思索了片刻，突然惊道："怎么可能！"

那人影不是别人，正是那闲人李跛子。只是柳醇清与虽他相识，却从未见他有如此身手。此时李跛子那条瘸腿哪还有半点不便的迹象，比之常人还要利落些许。

李跛子转入一条僻静的小巷，已不见了踪影。片刻之后，那宅院内喊声四起："快抓住那贼人，休要让他逃了！"家丁下人手持火把冲出了宅院，向四面追去。

柳醇清忙掏出铜钱交与摊位主人，将那笛子斜插在腰间。翻身跃上驴子，道："快去追那人！"

那驴子长嘶一声，向李跛子追去。

纵然李跛子跑得再快，却也难胜得过那驴子的脚力。一眨眼的功夫，柳醇清已追上了李跛子，可他并未停下，身影依然飘忽。柳醇清虽与他近在咫尺，可他的身影却愈加看不真切，柳醇清定睛再瞧，不禁出了一身的冷汗，李跛子虽说是在逃跑，可脚却未沾地。与其说他是在"跑"，倒不如说是在"飘"更贴切些。

柳醇清大声道："李伯，是我。我是清儿！"

李跛子似是听到柳醇清的喊叫，又或者察觉到有人在身后紧随，倏地把头转了过来，这一下着实把柳醇清吓得够呛。只见李跛子身子侧也未侧，依旧向前疾驰，可脸却转到了身后，就像有人硬生生地将他的头拧了过来一样。而那张脸惨白至极，双目之中尽是眼白，也不知他看得见看不见。李跛子嘴角微微上扬，居然露出一个诡异的微笑，在这样的环境下当真说不出的可怖！

柳醇清吓得怪叫了一声，勒住了缰绳，驴子猛地停了下来，此时李跛子早已不见了踪影。

柳醇清平复了一下心中的恐惧，暗想：李伯怎么会变成这般模样，好似厉鬼一般？难不成有鬼魅幻化成他的模样作恶？若是恶鬼，为何又单单变成他的模样？莫非李伯已经死了？

如此这般的疑问一时间涌上心头，却始终理不出半点头绪。一想到鬼，柳醇清心里又是一阵胆颤。

突然他猛地一拍大腿，道："我们去李伯家一探便知分晓，何必在此胡乱猜测。"说着一勒缰绳，骑着驴子向李跛子家的方向飞奔而去。

一路上沿街的商铺早早便关上了门，而一些深宅大院的家奴更是手持棍棒火把在外巡视，一副如临大敌的模样。即便如此依然有人家被盗，"捉贼"的声音此起彼伏。

柳醇清此时已无暇顾及这等怪异之事，少时便来到李跛子家门前，却见大门紧闭。柳醇清踩着驴子的背，爬在李跛子家的院墙上向里面张望，好在院墙不高，刚好可以让他露出头来。

透过院子，可以看见李跛子家房门大开，昏黄的油灯将里面的一切照得愈发昏暗。一口寒酸的棺材摆在正中，堂前还立着纸人纸马，一个灵位摆在正中，上面正是李跛子的名讳，不用猜也知道那口棺材定是李跛子的灵柩。李跛子的妻室正披着孝衣，一面将纸钱送入面前的火盆中，一面低低地啜泣，火光照亮了她憔悴的脸。

柳醇清心里"咯噔"一下，李跛子真的死了？那刚才见到的莫非真的是他的冤魂，柳醇清蓦地想到了那张骇人的脸。

他坐在驴子的背上，一拍驴子的脖颈道："赶快回去告诉先生，此事必有蹊跷！"

那驴子驮着柳醇清消失在喧嚣未尽的夜里，好似一道转瞬即逝的火光。

柳醇清始终没有留意到这在这浮华的夜市里飘来的若有若无的琴

声……

若忘山在这如浓墨一般黏稠的夜里依旧静谧沉默。夜路虽然难行，但那驴子似是腾云驾雾一般，坎坷的山路在它的脚下宛若一马平川。

一路上柳醇清紧皱眉头，脑海里满是李跛子诡异的笑容。

转眼间已到了仇斯的小院前，桂青似是在此等候良久，见柳醇清回来，方才舒展开笑颜。

柳醇清心中一暖，忙道："清儿回来晚了，劳姐姐惦记。"

桂青笑道："惦记你的可并非姐姐一人！"说着一指那驴子又道："你家先生感受到了这畜牲的气息，知道你已经回来，这才回到院中。姐姐不见到你始终是放心不下，这才在这里等你。"

柳醇清动容道："是清儿不好，我该早些回来的……"说着忙从怀中掏出一支碧绿的翠玉簪子，道："我在集市上见这簪子与姐姐相配，便买下来送与姐姐。"

桂青接过簪子，俏皮地笑道："算你还有点良心，没忘了姐姐。"说罢便将簪子插在了头上。

柳醇清见桂青喜欢，当下也喜不自胜。桂青笑着拍拍他的肩，道："时候不早了，快去见你家先生吧。"

柳醇清忙称是，牵着驴子转身进了院子，再回头却已不见桂青的踪影，只留下了淡淡的桂花香气。

房中微弱的烛光不时晃动，仇斯盯着摇曳的烛火若有所思。

柳醇清已将这一天所见到的怪事都说与仇斯。

好一会儿柳醇清才道："先生，李伯可是变成了……变成了鬼魂。"

仇斯这才收回了思绪，道："果然是'御鬼术'，究竟是何人有如此本事，也不知此人与紫星门有何干系？"

柳醇清忙问："先生，紫星门又是什么？"

仇斯的眼神又变得迷离，似是在追忆久远的过去。过了片刻才幽幽道：

"那一年我踏遍江湖，只为寻找能取我性命之人。一日忽然收到一张请帖，是紫星门的凌若虚请我前去切磋武艺。当时紫星门盛极一时，凌若虚乃是紫星门的掌门，与座下六位师弟并称'紫耀七星'，江湖传言，若是这七人联手，天下间无人能与之抗衡。可是江湖中人只知紫耀七星剑术深不可测，却不知紫星门之所以能在江湖上屹立不倒靠的乃是'御鬼术'。"

柳醇清道："何为御鬼术？"

仇斯道："传闻紫星门先祖在祖传的一只铜鼎内壁发现了一篇铭文。那人也是通晓古今的能人，知道这鼎内所记载的铭文是上古奇术《普若明心咒》，而御鬼术便是这《普若明心咒》的下卷。可是纵然得到了这奇术秘法，却因为内容晦涩难懂，始终无法参透御鬼术的精髓。不过那人天资极高，自创出了炼鬼之法。江湖中许多成名的剑客高手，皆被他以秘术拘其魂魄，供他驱使。变成了非人非鬼的'鬼奴'。那人便以此发迹，创出了紫星门。"

柳醇清恍然大悟道："他们请先生去比武，难不成是也想将先生炼成鬼奴？"

仇斯道："不错，只不过将我炼成鬼奴只是其一，凌若虚早就觊觎我的天罚剑，只怕那才是他的目的所在。那时我一心求死，虽知他的野心，却也不以为然。"

仇斯娓娓道来往昔之事，淡然的语气全然不似在讲述自己的事，柳醇清却听得入神，似是身临其境一般。每每听到关键之处，虽知先生有惊无险，却也惊出一身的冷汗。

那日仇斯欣然赴约，在厅堂之上与紫耀七星一一寒暄，凌若虚的眼神一刻未离仇斯腰间的天罚利刃。期间有一个端茶递水的下人，仇斯注意到这人虽貌不惊人，但脚步扎稳，想来也绝非等闲之辈。只是双目之中精神涣散，毫无生气，心下了然，便知这定是紫星门的鬼奴。

忽然堂上的向若通道："先生远道而来赴我等兄弟之约，我兄弟七人自是受宠若惊。在下不才,斗胆为先生弹奏一曲,以表谢意。"

向若通人称"紫灵星",排在紫耀七星的末位。此人精通音律,一曲"七啸煞音"乱人心智,杀人于无形,江湖上号称"琴剑双绝"。仇斯心高气傲,区区一个向若通倒也未放在眼里,当下便点了点头。

向若通道了句:"献丑。"便手指轻拨琴弦,初时倒也没有什么惊人之处,突然曲调一转极是突兀,仇斯心中霎时便觉得一阵说不出的憋闷。

仇斯这才知道,自己小瞧了这紫灵星。

虽然这曲调诡异至极,但仇斯固守心神,区区煞音却也奈何不得他。

向若通见仇斯依旧面不改色,便有些急躁,曲调又是一变。突然那立在一旁的鬼奴仿佛冥冥之中得到了指示一般突然发难,持剑向仇斯刺去,原来向若通的琴声除了扰人心智以外,还能御使鬼奴,令这行尸走肉变成一具毫无意识的杀器。

仇斯伸出手掌格挡,护体真气将剑锋牢牢挡在手掌一寸之外,任凭向若通如何弹奏,那鬼奴依旧近不得半分。向若通怒喝一声,琴音变得急促起来,杀伐之意更甚。那鬼奴竟弃手中长剑,伸手作爪向仇斯的胸口抓来,仇斯见这鬼怒出招如此狠毒,不由得心中大怒,避过他那一爪,顺势一掌拍在了鬼奴的胸口,这一掌已震断了他全身的筋脉,恐怕神仙也难救他。

鬼奴一死,与之意念有所相连的向若通"噗"地一声喷出一口鲜血,原因是仇斯破了他的"七啸煞音",他遭受到了反噬。

见向若通在仇斯手下未走过一个回合,在场之人无不动容惊骇。一虬髯红面之人一掌拍碎了面前的茶桌,怒斥仇斯道:"你这人好没道理,我七弟好心为你弹琴,你不领情也就罢了,何故杀我门下之人?你未免太不将我兄弟七人放在眼里了!"

此人名叫南宫若炽,人称"紫炎星",性如烈火,在紫耀七星中排第二位,仅在凌若虚之后。所持重剑"炎蟒"乃是天下少有的神兵,传闻乃是取上古凶兽火鳞炎蟒的脊骨淬炼而成,有万夫不当之威。

凌若虚见仇斯顷刻之间便胜了向若通，心中不免暗暗惊诧，沉声道："先生既然如此无礼，我等也只好斗胆领教先生高招！"说着紫耀七星拔剑列阵，将仇斯围在当中。

余下之人乃是"紫混星"丁若城、"紫寒星"汪若海、"紫金星"曲若钢、"紫玄星"丁若松。

那七人按剑阵排列，皆神情冷峻，只有凌若虚口中念念有词。原来他暗中运使紫星门秘传之术，妄图迷惑仇斯的心智，将他也炼成供其驱使的鬼奴。只不过这终究只是御鬼术的残章，与真正的御鬼术仍相去甚远。这似是而非的咒语，对仇斯似是全无作用，只是他腰间的天罚利刃铿然作响，它终究是按捺不住了。

柳醇清几次听得天罚剑，桂青姐姐也说过天罚剑是天下第一神兵，便问："先生，天罚剑究竟有何过人之处？如今又在哪里？"

仇斯道："江湖中人人都想将天罚剑据为己有，可是又有谁想过这等凶邪的利器本就不是凡间所有，更不是凡人所能驾驭得了的。"

柳醇清若有所悟，当下便不再言语。

那七人剑法精妙，确有过人之处。紫耀七星刚柔并济，相辅相成。仇斯感叹，若是能死在这样绝妙的剑招之下也算死而无憾了，只是数十招过后，这七人的剑法中戾气渐重，激得天罚剑铿吟不绝。

那些时日，仇斯已察觉到自己越来越难控制这天罚利刃了，本不想再动用天罚剑，可是双手却不由自住地握住了剑柄。而向若通趁着这个空隙一剑刺向他的咽喉，这一招狠辣无比，不由激起了他的好胜之心，天罚剑也顺势出鞘。向若通那柄剑也算是不可多得的神兵利器，却也在天罚剑锋之下断成了两截，仇斯本想将天罚剑收势入鞘，可不成想那剑却似活了一般，直插入向若通的胸口。向若通难以置信地看着胸口的天罚剑，显然是不相信世间竟有如此霸道的剑法。

柳醇清听的入神，额头上已渗出了细密的汗水。

只听仇斯幽幽道:"普天之下,能活着看到天罚剑归鞘的也只有'快剑仙'一人而已。"话音平淡如水,听不出是自豪还是遗憾。

柳醇清问:"那后来呢?"

向若通一死,剑阵自然就破了。南宫若炽大怒,挥剑便向仇斯砍去,剑气所至竟隐约像是一条吐着红信的巨蛇,这就是江湖上赫赫有名的"火鳞炎蟒了"。

而天罚剑在仇斯手中颤动不止,竟朝剑光中的火鳞炎蟒而去。这一刻仇斯竟有种错觉,仿佛手中的天罚剑才是主人,而仇斯却只能任凭它驱使。

那凶兽怪叫着向仇斯扑去,却难挡天罚剑的戾气,那火鳞炎蟒还有南宫若炽皆被仇斯一剑劈成了两半。余下五人大惊,似是已无心与仇斯再比斗下去,皆且战且退。而仇斯已杀心大起,脚下运使行水诀,这厅堂之上,方寸之地,他们已然是避无可避,那五人连仇斯的脚步也未必瞧得真切,便已经被天罚剑夺去了性命。紫耀七星一战殒命,这本就是足以震动江湖的大事,那时仇斯本想一走了之,可突然想到这紫星门还有一干鬼奴,若是留得他们岂不是为祸人间?索性一不做二不休,杀光了余下的鬼奴方才罢休。那一战之后,江湖上皆传仇斯是杀人如麻的魔头,仇斯也懒得与他们解释。

柳醇清忽然想到了什么便问道:"先生,难不成李伯也变成了鬼奴?"

仇斯摇了摇头道:"若是鬼奴,必有肉身。若你所言不错,那人已成了真正的亡魂。"

柳醇清不解道:"鬼魂怎么会去富户商贾家中偷盗财物呢?"

仇斯沉吟了片刻道:"有人将这些亡魂以邪术招来,驱使他们盗取钱财,这便是御鬼术中的'百鬼运财'了!"

夜里,风吹动树枝的声音细弱可闻。柳醇清在床上翻来覆去地睡不踏实,梦里似是又回到了学堂之上,小武还在用茅草轻轻逗弄着趴在课桌上打瞌睡的胖三儿;突然画面景象如水波一般流转,又变成了坐在柳树荫下,听李跛子讲故事。李跛子滔滔不绝地讲着那些荒诞不经的传说奇闻，一帮孩童听得无比认真；影像一转，姨娘的声音还在耳边盘旋"清儿，明日我去升阳观给你和你姨夫求一道平安符，你陪走一趟吧。"一想到姨娘想要将自己卖与那观中的道士以作炼丹用，柳醇清便说不出的难过；影像又是一变，是那个看不清楚样子的男人。男人问："你是谁？为什么要杀我？"柳醇清却怎么也想不起来自己是谁；影像再转，李跛子从那高大的院墙飘了下来，身子还在向前疾驰，头却转了过来，就像被人硬生生地扭断了一样，还有他那惨白、诡异的笑容……仿佛在说："清儿，来呀，李伯再说个故事给你听……"

柳醇清似是被猛然惊醒了一般睁开了眼睛，可身子却像是被人施了定身的法术一般，动弹不得，一个黑影不知何时闯进了他的屋子。一张面无血色的脸，正与他面对面地悬在空中。死鱼一般的眼珠在与他对视，嘴角牵起一丝若有若无的笑意。

柳醇清想要大声呼喊，可嘴里却只发出了低低的呜咽，他已经没有力气喊叫了，他只觉得全身的力气正一点点抽离身体之外，仿佛置身于冰窟之中，彻骨的寒冷包裹住了他的全身。渐渐地，冷意慢慢消融，就像严寒过后的暖春，手脚已失去了知觉，双眼慢慢合拢，眼皮越来越重。他现在什么也不想，只想美美地睡上一觉，甚至无暇与这个世界告别。

突然一阵猛兽的咆哮声传了过来，柳醇清一个冷战，清醒了许多。

房门被一股巨大的力量掀了开来，那只驴子猛地闯了进来，漆黑无光的屋子被它通体火红的皮毛映得亮如白昼。那驴子昂首立在屋子正中，比之平时似是高大威猛了许多，眼神中迸射出睥睨天下的霸气。

那驴子怒吼一声，一道火光从它口中喷了出来。那黑影似是忌惮这冲天烈焰，急忙闪避，鬼魅一般飘出了窗外。

说来也怪，那火焰眼瞧着烧到柳醇清的身上，未及沾身便消弭无形了。

柳醇清如蒙大赦一般，手脚慢慢地恢复了知觉，与方才那坠入深渊的无助之感相比，虽是短短的片刻，却恍如隔世一般。那驴子走到柳醇清的身边，见他大口大口地喘着粗气，便伸出舌头舔舐着柳醇清额头上渗出的汗水，痒痒的感觉令柳醇清格外的亲切。

柳醇清轻抚驴子的鬃毛，虚弱道："驴兄，这次多亏你了。"

那驴子长嘶一声，似是大笑一般。柳醇清心情已渐渐平复，加之他生性洒脱，也随之与他大笑起来，孰不知方才已在鬼门关走了一遭。

那黑影从窗外落下，一道刚猛的掌风飘然而至，本来如此霸道凌厉的一掌声势必然浩大，但这一掌落而无声，当察觉到那股子劲道时却已然避无可避。只是能做到这般举重若轻，实非常人所能。

仇斯一掌拍在那黑影的身上，忽然皱了皱眉。虽说这一掌仇斯只用了两成的气力，为的便是留下活口，但这足以震伤来人的经脉。只是仇斯打在那人身上犹如打在棉絮之上一般，全无着力之感。

那人被仇斯击中一掌，直飞向院中的那棵大树，大树本就枝繁叶茂，微风稍有吹动变会沙沙作响。那黑影撞在粗大的树干之上，大树竟纹丝未动，好像那黑影不是血肉之躯，而是清风一般。那黑影本就是精魄之体，全无意识，行动全凭他人驱使，如今挨了仇斯一掌倒也并无大碍。

浓浓的夜色中，又飘来那阵诡异的琴声。那黑影听见琴声，倏地站起来以鬼魅一般飘忽的身形消失在黑夜里。

这时柳醇清扶着那驴子从房间里走了出来，见到仇斯便问："先生，那人是谁？"

仇斯望着那黑影消失的方向，好半天才道："丁若松！"

柳醇清想起来这人似乎是先生提起过的紫耀七星之一，"紫玄星"丁若松。

丁若松与"紫混星"丁若城乃是同胞兄弟，二人年少时一同拜入紫星门门下，一柄落虹剑在江湖上已是鲜有敌手。

柳醇清低声道："先生，紫耀七星不是尽数死在你的手上吗？为何此人还活着？"

仇斯道："活着？此人已是亡魂，刚才你的性命便险些被他偷了去！"

柳醇清大骇，道："先生，这性命怎么会被偷了去？"

仇斯道："人生来命中便暗含五行，丁若松五行主木，若是我猜的不错，你也是木命，所以他才会前来偷你的寿数，这便是御鬼术中的'五鬼搬寿'。有人御使五鬼搬寿便是为了盗取你余下的寿数为其所用，而你却要沦为供其驱使的亡魂。"

柳醇清这才后怕道："难不成我险些也成了孤魂野鬼？"

仇斯道："那倒未必，丁若松踏入若忘山的那一刻我便已察觉到了，若是他一心加害于你，我早已将他打得魂飞魄散了，只是他此行的目的并非盗取你的性命，而是引我出山。"

柳醇清心下大定，原来先生早已通晓一切，道："先生可知究竟是谁在暗中指使这些已经死去的亡魂吗？"

仇斯摇了摇头道："此人精通真正的御鬼之道，想来必是与紫星门有着千丝万缕的联系，多半只怕是来找我寻仇。当年我杀伐之心过重，有人为紫星门讨回公道也是理所应当的。"

柳醇清道："先生，本是为民除害，又何过之有？"

仇斯道："不管怎样，我都要去会一会那幕后之人。若是那人能取得了我的性命，再好不过。"

听出了仇斯话中的凄凉之意，柳醇清突然对这个人的过去有着强烈的好奇，究竟是怎样的境遇让这个深不可测的男人有着求死的执着。

柳醇清问道："那御鬼之人神秘至极，先生去哪里寻得呢？"

仇斯道："你听，这琴声此时未断，便是引我而去。我若是再不赴约，只怕辜负了这主人的一番盛情！"

柳醇清凝神细听，这才听见那若有若无的琴声，琴声虽细，适才并未察觉倒也无碍，只是此时细听，便觉得胸口憋闷至极。仇斯一手搭在柳醇清的肩膀上，一股暖暖的气流顺着仇斯的手掌涌入柳醇清的体内，憋闷之感连同适才的虚弱顿时全消,柳醇清喜道:"多谢先生!"

仇斯缓缓向夜幕中走去,柳醇清翻身骑上那驴子,紧随在仇斯身后。不知为何,只要跟在仇斯身后,柳醇清便有种难以言喻的安心。

哪怕前途尽是凶险……

欢香楼是镇子上最为有名的青楼,里面的姑娘个个都是粉面玉肌、酥媚入骨。但凡有男人经过欢香楼前都要忍不住向里面望上一望。

柳醇清轻轻牵了牵仇斯的衣角,面色微红道:"先生,此处……此处……"

仇斯摆了摆手,道:"你听。"

柳醇清当下默不作声,只听淡淡琴音自青楼之中缓缓飘来。琴声中一改杀伐、诡异之意,取而代之的尽是滑腻、媚俗的淫邪之声,似是妩媚的女子在耳边呢喃一般,听得柳醇清面红耳热,道:"先生,这琴声好怪。我……我……"

仇斯微露笑意,牵起柳醇清的手迈步走进了欢香楼。

"二位客官请留步,今晚这欢香楼已经被人包了下来,客官若是来玩的话,明儿个擎早吧。"一名老鸨模样的人拦住了仇斯,说话间有意无意地瞥了一眼仇斯身边的柳醇清。

柳醇清见那老鸨满是皱纹的脸上厚施粉黛,一身色彩艳丽的绸缎将本就臃肿的身子映衬得俗不可耐,似是不肯放过早已逝去的年华一般,心中竟觉得此人可怜至极。

柳醇清道:"先生,既然今日不便,我们还是走吧。"

仇斯道:"也好。"

走出了欢香楼柳醇清才觉自在了许多,连空气似乎都变得清爽了。突然,腋下一紧,双脚腾空而起,柳醇清正要大呼,却已然落在了欢香楼顶的琉璃瓦上,像落叶一般落地无声。

原来是仇斯抱着他施展行水诀,柳醇清正要说话,却见仇斯做出让他噤声的动作。

此处正是欢香楼第一层与第二层之间，柳醇清站起身来，刚好在二楼的窗外。而那古怪的琴音便是自面前的窗子里传来的。

一曲方毕，房中便传来了欢笑声，一女子娇媚道："客官琴技了得，真教我等姐妹汗颜了。"

忽听一人"哈哈"笑道："雕虫小技罢了，若是我七弟在此，那才是应了那句'此曲只应天上有，人间哪得几回闻？'"

仇斯透过窗子的间隙向房中望去，数名青楼女子围坐在一名男子身边调笑着。那男子的脸上始终挂着一丝若有若无的笑意。

仇斯忽然皱眉道："是他？"

又一女子道："客官过谦了，奴家敬客官一杯。"说罢便将杯中之酒一饮而尽。

那男子道："酒且慢喝，承蒙诸位姑娘如此抬爱，我这里也有一物愿赠与诸位姑娘，聊表心意。"说着男子从怀中摸出一个浑圆的物件，在房中的烛火的映衬下显得流光溢彩，竟是一颗硕大的珍珠。

柳醇清一眼便认出了那珍珠正是仇斯让他当掉的那颗。正诧异地看向仇斯，只见仇斯面色不改，依旧冷冷地看着房中的情形。

一女子惊道："呦！好大的珍珠，客官快让奴家瞧瞧。"说着伸手便去取那颗珍珠。

那男子不露痕迹地避了过去，笑道："姑娘有所不知，这可不是珍珠，而是'鲛珠'！本是雾宣仙子送与情郎的定情之物。"

众女子闻听此物不是珍珠，皆大失所望，一人道："原来不是珍珠，我还以为是什么宝贝呢。"

那男子哈哈大笑："此物是东海鲛人国的镇国之宝，普天之下也不过三颗而已。其中两颗早就不知去向，而剩下那一颗便是我手中之物。"

"雾宣仙子"四个字自那男子口中说出，柳醇清察觉到了仇斯的身体微微地颤动了一下，愠怒之色稍纵即逝。

众女子闻听这珠子竟是稀世珍宝，纷纷争相一观。

那男子一摆手，道："诸位姑娘少安毋躁，这鲛珠虽说是当世罕有，却也不见得有多珍贵，连它的主人都视它如草芥，我若是将它赠与诸位姑娘，只怕是污了姑娘们的手。"说着，蓦地将手中的鲛珠扔了出去，鲛珠夹杂风声直奔窗壁而去。

柳醇清暗呼可惜，以那男子的力度，那鲛珠势必粉碎。

柳醇清念头未落，仇斯已然身在房中，手中握着的正是那颗险些毁去的鲛珠。柳醇清竟没看清仇斯是何时进到房中的。

那男子见到仇斯，眼中精光一闪，朗声道："一别十几年，先生别来无恙？"

仇斯道："尊驾好本事，虽排在'紫耀七星'之末，却能在仇某的天罚利刃之下全身而退，普天之下除了'快剑仙'云中傲，只怕也唯有你向若通了！"语气平淡，听不出是恭维还是揶揄。

原来这男子便是当年紫星门中的"紫耀七星"之一，"紫灵星"向若通。

那男子道："先生好记性，想不到还记得我'紫耀七星'。当年听说先生与快剑仙双双毙于会稽山，在下可当真是痛不欲生啊！有人传书在下，说先生重现江湖，我还只道是笑谈。若不是我见到雾宣仙子的鲛珠，在下还真以为我兄弟七人的大仇今生今世是无法得报了！"

仇斯定却不接话，只是神色疑惑地瞧着眼前之人，似是怀疑什么。

众妓女皆是见惯了欢场之事，察言观色便是看家的本领，见情况不妙，早已抽身离去。

那男子手指轻轻拨弄琴弦，道："当年我兄弟在江湖也算是有一号，却在先生的天罚剑之下连一个回合也敌不过，当真是败得心服口服。"

仇斯突然道："你不是向若通，你是凌若虚！"仇斯之所以怀疑此人非向若通，是因适才他露出的贪婪、狡诈的眼神和当年的紫星门掌门如出一辙，仇斯这才断定此人乃是凌若虚。

那男子大笑道："什么都瞒不过先生的法眼，不错，在下正是凌若虚！当年多亏先生将我七弟打得魂飞魄散，我才能寄体于他。"

仇斯淡淡道："莫非这便是真正的御鬼之法？"

凌若虚笑道："不错，想不到阴差阳错竟让我参透了《普若明心咒》，我门中人苦苦寻求御鬼之道，可是肉体凡胎如何驱使得了魂魄？"言罢，凌若虚从怀中摸出一只拳头大小的四足方鼎，只见这鼎古意盎然，且上面布满了无人知晓的铭文，一看便知这绝非世俗之物。

仇斯微露讶异之色，道："坎离元真鼎？"

凌若虚笑道："先生果然见多识广，这便是我紫星门的镇派之宝'聚魂炉'！"

这"坎离元真鼎"又叫"聚魂炉"。相传上古逐鹿之战之时，黄帝大破蚩尤所率领的九黎族，那场战役杀得天地为之变色。战死的尸体不计其数，其大多是凶神恶煞之徒，死后的魂魄连冥府亦不敢收容。黄帝遂取玄铁之精炼制坎离元真鼎，将战场上的亡魂尽数收入鼎中，以秘术将其封印。而鼎内的铭文便是上古奇术《普若明心咒》。

仇斯将鲛珠小心收入怀中，道："你是凌若虚也好，向若通也罢，仇某已无杀伐之心，纵然你恶贯满盈与仇某又有何干系。"

凌若虚抚掌笑道："好一个慈悲为怀的求死先生啊，当年你杀我兄弟七人，如今就凭你一句话便要在下对你感恩戴德，将不共戴天之仇一笔勾销？"凌若虚满饮一杯烈酒，怪笑道："罢了，罢了！先生若是将天罚剑交出来，在下甘愿息事宁人，先生与我紫耀七星之间的恩怨便从此烟消云散，如何？"

仇斯淡淡道："仇某的话还未说完，尊驾何以如此心急？"

凌若虚冷笑道："在下洗耳恭听！"

仇斯话锋一转，杀机毕露道："只是你不应侮辱她。这教仇某如何能放过你,十几年前仇某杀过你一次,今日仇某便让你万劫不复!"

凌若虚伏案狂笑:"先生未免忒小觑在下了,且不说在下参透了《普若明心咒》,与当年早就不可同日而语,何况先生手中已无天罚利刃,在下便吃定了先生!"

原来凌若虚早已知晓仇斯腰间所悬佩剑并非是天罚剑,所以才这般有恃无恐。

凌若虚又道:"适才先生说我侮辱了雾宣仙子,可是先生却将仙子所赠与你的定情之物视如草芥一般当掉,难道不是辱没了仙子对你的情分?再者先生如今身处风月之所,身边那俊俏的娃娃莫非是先生的男宠?想不到堂堂求死先生不仅穷困潦倒,需当物度日,而且又添了断袖之癖,可怜那雾宣仙子若是在九泉之下得知自己竟将情愫寄托在你这般满口仁义道德的薄情郎身上,只怕会羞愧得活了过来吧,哈哈哈哈……"凌若虚面露狂相,说到激动之处竟手舞足蹈,诡异至极。

仇斯面色铁青,手已缓缓握住腰间的无争剑。

凌若虚已察觉扑面而来的杀气,笑道:"先生且慢,此处既是风月之地,我们便只谈风花雪月,能在此处与先生再度相见,先生定是在下的同好之人,在下先敬先生一杯……"说着掷出酒杯,说是敬与仇斯,可那酒杯却直奔柳醇清的面门而去。

柳醇清隐约已听到风声,却来不及呼救,本能地闭上了眼睛。

片刻之后,柳醇清才缓缓地睁开双眼,只见那酒杯生生定在自己眼前寸许之处。原来酒杯牢牢地被仇斯双指夹住,里面的酒水在杯中旋转不止,却连半滴也未洒出。

而凌若虚乘隙自身边的窗子跃出,恰巧落在一乘巨大的车辇之内,车辇通体乌黑,散发着令人心寒的阴冷之气。车辇前没有驱使的骏马良驹,却凭空飞了起来。隐约望去似是有数不清的"人"将车辇抬了起来,在空中踏步而行。

凌若虚在车辇之上朗声道："在下先行一步，换个去处与先生再言生死。"说罢，庞大的车辇竟已没了踪影。

柳醇清道："先生，此人阴险诡谲，切不可中了他的圈套，我们还是回若忘山吧！"

仇斯道："区区鼠辈有何惧之？就算是为了她，还有被他拘役的万千生灵，凌若虚也非除不可，更何况我还有事要他当面说清楚。"言罢，运使御气之法，化作一道暗青色的身影，转眼便没了踪迹。

柳醇清急忙下了楼，翻身骑在了那驴子的身上，道："驴兄，快去追先生！"

那驴子兴奋地嘶叫了一声，柳醇清紧紧地攥住驴子的鬃毛，耳边只剩下呼啸而过的风声。

柳醇清骑着驴子追至竹林，耳边忽又响起若有若无的琴声，琴声虽轻却变化多端，杀伐之意大盛。

那驴子脚力本就奇佳，此时受琴音之扰隐有躁怒之意。柳醇清被颠簸得有些头晕目眩，而两边的竹叶如细小的刀锋一般，划得柳醇清的脸颊生疼。

柳醇清叫苦不迭，忙道："驴兄，慢些，慢些……"

此时已至竹林深处，道路渐渐已看不真切，虽翠竹掩映，可在这琴声之下显得尤为诡异。

柳醇清忽觉手中灼热，忙痛呼一声，松开了手。这一松手险些跌落下去，幸好双腿死死夹住那驴子的肚腹，只是这般动作怕是支撑不住多久。

那驴子毛发渐长，身型似是较方才大了许多，动作快似闪电，几近癫狂之相，身边的竹叶瞬间便已焦枯，柳醇清更是觉得无比煎熬，仿佛置身于火炉之内。

忽然远处传来仇斯的声音："孽障，这般蚊蝇之音也令你现了真身？本以为困你十载，化去你的戾气，必会精进修为。但若是今日这般，仇某当再困你十年！"

仇斯的声音斩钉截铁一般传来，柳醇清感到身下一震。蓦地，燥热之气顿消，那驴子扬起后蹄，柳醇清被颠了起来，正落在驴子的背上，忙用手去抓驴子脖颈上的鬃毛，此时已无灼烧的感觉了。

驴子任凭柳醇清抚摸，只是低着头，似是没有脸面去看柳醇清，羞愧之意溢于言表。

冲过这片竹海，眼前竟是一片阔地。凌若虚坐在一方石台之上，手抚瑶琴。若非琴音诡乱，此情此景倒也逍遥。

只见仇斯手捏"离火诀"，将周遭的魂魄烧为灰烬。只是孤魂野鬼似是源源不断一般自凌若虚的坎离元真鼎内涌出，纵使仇斯的修为通天彻地，也怕真气将要耗尽。

凌若虚含笑道："先生不将天罚剑交与在下，在下自会在先生死后，将先生的魂魄收于聚魂炉内，到那时先生的神识自然尽得在下手中。莫说天罚剑的下落，只怕先生的一身本事也是在下的囊中之物了。"

仇斯淡淡道："非是仇某小瞧与你，你还不配与仇某同握一剑！"

凌若虚手指轻轻拨弄琴弦，冷道："先生未免太过狂妄，先生或许忘记了，你还在我的百鬼阵中，百鬼可运财，亦可索命。"说着，琴声一变，听得人心中好不烦躁。

柳醇清此时强忍心神，面颊上已渗出丝丝汗水。忽听仇斯道："阁下美意仇某心领了，只是如此幽静之夜，只有阁下的琴声作伴，仇某于心何忍？清儿，借你腰间竹笛一用。"

柳醇清忙抽出别在腰间的竹笛，那是在镇子上的集市里买来的，适才匆忙，便一直别在了身上。

仇斯接过竹笛，淡淡道："仇某献丑了。"

一丝悠扬的笛声自仇斯手中的竹笛中缓缓传出，曲调时而柔和舒缓，时而清脆明亮。

柳醇清只觉神清心怡，仇斯的笛声竟硬生生地将凌若虚的琴音压了下去。众幽魂野鬼似是没了指引一般，溃如散沙。

凌若虚面色微变，抚琴双手变幻莫测，显然是在用全力弹奏那七啸煞音，那些亡魂突然发狂似的攻向仇斯。

柳醇清正要惊呼，却见仇斯面色不改，依旧神情自若，吹奏那支竹笛。亡魂虽然癫狂，却半分未近仇斯的衣衫，想是仇斯的笛声扰乱了凌若虚的琴音。

凌若虚的琴音愈发诡异，仇斯的笛声便又轻快一分。

突然，凌若虚呕出一口鲜血，琴弦尽断，而仇斯的竹笛也碎成了竹片。

仇斯道："仇某随心之作，怕是有扰阁下清听。"

凌若虚擦了擦嘴角的血渍，狞笑道："先生随心吹奏便胜过我向师弟苦练十余寒暑的七啸煞音，在下佩服，佩服！"

仇斯道："当年是仇某杀心过重，今日仇某便放你一条生路。留下坎离元真鼎，你去吧！"

凌若虚愣了片刻道："原来你想要的是我的聚魂炉，那也不难，只要你胜得过我的《普若明心咒》便可！五位师弟，今日便与师兄一同手刃此贼！"

待凌若虚一声怒喝，霎时间刮起一阵狂风，飞起的碎石打在柳醇清的脸上，令他叫苦不迭。那驴子见状，忙用身躯护住了他。

只见五道若有似无的身影从坎离元真鼎内飘了出来。

凌若虚笑道："先生可知在下虽占了向师弟的肉身，却足足费了十年的光景才能将动作驾驭纯熟。不过在下自知这区区他人皮囊，尚不配与先生交手。这报仇之事只得由我五位师弟代劳了！"

仇斯见那五个亡魂以五行之术排列，心中便已知晓，问道："这五人即便当初没有死于仇某之手，只怕也会被阁下炼成鬼奴吧？这五人命格中暗合五行纯精之属，若是仇某所料未错，当年令师收他们入门之时便已有此打算了。"

凌若虚朗声笑道："不错，自他们入门那天起，就注定要沦为五行鬼奴，这是家父，也就是家师早已交待的。我与向若通本就是亲生兄弟，所以才能寄体与他身。"

仇斯微微颔首，道"原来如此。"

凌若虚面露狰狞，怒喝："多说无益，众位师弟，仇人在此，我等大仇此时不报更待何时？"

突然那五鬼齐齐发难，将仇斯围在当中。

仇斯道："仇某虽半生求死，早已视性命如草芥，只是仇某虽死不足惜，性命却不能坏在你这阴险小人之手。"

凌若虚不答话，只见他嘴唇微微颤动，似是在念叨着什么。

突然，那"紫玄星"丁若松化掌作爪，直奔仇斯而来。仇斯伸出二指，以指作剑，本欲点在丁若松的掌心。指掌相交的那一瞬间，仇斯却从丁若松的身体穿了过去。那丁若松虽是精魄之身，并没有丝毫知觉，但被仇斯的护体之气震得险些形神俱灭，身形也暗淡了许多。

凌若虚冷道："先生非木命。"说着嘴里又是振振有词。

适才站在正东方的丁若城突然扑向了仇斯，而丁若松此时正站在正东方。原来这五鬼搬寿便是将人困于当中，四鬼锁路，一鬼索命。

待丁若城败下阵来，凌若虚失望道："先生非土命。"

接着是汪若海与曲若钢，二鬼皆败下阵来。

凌若虚面色已变，道："先生非水命亦非金命，定是火命无疑！"话虽如此笃定，可凌若虚脸上却已有担忧之色。

那南宫若炽势如猛虎一般，带着灼热之气扑向仇斯。仇斯微露失望之色，道："阁下的御鬼之术也不过如此！"声音斩钉截铁，字字铿锵。

仇斯伸出二指，以指作剑。

凌若虚面色变得极为凝重，嘴里发出极为古怪的语调。南宫若炽似是感应到了凌若虚的指令，偌大的身躯忽然变得飘忽起来，在仇斯身边飞快地移动。

柳醇清看得几乎眼花缭乱，隐隐仿佛有一团幽幽的火光在仇斯身旁跳跃闪动。

凌若虚眼中精光一闪，自以为察觉到了仇斯的破绽。大喝道："便是此时了！"

南宫若炽像一道火光，夹杂着灼热气息的掌劲狠狠地拍向仇斯的左肋之下。

仇斯依旧站在那里稳如泰山，只见他双手轻轻地抬起，双指却恰好抵在了南宫若炽的眉心。虽是无形的精魄，却也再近不得分毫。还未及近身，便已然被仇斯的真气震德魂飞魄散。空气中哪还有半点灼热之感？

本来以"五鬼"之力，想打败仇斯简直是痴人说梦，可这其中的关窍就在于人生来便身属五行，纵然天纵之才，面对与自身相同属性的鬼奴，其寿数必然会被鬼奴盗取，实力自然大打折扣。这也是凌若虚有恃无恐的原因。

只是五行鬼奴却无一人能在仇斯的手中讨去便宜，想来仇斯并非属于五行之中的任一属性。

凌若虚面色大变，结舌道："不……不是火命！你究竟是什么人？"

仇斯没有理会凌若虚的惊诧，只是冷冰冰地说道："留下坎离元真鼎，说出与你传书之人，仇某便放你一条生路如何？"

凌若虚恨恨道："先生莫要再说大话。在下已参透了《普若明心咒》，世间已无人能杀得了在下，他日在下将另觅寄体，再拘五行亡魂与先生一较高下！"

仇斯道："你口口声声说已参透《普若明心咒》，你可知御鬼之道始终是下策，'通'神才是《普若明心咒》的精义所在。"

仇斯漫不经心地一句话却令凌若虚冷汗涔涔，他道："你胡说！'通神诀'早已失传，连聚魂炉上也无记载，这通神诀多半是后人杜撰，世间绝无此法。"

仇斯淡淡道："既是如此，碰巧天下之术仇某均略知一二，不如请阁下甄别仇某的《普若明心咒》是真是假如何？"

凌若虚如遭雷击一般的错愕，仇斯却已然掐起了剑诀。

柳醇清记得那一晚本来是满月，月朗星稀，而片刻后漫天乌云遮住了那轮暗红色的满月。四周静得出奇，只有那驴子周身隐隐透着火焰一般的光亮。

其实柳醇清不知道，这片竹林本是纯阴之地，所以凌若虚才在这里施展御鬼术，自然事半功倍。

仇斯方一踏进竹林，便已知晓此处的蹊跷，心道："若是如此，也省去了我些许麻烦。"

仇斯口中低低叨念着什么，柳醇清隐约听到"天地为偈，神鬼役从……"

忽然仇斯伸出手掌，在空中挥了一挥，似是在虚空之中劈出了一道缝隙。

凌弱虚双目圆睁，脸上满是不可思议的神情。

柳醇清定睛观瞧，果然在仇斯挥手之处，一座冷幽的大门若隐若现。片刻之后门的轮廓愈发真切，大门之上刻有两字，非篆非隶。

后来仇斯告诉他，那两个字是"幽冥"。

大地似是蒸腾一般地颤抖，柳醇清紧紧地依偎在驴子身旁。

仇斯道："清儿，仇某所做之事已有违天道，不如你闭上眼睛，免得你看见那不该看到的东西，也落得心宁。"

柳醇清闻言点了点头，遂紧闭双目。耳边赫然传来"咚咚"的脚步声，似是在耳边盘旋，又像是自脑海里传来，声音如雷鸣般振聋发聩。

凌若虚体如筛糠道："仇斯！你从何处习得这'通神诀'？"

仇斯淡淡道："家师曾言，天下秘术他一人便知十之八九。这《普若明心咒》便是家师羽化前传授于仇某的最后一项技艺。只是此术虽为上下二卷，可家师说'御鬼'不过是鼠辈行径，小道耳。"

凌若虚握紧双拳,指甲深深地嵌入皮肉之中。眼见大仇可报,又能知晓天罚剑的下落,却不想终究还是功亏一篑。想到此处,反而放声大笑:"仇斯!此番我棋差一招,就此别过,他日定将你挫骨扬灰,以报今日之仇!"

仇斯道:"你可知仇某以何代价催动这'通神诀'?岂是你想走便走的?"

话音未落,只见那道门"吱呀"一声,传来厚重的金属声音。一只巨大的手臂凭空从那似铜非铁的巨门中伸了出来,五指如同钩子一样牢牢抓住了准备抽身遁去的凌若虚。凌若虚的口中哀嚎不止,早已没了方才气定神闲的从容。紧接着一道巨大的身影从门中走了出来,每走一步,大地便为之一颤。

柳醇清终究逃不过孩童的心性,忍不住眯起一只眼睛,这一看便让他魂飞胆散。只见那黑影生的头如巨马,一双拳头大小的怒目环视这四周,一口交错的犬牙如冷森的刀锋一般让人胆寒。柳醇清蓦地闭紧双眼,双手死死抓住那驴子的鬃毛,那驴子见那马头怪影倒也不怵,轻呼了口气,似是不屑一般。

那怪影一手死死攥住凌若虚,另一只手持双旋螭纹钢叉,周身散发着逼人的寒气。此时众多亡魂体似筛糠一般抖动起来。

那马头怪蓦地圆睁怒目:"呔!尔等跳梁小丑竟也惊动某来阳世一遭。"说罢,将手中钢叉一掷,那钢叉瞬间化作两条螭龙。龙口一张,将周遭亡魂尽吞入腹中。一时间鬼哭声大作,听得柳醇清冷汗涔涔。

马头怪人一挥手,两条螭龙又交缠在一起变回了钢叉的模样。

凌若虚见形势不妙,便暗取怀里的坎离元真鼎,欲躲入此鼎,借助宝鼎的精气逃过此劫。那马头怪双眉一挑,铁钩一样的手松开了凌若虚,"咦"了声道:"聚魂炉?"

凌若虚如蒙大赦一般,想要钻入鼎内。马头怪人冷哼了一声,未见他双脚移动,身子便已至凌若虚面前,劲风携夹的寒气令凌若虚打了一个冷战。

马头怪眼中杀机大作，狠狠地将钢叉穿透了凌若虚的胸膛，手中夺过坎离元真鼎，不屑道："区区阳世凡人，也配御使这聚魂炉？"

凌若虚面容扭曲，口中哀号不止。马头怪人狞笑道："寿数已尽之人，何以不往地府报道，某还道是无常二使疏漏，不想是你这厮从中作梗。莫非你欲与阎君共治幽冥？"

柳醇清见马头怪人手中的钢叉虽说贯穿了凌若虚的胸膛，却未见半滴鲜血流淌出来。事后仇斯说，那双旋螭纹钢叉本非凡间之兵，又怎会受凡间的血肉之躯阻碍？那钢叉所刺的乃是凌若虚的魂魄所在，待魂魄抽离了寄体之躯，便化作飞灰，永世不堕轮回。其过程远比刀山、油锅、拔舌、剜心等刑罚难挨千倍、万倍。

凌若虚的魂魄硬生生地被抽了出来，瞬间便化为灰烬。马头怪人将坎离元真鼎收入袖中，便要回到门中。

仇斯朗声道："且慢。"

马头怪人停下脚步，望向仇斯。

仇斯道："阁下可是马面尊使？"

那马头怪人微露讶异，道："不错，某就是马面罗刹！"

仇斯朗声道："仇某有一事相询，还望尊使如实相告。"

马面罗刹冷哼了一声，不置可否。

仇斯又道："仇某想斗胆问一问寿数。"

马面罗刹蓦地瞪大双眼，忽而哈哈大笑："尔不过是区区阳世之蝼蚁，也配问这等天机？真是笑煞某也！"说罢又大笑不止，声如洪钟，震得柳醇清头脑发胀。

仇斯却不以为意，道："尊使可忘了催动这《普若明心咒》的代价了吗？"

马面罗刹身躯一震，半晌才道："不错，若要催使'通神诀'，便要以十载寿数为代价！"他如虎爪一般的手臂在仇斯的头顶一辉，大喝道："'命谍'何在？"

这命谍便是人生来所携的生死簿，无论大罗金仙，抑或是游魂野鬼，头顶之上皆有此谍。

马面罗刹接连在仇斯头上挥了五次，手中却空无一物。这一惊，着实非同小可，怒道："尔是何人，竟无命谍，莫非尔已不在三界之内，五行之中？"说罢举起钢叉刺向仇斯。

仇斯皱眉道："地府不收仇某，天大地大，仇某又以何处存身？"说罢眼中杀机大作，手摸向腰间的无争剑。

马面罗刹已至仇斯五步之内，忽然觉得一股无形的压力自仇斯弱小的身躯袭来。马面罗刹忘记了自己多久没有感觉到害怕了，他始终不敢相信，能让自己胆寒的居然是一个凡人，这让他进退维谷。

仇斯的心中闪过万千念头，有那么一刻他甚至想冲进那扇幽冥的大门，大开杀戒。这念头方一冒出，仇斯猛然惊醒，急忙将这杀伐之心压回心底。他缓缓松开了握住佩剑的手，眼中凌厉的杀机又恢复了之前的淡然如水，苦笑道："罢罢罢，仇某杀业本已过重，手下又何必再添新魂，尊使请回吧！"

那马面罗刹见仇斯一身杀气忽然消弭于无形，刚才那种让他惊恐万分之感仿佛是一场梦幻，这让他有些恼羞成怒，此时此刻他恨不得将眼前这个凡人挫骨扬灰！想到这儿，马面罗刹怒而将钢叉刺向仇斯，钢叉眼见是擦着仇斯的衣襟了。

忽然在那扇通往地府的门中传来一个声音："住手！"声音浑厚中透着庄严。

马面罗刹偌大的身躯骤然定住，恭敬地向门的方向答道："是！"

门里又传来声音："阿弥托佛。仇施主宅心仁厚，贫僧代天下众生与马面使谢过施主了。"

仇斯一改往日孤傲，神情恭敬地答道："菩萨言重了，昔日在下罪孽深重，若非菩萨所赐'菩提木'，在下早已沦为天罚剑奴了。"

那声音道："一朝为佛，一朝为魔。仇施主能舍弃天罚利刃的煞气，乃是施主心中有佛，实乃施主之幸，亦是苍生之幸。如今施主便是'无争剑'真正的主人了。"

仇斯面容微动，他低头看了看腰间所悬的佩剑，良久才道："此剑已有十年未出，只盼能长眠于在下腰间，但愿永无出鞘之日。"

那声音又道："施主此言甚善，然树欲静怎奈风不止，仇施主天赋异禀，却也是这局中一子。"

仇斯心中一颤，道："还请菩萨明示。"

那声音缓缓道："五行之内，无论诸天神佛还是妖精鬼魅，皆有劫数，可三百年前天下众生的劫数却只因两个凡人。"

仇斯一惊，在修炼的过程中，劫数便是瓶颈，只要突破这桎梏，修为变可精进一层。但若是渡不过这劫数，轻则一身的修为前功尽弃，重则却有形神俱灭之虞，所以修仙之人极为看重这"劫"。不想诸天神佛的劫数竟是因为两个凡人！

那声音缓缓又道："说他们是凡人倒也不甚明了，此二人虽为肉体凡胎，却未在'天、地、人、神、鬼之列。"

仇斯凝眉沉思道："不在'五仙'之列，岂不是跳出了三界之外？"

那声音道："不错，此二人不在三界之内，跳出五行外。不服天管，不受地辖，因此这二人没有命谍。"

听到命谍二字，仇斯浑身一震，沉声道："那……在下……"

门中的声音道："不错，天下无命谍者仇施主乃是贫僧所知第三人。"

仇斯沉声道："敢问菩萨，那二人是何人？"

门中声音叹道："非是贫僧不愿如实相告，只是这天机实在过于沉重，若是此时将这二人的身世告知于施主，不过是为施主平添烦恼。施主在这谜局之中，有关施主命谍之事，自然与这二人也有莫大的关联，施主虽然是局中一环，但施主身无命谍，所以这天机连天地也无法洞悉，施主就是最大的变数，也当是破局之人。"

仇斯深施一礼，道："是在下着相了，不过在下还有一事不明，想请教菩萨。"

那声音道："施主请讲。"

仇斯凝眉道："菩萨可知世间可有'游龙穴'这种风水之地吗？昔日家师羽化前曾亲自选定一处长眠之地，家师称此地为'游龙穴'，尸身葬于此地七日后便随龙脉游走于他处，若无机缘便再无觅得的可能。当日在下从囚谷回到家师隐居之处，却发现家师已于七日之前羽化而去，尸身由黄及老人代为安葬。没有亲眼得见家师最后一面，乃在下平生所憾，所以才想问一问菩萨，有何办法能再次寻得'游龙穴'，以祭奠家师英灵。"

许久，门内才传来沉重的声音："只怕让施主失望了，贫僧从未听说过世间有'游龙穴'一说，适才问谛听，它也不知。"

仇斯似是难掩惊讶之色，下意识地退后了一步，痴痴地说道："谛听也不知，为何会这般？"

门内声音又道："世间之事，玄机繁多。佛祖尚且难洞悉寰宇，依贫僧之见，若是能找到黄及老人问一问，或许能知晓一二。"

仇斯所有若思地点了点头，道："多谢菩萨指点迷津，在下不敢再扰菩萨清修，他日若有机缘，在下再当面向菩萨道谢。"

说罢，仇斯便要告辞。

门内之声突然叫住仇斯，道："施主且慢，适才谛听遍查周天玄机，有一事却与施主有关。"

仇斯诧异道："有劳菩萨明示。"

门内声音口诵佛号，道："阿弥陀佛，这事关乎于你身边那童儿……"

柳醇清听到仇斯在和门中之人的对话，觉得隐约有一种窥得天机的新奇之感，却又理不清任何头绪。正当他伸长耳朵欲再听时，忽然感受到一股绵长却轻柔的劲道扑面而来，打在身上竟有说不出的惬意之感，就这么靠在驴子的身上，不知不觉地睡了过去。再醒来时，他已经骑在驴子的背上了,仇斯在旁边正若有所思的看着面前精巧的铜炉,柳醇清认得那就是"坎离元真鼎"。

柳醇清道:"先生……"他有很多不明白的事要问,可是话在嘴边却又无从说起。他不知道这一晚仇斯和那门中之人都说了什么,总之仇斯的眼中多了一丝生气,和之前的冷漠相比,此时的先生更像是个有血有肉的人了。

仇斯将铜炉放进怀中,望着天边泛起的鱼肚白,对柳醇清道:"清儿,你说过,你我既在红尘之中,又怎能以世外之人自居呢?"

柳醇清似懂非懂地点了点头。

仇斯又道:"清儿,不如我把这一身的本事传授给你如何?"

柳醇清笑着摇了摇头道:"若是习得了先生的本领,天底下岂不是又多了一个寂寞之人?清儿能在先生左右服侍,逍遥自在几十年就心满意足了。"说罢拍了拍胯下的驴子,那驴子昂首打了一个响鼻,像是在回应,又像是在嘲笑仇斯一般。

仇斯愣了愣,笑道:"仇某快意恩仇数十载,所悟之道却不及你一个孩童,罢了罢了。"

随即,爽朗的笑声响彻若忘山,柳醇清这还是第一次见到仇斯如此开怀,他与那驴子对望了一眼,驴子显然也讶异万分。

桂青站在小院前,远远地向仇斯和柳醇清挥手,百花琼酿的香气回荡在整个落乌峰上。

卷三 银鱼

陷空山，翠渊阁。

浩森峰上终年缭绕的水汽日渐消弭，明水殿前水池中所豢养的灵兽这几日或出走他处，或消亡殆尽。翠渊阁执法长老信常子端坐于蒲团之上苦思不解。算算时日，今日正是掌门师兄闭关的第四十八日。

正思考间，有人跌跌撞撞地跑来拜倒在地，急道："师叔，水……水玉麒麟它……"

信常子大惊道："水玉麒麟怎么了？"

这水玉麒麟乃是世间罕有的瑞兽，若是天下久旱，水玉麒麟必然降世，所过之处无不降霖润泽，是凶兽旱魃的天敌。昔年翠渊阁开山祖师孙明水在南荒偶然间遇到水玉麒麟与旱魃的搏杀，眼见着水玉麒麟便要与旱魃同归于尽，孙明水当机立断，出手助水玉麒麟击杀旱魃，水玉麒麟随后也重伤倒地。经过半月的调理，孙明水几乎耗尽了真元才将水玉麒麟从鬼门关里拉了回来，水玉麒麟感念孙明水的恩德，便甘愿为其座骑。当日孙明水羽化之后，这水玉麒麟便被门人奉为翠渊阁的图腾圣兽，见之犹如祖师亲临。

信常子随弟子前往后山，水玉麒麟果然倒在一片空地上，奄奄一息。信常子仔细观察了片刻，见水玉麒麟并无伤痕，只是体内的水属灵性荡然无存，这才致使它性命堪虞。信常子大惊失色，暗想莫非这翠渊阁的龙脉枯死了？

信常子命弟子以掌门人之礼厚葬水玉麒麟，自己独自前往明水殿地宫下的密室里。那里不单单是掌门师兄的闭关之所，更不为人知的是，那里还囚禁着"水灵"。

地宫暗格前两名弟子伸手拦住了信常子，沉声道："师叔且慢，师父交代闲杂人等一律……"

话未说完，两人的脸上各挨了一记重重的耳光，两名弟子惊疑地对望一眼，跪倒在地，口称"师叔息怒"。俩人还从未见过信常子责罚过任何人，平日里教导他们这些小弟子，也总是温和耐心，却不知今日为何如此动怒。

信常子看着两人惊疑不定的眼神，并未解释，只是冷声道："让开。"

两名弟子进退维谷，既不敢挪动半步，又不想忤逆盛怒之下的师叔，信常子只好用内劲震开他们，因用了巧劲，倒也没有伤及他们半分。

待走进密室，信常子抚上石壁，神色愈发凝重，石壁竟然异常干燥，这明显不对劲。

信宏子端坐在一张朴素的床榻之上，对信常子的闯入视而不见。信常子知道他正在练功的关键时刻，神情虽极为迫切，却也不敢打扰。

待信宏子将"水元玄功"运行一周天之后才徐徐说道："师弟，你越来越没有分寸了。"

信常子见信宏子终于开口，对他的责备却置若罔闻，急道："师兄，陷空山的水龙要枯死了。"

信宏子道:"那又如何?"

信常子微微错愕,随即怒道:"水龙枯死了,我翠渊阁还如何以水龙的灵气为依托修行水元玄功?祖师爷的'行水诀'已然失传,若是连水元玄功也成了绝响,翠渊阁何以立足于江湖?无法将翠渊阁振兴的重担挑起,我等已然是愧对列祖列宗了,若是将祖师爷传下来的基业也荒废了,你我更是难辞其咎,将来在九泉之下还有何面目见祖师爷?"

信宏子剑眉微挑,沉声道:"既在五行之中,万物皆难逃生死二字,你我亦然,诸天神佛亦然,难道区区一条龙脉便可与天地同寿?天下间的水龙何止陷空山这一条?而这'行水诀'亦未失传,你忘了那个人了吗?"

信常子听到师兄提及"那人",身躯为之一震,神情变得极为复杂,道:"寻找水龙岂是说寻就能寻得?当年祖师爷用了足足三十年才在这陷空山寻得一处,信常子自认资质不及祖师爷万一,不知师兄何以这般自信?'行水诀'普天之下也只有'求死先生'通晓,更何况他一身修为神鬼莫测,尤其那柄天罚剑更是无人可敌,当日他收服水灵也不过用了一十三招。"

信宏子冷哼了一声:"这盗我门派绝技的宵小之辈,我自有办法让他交出'行水诀'的心法。"

信常子摇了摇头道:"若以武力屈服此人,除非……"

信宏子道:"除非祖师爷复生。"

信常子的脸色变了又变,他深知掌门师兄行事素来谨慎,这祖师复生之言虽属妄言,但从师兄的口中道出,却让信常子变得犹疑起来。

信常子道:"祖师仙逝已有数百年,师兄说笑了。"

信宏子徐徐道:"祖师仙逝不假,可他老人家留下的神功技法却历久弥新。"

信常子道:"适才我已将利弊说与掌门师兄了,从求死先生那里讨回'行水诀'之事还需从长计议……"

不待信常子说完,信宏子冷哼了一声,打断了信常子的话。只听信宏子冷声道:"祖师爷乃天纵之才,所创神技岂止'行水诀'。还有一项神功,'行水诀'与之相比,犹如云泥之别。"

信常子在心中思索片刻,猛然间双眼圆睁,颤声道:"师……师兄说的可是'水汽元兵'?"

信宏子叹了口气,道:"自闭关以来,我已参悟了水汽元兵的真意。"

信常子大喜,拱手道:"恭喜掌门师兄!"

信宏子苦笑摇头,道:"只是我终究不及祖师爷天资之高,只能以笨拙的法子强修神功,若想练成水汽元兵,必定要有极为充沛的水属真元才行,只可惜陷空山的龙脉也无法助我,只怕到最后功亏一篑。"

信常子大惊失色,进而转化为无边的愤怒,他压着声音问道:"师兄,难道陷空山的水龙枯竭,乃是拜你练功所赐?"

信宏子也不遮掩,道:"师弟,成大事者无须在意这些小节,若是修成水汽元兵,莫说区区一条水龙龙脉,就算是把信宏子这条命搭进去也无妨。"

信常子语重心长道:"师兄,你糊涂啊!我翠渊阁不问江湖事已有数十年了。有陷空山的龙脉护佑,我等自可逍遥避世,何苦还要为着无妄的执念再起波澜?"

信宏子怒道:"混账!当年祖师爷空宗立派是何等威风,信宏子接掌掌门职位以来,夙夜忧叹,时时不敢将重振本门声威的重任忘却,难道你不想再亲眼看到翠渊阁统领江湖的那一天吗?"

信常子心痛地说道:"若是祖师爷复生,只怕也不远见到龙脉枯竭,就连水玉麒麟也……"

信宏子面色变得冷然,他沉声道:"水玉麒麟寿数将近,水属灵气也所剩无多,倒不如将灵气为我所用,也不枉祖师爷对它的救命之恩。若是这密室里囚禁的那只孽畜肯配合,我也无须觊觎这图腾圣兽仅存的灵气。"

信常子心中一凛,蓦地脱口道:"水灵?"

信宏子并不作声，带着信常子径直向密室深处走去，只见在密室尽头，有一间并不算宽敞的牢笼，信常子远远望去，牢笼中仿佛囚禁着一条银光闪闪的大鱼，只是走进之后才发现，里面只有一个女子模样的人虚弱地瘫倒在地上。

信常子惊呼道："水灵？"

在牢笼前有一道无形的屏障将牢笼与外界隔绝开来，这便是仇斯当年为了困住水灵布下的九曲缚龙阵，说是困住水灵，却也是为了保护水灵不受外人的戕害。

信宏子冷冷地问道："十年了，我每天都会来此问一问你，可否愿意交出水灵的真元。"

水灵艰难地抬起头，露出苍白却清秀妩媚的容颜，媚眼如丝道："道爷，十年来小女子也每天都这般答复您，这水灵珠给了你，小女子这一身的修为也就散了。"

信宏子道："没有了修为，你终究还能保住命，若是让贫道亲自取走你的灵珠，只怕会令你形神俱灭。"

水灵娇笑道："道爷说笑了，普天之下能破解仇斯布下的阵法之人，只怕不过一掌之数。"水灵声音虽然妩媚动人，却难掩疲惫之意，她强打起精神，继续道："不知道道爷何以会这般自信，有法子来亲自取走小女子的灵珠？不过听道爷这呼吸吐纳的声音，怕是练功练得走火入魔，伤了心肺，这才来吓唬小女子，不过是想以水灵珠的水属真元来治道爷的内伤吧？"

听到信宏子受了内伤，信常子心中一惊，忙道："师兄，你……"

信宏子伸出手示意，按住了信常子的话头。

信宏子点头道："既然你点破了玄机，也省得贫道多与你再费口舌。"说罢，信宏子徐徐摊开手掌，只见一团如同水汽凝聚而成的气团在他的掌心处缓缓流动。

水灵看着那团水汽，神色凝重。

信常子难以置信道："水汽元兵！"

信宏子看到水灵面色未变，难掩桀骜之色道："既然你说能破仇斯阵法之人不足一掌之数，那你倒是来瞧瞧，贫道可否在这一掌之中占一个指头？"

水灵冷哼道："牛鼻子，这十年来你暗中摄取我的水属元气，虽然有这阵法相隔，可滴水成河，积水成渊，还是让你练成了这功夫。"

信宏子呼吸一滞，忍不住咳嗽起来，显然是催动水汽元兵，触发了内伤。他深知久拖无益，而现在已然到了做出抉择的时候，当下暗自压下内伤运行真气，水汽元兵在他的手中幻化出多种形态，最终凝聚成箭矢的模样，直射仇斯布下的九曲缚龙阵。

感受到水汽元兵的刚猛霸道的气息，阵法一触而发，以相反的力道反噬水汽元兵。

几番较量之下，水汽元兵更胜一筹，如同水珠做成的箭矢竟然穿透了阵法的无形气墙，水汽元兵已经刺入阵法数寸有余。

信宏子微微诧异，虽然是打定主意，以破釜沉舟的姿态试图打破仇斯的阵法，可没想到破阵竟然如此轻而易举，这反倒教他心中升起了一股不祥之感。

果然，信宏子正全神贯注破阵的时候，突然看到水灵的眼中露出了狡黠的神色。她娇笑道："道爷损耗真元仅仅是为了小女子，这教小女子于心何忍？不如就此助道爷一臂之力吧！"

接着，水灵款款起身，已没有了方才疲惫娇弱的神态，反而透着一股阴柔狠辣。

纵身一跃，水灵化作一道银光，直奔那阵法中心而去。看那气势，比水汽元兵还要凌厉几分，全然不像是被囚禁了十年的囚徒应该有的灵敏。

在水灵和水汽元兵两相冲击之下，九曲缚龙阵应声而破。水汽元兵登时涣散，可水灵却顺势直奔信宏子而去。

阵法破碎后的冲击让信宏子一时呼吸不顺，他面色铁青地看着来势汹汹的水灵，却连招架之力都没有。

信常子怒道："孽畜敢尔！"信常子道袍无风而鼓，显然是用足了十成之力，硬生生地接了水灵一掌。

只见信常子的手掌瞬间便被一层寒霜封裹住，信常子只觉口中一阵腥甜，蓦地喷出一口鲜血，后退了数步才勉强站稳，当即运行真气，将寒气逼出体外。

信常子本以为自己会和师兄双双毙命于水灵的手中，不想水灵仿佛对已然任人宰割的信常子和信宏子全无兴趣，足不点地以极快地身法出了这地宫的密室。

大约半柱香的功夫，信宏子恢复了一两成的功力，信常子也将寒气逼出了体外。

信宏子看了看已经失效了的九曲缚龙阵，忽然面色大变，他沉声道："师弟，看来是师兄被水灵骗了，这阵眼早就毁了。但阵眼虽然毁了，水灵想要破阵却也不易，所以水灵有意诱使我出手破阵，这才得以破了仇斯的九曲缚龙阵，难怪当时我就觉得此阵的威力应该远不至于此。"

信常子担忧道："为何阵眼会无故坏掉？"

信宏子似乎是想到了什么，惊叫道："有人暗中相助水灵，不好！我翠渊阁危矣！"

待信常子搀扶信宏子走出地宫的时候，门外守护的弟子已经成了两具尸体。

信宏子看着弟子的尸体，不由大怒，等他二人遍查翠渊阁之时，发现门中的弟子几乎全被把人屠戮残杀了。

一声惨叫从内堂传来，信宏子与信常子不及多想，便奔入内堂。

水灵银白色的衣衫此时浸透了鲜血，娇媚的面容因满是血迹而显得诡异狰狞。

在水灵面前,是翠渊阁晋升的六名弟子,这六人尽皆负伤,缩在一处瑟瑟发抖地看着如同修罗恶鬼一般的女子。

信宏子眦眦欲裂,怒道:"大胆孽障,如此屠戮我弟子门人,若是不将你碎尸万段,我信宏子誓不为人!"

信宏子不顾伤势,当下再度运使水汽元兵,没有了适才受制于密室空间狭小的不便,水汽元兵的真正威力才刚刚彰显。水汽化作重锤,以奔雷之势砸向水灵。

水灵微微蹙眉,她刚逃出生天,正欲大开杀戒,却对这水汽元兵极为忌惮。她素手一挥,在半空之中凝结出一面寒冰作为屏幕。

水汽元兵的重锤击碎了冰幕,而水灵乘隙从容地避开了重锤。

重锤未及落地,化作万千牛毛细针,齐齐射向水灵。水灵顿时花容失色,用尽浑身解数闪避,但肩膀仍被击中了一针。

六名弟子见躲过一劫,竟忍不住喜极而泣,放声大哭。

几个回合下来,信宏子虽然胜了水灵一番,但他也成了强弩之末。适才能伤得了水灵,也只有他自己才知道这根本就是侥幸。一来水灵刚逃出囚牢,本领远不及全盛之时的半数,二来自己见门人被残杀,不由得激起怒火,盛怒之下将水汽元兵的威力已发挥出八九成的功力。信宏子深知,若是此时不拼尽全力给水灵最后致命一击,他日水灵必成大患。

想到此,信宏子也不再犹豫,当下咬破舌尖,水汽元兵在他的手掌重新凝聚,化作一把短剑,信宏子足尖点地,持剑直奔水灵。

信常子瞧出了端倪,知晓师兄便是打算以翠渊阁的禁术与水灵搏命了。他惊叫道:"师兄……"

信常子的担忧之声淹没在信宏子的剑势之中,此剑一出,便再无可挽回的余地。

水汽元兵虽然看似犹如水珠凝聚而成,但化作剑锋却比寻常的宝剑还要锐利几分，信宏子依仗水剑直刺水灵周身要穴。

水灵见信宏子剑招声势浩大，只得不住地后退躲避。双方以命相搏本就是刹那之间之事，而后退躲避更是比斗中的大忌，信宏子知道自己的机会来了，剑招更是狠辣了几分。

终于，信宏子的水汽元兵刺穿了水灵的腹部，水灵吃痛狂吼，几乎要现了兽身。

信宏子骇然，若是让水灵的真身现世，自己只怕再也降不住这孽畜了。当下抽出水汽元兵化作的水剑，转而凝聚成手掌的形态，趁着水灵负伤狂乱之际，这一掌便击了出去。

偌大的手掌以泰山压顶之势袭来，水灵甚至来不及呼救便被击中，她娇弱的身躯也如同水珠一般四散炸裂，竟然连一句完整的尸首也没留得下来。

水汽元兵登时失去了形状，再度变成了毫无规则的水球，缓缓归入信宏子的体内。

此时信宏子的真元几乎耗尽，再也无法支撑这副身体，他口喷鲜血，直挺挺地倒在地上。

信常子急忙扶起信宏子，以真气为信宏子续命。

一盏茶的功夫，信宏子徐徐睁开眼睛，呕出一口浊血后，说道："师弟，是师兄资质愚钝，远不及祖师爷十之一二，想不到这水汽元兵竟如此霸道，虽然仗着祖师爷的庇佑除了水灵这个祸害，但我也险些形神俱灭，普天之下也只有鲛珠才能固守我的心神了。"

听信宏子说完，信常子不无担忧地说道："师兄，自从十几年前雾宣仙子离世，鲛珠的下落便再无人知晓。天下之大，哪里才能觅得那珠子？"

信宏子叹了口气说道："雾宣仙子和仇斯已有婚约在前，那鲛珠便是雾宣仙子送给仇斯的定情之物，若是我所料不错，鲛珠定在仇斯身上。"

信常子虽欲言又止，但事关重大他还是问道："求死先生十年前消声隐迹，此人神龙首尾，向来仙踪难觅啊。"

信宏子从怀中取出一份已经被鲜血浸透的信函，上面的墨迹还依稀可见，他将信函交给了信常子，道："数日之前，我收到一封密信，仇斯在若忘山现身了。"

信常子看了一眼信函，顿时喜忧参半，喜的是既然知道了仇斯的下落，便有可能治好师兄的内伤。忧的是，仇斯重出江湖，那柄天罚剑只怕又会让沉寂了十年的江湖再起波澜。

信常子犹疑地问："这信出自何人？"

信宏子疲惫地摇了摇头，道："那日清晨，我起床之后便发现这信就放在床头，这人能入得我的内室，且能在我毫无察觉之下行事，只怕此人的修为已不在仇斯之下了。若是我所料不错，定是此人破坏了九曲缚龙阵的阵眼。"

信常子又看了一眼信中的文字，担忧道："师兄，来者不善啊，只怕会有更大的阴谋在其后。"

信宏子苦笑道："事到如今，除了去若忘山上走一遭也别无他法了。"

一日后，翠渊阁仅剩的六名弟子抬着重伤的信宏子向若忘山出发。临别之际，信常子又看了一眼这被翠渊阁视为根基的陷空山，此去若忘山吉凶难料，他在心中有一种预感，只怕今生再也回不到这洞天福地了。

若忘山，落乌峰。

远处似是一团火焰横卧在了一片草丛之中，仔细观瞧，那竟是一只通体火红的驴子，口中还咀嚼着柳醇清刚采下的野花。

桂青正在采集野花的露水，为来年的百花琼酿做着准备，见那驴子无聊地嚼着野花，掩口笑道："这畜生倒也改了心性，跟着你家先生竟也吃起素来。"

柳醇清哈哈笑道："我这驴兄深谙赏花之道。眼观徒有其形而无其意，鼻嗅虚有其味而无其神，唯有尝过才知这花儿的曼妙之处，观形赏味之后吞入腹中才不枉这花儿的娇艳。"

见柳醇清与桂青捧腹大笑,那驴子打了一个响鼻,似是听懂了对它的揶揄。

忽然那驴子一跃而起,如临大敌一般,神色极是戒备。

柳醇清见驴子这般紧张,只道是驴子生他的气了,忙道:"驴兄怎么这般小家子气?"

桂青放下手中的花篮,凝眉望着山下道:"有人上来了。"

柳醇清顺着桂青的目光向下望去,似乎有人影攒动,但是看不真切。

柳醇清问:"姐姐,他们是什么人?"

桂青摇摇头,凝眉道:"暂且不知,但这一行共有八人,却全都身负重伤,来此只怕是为寻你家先生。"

那一行人并未冒然上山,只在山脚下搭起了帐篷,显然他们是打算在山上住一夜了。

回到仇斯的小院中,柳醇清说起山下的人,仇斯不以为意,却转过头对那匹驴子说道:"你也感觉到了是不是?"

那驴子煞有介事地点了点头。

这天夜里,柳醇清睡得正香,突然感觉置身于冰窟冷窖之中,一连打了几个喷嚏。而此时正值盛夏,柳醇清却被冻得直打哆嗦。

就在这时,房门吱呀一声开了,那头火红的驴子大摇大摆地走了进来,房间里顿时变得温暖了许多,驴子走到柳醇清的床榻旁卧下。

柳醇清伸手搂住驴子,寒意瞬间被驱散得无影无踪,柳醇清道:"多谢驴兄了。"

正在此时,小院之外隐约传来一阵浑厚的声音:"陷空山翠渊阁信常子与掌门师兄信宏子前来拜谒'求死先生'。"

却听仇斯朗声道:"浩森峰一别,二位前辈别来无恙?"

缓过来的柳醇清急忙穿好衣衫,与那驴子一同向院中走去。方一踏出房门，只见满地的白雪，远远望去，整个落乌峰也如银装，也如素裹。

看见出得门来的柳醇清，仇斯招手示意让柳醇清过去。柳醇清立刻牵着驴子站在了仇斯身后。院门打开，信常子恭恭敬敬地站在门外，身后六名衣衫褴褛的弟子抬着奄奄一息的信宏子。

信常子朗声道："若非情势危急，关系到我翠渊阁的安危，我等也不会斗胆打扰先生清修。"

仇斯淡淡地说道："信宏子前辈莫非是水灵所伤？"

信常道："不错，正是水灵。那日水灵不知何故冲破了先生所布下的阵法，将我翠渊阁大肆屠戮。掌门师兄不得已诛杀水灵，违背了当初我等立下的誓约，不想掌门师兄一时大意，被水灵垂死一搏击中了身体的要穴。如今寒气入体，稍有不慎恐有性命之虞，这才不得已冒然来此落乌峰，妄求先生将鲛珠一借，以抑制水灵的寒气，固守掌门师兄的心神。"

仇斯道："以水灵之能还不足以破仇某的'九曲缚龙阵'，此中必有他人相助。而信宏子前辈却也未必是水灵的对手，想来是有人借二位前辈之手欲寻仇某吧。"

信常子面色微变，冷哼道："先生未免太小瞧我等，这些年来我翠渊阁虽未列入江湖门派之巅，但也不是不入流的帮派。且不说我掌门师兄是翠渊阁百年罕见的奇才，单说水灵困在翠渊阁已十年有余，我师兄徒手搏杀水灵又有何难？更何况……"

信常子发觉自己失言了，便不再言语，对仇斯的敬畏中也多了一丝愤慨。

只听仇斯不紧不慢地说："更何况信宏子前辈已修成了当年贵派祖师孙明水的绝技'水汽元兵'。"

信宏子修成"水汽元兵"乃是翠渊阁绝密，仇斯未踏出落乌峰半步，竟然知晓此事，怎么叫信常子不惊诧？

坐在滑竿中的信宏子病怏怏地笑了笑说："当真什么都瞒不过求死先生。在下侥幸领悟出了祖师所创的'水汽元兵'，我辈虽然无能，总算是没有辱没祖师爷的名声。"

说着，信宏子伸出手掌，无数颗细小的水珠竟然从若忘山的草木之中渗出，从四面八方汇聚到信宏子的掌心，片刻之后，一颗浑圆蠕动的水球悬在了信宏子的手掌之上。

信常子再度见到水汽元兵，仍激动不已。只是师兄此时已是性命堪虞，不想还能聚气运使水汽元兵，且看师兄此时举重若轻的手法，比之在陷空山击杀水灵之时犹胜几分，一时间惊讶的神色溢于言表。

仇斯的注意力似乎并没有被信宏子的神乎其技所吸引，反而是信宏子那副羸弱的身躯更让仇斯感兴趣。

而柳醇清难逃孩童的习性，对信宏子施展的奇术感到新奇不已，正要挪步向前，想要看得真切一些，那只驴子却忽然迈着步子拦在了他身前。

柳醇清急得踮起脚尖说道："驴兄，你也对这位老伯的戏法感兴趣吗？"

柳醇清见驴子并没有像往常一样回应他，他好奇地看了一眼驴子，只见它双眼之中透着慌乱，一副如临大敌的样子。

柳醇清回想当日在竹林之中，这驴子见到那个马脸怪人也没有像今天这般惊慌失措。究竟那一群人当中，是什么东西让这头天不怕地不怕的驴子失了分寸？

正在这时，只见信宏子的眼中精光一闪，手中的水球忽然幻化成各样姿态，时而变成刀剑的模样，时而化作长枪，转眼间数十种兵器的姿态在信宏子的手中变化不定。

仇斯点了点头，忍不住赞叹道："这便是水汽元兵了。"

水汽元兵是以自身的真气感受世间的水属灵性，汇聚水汽为其所用。水本无形，却可破万物，所以用水汽化作兵器，其威力更胜寻常兵器千百倍。

信宏子幽幽地说道："此番虽说是我大意了，可区区水灵的阴寒之气想要取我的性命也不是那么容易。当年之事我也略有耳闻，知道鲛珠乃先生至宝，先生若是肯借与我疗伤，翠渊阁上下自然视先生如恩人。先生若是不借,那也是在情理之中,翠渊阁也绝不会因此而迁怒先生。只是此番我师兄弟斗胆前来,绝非只是为了鲛珠,而是另有其事。"

信常子心下明了师兄想要说什么,正要开口相劝。

仇斯颔首笑道:"二位前辈前来可是为了'行水诀'?"

信宏子不顾信常子的劝阻,冷哼了一声说道:"不错,正是我翠渊阁的行水诀。"

仇斯说道:"当年在陷空山,仇某与二位前辈有言在先。这行水诀并非仇某自翠渊阁中盗得,而是家师所授的技艺,让仇某献出实难从命,怎奈二位前辈不依不饶,仇某这才捉住了水灵,囚禁在陷空山,一来赎水灵屠戮苍生之罪,二来可保陷空山水属灵气。"

信常子暗暗点头,这本就是他们师兄弟与仇斯的约定。

信宏子叹了口气说道:"当日之事,我师兄弟迫于你天罚剑之威,无奈委曲求全,答应了这屈辱的约定,将水灵那冥顽不灵的凶兽囚禁于我翠渊阁。此事信宏子一直视为平生之辱,如今水灵挣脱了你布下的阵法,残害我门下弟子,这都是因为你!"

信常子听得师兄的话,顿时觉得面红耳赤。当时无奈之下与仇斯妥协确实心有不甘,可是翠渊阁这些年还能在江湖上立足,也多亏了水灵充盈了陷空山的灵气,而信宏子也正是基于此才能悟出水汽元兵。如此将过错推脱给仇斯,这让信常子觉得有失君子之风。

仇斯负手站立,对信宏子过河拆桥般的指责不以为意,他抬起头看了看还在飘落的雪花,说道:"如此说来,倒是仇某的不是了。看来信宏子前辈非要这行水诀不可了,既然如此就请前辈来自取吧。"

信常子没想到事情会闹到不可开交的地步,更没想到仇斯的心性竟然如此沉稳,若是十年前师兄如此激怒于他,想必如今江湖上已无翠渊阁了。

信宏子杀机毕露,眼中不住地在打量仇斯,冷冷说道:"若是你自行交出,我师弟二人就此离开。若是我亲自去取,只怕拿走的不仅仅是行水诀的心法。"

仇斯露出了一丝惊讶的神色，问道："哦？莫非前辈想连天罚剑一并取走？"

信宏子冷哼道："未尝不可。"

信常子大惊失色，忙道："师兄不可，此番前来只是为了求鲛珠暂时压制你体内的寒毒，其他的事情我们日后再提。"

信宏子骂道："住口！心性如此懦弱，如何担当我翠渊阁的执法长老？若是天罚剑在手，重振翠渊阁岂不是易如反掌？即便没有行水诀，江湖上还有谁会再小看你我？"

信常子还要辩解，突然听到了一阵清脆的笑声。

柳醇清眼尖，一眼就看到了翩然而至的桂青。

"姐姐！"柳醇清欢快地跑到了桂青身边。桂青怜爱地摸了摸柳醇清的发髻，这才对信宏子一干人等说道："贤仲昆在若忘山上如此聒噪，莫非早已视先生为囊中之物了吗？"

信常子见眼前这女子清幽脱俗，而相比之下，他们一干人倒显得粗鄙不堪了。

信宏子对桂青的揶揄置若罔闻，掌心的水汽元兵飞快转动，转眼间水球化作了八丈长的水枪。

桂青微笑不语，从袖口中取出一枚石印，用手轻抚石印，光晕自石印流转。

信宏子皱起眉头，忽然觉得掌中的水汽元兵竟然隐隐溃散。

溃散的水珠又缓缓回到草木之中，桂青这才将石印又收入袖口之中。

信宏子良久才怅然若失地对桂清说道："阁下可是若忘山神？"

桂青轻笑道："我是谁与你无关，只是你应该明白，在有些人面前容不得你跋扈，在有些地方也容不得你放肆。"

信宏子被桂青不温不火的讽刺气得面色铁青，他狞笑道："管你是山神还是精怪，如今谁若要阻拦我，我定让他生不如死！"

桂青正要反唇相讥，却听仇斯沉声说道："桂青姑娘，小心！"

只见信宏子的掌中仅剩的水球化作一道水箭，水汽元兵势如闪电，夹杂着破空之声呼啸着射向了桂青。

信常子没想到师兄会突然发难，大叫道："师兄，万万不可……"想要阻止却来不及了。

桂青本想取出石印来抵挡住这雷霆万钧的一击，念头方起，桂青突然心底一沉，水汽元兵之中隐隐透着雄浑的真气，速度之快，桂青已然是来不及做出反应了。

柳醇清吓得几乎忘记了喘息，想要提醒桂青，可眼泪却先于声音流出了眼眶。

仇斯的手已经握住了无争剑，正要拔剑击溃那道水箭。

突然一道火红的身影，电光火石间挡在了桂青的身前，竟是那头驴子。

仇斯将已经拔出剑身的无争剑又送回了剑鞘之内，看向信宏子的眼神却变得如同寒冰一样令人胆寒。

水汽元兵眼见着要射中那头驴子，忽然驴子发出了一声沉闷的低吼，身形蓦地变大了一倍有余，面目也不再似驴子一般，变得无比狰狞。

水箭刚一碰到皮毛，瞬间连同刚猛的真气一并蒸腾殆尽，只留一下一片雾气氤氲弥散。

桂青心有余悸，没想到一时大意，险些中了那病痨鬼的暗算。

柳醇清怒不可遏，喝骂道："你这人好生无理，桂青姐姐可曾与你结下仇怨？为何出手就是要命的招数？"

信宏子丝毫不理会柳醇清的责问，只是对那驴子颇为忌惮，与信常子对视了一眼，惊道："火灵？它还活着？"

那驴子一改往日火爆的脾气，对信宏子一干人等并没有痛下杀手，而是悲愤地望了一眼信宏子，眼中似是有千言万语，它在原地慌乱不已，无助的样子让它看起来像是一头囚禁在笼子里的困兽。忽然它想到了什么,求助一般地望向仇斯。

仇斯对火灵说道:"此事你我皆无能为力,但你放心,我不取她性命便是。"

火灵得到了仇斯的承诺,欢快地恢复成了驴子的大小。

柳醇清听到了仇斯与驴子的对话,只觉得一头雾水。

对面的信宏子似乎是失了心神,嘴里不住地在重复:"火灵……它还活着?"

信常子有些担忧地问:"师兄,您……"

信宏子忽然抬起头,面目狰狞地看着信常子,惊得信常子一连后退几步。

信宏子的表情变了又变,他低头看了看手臂,半条手臂竟然布满了银亮的鳞片。这一看之下令信宏子大惊失色,竟撇下信常子与几名翠渊阁的弟子,跌跌撞撞地朝山下跑去。

信常子在他身后大喊道:"师兄!你的伤!"说完带着众弟子匆忙去追赶信宏子。

仇斯却在他的身后叫住了他,说道:"信常子前辈,仇某有一句肺腑之言,信常子前辈可愿意听一听?"

信常子虽然心急,可他也知道仇斯本不是多事之人,他既然有话要说,那一定是要紧的事情。于是沉声道:"愿听先生指教。"

仇斯负手站立,眼神中闪过了一丝悲切,他说道:"信宏子前辈的伤不是鲛珠可以医治的。"

信常子没想到事到如今仇斯竟然还对这件事耿耿于怀,当真是小气至极,他愤恨道:"既然先生不愿相借,我自当去别处再寻办法,先生休要将我翠渊阁弟子当作是没脸没皮之人。"

仇斯摇了摇头,也不愿多做解释,继续说道:"若是前辈没有来落乌峰,而是去生死城求百生大帝,或许他还有办法医治信宏子前辈,可是如今已经来不及了。"

信常子瘦弱的身躯一震，强忍悲愤道："谢先生提点，可就算上天入地，信常子也不会放任师兄于不顾。"

仇斯叹了口气说道："信常子前辈情深义重，仇某佩服，还有一件要事希望信常子前辈谨记。"

信常子隐约感觉到了一种不祥的预感，他皱着眉说道："请讲！"

仇斯说道："若是夜里遇到什么变故，信常子前辈只管带着弟子向山下逃去，或许还能为翠渊阁留下几分香火。"

仇斯的话险些让信常子呆坐在地上，他强打起精神对仇斯拱手道："信常子受教了，就此别过。"

信常子一离开，桂青便将石印拿了出来，上面翠绿的光晕流转，柳醇清看得如痴如醉。

桂青道："此时时节有异，盛夏之中竟然下起了大雪。我担心山下的庄稼会受到伤害，便将那些青苗的生命之力移入石印之中，待此事一过再放出这些青苗。"

仇斯点头道："有劳桂青姑娘了。"

说完，仇斯仍是望向山下，他能感受到信宏子的气息，那是一种几近癫狂的燥怒。

那只驴子也颇为忐忑地卧在仇斯身边。

莫名地，仇斯想到了信常子，自言自语说道："愿此生再无相见之日。"

自打柳醇清住进仇斯的小院中，便再也没有做过那个奇怪的梦。

或许是这一天不太平，柳醇清又梦到了那个他始终看不清样子的人。

每次梦到这个人，柳醇清的心里总是莫名地生出一股恨意，恨不得亲手杀了他。

那个人对柳醇清说道："你又来了。"

柳醇清冷笑着说："又来杀你了。"

那个人犹豫了一下问道："你究竟是什么人？"

柳醇清笑道："等我杀了你，你就知道我是什么人了。"

梦中的柳醇清连自己都在错愕，不明白自己为什么会说出那样的话，这样的自己让他感觉到无比陌生。

那人道："你叫什么名字？"

柳醇清满不在乎地说："我就是……我就是……"

一瞬间柳醇清甚至忘记了自己的名字，以前每到这个时候，柳醇清的梦就会戛然而止，然而这一次，柳醇清没有醒来，他的怒火已经像决堤的洪水一般势不可挡，他告诉自己，这一次无论如何都要杀掉眼前之人。

想到这儿，柳醇清足尖点地，整个人如同一只豹子一般扑向了那个人。

那人突然"咦"了一声，显然是对柳醇清的身法十分惊讶。

不仅仅是那个人，连柳醇清自己都不敢相信自己的动作会这样敏捷。

仅仅蹬踏了一步，柳醇清已经到了那个人五步之内的距离。柳醇清五根手指如同五根锋利的匕首，狠狠地抓向了那个人的胸膛。

这一连串的动作太快，那个人显然是避无可避了。此时柳醇清的心里忽然有些不忍，可是动作却越发决绝。

而那人死到临头却尤为冷静，面对柳醇清这必杀的一击，竟然毫无惧意。

眼见着自己这一爪就要掏出那个人的心脏，柳醇清的手却好像被什么东西牢牢抓住了，任凭柳醇清如何挣脱，手腕依然被紧紧束缚着。

梦里那个人失望地摇了摇头，渐渐地消失在了黑暗之中。

柳醇清大喊道："不！"

耳边忽然传来了仇斯的声音："清儿，做噩梦了？"

柳醇清一下便从梦中惊醒，仇斯正坐在他的床边，他的手被仇斯牢牢抓住，难怪在梦里他觉得自己的手被什么给抓住了。

柳醇清睡眼惺忪地说道："先生，我做了好奇怪的梦，梦里我好像要杀一个人，但我却记不起自己是谁了。"

仇斯看着毫无防备的柳醇清，突然叹了口气道："有些人千方百计地要看清自己，有些人明明看清了自己却不愿意相信。我躲避尘世这么久，还是难逃尘世所累。"

柳醇清想要出言安慰仇斯，却又不知该如何开口。

忽然听仇斯说道："这一晚不太平，睡也睡不安稳，不如到院中坐坐，桂青姑娘准备了你爱吃的八荒如意果。"

柳醇清随仇斯走出房间，就看到桂青朝他挥手，小院的石桌上已经摆上了红彤彤的果子，看得柳醇清口水直流。

出乎柳醇清预料的是，那只驴子竟然对果子毫无兴趣，它呆呆地卧在小院门前，若有所思地望着山下。

驴子的反常，让柳醇清隐隐觉得这一晚还会有事情发生，看着面前的果子竟也觉得索然无味了。

桂青拿来一个果子放在柳醇清的手里说道："不用担心，有姐姐和你家先生在，不会有事的。"

柳醇清郑重地点了点头，桂青的话让他无比安心。

就在这时，柳醇清只觉得脚下传来了轻微的震动之感，紧接着一声巨大的咆哮声传来，震得柳醇清双耳生疼。他在心中暗道：这天气真是不叫人活了，又是下雪又是打雷，真是怪异得很。

远处的山峰上，突然升起了两个光点。柳醇清疑惑地问道："这么晚了，是谁在若忘山上放孔明灯？"

桂青有些担忧地看了一眼仇斯，这一晚她隐隐感觉到有什么东西潜入了若忘山，她以为是信宏子一干人等。直到看到柳醇清指着的两点幽光，桂青才明白，那东西显然是隐藏住了自身的气息，竟然连她都瞒过了，当真是古怪至极。

仇斯望着那两点幽幽的光亮，似乎是陷入了遥远的记忆中，好半天才说道："是巴蛇！"

柳醇清这才知道，那根本不是两盏孔明灯，而是一双眼睛。他不由得暗暗咋舌，究竟是什么样的怪物会有那么大的眼睛？

时年有好事者将天下凶兽论次排序，巴蛇号称"第六凶兽"，其凶悍程度甚至在赤尾恶蛟之上。

巴蛇曾为祸沿海一带，据说曾在一天中吞噬上百条渔船。这才激怒了不怒金刚笑弥勒，被笑弥勒以石锥穿尾，囚禁于"囚谷"之下的海水中。

十几年前天罚降世，囚谷之中无人幸免，仇斯只道是巴蛇也在那一次的浩劫中殒命，没想到这凶兽会在此时出现在若忘山。想来定是天罚降临之时，水下的石锥松动，巴蛇这才得以逃出生天。

仇斯转身对桂青说道："若是这孽障逗凶，只怕若忘山的万千生灵都会被他吞入腹中。"

听罢，桂青拿出那方石印，正犹豫间，忽然见那驴子一跃而起，望向山下的眼神变得极为戒备。

柳醇清只觉得一股灼热的气息从驴子的身上滚滚而来，他不知道是什么东西扰乱了驴子的心神，但是这一次，连仇斯的神情都变得有些凝重了。

一阵窸窸窣窣的声音传来，柳醇清定睛望去，原来是信常子带着几名弟子跌跌撞撞地跑进了仇斯的小院，张口叫道："先生救我！"

仇斯悲悯地看了一眼信常子道："你不该来的，现在你们都成了这盘棋的棋子了。"

柳醇清上前扶起了狼狈的信常子，而其他弟子已经奄奄一息了。信常子嘴里不住地叫喊道："掌门师兄他……他疯了！"

话音未落，信宏子手执宝剑，披头散发地出现在了门口。他身上的长袍满是血污，在这漆黑的夜里，仿佛是从地狱中出来的恶鬼一般。

只是信宏子的表情却是极为痛苦，仿佛这一切并不是他所愿看到的。他哭喊道："师弟，你快逃啊！这一切都是师兄的错，如果师兄不强行修习水汽元兵，也不至于沦落到这般走火入魔的境地！"

信宏子将剑尖直指仇斯，口中却哀叫道："先生，这不是我的本意，我没办法控制这副躯体了，求先生能给信宏一个了断，九泉之下信宏也会感念先生的大恩大德。"

信常子闻言，哭道："师兄，到底发生了什么变故，为何你会变成这般模样？"

信宏子手掐剑诀，信常子大惊失色，信宏子这一式乃是翠渊阁的禁术，是一招两败俱伤的法门。

信宏子虽然无法掌控身体，可心情忽然平静了下来，或许这便是回光返照，他冷静地说道："师弟，你听好，现在我把掌门之位传给你，希望你能重振翠渊阁，万不可急功近利，步师兄的后尘。"

信常子跪倒在地，早已泣不成声。

信宏子心愿已了，这两败俱伤的一剑已经无可避免，只好大声提醒仇斯道："先生小心，这一剑是我翠渊阁的禁术！信宏余下的精气都凝结在这一剑之中，先生不可托大。"

仇斯神情悲怆，却深知这一剑中所含的精妙与决绝，无奈之中，只好握住了无争剑。

那驴子感觉到了仇斯真气涌动，显然是动了杀机。只见一道火光冲天而起，千钧一发之际，火灵显出了真身，灼热的气浪让信宏子的剑忽然一滞，趁着这个空当，火灵挡在了仇斯的身前，也挡住了仇斯即将拔出的无争剑。

信宏子觉得内息一阵翻涌，好像有什么东西要从他的身体里夺魄而出。

信宏子的剑插进了火灵兽身的右肩，这一剑的力道之大，连火灵也难以承受，偌大的兽身竟像风筝一样飞了出去。幸好仇斯及时出手抵在火灵的背上，化解了那一剑所携带的力道。

与此同时，信宏子也蓦地喷出一口鲜血，倒在了地上。

信常子挣扎着站起身来，试图接住信宏子。

仇斯喝止道："不可！"

柳醇清急忙按住了信常子。只见信宏子的身躯开始不住地抖动。

一旁的火灵在低声地嘶吼，情绪显然紧张到了极致。

突然，信宏子的身躯像是四散的水珠一般，化作万千血雾。

信常子在撕心裂肺地叫喊中晕厥了过去，几名弟子也跪倒在地上哭号着。

四散的血雾中，突然出现了一颗晶莹剔透的珠子，不住震颤的波纹让这珠子看起来好像是一个水球。

接着，珠子变了形状，转眼间一个人形已经愈发清晰。

只见珠子化作了一个身着素装的曼妙女子，竟是在陷空山被信宏子打得形神俱灭的水灵。

水灵媚眼如丝般瞧着仇斯，嫣然一笑百媚丛生，只是浑身散发着冷森的寒意让这清秀的女子看起来尤为可怖。

醒转过来的信常子刚好看到这一幕，不由得大惊失色，脱口道："水灵？你不是被师兄震得粉身碎骨了吗？为何会在师兄的身体里？"

水灵掩口笑道："就凭那牛鼻子三脚猫的功夫，也想杀我？如果不是我有意寄体于那牛鼻子，当日在密室里我就可以轻而易举地杀掉你们。"

信常子悲痛道："你为何要这么做？"

水灵冷笑道："如果我不这么做，怎么利用你们找到仇斯呢？"

说罢，水灵不再理会悲愤交加的信常子。

仇斯带着些许怒气，朗声说道："水灵，好久不见了！"

水灵娇滴滴地说道："承蒙求死先生的恩德，这十年来我一刻也不敢忘怀，先生的容貌日日夜夜在我的眼前浮现，对先生来说是许久未见，但对我来说，算得上是朝夕相对了。"

桂青在一旁冷哼了一声。

水灵看着面色不善的桂青，忽然笑道："这位姐姐的醋坛子可都打翻了，但你可知求死先生乃是天下第一铁石心肠之人，世间除了雾宣仙子怕是再没有什么人能捂热他的心了。妹妹真心替姐姐感到不值啊！"

桂青轻咬银牙，恨声道："你！"

仇斯对水灵的离间之辞丝毫不加理会，他冷声道："当日仇某以'九曲缚龙阵'囚禁于你，便是念在五行灵兽乃天地造化，取你性命恐有违天道。更是盼望你能改过自新，去除心中戾气，奈何你变本加厉，屠戮翠渊阁满门，这让仇某怎能饶你？"

仇斯之言似乎触碰到了水灵心底的痛处，她双目圆睁怒极反笑道："好一个宅心仁厚的求死先生，你可知这十年来我是如何过来的？那信宏狗贼虽入不得你布下的阵法，却每日摄取我水属灵气，若非有人暗中相助，以陷空山的水龙之气滋养与我，只怕此刻我早已沦为他人练功的鼎炉，更不要说报我血海深仇了！"

仇斯当日并未想到信宏子道貌岸然，私下竟不顾道义违背与仇斯定下的约定，强行吸纳水灵的元气，也正是这样他才被水灵趁机寄于体内。仇斯眉头微皱，问道："想必也定是那人助你打破阵法，得以逃生吧？"

水灵说道："不错，想来那人定是你的仇家，否则也不会冒险救我，只是他不该骗我……"说着水灵看了一眼被信宏子两伤剑法震晕的火灵，继续说道："他不该骗我说火灵已经死在你的手上。"

自从柳醇清误打误撞闯进了他布下的阵法，后面发生的这一连串事件中，所有的疑点似乎都指向了一个神秘人，这人将仇斯的仇家引至若忘山，可谓是煞费苦心，仇斯对此人倒是全然无惧，只是这人的目的何在，仇斯一时之间还捉摸不定。

仇斯凝眉说道："仇某自囚落乌峰，十年来竟成了井底之蛙，自打家师仙逝，想不到世间还有如此本事了得之人，破得了仇某最得意的阵法。"

水灵莞尔一笑，说道："先生也太过自负了，且不是这世上藏龙卧虎，单说'六子''三童'中任何一人都未必会在先生之下，救我出阵也自然不在话下。"

听得水灵说到"六子"与"三童"，柳醇清忽然想起当年与李跛子闲聊打趣时听他说起过，当今江湖有十人风头最盛，有一首赞诗说的便是这十人："一佛双耳三剑仙，兽语屠戮桃花签，六子三童合一处，求死先生还在前。"

后一句说得是"六子"，其中名声在外的一佛便是不怒金刚笑弥勒，笑弥勒是江湖上人人皆知的"仲裁人"，但凡十恶不赦之人都会被他捉住囚禁于囚谷。许多见过笑弥勒的人都坚信一点，能胜过仇斯手中天罚剑的唯有此人。

双耳便是曲听竹和燕听雨，此二人总是结伴而出。和笑弥勒的慈悲不同，这二人专杀恶贯满盈之辈，是所有邪恶之徒谈之色变的刺客，只是近年来江湖上已经没有人再见过双耳的踪迹了。

剑乃兵器中的王者，而天下剑客中又有三人堪称剑术至尊。江湖中人将"快""绝""灵"三字冠以这三人，这三人并称三剑仙。

绝剑仙与灵剑仙神龙首尾，江湖之中多只存留传说而已，更有人说绝剑仙与灵剑仙已经领悟剑术真妙，托剑气羽化成仙了。而快剑仙云中傲曾与仇斯在会稽山上有过交手，只是自那一战之后，快剑仙从此便下落不明。

而赞诗下一句说的便是"三童"，"杀童"嗜杀成性，十几年前突然销声匿迹；"兽童"善御兽，与其母极乐姥母隐居在极为隐秘之处，鲜少踏足江湖；"花童"善于用毒，与生死城的百杀大帝齐名，现在跟随参髯老祖修行。

江湖盛传，六子三童合在一处，未必能胜得过仇斯手中的天罚剑。这其中多有夸大的成分，但足见江湖中人对仇斯的敬畏。

仇斯对水灵的话不置可否，他说道："如此说来，修炼出水汽元兵的并不是信宏子，而是阁下了。"

水灵灿然一笑道："不错，这蠢笨之徒误以为他凭借三脚猫的功夫就能杀得了我，殊不知我早已化作水灵真元寄体于他的身体之内。这家伙还以为自己练成了水汽元兵，他哪里知道修成这等奇术的人其实是小女子。"说罢，水灵发出一阵银铃一般的笑声。

桂青怒不可遏，喝道："你当若忘山是什么地方？哪里容得下你这般猖狂？"

水灵故作惊惧之态，示弱道："山神姐姐息怒，是妹妹唐突了。有山神石印在，若忘山上的一草一木都俱归姐姐驱使，妹妹又怎敢冒然染指。"

桂青一时间猜不透水灵的葫芦里卖的是什么药，仇斯却早已了然于胸。只是他明白，即使是他，也有很多无法挽回的事情，亦如十几年前的雾宣仙子，亦如今晚翠渊阁仅剩的几名弟子。

果然听水灵幽幽地说道："妹妹不敢妄动这山上的草木，只得将翠渊阁这些不长进的弟子带来，小女子献丑了，就用他们来和求死先生的天罚剑一较长短吧……"话音未落，水灵疑惑地看了一眼仇斯腰间悬挂的佩剑，说道："不是天罚剑？"

仇斯道："仇某早已舍弃天罚利刃，如今仇某随身的佩剑名曰'无争'。"

水灵忽然凄厉地笑了起来，说道："仇斯啊仇斯，如今你连天罚剑都没有了，还凭什么和我斗？这十几年的仇怨便要与你在今夜一并了结了。"

只见水灵伸掌而出，在院中调息的翠渊阁弟子突然哀嚎不止，血液从他们的伤口处缓缓而出，竟然如同拥有生命一般，血液越聚越多，渐渐地在水灵的手中形成一个血液组成的圆球。

看着血液凝聚的水汽元兵，万千形态在水灵的手中幻化，水灵的心中不禁生起了得意之情，她赞叹道："孙明水不愧是天纵之才，竟然以区区肉体凡胎独创这门水属奇术，当真是教我水灵一族汗颜了。"

信常子大惊失色，前有师兄粉身碎骨之仇，后又有弟子被杀殆尽之怨。信常子悲愤交加，强行站起身来，也要学信宏子一般，使出那一招两伤剑术。

水灵看也不看信常子狰狞的样子，调笑一般说道："你还算是翠渊阁里硕果仅存的一点良心，可是你没有看清这世道，好人终究难逃厄运。"

言罢，信常子的剑决还未掐稳，就觉得身体里的血液似乎在沸腾，连呼吸都变得极为困难。

柳醇清惊叫道："不好！信常道长危险！"他奋力起身，用身体挡在了信常子的身前。

桂青惊呼道："清儿！"想要出手相救却已然来不及了。

水灵笑道："仇斯与这山神我奈何不得，你一个小小孩童还想螳臂挡车？"

柳醇清忽然觉得浑身上下的血液都要逆流而出了，意识渐渐变得有些模糊。

他又想起了那个梦。

柳醇清朦胧之中，嘴里不住地叫喊道："杀……杀！"

水灵本以为这小儿不过是凡人蝼蚁，直到此刻她才察觉到一股冷森的杀意从四面八方袭来，让她如同置身于冰窟之中。她生来便是水属真灵，从未感知过冷的滋味，而如今，这般刺骨的感觉直抵内心。

水灵惶恐地看了看仇斯，这种咄咄逼人的杀气不是仇斯散发出来的，也不是桂青，更不是昏迷的火灵。

她显然没有想到，那股幽深绵长的杀意，竟然是柳醇清弥留之际的身体里散发出来的。

水灵惊呼一声，立刻放开了对柳醇清的控制。

柳醇清如蒙大赦一般，捂着喉咙不住地咳嗽，随着意识渐渐恢复，那股杀气也消弭于无形。

水灵惊叫道："你居然是……"

未等水灵的话说完，突然一个巨大的身影拦在了柳醇清的身前，柳醇清只觉得眼前红光大盛，隐隐刺痛了双眼。

水灵看到眼前这个满脸赤红胡须的壮汉，一时间忘记了刚才的一切，她喃喃说道："好久不见了，火灵。"

火灵神情悲痛地说道："昔年你我罪孽深重，被你冰封的城池何止十座？当年被我焚烧的生灵不计其数，在若忘山上这些年，每每想到此处，都让我愧疚不已？先生只是为了化解你我心中的戾气，你不感恩戴德也就罢了，怎么还能恩将仇报？"

水灵忽听得火灵如此为仇斯辩解，一时急怒攻心。她颤声说道："这十年来你究竟经历了什么？是不是畏惧他的天罚剑？当初那个敢叫天公无颜色的火灵去哪了？"

却不想火灵丝毫不受她话里的影响，语重心长地说："收手吧，既然你也重获了自由，天大地大哪里去不得，为什么非要以怨报德？"

两行冷冰冰的泪水从水灵的眼角滑落，她冷冷地说道："当初我得知你被仇斯残杀，你可知我发了怎样的毒誓要为你报仇？我自知即使拥有水汽元兵也未必是仇斯的对手，便潜入云梦泽，又是经历了怎样的磨难才降服了巴蛇？如今我在你眼里，就仅是一个卑鄙阴险的小人吗？"

火灵一时语塞，他本就是笨嘴拙舌，如今更不知道该如何面对水灵，只是他深知水灵正在走的是一条万劫不复的路，他硬着头皮说道："无论如何，我不会让你伤害这里的任何一个人。"

水灵似是失望至极，怒道："好！既然你说当年你我罪孽深重，那当年你我变成那副凶戾的模样又是因为谁？"

火灵正要辩解，一旁的仇斯却说道："不错，当年之事仇某难辞其咎，若是当年仇某并没有将天罚陨铁在你们的水火灵晕中淬炼，你们也不会受到天罚剑的戾气侵蚀，从而变得凶残狂暴。如此，你来找仇某寻仇，自然在情理之中，只是仇某一人的罪责，你又何必累及他人？"

水灵狂笑道："累及他人？仇斯，你这道貌岸然的伪君子，我只恨当年雾宣仙子死得太早，她应该死在我的手上，这样才能一解我的心头之恨。"

仇斯面色微变，十几年来，仇斯一身修为已入化境，早已心如止水，只有雾宣仙子是他心中还没有抚平的伤痛。

桂青在一旁照看柳醇清，见他没有大碍，心也终于是放下了。忽然听到水灵如此激怒仇斯，心里没由来的感到酸楚。在仇斯的心中，她怕是永远都比不上那个已经死去的女人所占的分量，桂青恨水灵，恨她在仇斯面前又提到了雾宣仙子。

桂青拿出石印念念有词，忽然几根尖锐的竹刺从水灵脚下破土而出，直刺入水灵的身体。

火灵见状，急道："小心！"

却见水灵的身体并没有被竹刺刺伤，而是流动着水光的波纹。水灵本就是水属真灵，身体可化作水元，寻常之物难以伤其根本。

水灵一跃而起，御风而行，在半空之中安然站立，宛若出尘的仙子一般。一旁的信常子见到水灵如此之态，脱口惊呼道："行水诀！"

水灵瞟了一眼仇斯，千娇百媚地笑道："求死先生，不知小女子这行水诀可还入得先生的法眼？"

仇斯冷声道："水属真灵修习这行水诀，果然天资地养。仇某不及你。"

水灵得意地狂笑，忽然扭头对桂青说："姐姐也太过心急，妹妹的旧还没叙完，姐姐便要迫不及待地致妹妹于死地？还是妹妹的哪句话戳到了姐姐的痛处？"

桂青被水灵说的面红耳赤，只得冷哼一声别过头去。

水灵又说道："只是妹妹险些忘记了，姐姐也是和求死先生朝夕相对之人，若是姐姐香消玉殒，不知道求死先生会不会像思念雾宣仙子一样思念姐姐呢？"

水灵毫无顾忌地恣意狂笑，直到眼角之中笑出了泪花，她才收敛了张狂之态，转而面色渐渐变冷。她环视身下众人，直到她飘然落在一颗巨大的蛇头之上。原来在水灵与仇斯对话之时，水灵暗中驱使巴蛇来到此处，她站在巴蛇头上，居高临下的气势仿佛众人的生死尽在她的掌握之中。

不待众人搭话，水灵伸出手掌，向下一挥，掌风所携带的劲道打在了巴蛇的头上，便怒喝道："你这孽障，此时不与我踏平若忘山，更待何时？"

巴蛇巨大的身躯因为吃痛而颤抖起来，听到水灵的声音便闻声而动。

众人只觉得整个若忘山都在颤动。

桂青面色惨白，脱口道："不好，若是这孽畜逞凶，怕是若忘山都会被它夷为平地。"

桂青拿着石印，念念有词。另一处的巴蛇身边突然凭空生出无数藤蔓，如蛛丝一般将巴蛇包裹住。这下似乎是激怒了巴蛇，它发出了一声沉闷的低吼，蓄足了力道奋力挣脱了藤蔓，暴怒之下的巴蛇动作更为迅速敏捷。

落乌峰似乎已经摇摇欲坠。柳醇清对桂青说道："姐姐何不祭出石印，像降服土灵一般，压住那条大蛇。"

桂青摇了摇头说道："石印中封印了山下庄稼的生命之力，若是石印镇压巴蛇，难保那些生灵之力不受损害。"

只见巴蛇所过之处，树木被连根掀起，飞鸟走兽尽数四散奔逃，但仍有大多来不及逃命的生灵惨死在巴蛇巨大的身躯之下，每见有生灵为此殒命，桂青的心仿佛都在滴血，她看着巴蛇几乎就要逼近这小院所在之地，轻咬朱唇，似是做出了一个极其重要的决定。

桂青摸了摸柳醇清的脸说道："若是姐姐遭遇不测，答应姐姐，好好替姐姐照顾你家先生。"

柳醇清呆若木鸡，直到桂青向着巴蛇的方向翩然而去，他这才想到桂青是要以命相搏。瞬间柳醇清的眼泪就像是断了线的珠子，口中不住地喊道："姐姐！"

仇斯担心桂青的安危，正要出手相助，血水凝结而成的水汽元兵突然封住仇斯的去路。水灵笑道："好一个慈悲的若忘山神，若是求死先生出手相助，岂不是辜负了山神姐姐舍生取义的情义了吗？"

仇斯无暇与水灵多话，脚下御使行水诀，可水灵的行水诀更在仇斯之上，仇斯见无法挣脱水灵的纠缠，便要拔出无争剑。

仇斯在心中叹了口气，前几日才在幽冥的大门前对地藏菩萨许诺誓言，愿有生之年不再让无争剑出鞘，怎奈树欲静而风不止。仇斯周身真气鼓舞，将青衫吹得猎猎作响。

一旁火灵感知到仇斯真气的流动，他心中大惊，而水灵似乎对仇斯喷薄而出的杀伐之意并无惧色，水汽元兵依旧变幻不停地攻击着仇斯。

随着一声巨大而又沉闷地低吼声响起，一头巨大的神兽挡住了水灵数道水汽元兵。只见那神兽角似鹿头似驼，前爪似鹰后爪似虎，浑身火光缠绕。

水灵硬生生地停下了身法，在半空之中呆立良久。

火灵终究现了兽身！

桂青与巴蛇缠斗在一处，只是桂青看似娇弱的身躯在巴蛇面前如蚊蝇一般微不足道。桂青无法将石印的神力发挥到极致，却也尽力施展法术希望以此制住巴蛇。一根根尖锐的木桩自巴蛇身下破土而出，奈何巴蛇浑身鳞甲比钢铁还要坚硬几分，虽然木桩无法伤害巴蛇，可疼痛却激怒了这凶兽，凶性大发的巴蛇所过之处一片狼藉。无数走兽或被它吞入腹中或是被它碾压在身下，甚至连惊起的飞鸟也无法逃脱它张开的血口。

桂青怒火攻心，此刻再也无法顾及自己的安危，她怒喝了一声，一跃而起，在空中甩出流云飞袖，如丝如绸的袖口如同活了一般，迎风变长，转眼间变成了令人瞠目的长度。袖子将巴蛇的身体牢牢缠住，也不知道桂青这衣衫是何材质，一时间竟连巴蛇也无法挣脱。见巴蛇在那里痛苦地扭曲挣扎，桂青还没来得及松一口气，忽然听到仇斯在身后喊道："桂青姑娘，小心！"

桂青只觉得耳边传来呼啸的破空之声，一股无形的压力让她喘不过气来。只见巴蛇疯狂地扭动身体，可是它的尾巴却没有受到束缚，虽然桂青所在的位置远离巴蛇，奈何巴蛇的身形太过巨大，巴蛇将巨尾向桂青扫去。当桂青意识到危险之时，却已避无可避。

巴蛇巨尾重重打在桂青的身上，桂青口喷鲜血，如断了线的风筝一般向空中飞去。仇斯怒道："孽畜敢尔！"

巴蛇见仇斯来势汹汹，再次挥动巨尾扫向仇斯。

仇斯不闪不避，迎着巴蛇势大力沉的攻击踏空而行。仇斯飞身一脚，狠狠踢在了巴蛇的尾巴上。

这一脚力度之大，连巴蛇也无法承受，巴蛇痛苦地哀嚎了一声，偌大的身躯竟然被踢飞了起来，连同桂青缠绕在巴蛇身上的绫袖也一并破碎断裂。

仇斯身形未变，继续踏空而行，凌空将桂青揽在怀里。这一次他不会再让往事重演。

桂青朦胧中感受到了仇斯胸膛的温度，忽然她开心极了，她发现原来这个男人的心并非像冰一样冷，他的心也是热的。没由来的，她竟然感激巴蛇。如果不是这孽畜大闹若忘山，或许仇斯永远也不会像现在这样抱着她。

有那么一刻，桂青甚至希望自己如果能就此死去该多好，那么眼前这个男人或许也会用余生来想念她。

当一股雄浑的真气注入体内，桂青的思绪便愈发分明，她知道，有这个男人在，自己一定不会死。

被仇斯一脚踢飞的巴蛇，在极度愤怒中再度袭来。桂青紧张地抓住仇斯的衣衫。仇斯抚慰道："你护了我十年，这一次让我来保护你。"

包含了太多情愫的泪水从桂青的脸颊滑落，身体上的伤痛在此刻已经微不足道，她擦了擦嘴角的血迹，微笑着说道："先生小心。"仇斯迎面看着癫狂的巴蛇，心境却无一丝杂念。他叹了口气，当年的自己空有一身修为，若是心境也如此刻一般如水平静，自己也不会因为贪念一时比斗，没有及时按约定的时间赶到雾宣山，连累雾宣仙子被赤尾恶姣所害。

此事乃仇斯平生最大的憾事，也是无法解脱的心结。

巴蛇扭动着巨大的身躯，燥怒让它不顾一切地冲向仇斯。突然一股巨大的压力让它的身形有片刻停顿，那是来自本能的恐惧，好像前方有一种未知的危险在等待着它。

那是凶兽天性之中的警觉，也正是凭借这种本能，巴蛇数次从危境之中逃脱。这一次巴蛇依旧想逃离，眼前这个看似弱小的人类此刻映在它的眼中，简直比巍峨的高山还要难以逾越，若是再停留至此，只怕性命危矣。

可盛怒之下的水灵怎会让巴蛇轻易逃走，她口中念念有词，不知是以什么秘术控制了这第六凶兽，巴蛇的身体开始扭动挣扎，似乎是对水灵的咒语极为恐惧。片刻之后，巴蛇抬头，双眼猩红，本能早已被兽性所取代，此刻对凶狂无方的巴蛇来说，就算前方是刀山火海，这凶兽也要去闯一闯。

仇斯见巴蛇凶性竟如此炽盛，当下便弓其身形，纵身一跃，如离弦的弩箭一般飞向了巴蛇。

巴蛇张开血盆大口，便要将仇斯吞入腹中。

电光火石间，仇斯一掌击碎了巴蛇如石柱一般巨大坚硬的獠牙。

巴蛇吃痛，仰起头痛苦地咆哮。

仇斯身形未老，跃身来到巴蛇七寸之处，抬起手掌，重重地打在巴蛇的七寸之上。

这一掌的力道足以开碑裂石，巴蛇钢铁版的鳞甲瞬间被打得粉碎，七寸之处早已血肉模糊。

巴蛇轰然倒地。

仇斯站在一处土丘之上，巴蛇正卧在土丘下面，仇斯所站之处刚好与巴蛇的视线平齐。

过了片刻，巴蛇悠悠转醒，好半天才恢复了行动的能力。从身上传来的痛楚再一次激怒了巴蛇的凶性。

巴蛇口中不住嘶吼，神色之中透着难以言喻的痛楚，扭动了片刻之后，竟然吐出一只模样狰狞可怖的虫子。

仇斯看着那虫子，若有所思道："果然是万虫谷的蛊虫，难怪你会任凭水灵驱使。"

那模样诡异的虫子赫然是江湖上人人谈之色变的蛊虫，不知道为何被下入巴蛇的体内，寄体于七寸之处，巴蛇的要害被蛊虫牵制，不得已只能任由他人驱策。

适才在仇斯猛烈攻势之下，蛊虫也阴差阳错被仇斯的内劲震死，没有了蛊虫的威胁，巴蛇痛快地嘶鸣了一声，转而凶性更胜，要和仇斯拼个你死我活。

不想仇斯忽然伸出一只手，按在了巴蛇的上颚之上。

巴蛇露出了惊恐之色，无论它如何扭动身体也无法抬起被仇斯按住的头。

仇斯冷冷说道："刚才仇某本想将你一掌击杀，可念你从囚谷逃生潜入云梦泽之后，并未作出什么祸事，这才没有痛下杀手。若是再执迷不悟，休怪仇某无情。"

不知巴蛇是否听懂了仇斯之言，只是它眼中满是顺从的神色，动作也不似刚才那般狂怒。

仇斯抬起手，巴蛇恢复了自由，如蒙大赦一般冲仇斯点了点头。

仇斯道："回云梦泽去吧，若是有朝一日仇某知晓你再度为祸人间，到时候不管上天入地仇某定教你挫骨扬灰！"

巴蛇低低地嘶吼了一声，便黯然离开了若忘山，动作谨慎地生怕压到山中的生灵。

巴蛇方一离去，仇斯便听到柳醇清大喊道："先生，你快去救救驴兄！他怕是要不成了！"

远处的火灵已现了兽身，正与水灵打得不可开交。

仇斯瞧了片刻便已知晓，火灵在若忘山十年来静思已过，火属真元更加深厚绵长。而水灵十年来在陷空山被强行摄取水属灵气，水灵虽然练成了水汽元兵，但是若论实力，终究是逊了火灵一筹。

怎奈火灵固然凶猛，却不忍心对水灵施以全力，反观水灵却处处是要命的杀招。

火灵如狮子搏兔一般扑向水灵，水灵嫣然一笑，忽然空门大开，任凭火灵袭来。火灵大惊失色，急忙收回进攻之势，慌乱之中狼狈地稳住了身形。

这时，水灵突然发难，水汽元兵化作长枪，直刺入火灵的胸口。火灵口吐鲜血，从半空之中如落叶一般跌落在柳醇清身边，水灵趁势要给予火灵致命一击，柳醇清猛地扑在了火灵身上。

水灵阴冷地笑道："小娃娃，不管你是不是那个人，我都全然无惧，十年来我朝思暮想的便是今天，如今仇人在前，和他相关的人都要为他殉葬。今天在场的人一个都别想活！"

说着水汽元兵化作万千箭矢如雨滴一般坠落，纵使铜头铁臂也难挡这势如破竹的杀伐之意。

柳醇清吓得闭上了眼睛，心中暗叫道：我命休矣，早知道刚才就多吃几颗桂青姐姐的果子了。

水汽元兵化作的万千箭雨眼瞧着便要将柳醇清与火灵洞穿，千钧一发之际，柳醇清只觉得一阵热浪滚滚扑面而来，将水汽元兵一瞬间蒸腾殆尽。

只见仇斯以指作剑，一道炽热的真气自指尖而出，迎风化作火光。这"离火诀"本是闵阳城城主许临川的成名之技，当年仇斯路过闵阳城，曾相助许临川参透祖传的上古阵法"回光阵"的残卷，临别之际，许临川以离火诀的心法相赠。

离火诀虽是水属奇术的克星，却与水汽元兵相去甚远。只是这火属之技在仇斯手中，威力何止强大百倍，是以勉强可以与水汽元兵一较长短。

柳醇清见仇斯出手，便知道自己死不了了。这时他才觉得手脚已没了力气，从鬼门关走了一遭，此刻才感觉到后怕。

火灵依然昏迷不醒，柳醇清第一次近距离看清火灵的真身。就算在李跛子的口中也从未听说过如此令人难以置信的神兽，火灵的伤口还在滴血，只是当血滴落到地面上时，瞬间化作一团火焰。

桂青此刻已无大碍，她挣扎着站起身，走到柳醇清身边，只听柳醇清哭喊道："姐姐，你快救救驴兄吧。"

桂青忙查看火灵的伤势，虽然还有血流出，但是致命的伤口已经在一瞬间被火灵以真元固守住了。此刻虽然性命无忧，但若是再强行运使真气，只怕会伤了心脉。她从怀里拿出一个小瓷瓶，里面是桂青精心酿制的百花琼酿。桂青一股脑地将百花琼酿倒进了火灵的嘴里，扭头对柳醇清说道："便宜这孽畜了，放心，这畜生还死不了。"

听到桂青这样说，柳醇清才破涕为笑。

半空之中的水灵望着柳醇清为了火灵又哭又笑的样子有些出神，一时间竟然忘记了痛下杀手。

那是一种十分奇异的感觉，这十年来她除了渴望自由，更多的是希望再见到火灵，和他一起纵横天地间。

而她也自认为是这个世间唯一真心关心火灵的人。可是此刻，不仅仅是那个神秘的凡人孩子，还有若忘山神，甚至是连仇斯对火灵都是如此亲近。

泪水在水灵的眼眶里打转，当年同样为祸人间的水火双灵，本就应该被世间唾弃才对，只有他们才能够相互扶持。而如今她已然是孑然一身，火灵却有了这么多伙伴。这十年来她日思夜想的就是杀了仇斯报仇雪恨，她拥有的不过是满心的仇恨，可火灵却收获了诸多情谊。

水灵擦了擦脸颊上滑落的泪珠，泪珠在她的手上恣意流传，只是冷冰冰的温度似乎是在嘲笑她的孤独。

妒忌到了极致，便是无边的愤怒。

水灵如梦方醒一般，发疯了似的凝聚水汽元兵。

然而仇斯已至水灵身前，对她说道："你与火灵本是一晕所生，同气连枝，为什么忍心对他痛下杀手，要置他于死地？"

水灵凄厉地说道："当初我只知道火灵死在你的手里，恨不得食你血肉为火灵报仇，可如今见到火灵这个样子，甘愿作为他人胯下的坐骑，我恨不得他真的死在你的手里，那样他还是我心中那个真性情的火灵。既然他变成了这个样子，索性我就杀了他。"

水灵空中踏步而行，每走一步脚下便凭空生出一朵寒冰化作的莲花。

这移步生莲的异象让柳醇清惊讶不已。桂青却蹙眉凝视，眼神中透着对仇斯的担忧。

仇斯的衣衫无风自动，显然也是动了真气。

火灵悠悠转醒，见到水灵与仇斯的一战一触即发，不由得心急如焚，以兽身口出人言道："先生，求你千万不要伤及她的性命。"火灵本来已经愈合的伤口突然又崩裂开来，他痛苦地呻吟了一声，又晕厥了过去。

仇斯叹了口气说道："火属真灵可焚天地，却温热不了你的仇恨。"

水灵娇媚地说道："我的仇恨就是你，待我亲手杀了你，再冰封住若忘山或许我的仇恨就能化解了吧？"

水汽元兵已在水灵的手上化作了一把利剑，直刺仇斯肋下。

仇斯深知这一剑大有古怪，不敢托大，后退一步避过这一剑。水汽元兵所过之处，竟然将空气凝结成冰。

水灵不给仇斯片刻喘息的机会，一朵冰莲在她脚下出现，水灵足尖一点，执剑刺去。

仇斯面对水灵的攻击，一味闪躲避让，虽然无法脱离水灵的纠缠，水灵却也一时间难以伤及仇斯。

不过仇斯终究浸淫行水诀多年，虽然水灵天资奇佳，可这以不变应万变的能力还是仇斯更胜一筹。缠斗许久，水灵终于露出破绽，仇斯以闪电之势伸出双指，点在了水灵的眉心之间。

凛冽的杀气自仇斯双指之间发出逼人的寒意，水灵只觉得周身力气正一点一点散去。

水灵妩媚地看了一眼仇斯说道："好一个求死先生，小女子拜服！"

仇斯却毫无喜悦的神色，依旧冷漠地说道："你败了，醒悟吧。若你肯改过自新，便与火灵一起离开若忘山吧！"

柳醇清听到仇斯的话，隐隐竟有些不舍，自己与火灵朝夕相处了这些日子，早就把火灵看作是知己一般。如今若要分别，当真教柳醇清心痛不已。

水灵忽然哈哈笑了起来，那笑声让人觉得隐隐不安。

柳醇清敏锐地察觉到，若忘山似乎不那么寒冷了，山上的积雪正在一点一点地融化。

只听水灵说道："小女子被困在陷空山那么多年，如今这筋骨刚刚松完，先生便不想再和小女子玩下去了吗？好戏才刚刚开始呢。"

水灵飞身向后退去，仇斯也不追击，只是定定地看着水灵，眼中不忍的神色一闪而过。

一旁的火灵醒了过来，感知到了某种变化。他惊叫道："先生小心！水灵要现出真身了！"

水灵周身现出细小的鳞片，娇媚白皙的容颜也逐渐变得无比狰狞。额头上微微隆起，竟然长出了一对角，水灵的兽身非龙非蛟，竟是一条硕大的银亮的大鱼。

只见若忘山上消融的积雪化作水汽蒸腾升空，水灵巨大的身体将水汽一股脑地吸入体内，转眼间水灵较之刚才又变大了三五倍之多。

桂青看得瞠目结舌，想来桂青所见的奇灵凶兽也不在少数，可像水灵这般巨大的兽身却是她平生仅见。

柳醇清也吓得直哆嗦，忍不住问身旁的火灵道："驴兄，那位姐姐可是与你同在一处灵晕所生，为何她会变得这般巨大？"

火灵看着水灵的变化，也微微出神，听到柳醇清的问话，这才答到："这并不是水灵的兽身本真，想来定是'水汽元兵'之故，水灵强纳水汽为己所用，那巨大的身体其实是那万千水汽所化。"

桂青若有所思地说道："当日若忘山上下起了大雪，我本以为是水灵在敲山震虎，给我一个下马威，如今看来这一切都是她早有预谋，我真是小瞧了这水灵的心思。"

待水汽吸收殆尽，水灵的身体几乎与一座小山的大小无异。柳醇清忽然想起私塾里的先生曾经讲过：北冥有鱼，其名为鲲。鲲之大，不知其几千里也。

也不知道这水灵的兽身与那传说中的鲲相比，究竟谁更大一些。

仇斯站在水灵兽身面前，犹如草芥一般，似乎只要水灵吹口气就能将仇斯吹到九霄云外。

仇斯也忍不住赞叹道："这便是水汽元兵的极致了，只怕孙明水当初独创此术，也不会想到水汽元兵会有如此威力，当真教后辈汗颜了。若是此时在江海之上，或许连仇某也无把握胜你了。"

仇斯之言似乎激怒了水灵，无边无际的庞大身躯在半空之中扭动，巨大的鱼尾重重地拍在了与落乌峰相邻的一座山峰上。

登时山峰便被拍得粉碎，砂石冲天而起。巨尾抬起时，本来高耸入云的山峰几乎被夷为平地。

若忘山七险十二峰，从此便少了一峰。

桂青心痛不已，忍不住起身要与水灵以命相搏，幸亏柳醇清及时拉住了她。只听一旁的火灵虚弱地说道："桂青姑娘，如今的水灵已不是你我能相抗的，我们唯有相信先生能处理好这一切，否则任何冲动之举都会妨碍先生。"

桂青强忍心痛，只能恨恨地看着水灵。

那一边仇斯见水灵一击之下竟有如此威力，无奈叹道："仇某对你已经仁至义尽了，你却依旧不知悔过，如此便休怪仇某无情了。"

水灵发出了瓮声瓮气的声音，声音如同闷雷一般，不知道是在嘲笑还是在咆哮。遮天蔽日的巨尾突然向仇斯所在的落乌峰拍了下来。

桂青忽然想到了什么，急忙提醒仇斯道："先生，万不能让这孽畜动这落乌峰，若是放走了这山里的东西只怕又要连累苍生了。"

相传上古时期，灵晕初现，有五处最早的灵晕，其中孕育出五只灵兽，分属金木水火土五行，被世人称作"灵祖"，自此天下间的五行灵兽虽是天生地养，却皆被奉为灵祖的后裔。

上古之时，金灵之祖三足金乌为祸人间，带领九只金灵将中原大地搅得天翻地覆，险些成了人间炼狱。上古大神后羿以一己之力将九只金灵射杀，并降服三足金乌，将三足金乌的兽身封印在若忘山，而落乌峰便是三足金乌的兽身所化。

若是此时水灵击毁落乌峰，必然将这金灵之祖的封印打破，到时候即便是仇斯也难以一己之力同时降服水灵与金灵之祖。桂青曾将此事告知仇斯，因此仇斯深知其中利害。

仇斯一跃而起，在半空之中凝聚真气，硬生生地将水灵巨尾托住。水灵这一尾之力足以平山填海，如今却被仇斯以凡人之躯挡住，再也落不下半分。

水灵愤怒至极，怒吼了一声，整个天地似乎都在震动。

柳醇清只觉得一股血气在喉咙处翻涌，一旁重伤的信常子抗不住蓦地喷出一口血。

仇斯不在此处纠缠，凌空蹬踏。水灵的兽身趁势将仇斯包裹住。

仇斯的身躯与水灵相比，便如萤火之光比之皓月当空。转眼间柳醇清已经看不到仇斯的身影了，只有水灵在疯狂地扭动身体，时不时地发出震耳欲聋地吼声。

水灵裹挟着仇斯在半空之中，只有打斗之声愈发激烈，水灵的咆哮之声也愈发狂躁。显然是仇斯占了上风，不知道为何，柳醇清在心底里觉得就算水灵再如何凶狂，依旧不会是先生的对手，若是这个男人这么容易死去，他也不会自号"求死"了。

突然，柳醇清觉得周围的温度在急剧下降，转眼间仿佛置身在寒冬腊月之时。

火灵挣扎着要站起身，急道："不好！水灵要用两伤之法与先生同归于尽！"说着作势要向水灵那里扑去，剧烈的动作让火灵的伤口再次裂开。

就在桂青还没来得及作出反应，在水灵与仇斯的缠斗之间，一道青绿色的光芒冲天而起，绿光所暗含的真气让火灵的兽身为之一颤，如此雄浑的感觉，他只有在十年之前感受过一次，而也正是那一次，他在仇斯手下败得心服口服。

一瞬间连周围的寒意也被那道光芒所携带的真气驱散了。

桂青惊呼道："那是……"

一边的火灵也顾不上身体的疼痛，震惊地看着那道绿光。

落乌峰上不知何时下起了雨，柳醇清发现水灵的身体正在一点一点缩小。这场雨声势浩大，却很快便停了。

雨过之后，水灵再次化作女子的模样，只是脸色更加苍白，身上的一袭白衣已经血迹斑斑。

而仇斯正站在她的对面，手里握着一把长约两尺的短剑，剑身通体无光，只有毫无规律的纹路，隐隐透着生命的气息。

十年未出的无争剑，此刻悍然出鞘。

当年仇斯舍弃天罚而改用无争剑，便是为了去除心魔。只是这一次无争剑再度出鞘，无论是无争还是仇斯，都已经没有了当初的戾气。仇斯望着手里的剑，就像望着十年未见的老友。

火灵见仇斯拔出了无争剑，心下一凛。他用尽力气对水灵说道："不要再打下去了，收手吧！"

水灵凄厉地叫道："收手？然后像你一样苟活于世吗？如果是那样，

我宁愿去死！"

水灵转而对仇斯说道："想不到十年前我败在你的天罚剑下，十年后又败给了你的无争剑。这一生我算是无法跨过你这座山了，若有来世，我倒是愿意再和先生一较高下。"

说罢，水灵作势要咬破舌尖。

舌尖上的精血本就暗含生命之道，加之五行灵兽本就是天地的造化，这舌尖血化作水汽元兵，即便是仇斯恐怕也无法全身而退。只是这口血喷出，水灵的生命怕是也走到了尽头。

一瞬间起风了，若忘山上狂风大作，似乎冥冥之中天地间感知到了水灵的怨念，连风云都变了颜色。

火灵发狂一般站起身来，怒吼道："不！"

这一声怒吼惊得柳醇清跌坐在了地上。火灵不顾伤口在流血，四蹄之下燃起火云便要向水灵那里奔去，无论如何他都要阻止水灵这同归于尽的法子。

水灵先前被无争剑的剑气所伤，行动早不如之前那样灵活，仇斯双脚微动，转眼间便到了水灵的身后。相隔数十丈，仇斯后发而先至，在场之人竟然无一人看清仇斯的动作。

水灵大惊失色，一口精血还没来得及喷出，就听到仇斯说道："你被仇恨折磨了十年，何必还要再带到来世？若有来世，仇某愿用这一身修为与天罚利刃去换取和心爱的女人逍遥自在数十年，岂不快哉？"

听得仇斯如此说，水灵呆愣片刻，惨然道："全仗着对你的恨我才能活到现在，若不是为了能亲手杀了你，只怕我早就不在人世了。"

仇斯叹道："放下仇恨，任何事都可以是你活下去的理由。"

水灵冷笑道："多说无益，和我一起去死吧。"

凝聚天地灵气的精血化作一道利箭便要自水灵口中而出。

仇斯无奈挥起无争剑，避过剑刃，只以剑身拍打在水灵的背上。

水汽元兵登时溃散，水灵口中精血化作一片血雾冲天而起。一颗浑圆的珠子也一并被水灵吐了出来。原是水灵的灵珠难以抵挡仇斯这一剑的力道，不得已破体而出。

此时火灵堪堪赶到，化作人形抱住了昏厥坠落的水灵。

只见水灵面如金纸，呼吸极度微弱。火灵惊慌地对仇斯说道："先生，她……"

仇斯略感疲惫地说道："仇某答应过你，不会伤她的性命。只是她心中的怨气太重，若是由得她去，不仅会残害苍生，更只怕她会坠入魔道。"

火灵纳头拜倒在地，悲痛道："求先生不计前嫌，救救她吧！"

此时靠在火灵怀中的水灵，任谁也不会想到这样清秀淡雅的女子竟然是视万千生灵如草芥的凶恶之徒。可若论源头，害的水灵沦落至此的却是仇斯。

仇斯苦笑道："如此仇某便尽力一试。"

火灵竟然激动地哭了出来，颤声道："多谢先生。"

仇斯将水灵的灵珠抛向空中，持剑的手腕一点，只见青绿色的光芒一闪而过，无争剑再度入鞘。

而水灵的灵珠却均匀整齐地被劈成了两半。

仇斯从怀中取出一个小瓷瓶，将半颗灵珠小心地收入瓶中，另外半颗交由火灵重新塞入水灵的口中。灵珠方一接触水灵，便落入水灵的腹中。火灵感知到水灵的身体在一点点地变化，她正在变小，很快水灵就变成了一尾浑身是银色鳞片的鱼，头上还有微微鼓起的双角，只是身形远不如之前兽身那样巨大。火灵双手捧着银鱼，有些手足无措。

仇斯道："半颗灵珠还不足以令水灵幻化人形，日后当勤于修行，方可凝聚灵气，将灵珠修补圆满。"

这时，远处的天边泛起了微微的光亮。

这一夜的生死闹剧也随着夜晚的结束而散场了。仇斯仔细询问了桂青的伤势，得知桂青并无大碍，仇斯脸上一缕忧愁才散去。

柳醇清只觉得这一晚太过疲累，连自己是怎么回到房间的都不记得了，这一觉一直睡到傍晚，直到肚子咕咕作响，才悠悠转醒。

走出房间便看到信常子已经坐在院子里打坐调息。火灵已经幻化成驴子的模样，守在一只大水瓮旁闭目养神。

仇斯在一旁的石桌上正在饮茶，见到柳醇清睡醒便微笑着说道："清儿，桂青姑娘去山下释放石印中的生命之精了，她特意为你准备了几样糕点和百花琼酿，过来吃些吧。"

柳醇清只觉得肚子更饿了，急忙跑过去大吃起来。仇斯看着柳醇清的吃相，难得地笑了笑，毫不掩饰怜爱之色。

待柳醇清吃饱喝足之后，仇斯才拿出了一只鱼篓说道："趁天色还早，你去将水瓮中的银鱼送去山下的小溪中放生吧。"

柳醇清接过鱼篓，水瓮中一只银亮的大鱼正在游弋着。柳醇清挽起衣袖，将银鱼捉了出来，说来也怪，寻常鱼儿若是见到生人之时必然受惊逃窜，可这银鱼却任凭柳醇清捉住。

柳醇清提着鱼篓，向山下走去，本来在闭目养神的驴子急忙起身，跟在柳醇清身后。

仇斯忽然说道："天道之玄机，冥冥之中自有宿命左右。你我皆无能为力，若是他日有缘，必有重逢之日。"

火灵打了一个响鼻，算是回应。

柳醇清背着鱼篓，山下的溪水潺潺流动，几只蝴蝶在岸边的野花之间飞来飞去。和昨晚惊心动魄的一夜相比，此刻这般祥和美好的景象让柳醇清只觉得恍如隔世。

柳醇清放下鱼篓，将银鱼倒入溪水中。银鱼在水中游了一圈又回到了柳醇清和驴子面前，迟迟不愿离去。

驴子低下头，与银鱼亲昵了片刻。一颗泪珠从驴子的眼角滑落，银鱼这才依依不舍地向下游游去。

柳醇清挥着手喊道:"以后不要再作恶了!"

也不知道银鱼是否听见,只是柳醇清知道,那条鱼的眼神中已经没有仇恨的阴冷,或许十年二十年之后,他还会见到昨晚那个冷峻的女子。

正失神间,柳醇清隐约听到有人在喊救命。

柳醇清问驴子道:"驴兄,你听到了吗?是谁在求救?"

驴子打了个响鼻摇了摇头。

正放目四处找寻,远远望见一只吊睛白额的斑斓猛虎在追逐一个身穿粉色衣服的女孩。柳醇清大惊失色,急忙喊道:"驴兄,快救救那个姑娘!"

火灵本就情绪低落,此刻见到有猛兽在此行凶,不由怒火丛生,他蓦地现出兽身,把柳醇清都吓了一跳。

老虎见到一只比自己还大数倍且浑身燃着火光的怪物向自己飞奔而来,吓得几乎肝胆俱裂,像只受惊了的兔子一般逃窜地无影无踪。

柳醇清急忙跑过去,开口问道:"姑娘,你没事儿……"只是话还未问完,却发现那片草丛之中连个人影都没有,柳醇清揉了揉眼睛,他发誓刚才绝对不是眼花,可是那个女孩去哪了?

低头找寻间,发现草丛里有一个桃核模样的吊坠,他觉得新奇,便随手收进怀里了。

天色已经越来越暗,柳醇清翻身骑上驴子,驴子四蹄如飞,转眼就回到了仇斯的小院中。院子里信常子正在和仇斯告别。

仇斯从怀里拿出一张纸条交与信常子,道:"信常前辈,如今翠渊阁便只剩下前辈一人,光复翠渊阁往日辉煌,前辈任重道远,仇某身无长物,便以'行水诀'的心法相赠。"

信常子正要客套,可听到仇斯所赠之物竟是行水诀,当下感动之情溢于言表。

仇斯说道:"前辈珍重,他日若需要帮忙大可来落乌峰寻找仇某,仇某定当竭尽全力。"

信常子千恩万谢，竟有些语无伦次。仇斯也不再客套，便与他告别。

信常子见柳醇清回来，便作揖道："小施主多亏昨日你舍身护我，信常此时别无他物，小施主的救命之恩只有来日相报了。"

柳醇清洒脱地笑了笑，说道："道长言重了，道长为人厚道，日后定有福报。"

信常子哈哈笑道："那就承小施主吉言了。"

说着信常子还要与火灵寒暄，火灵却没好气地瞪了他一眼，在火灵眼中，翠渊阁上下都不是什么善男信女。信常子自讨了个没趣，便尴尬地笑了笑，与柳醇清道别。

下山的路上，信常子想到师兄落得如此下场，虽说是咎由自取，可毕竟是自己最为亲近之人，如此殒命实在太过悲惨。翠渊阁今后的重担更是落在了他的肩上，他要更加百般努力才是。

正思索间，余光里一个身穿粉色衣服的小女孩与他擦肩而过。

是谁这么晚了还要上落乌峰，难道是为了求死先生？

信常子忍不住回头看了一眼，正巧与那小女孩的视线相对。

女孩怒喝道："臭牛鼻子你看什么？再看小心姑奶奶我毒瞎你的双眼！"

信常子急忙赔不是，女孩这才继续向落乌峰走去。信常子暗暗咋舌，现在的小姑娘怎么都这么泼辣。

失笑着摇头继续赶路，电光火石间有个影子在信常子的脑海中闪过。刚才那个女孩怎么那么面熟？似乎在哪里见过。

只一瞬间，信常子便知道那个女孩是谁了，念头方起，信常子顿时觉得周身坠于冰窖中。

十几年前，信常子还只是翠渊阁一个默默无闻的小道士，那时他曾随师父去过生死城，与百杀大帝有过一面之缘，当时百杀大帝的座上宾便是这个女孩。

只是十几年过去了,这女孩却几乎没变化,甚至连身高都亦如孩童的模样。

而那个女孩,便是"天下三童"之一的花童,桃卉儿。

卷四 虫蛊

天色将晚,落乌峰恢复了它本来应有的静谧。

柳醇清一路上总有一种错觉,好像身后有什么人在跟着他。就连那只驴子也时不时回过头去,眼神里流露出了戒备的神色。

柳醇清疑惑地说道:"驴兄,你也察觉到了?"

驴子点了点头,又摇了摇头。

柳醇清气得发笑,说道:"我胆子小,爱疑神疑鬼,怎么你也糊涂了?"

柳醇清推开院门,仇斯正站在园中,表情有些愠怒。柳醇清吓了一跳,以为仇斯在责怪他路上贪玩回来晚了,正要开口讨饶。忽然间觉得遍体生寒,好像被人脱光了扔进了雪水里。就在柳醇清不住地哆嗦的时候,突然又感觉好像五脏六腑都在燃烧一般,浑身的血液都在沸腾。

这时冷时热来回交错的感觉,让柳醇清痛不欲生,恨不得此刻有人能杀了他或许还能好受些。

仇斯见状,忙用手掌抵住柳醇清的后背,一股温润的真气涌入柳醇清的体内，那种求生不得求死不能的感觉登时驱散了不少，但冰火两重天的痛楚却仍让柳醇清苦不堪言。

驴子见到柳醇清如此备受折磨，急得在他身边团团转。

另一处的桂青早已察觉到落乌峰上有异动，此时刚好赶回仇斯的小院中，见到柳醇清奄奄一息的模样，怒道："是什么人在门外鬼鬼祟祟？"

仇斯冷哼道："卉儿姑娘，既然来了，为何还不现身？"

一串银铃般的笑声从门外传来，紧接着门被一双粉嫩白皙的手推了开，一个身穿粉色衣衫，面容俊俏的女孩走了进来，对仇斯笑道："十几年不见，想不到你这木头也有开窍的时候，竟然猜中了是本姑娘。"

仇斯说道："能够悄无声息地瞒过火灵给我这童儿下毒，而且时间拿捏得如此精准，普天之下除了百杀大帝也只有卉儿姑娘能做得到了。"

火灵觉得自己没有保护好柳醇清的周全，这让他十分愧疚，蓦地现了兽身，对桃卉儿咆哮道："臭丫头，快将解药交出来，否则老子吃了你！"

桃卉儿见到火灵真身的样子，不仅不怕，反而饶有兴趣地说道："好大的驴子啊，你要吃本姑娘就尽管吃好了，但是有言在先，本姑娘浑身上下都是毒，要是你吃了之后肠穿肚烂可与本姑娘无关！"

桂青惊愕地与仇斯对视了一眼，低声说道："这丫头是……'花童'？"

仇斯点了点头。

火灵作势便要扑向桃卉儿，此时桃卉儿才露出了一丝惊慌的神色。

仇斯喝止了火灵，对桃卉儿说道："我这童儿可曾得罪于你？为何要这般折磨他？"

桃卉儿见火灵被喝退，暗暗松了口气，古灵精怪地对仇斯说道："我见这小子居然能以火灵为坐骑，想来也是一个了不得的人物，没想到这么不中用。"

桂青愤怒地说道："小花妖，小小年纪心肠便这般歹毒，你交出解药也就罢了，否则别怪我无情。"

桃卉儿满不在乎地笑道:"老树妖,你一把年纪了还化作这般俏丽的女子,不知道你是要勾引这块烂木头还是要勾引那个小木头呢?"

不待桂青恼羞成怒,桃卉儿又吐了吐舌头说道:"我知道啦,若忘山上你最大,你要是想对付我当然有的是办法,只是我死了,普天之下就没人能再救得了这个小木头了。"

桂青愤愤说道:"小小年纪如此狂妄,百生大帝能解天下之毒,你这不入流的伎俩怕是要贻笑大方了。"

桃卉儿做出恍然大悟的样子道:"没错,百生老儿的确有法子解我这毒,不过这小木头的毒只要疼足四个时辰就会肠穿肚烂而死,那个死相好恶心的。不过呢,要是骑着火灵或许能在四个时辰之内赶到生死城,可是火灵的火属真气又会催发毒性,只怕半路上这小木头就会一命呜呼了。"

仇斯未理她的胡搅蛮缠,问道:"你来找我,老祖可知道?"

仇斯提到的便是参髯老祖。参髯老祖本是一株五百年的山参得道,一身用毒的本事震古烁今。虽然是用毒的高手,可参髯老祖却宅心仁厚,所用之毒完全在于以毒攻毒,悬壶济世。这在人心险恶的江湖本就是个异数。笑弥勒曾说过,参髯老祖广修功德,再有三百年便可位列仙班。

那一年花童妖邪入体,已坠入魔道,在祁山炼天下至毒之物。祁山乃风伯修行的道场,是天下风眼,若是至毒之物被风吹散各处,那将是一场难以想象的灾难。参髯老祖感知到有可怕的毒物即将降世,便赶赴祁山制止花童,怎奈花童非但对参髯老祖的劝诫置若罔闻,更是险些以"东引桃杖"将参髯老祖打得魂飞魄散。幸好仇斯赶到,面对发狂的花童,仇斯竟也是在百招之后才勉强一剑击飞了东引桃杖,剑尖直指花童眉心。

仇斯取参髯老祖十八根参须,刺入花童体内十八处要穴。花童一身修为连同狂怒的妖性一并被封印在了体内。

意识清明之后的花童对自己所做的一切懊悔不已,在仇斯的帮助之下,将重伤的参髯老祖送到生死城百生大帝处,方才挽回参髯老祖一命。虽然花童的本事远在参髯老祖之上，但从那以后，花童便拜参髯老祖为爷爷，跟随参髯老祖修行济世。

此时桃卉儿听到仇斯提到参髯老祖，一改蛮态，竟红了眼眶，哽咽道："爷爷……爷爷他被人害死了。"

仇斯脸上露出悲痛的神色，问道："老祖已是妖仙之体，凡尘之中已无人可伤得他，若要取老祖的性命，除非神佛降世，教祖亲临。仇某实在想不出是何人如此了得！"

桃卉儿愤恨中透着悲怆道："爷爷是自行了断的。"

仇斯剑眉拧蹙，诧异地问道："老祖这是为何？"

桃卉儿说道："那一日有一神秘之人来拜访爷爷，爷爷见到那人的时候神色很是紧张，我还从未见过爷爷那么紧张，后来爷爷将他引到内室，神神秘秘地也不知道聊了什么。爷爷越是显得神秘我就越是想知道来龙去脉，好奇心起，就想去偷听，可是却被爷爷发现了。那也是爷爷第一次对我发如此之大的脾气。那人走后，爷爷整整一日一言不发，我也赌气，不与爷爷说话。三日之后，爷爷似乎是下了什么决定，叹着气对我说那个神秘之人其实是他的劫数，爷爷虽然是妖仙之体，但世人的欲望何其巨大，饶是他也有诸多无奈，江湖上觊觎爷爷的本源之身之人何其之多，那神秘之人便是其中之一。后来爷爷告诉我，那人想借爷爷的内丹，试图增长其功力。"

说到这儿，桂青忍不住冷哼了一声道："那人也忒不知道轻重，内丹岂是说借便能借的？参髯老祖的内丹中是他五百年的道行，若是将内丹交出，参髯老祖不但一身修为毁于一旦，只怕性命也难保全。"

仇斯面无表情道："那人既然敢将如此放肆之言这般有恃无恐地说出，自然是已将老祖视为囊中之物了。"

桃卉儿轻咬嘴唇道："是了，爷爷说若是让邪恶之徒拿走他的本源之身炼成丹药，必会功力大增，于天下苍生也是无益。于是爷爷自行毁了筋脉，震散元神。在临别之际，爷爷要我来此处找你。"

让仇斯震惊的不仅仅是参髯老祖舍生取义，甘愿为天下苍生而死，更是因为竟然有人能让参髯老祖恐惧到这般地步。

桂青说道："即便如此，与清儿何干？他又不是逼死老祖的恶人，你何必又要加害于他？"

花童擦了擦眼泪说道："我来此是为了和这烂木头做个生意。若是我的一身修为还在，何苦还会被一只老虎追赶得狼狈不堪。"

仇斯心下早已了然，便说道："好，你解了我这童儿的毒，我解开你的封印。"

桃卉儿听到仇斯的承诺，心下暗喜。她走到柳醇清身边，俯下身用手指在柳醇清的嘴唇上一抹而过。

片刻之后，柳醇清觉得身体无比舒畅，意识也越来越清晰。他幽幽地睁开眼睛，桃卉儿的样子便映入眼帘。

柳醇清只觉得呼吸一滞，整个人都呆住了。片刻之后，只见柳醇清面色发红，呼吸也渐渐变得急促起来。

桂青见柳醇清的神态，仿佛是丢了三魂七魄一般，如痴如傻地看着桃卉儿。她担心地说道："你这丫头好没道理，先生已经答应你的要求，你怎么又给我弟弟下了毒。"

桂青的话音刚落，柳醇清这才好像回过神儿来，说道："难不成我还在做梦吗？为什么姑娘你像画中的仙子一样？"

桃卉儿的脸顿时红成了天边的云霞，她瞪了柳醇清一眼："没想到竟然是个小色鬼，早知道本姑娘就毒瞎你的双眼，毒烂你的舌头，教你再口无遮拦。"

话虽如此，可一丝暖融融的异样在柳醇清与桃卉儿的心里泛起了阵阵涟漪。不等柳醇清细想，又因体力不支昏了过去。

再睁开眼的时候，外面已经天光大亮。柳醇清躺在房间的床榻之上，想起昨晚的经历，好像还身在梦境一般。梦里那个古灵精怪的女孩子成了柳醇清无法启齿的萌动，就在他还在心猿意马的时候，忽然听到了一声清脆地怒吼，震得柳醇清耳朵生疼，房间里桌椅门窗都被震得颤动不止。柳醇清大惊失色，心想难道又有什么人来找先生寻仇吗？胡乱套上外衣往外走去，只见院子里仇斯坐在石椅上，神情略显疲惫。桂青在仇斯身边，神情戒备地看着对面的桃卉儿。

火灵在一旁卧倒着，样子十分懒散，可眼神却始终注视着桃卉儿的一举一动，显然火灵对这花童也是戒备至极。

桂青用眼神示意柳醇清不可轻举妄动。

柳醇清犹疑地看向桃卉儿，那一瞬间他欣喜到了无以复加，原来昨晚那个姑娘根本不是梦。

桃卉儿此刻正站在仇斯对面，手持一根桃木杖，那便是曾教天地无颜色的"东引桃杖"。此刻桃卉儿与昨日大不相同，虽然容貌还是那样俏丽可人，衣着还是那一身粉丝衣衫，但眼神中多了一丝睥睨众生的狂气，显然刚才那一声清啸便是她发出的。

仇斯开口说道："我已经解开了你的封印，现在你是真正的'花童'了，天下之大去哪里都是你的自由，但若是让我知道你再起心魔，无论在哪我都会找到你。希望你好自为之。"

桃卉儿的眼神中闪过了万千念头，桂青的眼睛一刻也不敢离开花童手中的东引桃杖，这根桃木杖她早有耳闻。昔日花童横空出世，为炼制毒药曾欲捕杀火灵鸣鸟。相传鸣鸟乃是凤凰遗种，较之寻常火灵更是凶狠异常，即便如此鸣鸟仍被花童追捕得狼狈逃窜，不得已躲入丹穴山。丹穴山乃凤凰出生之地，鸣鸟欲借凤凰的灵气隐匿自身火属之气。花童一时寻鸣鸟不得，盛怒之下以东引桃杖击打丹穴山，山体应声而裂，竟被花童一杖打出一道缝隙。最终花童入丹穴山体之内，擒杀鸣鸟，取火灵珠入药。

丹穴山地处灵脉尚且无法承受东引桃杖一击。如今若是花童凶性大发，这若忘山只怕也难以保全，因此桂青格外忌惮桃卉儿。

桃卉儿想了片刻，手里的桃杖迎风变作了一根簪子大小的木棍，她随手把桃杖插进了发髻里，俏皮地笑道："算了，打又打不过你，等本姑娘制出能毒死你的药再说吧。"

桂青厉声说道："牙尖嘴利的臭丫头，先生为了解开你的封印，一夜未眠直到现在，你不思报恩也就算了，还想以怨报德，真是好没良心。"话虽说得严厉，可看到花童愿息事宁人，桂青悬着的心也算是放下了。

桃卉儿笑道："姐姐这般说，真是让我无地自容了。好啦，以后我不再拿你的情郎打趣就是了。"

桂青的脸绯红一片，想要发作，却只发出了蚊蝇之声，道："谁……谁是我的情郎？"声音低到连自己都听不真切。

桃卉儿的表情变得有些哀伤，她小心翼翼地收起石桌上十八根仿佛细小的树枝一般的东西，那是刺入花童体内，压制她凶性的参须。自言自语道："这是爷爷留给我唯一的念想了。"

仇斯说道："参髯老祖乃是我钦佩之人，若是你还念老祖对你的教导之恩，便要继承老祖的遗志，万不可再胡闹了。"

桃卉儿冲着仇斯吐了吐舌头，说道："你这烂木头比爷爷还啰嗦，大不了以后我只害那些色眯眯盯着人家看的小色鬼好啦。"说着有意无意地看了一眼柳醇清。

柳醇清知道桃卉儿在指桑骂槐，倒也不在意，急忙整理了衣衫，恭敬地对桃卉儿说道："我叫柳醇清，在这里服侍先生。"

桃卉儿打趣说道："小色鬼，你偷看好久了吧，天底下敢偷看姑奶奶还能活到现在的人也就只有你了。"

柳醇清不想她会如此直言，霎时被说得面红耳赤，嘴里还小声反驳道："看你的年纪和我差不多，还自称是'姑奶奶'，不害臊！"

桃卉儿不怒反笑："好啊，你个小色鬼还敢顶嘴，姑奶奶我折磨人的法子多得是，这十几年一直没有机会施展，今天正好给你松松筋骨。"

柳醇清想到昨晚那种痛不欲生的感觉，想来定是眼前这个花童做的好事，吓得躲在了桂青的身后。

桃卉儿嘲笑道："不仅是个小色鬼，还是个胆小鬼！"

仇斯在一边看他们笑闹，也难得地露出了些许微笑，看时辰也差不多了，便对桃卉儿说道："如今封印已解，你便就此离去吧。"

桃卉儿大大咧咧地坐在了仇斯对面，说道："如今爷爷不在了，我也没有家了，爷爷临终的时候要我来找你，我不管，你要照顾我。"

桂青冷哼道："你这混世魔王不胡闹我就代天下苍生谢过你了，哪里还需要别人照顾你。"

桃卉儿谄媚一般地拉住桂青的衣袖说道："姐姐的醋劲儿酸得牙都快掉了，你放心，除了你谁还会对这块烂木头动心啊？"

桂青恼怒地说道："小丫头你再胡说我就撕烂你的嘴！"

听桃卉儿如此说，仇斯皱眉思索了片刻方才开口道："桂青姑娘，参髯老祖乃是我的忘年交，故人所托我不能推辞，只是这里只有我和清儿两人，若是收留卉儿姑娘多有不便，我想麻烦你将她带到你的行宫，一来你们之间有个照应，二来也不负参髯老祖所托。"

桂青虽然百般不愿，但既然是仇斯开口，即便千难万难她也甘之若饴。

见桂青应允，柳醇清兴奋地拉住桃卉儿说："桃姑娘以后也住在若忘山了吗？太好啦！"

桃卉儿坏笑道："哼，本姑娘也是你这小色鬼能随便轻薄的吗？"

柳醇清蓦地想到她惯会用毒，自己这般鲁莽地拉住她，莫非已经被她下了毒？想到这儿，柳醇清急忙缩回了手，看了又看，双手似乎安然无恙，柳醇清的心却像是沉入了谷底一般。他听李跛子说起过，世间最高明的毒，本就是无色无味，中毒之后好像安然无恙，实则更为凶险，自己现在看起来好像没有什么，或许已经无药可救了。

柳醇清本想向仇斯求救，却看到桃卉儿正捂着嘴偷笑，他这才知道自己被桃卉儿给戏弄了。

一时间他又怒又笑，惹得桃卉儿捧腹不止。她媚眼如丝一般瞟了柳醇清一眼，说道："真是一块小木头。"

说笑间，门外传来了一声鹿鸣。

桂青对仇斯说道："先生，您要的果子已经准备好了。"

仇斯伸手捏了捏眉心说道："有劳桂青姑娘了，只是仇某这一夜解花童的封印损耗了不少元气，今年就让清儿替我走这一趟吧。"

桂青点了点头，带着一头雾水的柳醇清走出了小院。桃卉儿觉得好奇，她走到火灵身边翻身骑到了火灵身上，喊道："大毛驴别睡啦，快去追那块小木头。"

火灵百般不愿，却似乎奈何这花童不得，只好懒洋洋地站起身去追柳醇清。

桂青带着柳醇清来到了一条十分隐秘的山路上，一只梅花鹿跟在他们的身后，小鹿的身上有一个柳条编织的筐，里面除了八荒如意果，其他都是柳醇清没见过的果子。

桂青知道柳醇清疑惑，便解释道："这山里有一位你家先生的故人，每年的今天都会醒来一次。十年前你家先生交待与我，每当那个故人醒来的时候，便要将准备好的灵根仙果送去，以积蓄来年沉睡时所需要的能量。"

柳醇清问道："是什么人？为何我从来没听先生说起过？"

桂青掩口笑道："因为那人受了重伤，每年只会醒来一次，打伤他的人就是你家先生，此事一直令你家先生心生愧疚，他不说也在情理之中。"

柳醇清还要继续问些什么，只听一声尖锐的啼叫声响彻落乌峰。

柳醇清被这一声啼叫震得头晕眼花，他急忙捂住双耳，仍险些晕了过去。

桂青隐隐露出惊讶的神色，脱口说道："怎么今年这'金灵'会醒得如此之早！"

桂青不由得加快了脚步，柳醇清紧随其后。在一处峭壁前，桂青取下小鹿身上的筐子，拿出一个果子喂给了小鹿，说道："辛苦你了，去吧。"

小鹿吞下果子，前腿微曲对桂青行了个礼就迅速离开了。

柳醇清看了一下四周，此处前有山泉汇聚溪水缓缓而下，后有山峰为靠气势不凡。即使不懂堪舆之术，柳醇清也知此地定是风水极佳的宝地，只是至此再无去路，不知道桂青所说的那位故人在哪里。

桂青看出了柳醇清的心思，微笑着素手一挥，如同卸下了一道幔帐一般，眼前竟换了一副光景。山还是那座山，只是本来如同镜面般光滑平整的峭壁凭空多了一个山洞。

柳醇清暗暗惊叹，想来这定是桂青姐姐的"一叶障目诀"。

桂青说道："当日金灵之祖三足金乌被上古大神后羿镇压在这里，三足金乌化作落乌峰，这金乌洞就是三足金乌的巨喙。"

柳醇清面露难色，说道："姐姐，我们要找的人难道在这鸟嘴里？走进去的话好像被鸟吃了一样，感觉怪怪的。"

桂青掩口笑道："三足金乌在这里沉睡了数千年，除非山崩地裂，否则即便是笑弥勒的'狮子吼'也难唤醒它。"

话虽如此，可柳醇清走进洞中的时候仍是忐忑不安。

和寻常山洞阴暗潮湿不同，金乌洞非但温暖异常，洞内更是亮如白昼。

金乌洞十分开阔，柳醇清暗暗咋舌，这洞内比山下的村子还要大，究竟是怎样巨大的怪鸟才会有这么大的嘴？

洞中开阔的地上，一张圆润巨大的石床悬在半空，石床的另一端和山洞深处相连，看起来浑然天成，没有一丝人为雕琢的痕迹。

柳醇清忽然想到，或许这便是三足金乌的舌头吧。

石床之上，有一个犹如一颗巨大的鸡蛋，闪烁着金色的光晕，洞内的光亮便是这光晕发出的。

柳醇清站在洞口揉了揉眼睛，发现在那个蛋形光晕里，好像有一只大鸟在睡觉。柳醇清有些摸不着头脑，原来先生的故人竟是一只鸟。

桂青拉着柳醇清的手，走向那个光晕。随着距离的改变，柳醇清发现洞内的光芒也变幻着不同的颜色，而那个光晕中的鸟不见了，一个浑身散发着金光的和尚正坐在石床上盘膝打坐。

柳醇清惊讶不已，桂青却摇头示意他不要出声。

桂青对光晕中的和尚说道："今年你醒来比往常早了许多，看来你的伤已无大碍。"

和尚仍微闭着双眼，对桂青说道："天下动荡，睡也睡不安稳。"

桂青一挥手，装着果子的筐缓缓升到石床之上，她对和尚说道："这是先生特意嘱咐我给你准备的果子，对你的伤大有帮助。"

和尚说道："有劳尊神年年来探望，只是我已能感知到仇斯的气息，想来他已经出关了，为何不来见我？"

桂青犹豫着说道："先生昨夜解除花童的封印，动了元气。所以才派童儿代他来探望你。"

和尚微笑道："十几年前贫僧幸得'不怒金刚'笑弥勒的点化，积满功德便欲前往佛祖座前，做护法金灵。若不是半途被仇斯所伤，此刻我金身已成。此时他怕是没脸见我吧。"

桂青一时哑口无言，不知道该如何面对金灵的诘问。

柳醇清见不得有人诋毁仇斯，仗着年少的性子，便壮着胆子说道："大师此言差矣。"

光晕中的和尚依旧闭目，以意念之力感知柳醇清的存在，他饶有兴致地问道："好个心明澄澈的孩子，你且说说我所说之言差在哪里？"

柳醇清说道："先生的性子光明磊落，剑下斩杀的皆是宵小之辈，但大师一身浩然正气，想必与先生当日发生的一切都是误会吧。"

和尚点头说道："不错，当日之事确实皆因误会而起。"

柳醇清笑道："那就是了，大师以误会之事责怪先生，实在不妥，此为其一。"

和尚笑道:"如此说来倒是我的不是了,你且说说何为其二?"

柳醇清说道:"大师得高人点化,本可成就正果,便是缘分所致。而阴差阳错未能如大师所愿,这便是缘分未到。世间万般巧合皆有因果,大师以宿命的牵绊埋怨先生,实在不该。"

而在柳醇清说完这番话后,那光晕竟随着和尚的心境,变得光芒四射。和尚大笑道:"我得祖翁庇佑,在其口中休养生息已有十余年,这十年来我日夜所思的便是该不该寻仇斯报当年的一剑之仇,十年所悟却不及与你这娃娃一席话。如此愚钝,我的确没有资格入得灵山。"

柳醇清虽然高兴,仍谦恭地说道:"小子胡言乱语,只盼没有惹大师生气就好。"

和尚含笑点头说道:"你们走吧,吃完果子我该继续睡了。"

桂青暗暗松了口气,急忙拉着柳醇清离开金乌洞。

柳醇清转身的一刹那,和尚微微睁开眼睛,想看一看这孩子,却没想到这和尚慧眼一开,虽不及佛祖能辨识周天之物,却隐隐看出了柳醇清身世线索。那和尚倒吸了一口冷气,忙道:"尊神且慢!"

桂青错愕地问道:"可是有什么话要我带给先生吗?"

和尚说道:"我从未见过心境如此干净之人,这孩子是什么人?"

柳醇清见和尚提到了自己,竟忍不住想到了姨娘,虽然险些被姨娘害了,但好歹她也曾给自己一个完整的家。一念及此,忍不住又伤感起来。

桂青说道:"这孩子也是个苦命的人,一家被土灵所害,幸亏先生出山制服了土灵,这孩子便在先生的院子里住下,算是先生的半个徒弟吧。"

和尚摇头说:"世间凡人神识皆污浊混沌,这孩子却神识清明,难道他没有前世吗?"

和尚的话音刚落,一股恨意莫名地出现在柳醇清的心底,他的心里又冒出了那个声音:杀,杀,杀!这种恨意曾经只出现在他的梦里,如今这股恨意却实实在在出现他的心里,这让柳醇清也吓了一跳。

那一刻柳醇清确实恨不得杀了眼前的这个和尚。

和尚突然双目圆睁,似乎是感受到了极大的威胁,一瞬间双手已结了数个法印。

桂青对突如其来的变故有些不知所措,这时一只翅膀残破的蝴蝶飞进了金乌洞,落在桂青的肩膀上。

似乎是蝴蝶对桂青说了什么,桂青蹙眉听了片刻,突然脱口道:"糟了,火灵有难!"

听到桂青的惊呼,柳醇清的意识又恢复清明,周身杀气瞬间消弭于无形。

石床上的和尚盯着柳醇清,显得极为诧异。适才这孩子散发出的气息如同杀神临世一般,饶是他是金灵之身也无把握胜得过这黄口小儿,只是转眼之间,那种杀伐之意便荡然无存,杀意的消失不但没有让金灵感到心安,反而升起了一种不祥的预感,他隐隐想起了一个早就应该死去的人。良久,金灵才口诵了一声佛号,再度闭上了眼睛,不再理会柳醇清与桂青二人了。

柳醇清也不再去深究适才发生的变化,而是拉着桂青的衣袖,急道:"姐姐,驴兄怎么了?"

桂青说道:"具体如何我也不知晓,蝶儿只是说火灵受伤了,难道……"

柳醇清忙问:"难道什么?"

桂青犹豫说道:"难道是花童搞的鬼?"

柳醇清想也未想便脱口说道:"卉儿姑娘不会的!"

桂青微露讶异之色,转而便掩口笑道:"傻弟弟,莫非你喜欢上了花童不成?那小花妖可是杀人不眨眼的女魔头,你不怕她吗?"

柳醇清想也未想,脱口道:"卉儿姑娘清秀可人,我为何要怕……"

一念及此,柳醇清便知道自己失口道出了自己的心事,他羞臊得面红耳赤,张口结舌地说道:"哪……哪有的事,姐姐我们还是赶紧去看看驴兄吧。"

桂青点了点头,带着柳醇清向山下走去。临别的时候,还不忘以一叶障目诀重新掩藏住金乌洞。

半山腰处，柳醇清远远望见一片火光冲天而起，只觉得一股热浪扑面而来。

柳醇清咬着牙继续靠近那片火光，走了没几步，他一眼就看到了赤焰金毛狐巨大的兽身卧倒在一片草丛之中，周围的草木早已化作焦土。

桃卉儿则在火灵的兽身上飞快地击打着，柳醇清大惊失色。大喊道："卉儿姑娘，快住手！"

看到柳醇清与桂青赶来，桃卉儿这才停下来擦了擦额头上渗出的密密麻麻的汗珠，看来即便是花童在火属真灵面前也难耐灼热之气。

柳醇清隐隐怒道："卉儿姑娘，你为何要这般对待驴兄，刚才我还在姐姐面前为卉儿姑娘辩解，现在看来真是我自作多情了。"

桃卉儿听到柳醇清竟然把她当作了伤害火灵的凶手，不由得一阵难过，她咬着嘴唇硬是没有让眼泪流出来，换了一副妖媚的神情对柳醇清说道："姑奶奶我才不稀罕你替我辩解，惹怒了我，别说区区一只火毛畜生，就是让整座若忘山化作齑粉也不是什么难事！"

柳醇清怒道："你这妖女，怎么会如此蛮不讲理？"

桃卉儿也来了脾气，说道："你也知道我是妖女，既然是妖女，自然不会讲道理。"

柳醇清气得浑身发抖，怒指着桃卉儿说道："你！"

桂青对柳醇清说道："你们别吵了，花童不是伤害火灵的人，瞧火灵的神色应该是中毒了，刚才花童封住了火灵的心脉，以免毒气攻心。"

柳醇清这才发现火灵的状态稳定了不少，周围的空气也不再似刚才那般灼热。

桃卉儿冷哼了一声，别过脸去，不再看向柳醇清。

柳醇清知道自己误会了桃卉儿，此刻他恨不得扇自己几个耳光，硬着头皮往前凑了几步，对桃卉儿说道："卉儿姑娘，刚才是我错怪你了。"

桃卉儿冷笑道:"这位公子,和我这妖女说话难道不怕我给你下毒吗?"

柳醇清天生伶牙俐齿,只是此时却像是哑巴了一般,只好用眼神向桂青求助。

桂青心领神会,便对桃卉儿说:"花童,你别和这傻小子一般见识,我问你,火灵究竟中了什么毒?"

桃卉儿的神色变得凝重起来,她说道:"不是毒,是蛊!"

柳醇清惊讶地问:"什么是蛊?"

桃卉儿瞪了柳醇清一眼,这才说道:"蛊是包含了毒术与巫术的法门,却比寻常之毒要阴险百倍。刚才我本想骑着火灵去追你们,怎奈这畜生察觉不到你们的气息,想来定是山神姐姐步入了结界之内。就在它乱转的时候,吃了几粒花苞一样的东西,我见那花苞有异,正要出言阻止,可还是迟了,火灵吃了花苞之后突然变得凶性大发了。"

柳醇清发现周围的地上散落着几颗洁白之物,形状犹如含苞待放的花骨朵。

柳醇清好奇,这些花骨朵为什么没有像周围的草木一般,被火灵烧焦呢?他俯下身去,伸手便要拾起。

桃卉儿眼疾手快,抬脚就踢飞了柳醇清面前的花骨朵,激起的烟尘呛得柳醇清一阵咳嗽。

柳醇清有些恼羞成怒,站起身来怒道:"刚才是我错怪与你,我也认错了,为何还要这般小家子气!"

桃卉儿眼中的泪水再也抑制不住,这下倒叫柳醇清慌了手脚,他慌里慌张地要去替桃卉儿拭去脸颊上的泪水。

桃卉儿却一把推开了柳醇清的手,怒道:"要不是我小家子气,此刻你也怕是落得和这火毛畜生一样的下场了!"

柳醇清顿时手足无措,想不到自己竟然又错怪她了,此刻他真想找个地缝钻进去。

桂青蹙眉问道:"这些花苞难道就是蛊毒?"

桃卉儿擦干了眼角的泪说道:"这些不是花苞,而是虫卵。"

一旁昏迷的火灵此时痛苦地扭曲着身体,柳醇清指着火灵的身体惊呼道:"那是什么?"

只见火灵毛发之下,鼓起无数个小包,只是和寻常脓包不同,这些小包仿佛拥有生命一般,在火灵的身体上四处游走乱窜。

桃卉儿惊讶地说道:"虫卵孵化了,竟然比我预料的时辰还要快。"

柳醇清急道:"卉儿,你快想想办法呀!"

听到柳醇清称呼自己"卉儿",桃卉儿竟隐隐觉得脸颊发烫,她有意板起面孔说道:"虽然我暂时封住了火灵的心脉,但也只能阻挡一时,等这些蛊虫窜入火灵的心脉,咬啮火灵珠,那你这驴兄怕是真的没救了。"

见柳醇清急得都要哭出来了,桂青只好说道:"好了,你别逗他了,快说说你有什么办法救救这孽畜。"

桃卉儿说道:"杀人的法子我有成千上万种,可救人的法子却不精通。"

柳醇清急得号啕大哭道:"驴兄,本想有朝一日和你与先生行走江湖,没想到你竟遭此劫数,和你朝夕相处这么久,我实在舍不得你就这样离开,想不到今天我就要黑发人送白……红发人了……"

桃卉儿气得发笑,说道:"你这小木头给我安静一点,我话还没说完呢!"

柳醇清见桃卉儿这般说,便破涕为笑:"我就知道卉儿你不会弃驴兄不顾的。"

桃卉儿冷哼一声:"解铃还需系铃人。这蛊毒古怪至极且十分霸道,能培育出这毒物的地方,只有一处。"

只见桃卉儿取下发簪,簪子迎风化作了一根虬龙一般的木杖。

桃卉儿手持东引桃杖,冲着四周喝道:"万虫谷的高手既然在此,何不现身一见?"

四周一片寂静，只有微风吹动树叶摩擦的沙沙声以及火灵粗重的喘息声。

桂青取八荒如意果喂入火灵的口中，只是果子刚一入口便被火灵喷出的热气烧成了焦炭。桂青神情凝重地对柳醇清说道："这孽畜的神识已渐渐涣散，只怕是挨不了多久了。"

柳醇清急得满头是汗，不知道该如何是好。

桃卉儿则神情不屑地看着四周，似乎是在等待着她口中"万虫谷"的人现身。

一旁的草丛之中传来了窸窸窣窣的声音，柳醇清如临大敌一般躲在了桃卉儿的身后。

一只狐狸从草丛之中钻了出来，神情阴鸷地看着眼前众人。

柳醇清走到桃卉儿身边，一脸狐疑地说道："卉儿，这便是你说的什么谷的高手吗？"

桃卉儿没有理会柳醇清，只是略有深意地对狐狸笑道："便是你了吗？"

狐狸喉咙微微颤动，却是口出人言："尔等放肆！吾乃万虫谷主座下的狐狸将军，乃是谷主特使，尔等为何还不叩拜行礼？"

桂青一脸疑惑，她感知到这狐狸明明是若忘山上的生灵，为何此刻却自称万虫谷的特使？更让她不解的是这狐狸为何能开口说话？要知道世间生灵要经历三灾九劫才能脱去凡籍或妖籍，方可略窥修真成仙之道的门径。这狐狸究竟有何能耐，能跳过修行的桎梏，兽身未脱便可出言说话。

柳醇清壮着胆子问道："请问特使，我这驴兄身上的蛊可是拜特使所赐？"

狐狸怒道："呔！这后生实在无礼，见本特使不三跪九叩也就罢了！还敢如此质问本特使，真是岂有此理！"

见柳醇清被一只狐狸说得面红耳赤，桃卉儿哈哈大笑，转而对狐狸说道："小狐狸，你来这里所为何事？"

狐狸似乎对桃卉儿颇为忌惮，语气不似刚才那般猖狂，它压低了声音说道:"告诉你也无妨,当日谷主收到密信,说一柄不出世的兵器和一个谷主想见的人都重出江湖了,就在若忘山之上,所以谷主派本特使亲自前来若忘山一探究竟。"

柳醇清知道又是那个神秘人在搞鬼,他想问究竟是谁给谷主送去的信。可桃卉儿伸手拦住了柳醇清,只听桃卉儿又问道:"这遍地蛊卵可是你布下的?"

狐狸得意地说道:"不错,若忘山上隐约能感觉到土灵珠之气,难怪此地花木草药如此茂盛,本想取几味难得的毒草带回万虫谷炼制药蛊,没想到半路遇到了火灵惊了本特使,本特使这才小惩大诫,否则火灵此刻已经肠穿肚烂了。"

柳醇清想起了当日仇斯将土灵珠交于桂青埋在了若忘山上,只道是可保若忘山千年蓊郁。

桃卉儿点了点头说道:"哦,原来你为仇斯和天罚剑所来。"

狐狸说道:"不错,本特使本想就此取了天罚剑献与谷主,怎奈你们人多势众,只好麻烦谷主亲自前来取剑了。"

桃卉儿走到狐狸面前蹲下身来,笑道:"小狐狸,你这般调皮,姐姐都不忍心取你性命了。"

狐狸看到桃卉儿的眼中杀气大盛,动物的本能让它感觉到了前所未有的危险,本想立刻逃命,不想桃卉儿手中的东引桃杖此刻化作了锥子大小,闪电一般刺入了狐狸的眉心。

狐狸甚至来不及惨叫一声便一命呜呼。柳醇清别过头去,不忍看这一幕。

桃卉儿看了一眼柳醇清,轻蔑地笑道:"小木头,你以为我是滥杀无辜吗?"

柳醇清点了点头,又摇了摇头。

桃卉儿突然伸出手指,插进了狐狸的喉咙里,一只奇怪的虫子在桃卉儿双指之间扭曲挣扎。看着目瞪口呆的柳醇清,桃卉儿说道:"你以为那只狐狸还活得了吗？它中了蛊，即使我不杀它，施蛊之人利用完它之后，这狐狸便会被蛊虫嗜咬内脏而死，到时候会比现在痛苦百倍。"

看着那只他从来都没有见过的虫子，柳醇清忽然没由来地一阵恶心，强笑道："我就知道卉儿不是残害生灵的人。"

桃卉儿白了他一眼，却对手上的蛊虫很感兴趣。

桂青恍然大悟一般说道："那是'幻声蛊'！我早该想到的，定是有人在别处装神弄鬼。"

桃卉儿点点头："不错，是幻声蛊的子蛊。有人将幻声蛊的子蛊施与狐狸身上，只要施蛊之人将母蛊藏于喉舌之下说话，子蛊就会在寄体之内发出同样的声音。"

柳醇清问道："究竟是什么人在控制狐狸？"

桃卉儿摇了摇头说道："是什么人都无关紧要，只是此人的目的便是仇斯手里的天罚剑。"

桂青担忧地说："不如我们回去告诉先生，一来也许他有办法救治那孽畜，二来施蛊之人在暗处，我们也要教先生早作提防。"

桃卉儿笑道："暗处？未必。幻声蛊子蛊与母蛊相距不可超过百丈，否则便全无效果，所以施蛊之人必在百丈之内。"

柳醇清问道："卉儿，你有办法找出那个人吗？"

桃卉儿轻蔑地说道："我没有办法找出那个人，我倒是有办法让那个人自己现身。"说着，桃卉儿从随身的百纳香囊里拿出一颗皱皱巴巴的东西，就像是一颗风干了的果子。

柳醇清见桃卉儿身上的百纳香囊极是好看，如银丝织就一般，最为奇特的是，桃卉儿所有的物品都在这副香囊之内。花童之毒何止万种，只是诸多毒物放在里面，好像进了无底之洞一般，香囊依旧像是空空如也的样子。

这百纳香囊乃是出自黄及老祖之手，取上古奇兽混沌兽的筋为里衬，外表则是取混沌兽皮制成，相传混沌兽有移换空间之力，无论物品大至须弥亦或小至芥子，百纳香囊都能收容。

黄及老祖一共制作了三副百纳香囊，除了桃卉儿手中的这一副，另外两副分别在闵阳城少城主许卓安和不怒金刚笑弥勒的手里。

柳醇清看到桃卉儿拿出的果子，暗笑道："这果子实在难看，远不及桂青姐姐的八荒如意果惹人喜爱。"

说话间，那果子却迎风变大，一瞬间好像吸足了水分一般，变得饱满圆润。鲜红的表皮仿佛一碰便会滴出鲜血一般。

桂青惊讶地问道："这……这是'龙涎果'？"

世人皆知，龙涎果乃是上古第一凶兽逆鳞炫龙的涎水，滴在地上生出之物所结的果实，只是此果成熟之后便会随风胀大，直到胀破为止。果实破碎之后，果肉便会化作毒雾，人畜若是吸入毒物，顷刻之间便会化作血水而死，而龙涎果极难保存，能见到龙涎果的人更是少之又少。

桂青急道："花童，这会害死清儿和火灵的。"

桃卉儿置若罔闻，依旧看着龙涎果越胀越大，只听砰的一声闷响，龙涎果化作一片血红的雾气。柳醇清急忙掩住口鼻，可是呛人的味道却无孔不入，柳醇清只是吸了一口，便觉得五脏六腑像是被火灼烧了一般。这种感觉和第一次被桃卉儿下毒的时候又有不同，这一次他觉得自己离死亡更近了一步。桂青也吸入了些许雾气，顿时觉得天旋地转。这毒极是霸道，以她妖仙之体仍是无法抵挡。

就在柳醇清意识陷入虚无的时候，他隐约看到桃卉儿从百纳香囊里抓了一把蓝色的粉末，对着他们一吹。一股清凉的感觉驱散了那股灼热的死亡气息，桂青也觉得好受了许多。

不过眨眼之间，柳醇清却已经在生死的边缘走了一遭。

桂青暗暗吃了一惊，龙涎果的毒如此霸道，桃卉儿却顷刻之间解了她与清儿还有火灵所中之毒。桃卉儿曾说过，她并不懂救人之道，如此说来，刚才的蓝色粉末想必也是极为凶险的毒药吧，不过是遵循以毒攻毒的相克之道，化解了龙涎果之毒。

想到这儿，桂青才知道花童之名果然是名不虚传。

龙涎果的毒雾还在扩散，刚好在百丈之内消弭殆尽。桂青以石印之力，驱散了百丈之内的动物生灵。

不到一盏茶的功夫，从隐匿的树林之中传来了一阵呻吟之声。

桃卉儿笑道："嘿嘿，找到了！"

话落，桃卉儿和桂青迅速赶到树林之中，柳醇清紧随其后。只见一个身着浅黄色布衣的男子倒在地上挣扎不止。

桃卉儿对那人道："交出蛊毒的解药，我便饶过你的性命，如何？"

那人似乎完全听不到桃卉儿的话，只是一味地在地上挣扎，表情极是痛苦。

柳醇清看得有些不忍，便说道："卉儿，不如先解了他的毒再向他索要解药吧。"

柳醇清话音未落，只见一只小飞虫如同箭矢一般飞向柳醇清的口鼻。

桂青惊呼着甩出流云飞袖，眼见着来不及了。

电光火石间，桃卉儿拔出东引桃杖所化的簪子，飞快地掷了出去，柳醇清只觉得劲风扑面，打得他的脸颊生疼。

飞虫被桃卉儿的簪子击中，钉在了不远处的树干上，虫子体内的汁液滴在了树干上，足有百年树龄的古树顷刻间变得焦黄枯萎。

柳醇清这几日似乎总是在鬼门关上转悠，如此劫后余生的感觉倒也让他并没有过多的感到惊惧。

地上的黄衣人此刻慢悠悠地站起身来，拍打着身上的尘土，一抹邪魅的笑容在他的脸上荡漾开来，年纪似乎比柳醇清大不了多少。只听他幽幽说道："龙涎果当真是厉害至极，在下算是领教了。"

桃卉儿也笑道："你也不差了，连龙涎果都毒不死你。"

黄衣男子说道："我听爷爷说，普天之下也就生死城还存有龙涎果，你这丫头可是百杀大帝的高足？"

桃卉儿说道："百杀老儿见到我怕是也要叫我一声姑奶奶！"桃卉儿一伸手，钉在树干上的发簪凭空飞回了她的手心，被她随手插进发髻里。

黄衣男子嘲笑道："小丫头好大的口气，也不怕闪了舌头吗？……"话到这里，黄衣男子好像是想到了什么，眼锋扫过那东引桃杖，面色霎时变得极为难看，似乎是有些嫉妒一般地说道："你是花童？"

桃卉儿有些鄙夷地说道："看你的年纪，难不成是谷万重的孙子？"

万虫谷谷主名为谷万重，与参髯老祖号称"毒蛊双绝"。只是与参髯老祖仁厚善良的性子不同，谷万重心机深重，睚眦必报，善于用蛊害人，为江湖之人所不齿。所以在江湖上远不如参髯老祖受人敬仰。

黄衣人一拱手说道："不错，在下便是如今万虫谷主谷主，谷九空。祖父便是谷万重，如此说来，在下与姑娘便是世交了。"

听到两人竟然还有些渊源，柳醇清的心里不知怎的，竟隐隐有一种酸溜溜的感觉。

桃卉儿忍不住笑出声来说道："爷爷当年曾告诫我，若是在江湖上遇到了万虫谷的人，一定要退避三舍。"

谷九空受宠若惊道："想不到参髯老祖竟然对我万虫谷如此尊崇，实在愧不敢当。"

桃卉儿故作为难地说道："尊崇倒也谈不上，爷爷的意思是说若是被江湖人看到我同万虫谷的人一起，怕会被人说是与虫为伍，辱没了一世英名。"

谷九空顿时又气又臊，怒道："好，好一个花童！如今我就要看看是你的毒厉害！还是我的蛊更胜一筹！"

谷九空自袖中取出几粒虫卵，向空中一抛，落地时虫卵竟已长成蛊虫。

柳醇清见地上的虫子如同水蛭一般，在地上迅速蠕动着，险些吐了出来。

桃卉儿见这些虫子样子恶心丑陋，微微皱起了眉头。她从百纳香囊里拿出几片花瓣，柳醇清发现每一片花瓣上都粘着一根红色的毛发，柳醇清忽然意识到那是火灵的毛发，不知道桃卉儿什么时候取了火灵的毛发塞进了香囊里。

花瓣落在蛊虫的身上，瞬间便燃起了火焰，顷刻间蛊虫被燃烧殆尽。谷九空也不以为然，又拿出新的蛊虫，似乎身上的虫卵取之不尽用之不竭。

这一边桃卉儿游刃有余的将谷九空的蛊虫巧妙地化解掉。两个人一来一往间斗法十几回合，花童毫发无损，谷九空却身中数种剧毒。

桃卉儿算了算时辰，谷九空此刻应该毒气攻心而亡，可他现在的样子只是面色乌黑，一时半刻怕是还死不了。

谷九空心下也懊悔不已，他没想到花童用毒的手法已臻化境，早知如此便要尽量避免与她正面交锋。只是现在悔之晚矣，谷九空已经没有力气来支撑身体，整个人轰然倒地。

柳醇清担心火灵的情况，便要急着去谷九空的身上搜寻解药。

桃卉儿一把拉住了柳醇清的衣领，冷声道："有古怪！"

只见谷九空倒在地上并没有断气，而是不断在挣扎，似乎十分痛苦。桂青与桃卉儿一时之间也有些摸不着头脑，只是谁也不敢冒然靠近谷九空。

大约又过了半盏茶的功夫，谷九空再一次悠悠然站起身。

桃卉儿惊讶不已，难道这个万虫谷的晚辈后生也如自己一般练成了辟毒之体了？

桂青却隐隐看出了门道，对花童说道："你仔细看看，他解毒的方法似乎古怪至极，不是对症下药也不是以毒攻毒，倒像是……"

花童恍然大悟地说道："倒像是……养蛊！"

谷九空吐出了一口浊气，脸上乌黑的中毒之色逐渐退去。他看着眼前众人惊讶的神情，心里非常得意，神情倨傲地说道："花童之毒果然是补身的良药，多谢了。"

知道谷九空是养的蛊在作祟，桃卉儿便收起了戒备之心。

谷九空身体里的蛊确实古怪至极，明明已经中了数种药性猛烈的剧毒，非但没有即刻毙命，听谷九空的话音里，真气反而越发强劲。

桃卉儿低声对身旁的桂清说道："姐姐，你带着小木头先走。这家伙虽然古怪，却也还不是我的对手，只是我若动起手来无法顾及你们的安危。若是我无法控制自己，只管叫仇斯来，他一定会有办法让我神识清明。"

桂清暗暗点头，对柳醇清使了个眼色。柳醇清担心桃卉儿，虽百般不愿，却也知道自己在这里只怕会拖累她。

谷九空见桂青有意离开，便狞笑道："折辱完在下就想走吗？世间可没有这般便宜的道理。"

言罢，谷九空从怀里掏出一个埙吹了起来。声音低沉诡异，曲调时而平稳时而陡然升高。

柳醇清听着曲子，只觉得诡异至极，他用力堵住耳朵，可那声音却还是如鬼魅一般钻进了他的脑海里。

而地上散落的蛊卵也开始不停地抖动。顷刻之间，蛊卵竟然变成了成虫，成虫又不断地生产蛊卵，刚出生的蛊卵又变成了虫子，如此往复。放眼望去，漫山遍野都是蠕动的蛊虫。

柳醇清看得头皮发麻，这下真的是走投无路了，他宁愿咬舌自尽也不愿意被这些虫子咬死。

桂青拿出石印，欲借石印之力将这些虫子驱散，只要能开拓出一条去路，她就有把握带着柳醇清与昏迷的火灵离开。

谷九空看到桂青手中的石印，惊讶道："这位想必就是若忘山的山神了吧。但是尊神恐怕有所不知啊，这些蛊虫在控制的范围之内，可是听话的很。可一旦离开了我的控制范围，这些就成了无主之虫。他们的繁殖能力连我也赞叹不已。尊神该不会是想把若忘山变成虫山吧？"

看着谷九空得意地笑容，桂青恨不得此刻就将他压在若忘山下。

桃卉儿也面色铁青，她想不通以谷九空刚刚斗法时的能为，如何能驱使如此之多的蛊虫？这景象让她想起了昔年曾有过一面之缘的"兽童"，当日兽童在邟山统驭万兽，围猎凶兽穷奇，欲取穷奇兽丹献与极乐姥母。

那一战，桃卉儿至今仍历历在目，而眼下看到谷九空竟然也有这般能耐，莫非他的修为已能和"六子""三童"比肩了？

正想着，谷九空吹出的曲调忽然变了节奏，漫山的蛊虫像是收到了指令一般，开始向桂青等人发起进攻。

桂青仗石印神力，用结界将桃卉儿、柳醇清和昏迷的火灵重重护住。

见此，桃卉儿也赶忙思索对策。若是平时，这些蛊虫她还不放在眼里，只是花童出手，若忘山怕是也会难逃厄运。

谷九空见蛊虫无法入得结界，倒也不以为意，只是笑道："尊神的山神之力真叫在下大开眼界，只是在下却觉得，这结界虽然固若金汤，却也有百密一疏的地方。既然这样，在下就送你们一场'蛊雨'如何？"

柳醇清听到头上传来了一阵窸窸窣窣的声音，紧接着无数黑点如雨幕一般掉落下来。

桃卉儿惊呼道："不好，是'噬心蛊'！"

几只噬心蛊掉落在桃卉儿的肩膀上，也不知道桃卉儿的身上涂了什么毒物，噬心蛊刚一接触到桃卉儿的衣衫，便瞬间化作一缕青烟。桂青则有石印庇护，噬心蛊无法沾到她分毫。只有柳醇清毫无防范，虽然桂青和桃卉儿奋力护他周全，怎奈事出突然，噬心蛊数量又太多，有几只蛊虫掉落在柳醇清的衣衫之上。蛊虫长有倒刺，刚一挂住便瞬间钻入柳醇清的体内。

这噬心蛊是万虫谷最臭名昭著的蛊虫之一，与寻常蛊毒不同，此蛊一入人体便钻入心脏，以倒刺勾住心脏，吸食精血。当年无数成名高手皆死在此蛊之口，柳醇清手无缚鸡之力，一中此蛊更是凶多吉少。

看着挣扎不止的柳醇清，桂青心痛不已，桃卉儿更是面如死灰。这蛊确实凶狠，柳醇清嘴唇已经乌紫，面色铁青，皮肤之下隐隐能看到有凸起之物向心脏的位置移去。

谷九空笑道："想不到这家伙一介凡夫俗子，能得若忘山神和花童如此眷顾，真是羡煞旁人。"

桂青无暇理会谷九空，她紧张地问桃卉儿："花童，你一定有办法救他，是不是？"

桃卉儿似乎下了莫大的决心说道："噬心蛊无药可解，中蛊之人鲜有活命，为今之计只有死马当活马医了。"

桂青问道："如何医治？"

桃卉儿凝眉说道："取出他的心脏，杀掉挂在上面吸血的噬心蛊。"

桂青大惊失色道："凡人取出心脏还如何能活？你这分明是杀人的法子！"

桃卉儿点了点头说道："这的确是九死一生的法子，不过也并非必死无疑，只要我动作够快，心脏掏出之后取出蛊虫，再迅速放回原处，如果能及时送到仇斯那里，以他的真气或许能为清儿续命。"

柳醇清忽然痛苦地呻吟了一声，想是蛊虫的倒刺已经刺入了他的心脏。

桂青知道耽搁一分，柳醇清的生机便小了一分，当下对桃卉儿点了点头，不再阻拦。

桃卉儿伸出五指，尖锐的指甲如钢钩一般，奋力向柳醇清的心脏刺去。

柳醇清昏迷之中，又见到了那个曾经在梦中出现的人。依然是在黑暗之中，柳醇清怎么也看不清那个人的样子。

不知道为什么，柳醇清突然变得心浮气躁，怒吼道："今日无论如何我都要杀了你！"

那人很平静地说道："你都要死了，如何杀我？"

柳醇清怒道："我怎么会死？天上地下，谁能杀得了我？"

那人说道："一只小虫子就能要了你的命，你说可笑不可笑？"说完那个人就离开了，在黑暗中渐行渐远。

听到那人离去的脚步声，柳醇清急忙要跟上去，忽然心脏传来一阵刺痛，柳醇清感知到心脏的位置有五只蛊虫正在吸血，顿时明白了刚才那人说的虫子究竟是怎么回事了。

柳醇清冷笑着说道："几只蝼蚁也想取我性命吗？可笑至极！"

桃卉儿的手眼见着就要刺入柳醇清的胸膛，昏迷之中的柳醇清突然闪电一般伸出手，紧紧握住了桃卉儿的手腕。无论是角度还是力道，拿捏的都恰到好处，而桃卉儿的手再也无法向前分毫。

桃卉儿惊讶地说道："你……"

柳醇清依旧双目紧闭，可脸上却露出了一抹若有若无的笑意，让桃卉儿觉得不寒而栗。

桂青没有察觉到柳醇清的表情，却发现他的身体正在一起一伏，好像有什么东西要从他的身体里钻出来。

片刻后，几只蛊虫刺破了柳醇清的皮肤，逃也似的向外钻去。

结界之外的谷九空也看得分明，脸色骤变，怎么可能？这噬心蛊非要吸干寄体的精血，直至中蛊之人至死方休，这逃离寄体的现象还是第一次出现。谷九空皱眉继续吹奏埙，曲调急促诡异，可噬心蛊却一反常态，不再受他控制，远远地逃离开去，直至消失在视野。

本还在昏迷的柳醇清突然坐起身来，怒目圆睁，口中大喝了一声。

桃卉儿被柳醇清这一声怒喝震得血气翻涌，若不是她在柳醇清大喝时及时调息，这会肯定被震伤筋脉了。

桂青也被震得头晕眼花，石印所结的结界也在这一声怒吼之下震得支离破碎。结界一破，漫山遍野的蛊虫甚至来不及逃跑，就被这道杀气震得血肉模糊。

谷九空的埙早已被震得粉碎，一口鲜血蓦地喷了出来，身体里的东西也被这一声夹杂着杀气的吼声，激得仿佛要苏醒了一般。

谷九空忙从怀里拿出几枚虫卵，想也没想就吞了下去，那股呼之欲出的邪异力量才被压制了下去。

桃卉儿看着柳醇清在那一声怒吼了之后，又陷入了昏迷，颇有些担忧地摸了摸柳醇清的脉搏。虽然有些虚弱，但已无中蛊的迹象了，只要多休息些时日便可无碍，悬着的心也总算是放下了。

桂青看着桃卉儿松口气的表情，知道柳醇清并无大碍，也放下心来，看着柳醇清熟睡的样子，俊朗的面庞透着天真无邪，可这孩子近来却显得越发神秘了。从那日水灵见到他时的大惊失色，到金灵对这孩子的质疑，无不透着怪异，或许仇斯早已了然于胸。但对桂青来说，无论如何她都相信柳醇清不会对仇斯做不利的事，又想到此前种种，不由得在心里叹了口气。

谷九空心下凛然，从刚才那一声怒吼来看，自己的修为与之相比简直云泥之别，更何况身边还有花童和若忘山神，为今之计只有先下手为强。

想到此处，谷九空开始念念有词，一条足有手臂粗细，通体碧绿的青蛇从谷九空的袖子里钻了出来，阴鸷的眼神就像是冷箭一般摄人心魄。

青蛇扭动着身体，画出一道诡异的曲线向桂青与桃卉儿爬去。

桃卉儿惊道："是青龙！"

万虫谷的图腾圣兽是一条百年的青蛇，唤作青龙。当年谷主谷万重在万虫谷的一处石缝中发现了卡住了身体的青龙，也不知道青龙被困在那里多少年月，时常以万虫谷的毒物为食，阴差阳错竟让它练成了辟毒之体。谷万重劈开石缝救出青龙，青龙为报救命之恩就此成了万虫谷的图腾兽。

江湖之人将青龙称作第五凶兽，虽然体型相差甚远，却仍在巴蛇之上。

青龙似乎感知到桃卉儿乃是辟毒之体，浑身毒物又让它有一种不祥的感觉，于是它将毒牙转向了桂青。

就在这时，一声怒斥从不远处传来："孽畜！可还记得仇某？"

仇斯脚尖踏在青草之上，极速而来，青草嫩叶也不过是微微颤动而已，顷刻间便已飞至，挡在了桂青面前。

青龙吐着黑紫色的信子，感知到了仇斯的气息，身形突然一滞，双眼紧紧盯着眼前的仇斯，杀机四溢。

仇斯与青龙对峙时，用周身灵力探知到，身边众人之中，只有火灵的情况最为凶险，若是蛊虫侵入血脉，即便是自己也救他不得。

而一旁的谷九空看到前来的仇斯，兴奋地一跃而起，朗声道："前辈可是求死先生？"

仇斯不置可否地说道："仇某已有十年不问江湖之事，江湖早就与仇某无关，这一声'前辈'愧不敢当。"

谷九空道："先生与晚辈祖父乃是故人，在下以晚辈之礼见过先生并无不妥。"

仇斯轻笑道："故人？罢了，你说故人便是故人吧。你解了火灵的蛊毒，我便放你离开若忘山，也算是给故人留下一点血脉，如何？"

仇斯的微笑在谷九空的眼中更像是一种轻蔑，这像一只锥子一样扎在他的心里。他阴险地看着仇斯说道："先生说笑了，先生可知在下历经了多少磨难才到了这若忘山，如今要事未办妥，怎能就此离去？"

仇斯道："你来这里所为何事？"

谷九空阴测测地看了看众人，然后说道："祖父临别之际唯有一件事耿耿于怀，便是万虫谷之蛊毒对先生全无作用，这让祖父视为奇耻大辱。如今晚辈斗胆前来寻找前辈，为的就是一雪万虫谷当日之耻，不知前辈可愿成全在下？"

桃卉儿此刻已恢复了元气，笑道："江湖上人人皆知，万虫谷已'十年无蛊'，我只知道是万虫谷中早已是残垣断壁，后人隐姓埋名去了，以免仇家寻上门来，落得个灭门的下场。"

而这十年无蛊，说来倒是与仇斯大有关系。

十年前谷万重自认蛊毒天下无敌，只是万虫谷的地位却仍被世人视为在百杀大帝与花童之下，他费尽心思寻到一心只为寻死的仇斯，以激将法激得仇斯与他斗蛊。仇斯虽对蛊毒不甚精通，但也欣然答应了谷万重的要求。

当时谷万重取出三杯蛊酒，每一杯都下满了蛊毒，每一杯酒中的蛊毒都是谷万重精心培育的至毒之物，仅仅杯酒之蛊，便可令一座城池遍地殍尸，其中一杯蛊毒甚至连谷万重也无解药。

仇斯一连将三杯酒一饮而尽，谈笑间便化解了身体中的蛊毒，这让谷万重颜面扫地，如若让仇斯这般离去，江湖上便再无万虫谷立足之地了。计无可施之下，谷万重只得请出图腾圣兽青龙相助。

仇斯虽视蛊毒如无物，却对这"第五凶兽"收起了轻视之心。

青龙速度之快，攻击角度之刁钻阴险，令仇斯也不得不赞叹。

仇斯被青龙激起了好胜之心，只是当时他已隐隐感知天罚剑越来越不受自己的控制，就在仇斯犹豫是否拔出天罚剑的时候，青龙鬼魅一般缠到仇斯的手臂上，血盆大口狠狠地咬在了仇斯的手腕上。

仇斯看着伤口呆呆出神，自那一日有意被雾宣仙子所伤，他便再未流过一滴血。此时望着伤口上隐隐渗出的血迹，曾经的种种好似前世的记忆一般，汹涌而来。

谷万重则激动不已，青龙曾在石缝中吞噬毒物不知多少年月，若论毒性，青龙只怕比那蛊毒还要毒上三分。仇斯此刻被青龙咬伤，便再无活命的道理。

时年便有"一佛双耳三剑仙，兽语屠戮桃花签，六子三童合一处，求死先生还在前"的童谣，仇斯是当之无愧的江湖第一人，而青龙的毒牙竟能刺穿仇斯的护体真气，将他咬伤，那这"第五凶兽"的威名便当之无愧。

只是最后让谷万重大惊失色的是，倒下的并非是仇斯，反而是青龙。

青龙咬伤仇斯之后，身体如麻绳一般瘫软在地，身上青绿色的鳞甲片片脱落，污血自青龙口中流出，仿佛中了剧毒一般。

仇斯看着谷万重的精神一点点崩溃，片刻之间犹如老了十岁。仇斯心有不忍，便解释道："仇某身负'玄龙血'，寻常毒物无法伤及分毫，这蛇被玄龙血所伤，怕是无药可救了。"

仇斯简单一席话让谷万重心如死灰，逆鳞玄龙相传是天地初分之时，鸿蒙中孕育而出的凶恶之兽。在上古之战中，曾协助黄帝大破蚩尤的九黎族，被称为上古第一凶兽。逆鳞玄龙的血液乃是天下第一剧毒之物，流传至今也只有生死城还存有六滴。不知何故此刻仇斯身上竟流淌着逆鳞玄龙的血，难怪这三种蛊虫，甚至是青龙的毒对仇斯都毫无作用。

仇斯走后，谷万重将青龙放于万虫谷的蛊池之中，企图以蛊池中亿万蛊虫吸取青龙身上的毒素。令谷万重没想到的是，玄龙血竟然将蛊池中所有蛊虫全部毒杀殆尽。万般无奈之下，谷万重御使秘法，将万虫谷内的蛊虫全部召集一处，来吸食青龙的毒素。

足足用了近十年的时间，谷万重终于将青龙身体里的玄龙血消除干净，而万虫谷这十年之内再也没有出现过一只蛊虫。万虫谷从此一蹶不振，谷万重怕仇家上门寻仇，便带着门人子嗣逃至深山隐居起来。

江湖上称此事为"十年无蛊"。

谷九空对桃卉儿的揶揄之词不以为意，对仇斯说道："不仅仅是晚辈想要完成祖父的遗志，还有这青龙更是期待有朝一日取先生的性命呢。经过这十年，怕是玄龙血再不能对它有所伤害了。"

仇斯看着青龙剑拔弩张的样子，轻笑道："若是这孽畜还能沾到仇某的衣衫，便算仇某输了，如何？"

谷九空摇头笑道："先生误会了，此番晚辈前来并非是单单来找前辈寻仇，前辈虽然是我万虫谷的仇人，但祖父对前辈却又恨又敬。前辈以一柄天罚剑行走江湖未遇敌手，半生无敌于天下却只是为了求死，这份执念莫说是祖父，就是晚辈也钦佩至极。晚辈来此正是为了成全前辈夙愿，送前辈一死！"

仇斯看了看痛苦呻吟的火灵，说道："如此说来，仇某倒是要谢你了。"

谷九空说道："晚辈斗胆提议，欲与先生再比试一番，不知先生可敢应约？"

仇斯叹了口气，如今这拙劣的激将之法在他的眼里极为可笑，若是当年自己能按下那好胜的性子，也不会惹出今日这些事端。今日之事若寻根究底，责任到底还是因自己而起，想到这儿，仇斯说道："如此说来，那我们就再比试一次吧。"

听到仇斯答应下来，谷九空狂喜之态毫不掩饰。

一旁的桂青却流露出担忧的神色。

仇斯又说道："只是这一次我希望比试能公平些。"

谷九空饶有兴趣地问道："如何公平？"

仇斯说道："你我互试蛊毒，有来有往才算输赢。"

一旁昏迷的柳醇清则像是结束了一场冗长的梦，缓缓睁开眼睛。湛蓝的天空清澈如洗，阳光透过树叶的缝隙，照在他的脸上，映出斑驳的光影。此刻对柳醇清来说，仿佛是前世与今生的临界点。他看着晃动的树影，好半天都没想起自己是谁，他只记得自己有一件很重要却没做完的事。

桂青见柳醇醒了，关切地问道："清儿，你醒了，感觉怎么样？"

柳醇清神情茫然，清儿？为何这个称呼如此熟悉。

桃卉儿似怒似嗔一般说道："小木头，你打算睡到什么时候？姐姐的腿都酸了！"

一道灵光闪过，柳醇清的神识瞬间清明了。

因为在课堂上酣睡，私塾的先生要打他的手心……

李跛子在村口的柳树下讲着那些不着边际的刀光剑影……

姨娘问他愿不愿意陪她去升阳观里求一道平安符……

衙役将枷锁套在他的头上，将他视为杀害姨夫与姨娘的凶徒……

邋遢的道士对他说，此去乃九死一生……

桂青将八荒如意果塞进他的口中，指尖带着淡淡香气……

火灵横空出世，热浪险些将他掀翻在地……

仇斯冷峻地问他，可是为天罚剑而来……

还有，桃卉儿的笑容为何总是能触动他心里最柔软的位置……

他在心中自言自语道:"是了,我叫柳醇清。"无数破碎的记忆在他的脑海里又重新织就成一幅幅完整的画面。

柳醇清俯身呕出一口血,心口憋闷瘀滞的感觉一扫而光。他这才发现,自己竟然一直躺在桃卉儿的怀里,难怪刚才的梦境如堕入虚无之中,却又无比柔软。

柳醇清想要道谢,可是看到桃卉儿羞赧的眼神,话到嘴边却半个字也吐不出,只是随她一起红了脸。

桃卉儿咬着嘴唇,低声骂道:"再看我就把你的眼睛挖出来!"

柳醇清故作为难地笑道:"那岂不是又要卉儿你受累,实在不妥。"

桃卉儿又羞又气,骂道:"你!"

仇斯在一旁微笑道:"清儿,醒了就好。"

看到仇斯与桂清正在关切地看着自己,柳醇清心中一暖:"劳先生和姐姐挂念,清儿觉得好多了。"

谷九空此时的心情十分复杂,他有把握胜过花童甚至是仇斯,却唯独对柳醇清琢磨不透,这种无法掌控的感觉令他十分不安,他反复告诫自己万不可分神。

谷九空取出三只形态各异的杯子,桃卉儿微露讶异之色,那三只杯子乃是取三只极为凶悍的毒兽的兽角制作而成,且不说用这三只杯子盛装蛊毒,就只单单是清水,也会顷刻化为剧毒之物。

仇斯随手以手刀斩断身边一棵翠竹,取三节竹筒作做杯子置于身前,又将柳醇清唤至身边,与他耳语了几句,柳醇清心领神会,便向山顶的小院跑去。

不知为何,柳醇清方一离开,谷九空的心中顿时一阵轻松,仿佛有人撤去了悬在脖颈上的刀剑一般。

谷九空先在一只角杯中倒入酒水,取出一粒药丸般的物体置于酒水之中。药丸瞬间溶于酒水。

桃卉儿微微颤动鼻翼，轻笑道："断肠草与噬心蛊，小孩子的玩意。"

谷九空笑道："花童好见识，一语便道破了酒中之蛊。在下斗胆请求斯先生先饮此杯。"

仇斯面无表情地接过角杯，一饮而尽。桂青紧张至极，随着仇斯饮酒的动作，双手不自觉地绞着衣袂。

正如桃卉儿所料，蛊毒对仇斯全无作用。

谷九空似乎早就知道结果本该如此，一拱手说道："玄龙血果然是天下蛊毒的克星，在下佩服。"

仇斯不与他多做口舌，在山溪之中取一杯溪水，对桃卉儿说道："卉儿姑娘，仇某与人论生死，但求光明磊落。这万虫谷的后人刚才与你斗法时已身中剧毒，你可有相克之毒相借？"

桃卉儿从百纳香囊里取出几种毒药放于仇斯手中的竹杯里，翻了个白眼说道："真是一块烂木头，又蠢又笨！"

谷九空接过竹杯，眼神游移不定，想了片刻才一饮而尽。

适才谷九空深中桃卉儿数种剧毒，不但没有即可毒发身亡，反而在谈笑间将剧毒化解，虽然连桃卉儿也无法断定谷九空用了什么方法解了所中的剧毒，但是由毒气导致周身筋脉的郁结之气却无法在一时之间冲散。

仇斯这杯水里的毒药，却也是解药，正如桃卉儿所说，她并无救人的法子，她所擅长的不过是毒理相克之道，这毒恰好是郁结之气的克星。谷九空一口吐出污血，顿时觉得身心舒畅，不由得大吼道："痛快！痛快！"

擦了擦嘴角的血迹，谷九空取出第二杯蛊酒说道："既然先生如此坦荡，在下也不敢藏拙。这第二杯酒先生要小心了，此蛊乃是我在南方极寒之地寻得的一条冰蚕遗种所炼制的蛊虫。"

桃卉儿微微皱眉，虽相隔甚远，她仍感觉到了凛冽的寒气。

仇斯坦然接过角杯，殊无惧意。第二杯蛊酒再度一饮而尽。

蛊酒一入口，仇斯就感觉到一股霸道的寒气犹如拥有生命一般，在五脏六腑之内窜个不停。

接着，仇斯的面庞隐隐凝结出一片冰霜，脸色顿时一片惨白。桂青紧张地要去查看仇斯的身体，仇斯微笑摆手，安抚桂青紧张的情绪。

只见仇斯面容的冰霜开始渐渐融化，惨白的脸色一点点变得红润，融化的水汽蒸腾成一片氤氲之气。短短片刻，仇斯的脸红如重枣。大约一盏茶的功夫，仇斯的脸上才恢复如常，他吐出一口寒气道："好厉害的蛊毒，仇某领教了。"

谷九空不知仇斯是真心赞叹还是在讽刺于他，只是如此轻描淡写就化解了谷九空数年做炼之蛊，他心有不甘地说道："可是闵阳成的离火诀？以凡火破寒灵之蛊，若是许城主亲临也会自愧不如吧。"

仇斯也不理会他，取出第二只竹杯，对身边的桂青说道："桂青姑娘，怎么说远来都是客，你我未尽地主之谊也就罢了，倒是令人如此狼狈，实在不该，不如就将你的百花琼酿赠与他聊表心意如何？"

桂青微笑道："但凭先生做主。"

桂青将百花琼酿倒置于仇斯的竹杯之中，谷九空远远便闻到了一阵沁人心脾的香气。

谷九空拿起仇斯面前的竹杯，似乎舍不得喝掉一般，贪婪地嗅了又嗅，似乎沉醉在那百花醉人的精华之中。

百花琼酿入口之后，一股暖意遍布四肢百骸，谷九空只觉得精气更胜从前。百花琼酿采若忘山花草蜜露精心酿制，因草木吸收日月精华，其补气宁神的功效远胜于寻常仙果。这一杯百花琼酿将谷九空的气血如同濯洗过一般，令他觉得无比舒爽。他将竹杯随手掷于草地上，狂笑道："这就是若忘山的百花琼酿，果然是人间极品。"

桂青隐隐一惊，听谷九空这癫狂之声，真气之充沛较之刚才似乎大有精进。百花琼酿虽然是江湖上极为难得的滋补极品，只是对寻常人来说，不过是有强身健魄的功效而已，只有对木属之精的修为才大有益助。

谷九空取出第三只角杯，只是在杯里倒满了酒，并未下置蛊毒，便将角杯递与仇斯。

仇斯正要接过杯子，桃卉儿急忙说道："慢，这杯中之物古怪至极，无色无臭，连我也看不出门道。这一回合不比也罢！"

听桃卉儿竟然也没有把握，桂青又忍不住为仇斯担忧起来，可是她深知仇斯的性子，若是此时劝他作罢，当真比杀了他还难。

果然，仇斯接过角杯，说道："无妨。"

第三杯蛊酒，依旧是一饮而尽。

见杯中之酒的的确确入了仇斯的口，谷九空激动地手舞足蹈，口中狂笑道："这一次是我胜了，是我胜了！在下要教先生知道，小觑我万虫谷要付出何等代价！"

对仇斯来说，那是一种前所未有的体验。蛊酒无色无味，如寻常酒水一般，甚至连毒兽角杯本身的毒性都无影无踪，可是此刻仇斯却觉得有无数只蚂蚁遍布全身，撕咬啃噬的并非是仇斯的身体，而是他的灵魂。

仇斯心知有异，忙盘膝打坐，以《普若明心咒》固守心神。桂青见仇斯双目紧闭，面色不对，心中隐隐有一种不祥的预感，求救似的看向桃卉儿。而桃卉儿更是无法，更未见过仇斯这般模样，心想难道连玄龙血也敌不过那古怪的蛊毒？

见此情形，桃卉儿不由问道："那究竟是什么？"

谷九空见仇斯果然着了道，便得意地对桃卉儿说道："在下这'魂蛊'可还入得花童法眼？莫说一个仇斯，就算是生死城的生杀二帝亲至，在下也能叫他们有去无回！"

桃卉儿反复道："魂蛊……魂蛊……为何我从未听说过？"

谷九空说道："那是自然，这魂蛊乃是祖父经寻常人难以想象的磨难，历经数载方有所成，如今能以蛊毒击败求死先生，我万虫谷一百三一名弟子也算死得其所！"

桃卉儿在心中反复思索对策，可是对这闻所未闻的魂蛊却毫无头绪，她故意拖延道："如此说来，万虫谷如今就剩你一个人喽？那你算得上是真正的孤家寡人了。"

谷九空狞笑道："花童，天下以你为毒术至尊，可你却连天下最毒的东西都不知道，当真可笑至极。"

桃卉儿一边小心观察仇斯的情况，一边安抚谷九空的情绪："那你说说看，天下最毒的是何物？"

谷九空阴冷地看了一眼桃卉儿，说道："天下最毒的并非是魂蛊，也不是玄龙血，最毒的其实就是人心！在下要那些狼子野心的门人有何用？有万千蛊虫陪伴，此生足矣，更何况还有木……"

意识到自己险些说错了话，谷九空急忙按下话头，只是冷哼了一声。

一旁打坐的仇斯忽然开口问道："这蛊虫本不该凡间所有，可是从地府所得？"

谷九空莫名地看了一眼倒在一旁的火灵，这才幽幽地对仇斯说道："寻常人若是中了魂蛊，早就魂飞魄散，形神俱灭了。先生此时还能固守心神，这份修为简直可怕，只是不知道先生还能坚持多久，索性说与你听也无妨。祖父曾言，昔日万虫谷有一本《蛊普》记载了世间蛊毒，其中有一种不为人知的虫蛊，为蛊术的禁忌，乃是以魂魄为宿主，炼养蛊虫。但这只是万虫谷历代谷主凭空幻想罢了，直到祖父以万虫谷弟子的肉身养蛊，才终于取得了三枚魂蛊虫卵，只是阳世间无法令蛊卵成长为蛊虫。为了万虫谷，祖父吞服"隐身虫"后自断筋脉而死，在黄泉路上，令魂蛊蛊卵破茧而出，又借隐身虫隐匿死亡之气骗过无常二使，以魂飞魄散为代价重返阳世，将三只魂蛊蛊虫交于我手之后便形神俱灭。此番能以魂蛊胜你，乃是我祖孙合力，先生就此安心上路吧！"

听到此处，桂青脸色骤变，伏在仇斯身边哭道："先生，不如将天罚剑交与他，换取解药吧，从此江湖纷纷扰扰便也会停息，先生便和桂青终老在若忘山，也不失为一种自在啊，算桂青求先生了。"

凝气调息片刻，仇斯这才对桂青温和地说道："桂青姑娘，世间的纷纷扰扰从来不会因仇某的意愿而停息，对江湖来说，仇某一日不死，麻烦便一日不止。天罚剑不现世才是苍生之福，而且万虫谷中独奉蛊术为尊，历代门人鲜有用剑。若是江湖上有人对天罚剑殊无兴趣，那便一定是万虫谷！"

谷九空拍手和道："先生真乃万虫谷知己，有魂蛊在手，在下还要那废铜烂铁做什么？不瞒先生，除掉先生乃是我万虫谷崛起的第一步，'六子''三童'在下会一一拜访。到时候偌大的江湖只有我万虫谷一家屹立顶端，岂不快哉！"

仇斯忽然站起身来，神态自若地说道："如此说来，你先遇到仇某，不知是你的不幸，还是天下人的大幸？"

见仇斯此刻毫无中蛊之象，桂青喜极而泣，她算是最为了解仇斯之人，听他语气中雄浑充沛的真气，绝非做作之态，想来定是在谈笑间化解了那凶险的魂蛊。

谷九空目瞪口呆地看着缓缓起身的仇斯，一时间仿佛被雷电劈中一般，断然不敢相信世间竟有人能化解魂蛊之毒。

谷九空神情呆滞地说道："不，这世间断不会有人能破此蛊。你究竟是什么人？"

仇斯从怀中拿出一只乌黑古朴的鼎，叹了口气说道："仇某不过是应死之人，若是十年之前遇到此蛊，仇某便可得偿所愿了。"

谷九空见到那只古鼎之后，脸色变得惨白，难以置信地说道："这……这是坎离元真鼎？为何会在你的手里？"

桃卉儿也是瞪大了眼睛，怎么也不会想到失传了许久的聚魂炉竟在仇斯的手中。

仇斯说道："此鼎仇某本欲交还地府，只是故人说，此鼎交由仇某保管才最为稳妥。而放眼天下，唯一能克制魂蛊的，怕只有这聚魂炉了。"

只见一条几近透明的青虫在坎离元真鼎中不停地挣扎扭动身体，在阳光的映射下，魂蛊化成一缕青烟被鼎炉吸入鼎身之内。

仿佛堕入了无底深渊一般，谷九空甚至连和仇斯对话的勇气都荡然无存了。他不住地惨笑道："命，这便是命！难道我万虫谷重振声誉就此无望！"

青龙缠绕在谷九空的身上，黑紫色的信子正小心翼翼地拭去谷九空脸上的泪水。

看到青龙，谷九空这才稳定了心神，他愤恨地说道："在下还没有输，还有两条魂蛊在我手中，不知道先生可愿意再和我比试一二？"

桃卉儿不屑地说道："这又是何必呢？如今这烂木头有聚魂炉在手，莫说区区一条黄泉路上的虫子，就算把九幽十界的魑魅魍魉都请出来，又能奈他如何？"

仇斯幽幽说道："阁下喜欢与人比试，仇某自当奉陪到底，只是你我这一局还未分胜负，再比试一二，怕是言之过早。"

谷九空看向仇斯的眼神甚至比那条毒蛇更令人胆寒，他又看了看倒在一旁的火灵，这才说道："好，若是能在先生手中侥幸不死，再让先生瞧瞧在下的手段。"

与此同时，柳醇清也刚好赶了回来。他从怀中掏出一只小瓷瓶，递给了仇斯。

仇斯将瓶中之物放入竹杯之内，一瞬间里面的溪水迅速凝结成冰，连同竹杯外壁都满是冰霜。

谷九空感觉到了那份令人胆寒的寒意，竟然比他的寒冰蛊还要恐怖千百倍。

谷九空捧着竹杯，仿佛呆滞了一般，连手指被寒气所侵，都浑然不觉。他只觉得在灵魂的深处，那份躁动隐隐要不受他的控制了。可他却兴奋至极，这竹杯里的东西便是他一直苦苦寻找的引子。当日他得知银鱼从陷空山逃脱，本打算在若忘山取了仇斯性命之后，上天入地，捕杀银鱼，取其水灵珠。

没想到在若忘山竟遇到此物，真是踏破铁鞋无觅处，得来全不费功夫。

谷九空颤抖着要将杯中之物一饮而尽。

仇斯却开口劝道："天下寒毒，无出其右者，阁下若是饮了此杯，便是陷自己于万劫不复之境地。不如你解了火灵的蛊毒，我放你离去，最后一局不比也罢。"

柳醇清恍然大悟，他想起了瓷瓶里所盛之物是为何物了。

那里面装着水灵的半颗灵珠。

谷九空扫视众人，目空一切的神情仿佛众人的性命早已是他的囊中之物一般，他对仇斯说道："先生可知在下梦寐以求的便是此物，水灵珠的确是至寒之物，寻常人若是服下必定全身血液凝结而死。"

仇斯问道："若是阁下服下又当如何？"

谷九空张狂道："既然先生感兴趣，那在下就服下水灵珠给先生瞧瞧。"

柳醇清还想出言阻止谷九空，桃卉儿却一把拦住他说道："真是块小木头，你还有心思担心别人？快躲到我身后，那人身体里有东西要出来了。"

谷九空将融化在溪水之中的水灵珠一饮而尽，整个身体瞬间被寒气所包裹，结了一层厚厚的冰霜。紧接着无数透明的丝线从谷九空的身体里射出，丝线越聚越多，竟形成一个巨大而透明的茧将谷九空包裹其中。

直到此时，谷九空体内隐藏的气息便再也压制不得。

桂青惊呼道："好重的木灵之气。"

谷九空曾在深山之中发现一株足有千年树龄的古树，本想取古树的树根炼制药蛊，却没想到挖出树根之后，竟在树根之下发现了一处"木灵晕"。只是木灵还未成熟，谷九空便用秘法，取出木灵灵卵强行封印在自己的身体里。五行之中，水生木，而此时受到水灵珠滋养的木灵卵，也即将成熟。

谷九空在木灵虫茧之内肆意狂笑道："仇斯，就算天罚剑重现又能怎样，可敌得过我这'蛰木天虫'？"

桃卉儿恍然大悟，难怪谷九空能在顷刻之间不用解药便化解了数种剧毒，原来那些毒都被木灵吞掉了。她一脸疑惑地问仇斯："你早就知道这家伙的身体里藏了一只木灵？"

仇斯看了一眼腰间佩剑，此时无争剑竟开始抖动不止，抬手安抚般摸了摸剑柄，仇斯回道："木灵借蛊虫之气隐匿了木属真灵的气息，若不是无争剑感应到了木灵卵成熟在即，只怕此时早已回天乏术了。"

桃卉儿气急败坏地说道："既然你早知道，为何还要解了他的毒，还以百花琼酿滋养木灵？你当真是糊涂了吗？"

柳醇清忙在暗中拉扯桃卉儿的衣袖，一边是仇斯，一边是桃卉儿，这让他左右为难。桂青却明白了，为何百花琼酿能对谷九空的修为有如此大的帮助，百花琼酿正是木属真灵最佳的滋养补品。

仇斯摇头说道："仇某已给过他机会了，本想劝他就此离去。只是他仍执迷不悟，仇某不过是做个顺水人情，送他一程罢了。"说罢，长叹一声："自作孽，不可活。"

听到仇斯的叹息，柳醇清有片刻的怅然，他不知道仇斯是对谷九空的惋惜还是在自嘲。

桃卉儿则气得直跺脚，怒道："你可知蛰木天虫是什么？此虫乃是上古凶兽混沌的遗种，吞噬万物，被蛰木天虫吞掉的一切便从此在世间抹去了痕迹。它吃得越多，长得越快。爷爷曾说过，蛰木天虫的肚子是另一个虚无世界的大门。"

仇斯仿佛没有听见一般，依旧悲怆地看着谷九空所化之茧越变越大。

柳醇清却隐约看到，巨大的茧里竟有一只虫子的形态越发清晰。

桃卉儿拔出插在发髻里的簪子，东引桃杖迎风变大。桃卉儿足不点地，举起东引桃杖便向巨茧砸去。铿然之声响过，蛰木天虫的茧毫发无损，桃卉儿却倒退了几步，手掌被震得生疼。

谷九空笑道："小花妖，若论毒术我确实不及你，可蛰木天虫的茧乃天下最坚固之物，即便仇斯的天罚剑也未必能刺破，你们就不要白费力气，安心等死吧！"

桂青则对仇斯悄声说："先生，如今怕是只有无争剑才能破得了蛰木天虫的虫茧，此时木灵还未成熟，若是破茧而出，结果如何就真的不得而知了。"

仇斯道："仇某舍天罚而取无争，便是为了不再造杀戮。蛰木天虫若是逞凶，大可吞噬仇某一人便可，仇某自有办法与它同归于尽，断不会累及旁人。"

桂青的泪水如断了线的珠子，泣不成声道："先生真的要这般绝情吗？"

仇斯苦笑道："心死之人，还谈什么绝情？"他想去擦桂青的眼泪，可手终究是没有抬起。

桃卉儿却不遗余力地攻击虫茧，虽然无法将虫茧击破，可谷九空却隐隐感觉到了蛰木天虫的愤怒。

昏迷了许久的火灵突然抽动身体，几只火球一般的虫子从火灵的口中窜了出来。谷九空突然欣喜若狂道："火蛊成了！"随即对青龙怒喝道："青龙，如今是你报答万虫谷救命之恩的时候了！"

说着谷九空的口中开始念念有词，两条透明的虫子从谷九空丢在地上的褡裢里爬了出来，鬼魅一般爬进了青龙的口中。

青龙蛇身一震，身体不住地在地上扭曲颤动，显然痛苦至极。

谷九空喝道："青龙，你忘记十年来你所承受的痛苦了吗？"

青龙闻言，强忍着灵魂被吞噬的痛苦，昂起蛇头，冲仇斯吐着信子，阴冷的眼神让桂青忍不住打了一个冷战。

青龙被魂蛊咬嗜，兽性大发，朝着近在咫尺的火灵大口咬去。

无数浑身燃着火焰的虫子顺着青龙的毒牙爬进了青龙的身体。

仇斯的眼神里闪过一丝愤怒，对谷九空说道："原来你到若忘山，目的就是火灵？"

谷九空此刻也不掩饰，得意地笑道："不错，当日有人传信与我，说若忘山上不仅仅住着你，还出了一只火灵。那人不知道从何处得来一篇《蛊谱》的残页，上面记载着火蛊的炼制方法，必须以离火炼就，普天之下也只有火灵才是绝佳的养蛊之体。在下本想以魂蛊和火蛊融合之后的蛊虫对付你，想不到此刻我已经得到水灵珠，取你性命已是易如反掌，世间阴差阳错之事太多，谁又能一解其中奥妙！"

仇斯说道："当初谷万重以万虫谷中全部蛊毒为代价，便是想好了今日这步棋？"

谷九空冷哼一声说道："不错，青龙乃是辟毒之体，乃是魂蛊绝佳的蛊器，否则一只孽畜何以让祖父费如此心思。"

而此时，青龙身体内的魂蛊与火灵体内炼化的火蛊迅速融合成一种新的蛊虫，青龙青碧色的鳞片也变得火红一般，就像是正在燃烧的火焰。青龙发出痛苦的嘶嘶声，显然这种蛊虫也在吞噬燃烧它的灵魂，除非青龙是辟毒之体，此刻早已被蛊虫蚕食殆尽了。

桃卉儿手握东引桃杖仍在不遗余力地击打蛰木天虫的巨茧，她知道虽然巨茧坚固无比，但这是蛰木天虫唯一没有攻击性的时候，也只有在这个时候才最有可能将它杀掉。

蛰木天虫破茧而出已到了最紧要的关隘，被桃卉儿击打发出的振动已经激怒了它。谷九空对青龙大喝道："杀了花童！"

青龙昂起如尖锥一般的蛇头，吐着火红的信子，隐隐还能看到赤红色的蛊虫在信子上游走攒动。桃卉儿急忙将东引桃杖横在身前，虽说她并不惧怕青龙身体里的蛊虫，但是她可不想被这恶心的长蛇咬上一口。

谷九空见青龙竟然没有听他的指令，而是在那里游移不定，歇斯底里地吼道："畜生！快给我杀了花童！"

这一次青龙听到了指令，躬身一跃，身体竟如离弦的利箭一般飞了出去。

柳醇清大吼道："卉儿！小心！"

所有人的注意都放在了桃卉儿的身上，可青龙却并未朝桃卉儿的方向飞去，而是张开巨口，将獠牙对准了仇斯。

青龙垂死的一击，终究还是记恨当初的仇人。

桂青见青龙来势汹汹，一时间担心仇斯的安危，竟然飞身一跃，用自己的身体挡住了仇斯，青龙的獠牙当即咬穿了桂青的肩膀。

青龙的速度之快，十几年前仇斯便已领教过，当时青龙凶猛迅捷，连他的护体真气都被它刺穿，咬破手臂。而如今受到火蛊和魂蛊的折磨咬噬，青龙更是凶性大发，其动作比之当日更迅速数倍，加之仇斯本欲打算在青龙袭击桃卉儿之际出手降服它，没想到它竟然如此仇恨自己，垂死之际连谷九空的命令也不再听从。就是这微微错愕之际，竟让桂青陷入了几乎殒命的境地。在紧要关头，桂青对仇斯的担忧竟让她胜过青龙的迅捷，以本能挡在了她心爱的男子面前。

见此仇斯怒不可遏，无争剑出鞘无声，剑锋将未及落地的青龙劈成两半。漫天蛊虫在无争剑的剑气之下，皆荡然无存。

柳醇清见桂青被青龙咬伤，急得哭喊道："姐姐！"

桂青仿佛是断了线的纸鸢，轻飘飘地跌落，那一刻她感觉到身体里的力气，连同数百年的修为一点点散尽，可是她在心里是释然的，能为了心爱之人死去，数百年的修为简直不值一提，想到此处，她竟然有些欣喜。

不等桂青倒地，仇斯已稳稳将她揽在怀里。

桂青只觉得浑身仿佛被火灼烧一般，这是自十年前被发狂的火灵所伤之后，再未体会过的痛楚。只是这一次，能躺在他的怀里，这仿佛撕裂灵魂一般的疼痛却显得不那么重要了。

若是此刻死去，此生也了无遗憾。

仇斯看着怀中的桂青心乱如麻，这种感觉足有十几年没有出现在他的心里了。自从雾宣仙子逝去，他以为自己再也不会为任何人而心痛了。而这一次，那种痛彻心扉的慌乱，让他觉得自己还是一个活生生的人。

仇斯悲怆地说："桂青姑娘，你怎么这么傻，我有聚魂炉在手，又有玄龙血在身。天下还没有能至我于死地的蛊毒。"

仇斯看着桂青的面色一点点失去润泽，心难以言喻的痛，想不到十年来他刻意回避桂青的情愫，最后却还是这种结果。他知道自己对雾宣仙子的执念还没放下，也知道自己是个不祥之人，和他有关联的人都不会落得好下场。他小心维系着和桂青微妙的关系，即舍不得桂青的温柔，又怕越过那道界限会将桂青推到万劫不复的境地。只是如今到头来还是连累桂青为自己去死，这让仇斯心底被苦苦压制的情感再度喷薄，若是可以，他宁愿自己去死也不愿连累桂青。可这一次他依然无能为力，这是他的劫，他的命。

而一旁的桃卉儿以念力探查桂青的身体，发现蛊虫已经侵入血液。这是一种江湖上从未出现过的虫蛊，其凶悍的程度简直可怕，连桂青这样的正籍妖仙也要落得被蛊虫撕咬灵魂的下场。

桃卉儿急得在百纳香囊中反复寻找可以适用的毒物，却无一物能克制这前所未知的蛊虫，她无奈地对仇斯吼道："你这烂木头还在想些什么？快用聚魂炉吸出蛊虫啊！"

听桃卉儿如此说，仇斯却惨然道："仇某身无命谍，聚魂炉自然能吸出蛊虫，但桂青姑娘尚在三界之内五行之中，若是强行吸出蛊虫，只怕神识魂魄也会被聚魂炉强行拘役而出。"

柳醇清哭道："先生，您一定有办法的对不对？"

柳醇清的眼神让仇斯第一次觉得自己十分无用，就算一世修为通神彻鬼又当如何？就算有天罚利刃无敌于天下又能怎样？十几年前他无法让心爱的人死而复生，十几年后他同样无法保护身边的人不受伤害。

他心底不由生出一股燥怒，似乎有个声音在对他说："不如丢下无争剑，唤出天罚利刃，既然十几年求死不得，不如大开杀戒！木灵也好，谷九空也罢，都不过是天罚剑下的亡魂而已！"

无争剑此刻在仇斯腰间抖动不止，仇斯猛然一惊，急忙将心中刚萌生出的念头强压下去，不由得惊出一身冷汗。自己十年未用天罚剑，可天罚的戾气却也只能被强行压制下去，终究无法消散。

仇斯对桃卉儿说道："卉儿姑娘，借你的'参须锥'一用。"

桃卉儿忙从百纳香囊中取出十八根参髯老祖的胡须，当日仇斯便是用这十八根参须锥封印住花童的一身修为。此刻，仇斯同样将参须锥打入桂青身体的十八处要穴，参须锥蕴含了参髯老祖八百年的修为，虽然无法克制蛊虫，却能将蛊虫封印在这十八处穴位之中，令蛊虫无法再嗜咬燃烧桂青的灵魂。

巨茧之内，谷九空的身体已经产生了变化，身体已经化作了一只丑陋的虫子，只有头还是谷九空的样子。他在巨茧里瓮声瓮气地狂笑道："仇斯，你先别急着伤心，如今蛰木天虫与我融为一体，待我破茧而出便叫你们全都死无葬身之地。到时候奈何桥上见到雾宣仙子，一边是旧爱，一边是新欢。真是羡煞旁人了！"

仇斯抱着桂青，忽然抬起头看了看天色，朗声道："十年来仇某时常为昔日所造的杀业而深感自责，本以为江湖上没有仇某，便能安定太平，没想到即便没有仇某扰乱江湖，即便有不怒金刚匡扶正义，可奸佞邪恶之徒仍在作恶江湖。今时今日，仇某便不再偏安一隅，我倒要亲眼看看这世道究竟沦落到何等地步。想来你的伤也差不多痊愈了，不如早些睁开眼，荡涤世间的罪孽吧，金灵！"

仇斯声如洪钟，震得柳醇清急忙捂住了耳朵。

蛰木天虫的巨茧也被震得嗡嗡作响，谷九空忽然感觉到了一股无形的压力，是蛰木天虫预感到了未知的危险。谷九空咆哮道："蛰木天虫无人能破，仇斯你不必在这里虚张声势！"

谷九空话音未落，便听到了一声尖锐的鸟鸣响彻落乌峰。紧接着一道金光自金乌洞的方向纵地而起，柳醇清定睛一看，金光之内一只金翅巨鸟展翅冲天。

桃卉儿面露喜色，拍手道："是'金翅大鹏雕'！"

金灵见到蛰木天虫犹如饿虎见到猎物一般，猛地向巨茧俯冲。

蛰木天虫的巨茧虽是天下至坚至固之物，却在金翅大鹏雕的巨喙和利爪之下犹如纸张一般，轻而易举就被洞穿。

桃卉儿拍手笑道："是了，五行之中金克木，这金灵当真是蛰木天虫的克星！"

谷九空的头已化作狰狞可怖的兽头，血盆大口便向金灵咬去，巨口之内一片虚无，若是被蛰木天虫咬中，便会堕入无尽的虚无。

金翅大鹏雕的巨爪瞬间按住了蛰木天虫的脖颈处，将它死死地按在地上，钢钩一般的爪趾刺入了蛰木天虫铜浇铁铸一般的皮肤。疼痛让蛰木天虫兽性大发，巨尾如同擎天玉柱一般向金翅大鹏雕横扫而来。金翅大鹏雕另一只巨爪稳稳挡住蛰木天虫的尾巴，依旧把它按倒在地。

蛰木天虫的首尾被金翅大鹏雕牢牢按住，身体再也挣扎不得。

金翅大鹏雕仰头啼叫了一声，巨喙猛地刺进了蛰木天虫的心脏，谷九空和蛰木天虫同时发出了一声非人非兽的吼叫声。

金翅大鹏雕抬起头，口中衔着一枚浑圆的褐色珠子，珠子上隐隐流动着如同树木年轮一般的光纹。

桃卉儿惊呼道："木灵珠！"

金翅大鹏雕仰头将木灵珠吞入腹中便冲天而起，不再理会犹如一堆烂泥般瘫软在地的蛰木天虫。

金翅大鹏雕在空中盘旋了片刻，睥睨天下的眼神锐利无挡。柳醇清只觉得自己的灵魂似乎都要被金灵的双眼看穿了，金灵拍着翅膀，卷起漫天烟尘，待烟尘散尽后只见一个浑身散发着金色光芒的和尚缓缓朝着仇斯走来。

柳醇清一眼就认出了是金乌洞中盘膝打坐的和尚。

和尚走到了火灵身边，双手合十口诵佛号，然后伸出手按在了火灵的身体上，金色的光晕在火灵身上缓缓流动。金属真灵和火属真灵的气息此刻彼此呼应，无数蛊虫逃也似的从火灵的眼耳口鼻中窜了出来。在金灵的灵气之下，万千蛊虫全部消弭殆尽。

片刻之后，火灵的呼吸逐渐平稳，显然是身体里的蛊虫被全部驱散而出了。

和尚走到仇斯面前，沉声道："我服食木灵珠，伤势不但痊愈，修为也更精进一层。说来全都是拜你所赐，如此你与我之间的恩怨一笔勾销了。"

仇斯道："说到底当日之事错在仇某，若是有朝一日你想报当日的一剑之仇，仇某自当无话可说。"

和尚道："世间之事冥冥之中早有因果，你刺我那一剑便是我的劫，也是我的缘。多亏了那位小施主，令我茅塞顿开，尘缘之事已了，我也该前往灵山参拜佛祖了。"

柳醇清见和尚轻而易举便解了火灵的蛊毒，便拜倒在地，哭道："求大师救救桂青姐姐！"

和尚神情之中似有不忍地说道："若忘山神并非五行灵兽，以她的木精之体实在难以承受金属真灵的气息，若是我强行驱赶她体内的蛊虫，只会是弄巧成拙。"

柳醇清见金灵也无能为力，急得痛哭不止。

和尚见柳醇清心性纯良，并非是奸恶之徒，在金乌洞中窥见的身世此刻倒叫他捉摸不定了，又见一旁的仇斯脸色笃定，心下便已了然。有仇斯在，即便这孩子是个混世魔王也定然掀不起风浪，他忙道："小施主不要太过绝望，若忘山神并非无药可救，若是能有升阳草的话，或许能救她一命！"

桃卉儿恍然大悟，兴奋地说道："升阳草虽早已绝迹江湖，普天之下也只有生死城或许还有一二。"

和尚不置可否，他看了一眼柳醇清，忽然对仇斯说："你有意将这位小施主留在身边，是太过自负还是真的一心求死？"

仇斯盯着桂青苍白的面庞，想伸出手去轻抚她的脸颊，可手终究是在半空之中收了回来，他转头对金灵说道："你也说过，冥冥之中自有因果，你我皆逃脱不得，不如正视宿命来得坦荡。"

和尚自嘲地笑道："如此说来，倒是我着相了。"

恰在此时，柳醇清觉得眼前好像变得有些不同，周遭一切仿佛都镀上了一层薄薄的金光，忽然天上掉下了几片花瓣，他抬起头，看到漫天都是飘落而下的花雨，伴随着阵阵梵音。

仇斯欣慰地对和尚说道："除掉了蛰木天虫，于天下苍生乃是无量功德，看来是西方佛老差人迎你了。"

那和尚双手合十，对众人躬身说道："诸位保重，我会在灵山之上为若忘山神祈福。"

柳醇清虽然因为桂青的伤势而烦恼，却也礼貌地对金灵双手合十，道："多谢大师。"

金灵意味深长地对柳醇清说道："小施主，希望你能固守本真，一心向善。愿此地一别，无再见之日。"

柳醇清只觉得一头雾水，不明白金灵话中的深意。只见金灵的袈裟一挥，现了兽身，金翅大鹏雕化作金光向西而去。

送走了金灵，众人却对桂青的伤势一筹莫展。

桃卉儿见桂青昏迷不醒，但好在身体内的蛊虫却蛰伏不动，这让她放心了不少。她对仇斯说道："桂青姐姐在若忘山中一定有一株本真之体，让她回归本真，可保元神不散。"

仇斯点了点头。

一旁蛰木天虫的尸体随风而散，只留下了谷九空狼狈的样子。谷九空见自己再无可倚仗之物，慌忙跪倒在仇斯面前，求饶道："先生，是我猪油蒙了心，被别人唆使利用。求先生大人不记小人过，饶我一条贱命吧！"

桃卉儿将东引桃杖再度插回发髻了，她甚至连看都不愿意多看谷九空一眼。

仇斯鄙夷道："说出与你传信之人，便下山吧。切记不要再让仇某见到你。"

谷九空如蒙大赦一般，说道："我说，我说！"

柳醇清也饶有兴趣的想听一听，这一直无端制造了数遭变故的人究竟是谁。

这时，一旁的火灵悠悠转醒，柳醇清急忙扶起那只驴子，喜极而泣道："驴兄，你终于醒了！"

那驴子茫然地看着柳醇清，又看了看仇斯，显然不知道发生了什么。

突然驴子打了一个喷嚏，身体里最后一只还没来得及逃窜的蛊虫被这一个喷嚏给喷了出来。

蛊虫像是受了惊吓一般，四处乱窜，因为无法在外界生存太久，它急需寻找寄体的宿主。

桃卉儿把柳醇清挡在身后，蛊虫感知到了桃卉儿身上的毒气，那种感觉令蛊虫不安，而仇斯浑身撒发出逼人的压力，更令蛊虫望而却步。

最终蛊虫发现了谷九空，没有了蛰木天虫的气息，谷九空再也不能随心所欲的抑制蛊虫了。火蛊像是发现了猎物一般，急不可待地向谷九空爬去。

桃卉儿见蛊虫要寄体于谷九空，急忙祭出东引桃杖，簪子大小的东引桃杖如同木锥一般，将蛊虫的尾巴死死钉在地上，蛊虫挣扎了几下便不动了。

谷九空如蒙大赦，衣衫已被冷汗浸透，刚松了口气，就听仇斯咦了一声，接着喊了句："糟了！"

桃卉儿本来还在夸口："区区蛊虫，也敢在姑奶奶面前放肆……"

就见蛊虫断尾逃生，原来适才蛊虫竟是在装死，趁所有人不备之际，竟自断后尾，向谷九空迅速爬去。

仇斯正要出手除掉蛊虫，不料怀中昏迷的桂青仿佛是感知到仇斯的动作，以为仇斯要离她而去，便死死握住了仇斯的手，仇斯叹了口气，道："好，我就在这里守着你，无论那人是谁，都随他去吧。"

眼见着蛊虫朝着自己爬来，谷九空大惊失色，哀嚎着向后躲去，不过一念之间，蛊虫已经爬到了谷九空的身上，他急忙捂住嘴巴，蛊虫却从谷九空的鼻子里爬了进去。

谷九空发出了一声痛苦的怒吼，火竟然从他身体里燃起，冒起滚滚浓烟。变得面目狰狞的谷九空猛然转过头，对仇斯张口说道："那人……便是……是……"

名字还没听真切，就见谷九空整个人都化作了焦炭，风一吹，便碎了一地。

万虫谷历代以蛊虫威震江湖，可到头来最后的传人却死在了一手培育出来的蛊虫之上，不得不让人唏嘘。究竟是人驱使蛊虫，还是蛊虫奴役人，谁又能说得清楚。

仇斯冷哼一声，似乎并不在意那人究竟是谁，抱起桂青向若忘山深处走去。

柳醇清与桃卉儿骑上还有些不明所以的驴子紧随其后，随后在路上把事情的经过给驴子复述了一遍。

在若忘山的腹地，仇斯带着柳醇清与桃卉儿来到了一片开阔之地，只见空地中央生长着一株巨大的桂树，看树龄应该不下百年。树冠遮天蔽日，散发着沁人心脾的香气。

桃卉儿悄声对柳醇清说道："这便是桂青姐姐的本体了。"

仇斯将桂青安放在桂树的树洞之内，桂青安详的样子仿佛睡着了一般。

仇斯俯身对桂青说道："自从冰儿离我而去，我的心也在那一天死去了。这十几年来我不过是具行尸走肉罢了，十几年来你对我的心意我不是不知，只是我不愿再连累你，心死之人哪里还配得上你如此用情？可是到头来还是让你为我受苦。在我身边的人不会有好结果，这是我的命，也罢，十几年前我为冰儿心死，今天我就为你再活一次！"

安置好桂青,仇斯对柳醇清说道:"清儿,我们走吧!"

柳醇清点了点头,问道:"先生,我们去哪?"

仇斯看向若忘山下,眼神里满是对世间的怜悯,他幽幽地说道:"去生死城!"

卷五 剑仙

正午烈日当空,伍宛城内人头攒动。

伍宛城昔日在诸城之中威名远播,全仰仗城主钟虢君治城有方,百姓安居乐业,城中更是一派盛世景象。只是钟虢君一生嗜剑如命,剑法造诣倒也算得上是上乘。十几年前,正是仇斯如日中天之时,一柄天罚剑在手,世间勉强可与其争锋者也不过是"三童""六子"而已。钟虢君每每在江湖中人的口中听闻天罚利刃如何了得,心中便如长满了蒿草一般,日思夜想的便是与仇斯一战。

那一日钟虢君得到探子的密报,仇斯几日前曾在闵阳城内出现,仇斯离开闵阳城后,闵阳城城主身亡。有传言说仇斯便是杀死城主的凶手,而仇斯近日将路过伍宛城。

得到这个消息,钟虢君兴奋得一夜未眠,闵阳城主许临川本是钟虢君的故交,于公于私他都要去会一会这个求死先生。

伍宛城外,十里坡。钟虢君以一柄柳玉剑拦住仇斯去路。

仇斯早听闻伍宛城主钟虢君的贤德之名，只是此时因对剑术的痴迷所以迷了心智。他本不欲与其交锋，怎奈钟虢君苦苦相逼，剑法中处处都是以命相搏的杀招。仇斯无奈出手，钟虢君在仇斯手下未走过两个回合，仇斯双指点在钟虢君的眉心，逼得钟虢君弃剑认输，而仇斯的天罚剑从始至终都未出过鞘。

仇斯走后，钟虢君将此战视为奇耻大辱，用柳玉剑自刎了。

钟虢夫人赶到十里坡时，只看到了钟虢君的尸体。钟虢夫人撕心裂肺的哭喊声甚至在伍宛城内都听得到。

那一日之后，有人说钟虢夫人拿出了已有二十年未现世的八卦龙须帕；也有人说钟虢夫人在十里坡上随钟虢君自刎而死；还有人说钟虢夫人哀嚎之后，便是狂笑，一副癫狂之态，想来是疯了。

传言究竟如何，谁也不得而知。但是可以肯定的是，自从那一天后，伍宛城中便再也没有人见过钟虢夫人，伍宛城也成了无主之城。无奈之下，只得依附临近的闵阳城，成了闵阳城的附属之邦。

本以为伍宛城会就此衰落下去，没想到在闵阳城代城主许临渊的治理之下，伍宛城不但稳定了下来，还繁华盛况尤胜当初。

仇斯一行人刚一踏入伍宛城，柳醇清便被城中富饶兴盛的景象深深吸引了，这和若忘山下的如世外桃源般宁静的小镇相比，伍宛城便像是繁花似锦的人间乐土。

桃卉儿见柳醇清呆呆的样子，掩口笑道："小木头，瞧你那没出息的样子，若是让你尝到了鼎丰斋的桃花酥，只怕你连桂青姐姐的八荒如意果都抛在脑后了。"

听到桃卉儿提到了八荒如意果，柳醇清忍不住又记挂起了桂青。他问仇斯道："先生，既然生死城有医治桂青姐姐的草药，那以先生的行水诀，想必有半日的功夫便能到达，就算是驾驭驴兄，也能朝发夕至，何必要浪费这些时日，以脚力前往？"

仇斯还未搭话，桃卉儿就抢着说："你这小木头，不懂就不要乱说，生死城和一般的城邦不同，每年只有七月初七才会大开城门，一年之中也不过开放半月而已。若是时辰不到，就算神仙下凡也未必能寻得入口。如今离城门大开之日还有半月有余，所以我们才会步行前往。"

柳醇清恍然大悟。

仇斯此时故地重游，心中感慨，当年钟虢君自戕而死，虽然不是死在他的剑下，但仇斯不免也感到些许自责。他对兴致快然的柳醇清与桃卉儿说道："许久未下山了，你们去逛一逛吧，我在前面的'再一楼'等你们。"

柳醇清强压住内心的兴奋，正要开口，桃卉儿却迫不及待地拉着柳醇清向热闹的地方跑去，身后的驴子欢快地嘶叫了一声，正要追赶柳醇清。

仇斯却说道："火灵，你的样子太过招摇，还是跟在我身边，以免招惹出事端。"

火灵无奈叹了口气，低着头跟在了仇斯身后。

集市上，柳醇清几乎被纷乱的人间气息迷了眼，在山上这些时日，仿佛早就习惯那种淡泊如水的日子，此刻下山他才知道，在他的心里始终还是更喜欢这种热闹的氛围。

柳醇清左手拿着一大块桃花酥，右手拿着一串糖葫芦，紧跟着桃卉儿在人群中穿梭，好不自在。

前方不远的地方，一群人围聚在一起，不知在做些什么。柳醇清奋力挤了进去，原来是耍猴的老伯在和几只猴子耍猴戏。精灵古怪的猴子时不时地逗得众人捧腹大笑。

柳醇清也忍不住笑道："卉儿你瞧，这猴子多好玩……"

柳醇清转过身才发现，桃卉儿并没有在他身边，不知何时他与桃卉儿走散了，忙钻出人群，在集市上四处寻找桃卉儿，柳醇清对这里人生地不熟，走散了事小，若是要耽误了先生去生死城，那可就是罪过了。

在集市的巷口，柳醇清茫然四顾。

突然一阵急促的马蹄声传来,只见一群人骑着马疾驰而来。巷口的人群急忙散开,只有柳醇清的心思还在寻找桃卉儿上,对突如其来的变故反映不及。

柳醇清只觉得一阵劲风扑面,他急忙闪开,在地上滚了一圈,堪堪避过骑马的一群人。只是手里的桃花酥碎了一地。

柳醇清站起身来怒道:"你们这些人好没道理,闹市中怎可快马疾行?若是撞倒他人该如何是好?"

为首的人听到柳醇清的怒斥,硬生生地勒住缰绳,调转马头走到柳醇清面前,身后数人也齐刷刷随着领头人一起调转马头。柳醇清见那群人去而复返,不由得心生惧意。

领头人骑在马上,俯视柳醇清,居高临下的样子显得柳醇清更加瘦弱渺小。柳醇清这才发现,这群人都穿着一身洁白的衣服,头上和腰间都系着白色丝带,仿佛穿着一身孝服。

领头人问道:"刚才的话可是对我等说的?"

柳醇清咽了口唾沫,壮着胆子说道:"不错,大叔这样骑马的确太过危险了。"

领头人皱了皱眉,身后一个年轻人怒道:"你这小兔崽子实在不知道天高地厚,竟然教训起我师父?"

年轻人话音未落,只听啪的一声,年轻人的脸颊瞬间肿的老高,显然是被谁扇了一巴掌。

年轻人捂着脸,看了看四周,并没有发现什么人。领头人也是神情凝重地看了看左右。

见没有发现想找的人,领头人朗声道:"在下洛阳金刀门掌门何崇虎,不知是哪路高人在此?"

领头人一连喊了两遍依旧无人现身,年轻人挨了一巴掌,一肚子怒火无处发泄,便迁怒于柳醇清道:"小兔崽子,居然还有帮手在暗中相助,难怪敢对我师父如此无礼。今天不教训你一下，我金刀门今后如何在江湖立足？"

说着年轻人挥起手中的马鞭，朝着柳醇清劈头盖脸地打去。

柳醇清吓得急忙捂住了眼睛，忽然觉得领口一紧，整个人向后飞快地移去。

年轻人一击落空，一时重心不稳跌落下马。狼狈的样子惹得围观的众人一阵哄堂大笑。

何崇虎见门人如此无用，脸色顿时有些难看。

柳醇清睁开眼，只见身旁不知何时站着一位面庞俊朗，身着淡蓝色长衫的男子。柳醇清心下了然，定是这个人救了自己，于是拱手道："多谢大叔出手相助。"

男子微笑颔首，视线却没有落在柳醇清的脸上，而是神色漠然地看着前方。男子质问金刀门众人道："这小童哪句话说得不对？竟惹得你们出手伤人？"

金刀门的年轻弟子怒道："原来是你在搞鬼，你是什么人？竟敢和金刀门作对？"

男子笑道："我是何人？不过是个闲人而已。"

何崇虎见这人能不露痕迹地扇了自己弟子一个耳光，想来一定不是寻常之人，于是拱手道："朋友，大路朝天各走一边，何必要管这等闲事？"

男子极是不屑地说道："闲人管闲事，再合适不过了。"

男子的视线依旧漠然地盯着前方，仿佛对何崇虎视而不见。这让何崇虎大为恼怒，对身边的弟子使了一个眼神。

弟子心领神会，取下背在身后的金刀，举刀便向男子砍去。柳醇清急道："大叔，小心！"

男子微笑着俯下身子，道："小朋友，你的心性如此善良，不如和我做个忘年交如何？"

金刀门的弟子，见那人竟然在此时俯下身，将脖颈暴露在外，不知道是完全不懂功夫还是根本没有把他放在眼里，当下手中的刀朝着那人的脖子全力劈了下去。

　　只听一声金属相击的铿然之声，年轻弟子手里的金刀忽然断成了两截，年轻弟子有些手足无措地看着手中的断刀，这一刀甚至没有触碰到那个男子，便凭空折断了。

　　刀尖在空中飞速旋转，落地时稳稳钉在何崇虎的马前，惊得座下骏马站立而起，险些将何崇虎摔落下去。

　　何崇虎急忙拉紧缰绳，稳住身形，见面前的男子周身包裹着一种无形的气息，这才倒吸了一口冷气道："剑气！"

　　年轻弟子扔下断刀，怒道："你究竟是何方妖孽，居然会使妖法！"

　　何崇虎对弟子喝到："不得无礼！"

　　年轻弟子见师父动了气，只得灰溜溜地上了马不再言语。

　　何崇虎对男子恭敬地说道："是在下有眼不识泰山了，若是今日能与在下一个方便，金刀门上下也会感激尊驾的大恩大德。"

　　男子冷笑道："若不是你们为难一个孩子，我也懒得与你们多费口舌。"

　　何崇虎说道："那就多谢了，就此别过。不知阁下如何称呼？"

　　男子道："我本是该死之人，只有死人才能问我的名字，你真想知道吗？"

　　何崇虎慌忙摆手道："是在下唐突了。"说着便要带着弟子离开。

　　男子忽然道："且慢。"

　　何崇虎背后一僵，转身问道："尊驾还有何指教？"

　　男子转头往柳醇清的方向看了一眼，然后对何崇虎说道："刚才这童儿手中的吃食都是因为你们才掉落的，你们理当赔给这童儿。"

　　何崇虎擦了擦头上的冷汗道："对对，该赔，该赔！"说着翻身下马，从怀中掏出一锭足有十两重的银子递给了柳醇清。

柳醇清接过银子，为难地说道："大叔给的太多了，一个桃花酥才几文钱，我可没钱找给大叔。"

何崇虎忙道："小公子言重了，今日能见到二位的风采，这就不止十两银子了。"

柳醇清推脱不过，这才勉强收下银子。何崇虎带着弟子逃也似的离开了巷口。

男子也不理会金刀门的众人，拉着柳醇清走到了鼎丰斋，买了两块桃花酥，两个人坐在路边美美地吃了起来。

柳醇清吃完桃花酥才猛然想起来自己应该去找桃卉儿，男子此时也站起身来，拍掉手上的残渣道："小兄弟，今日能和你相遇是你我的缘分，只是你的性子太过纯良，在这乱世之中会吃亏的。若是以后有缘再见，我教你几招防身的功夫吧。"

柳醇清忙躬身行礼道："多谢大叔，若是他日再见，小子一定和大叔学一学那能把刀弄断的功夫。"

柳醇清再起身的时候，男子已然在数十丈之外了，只听男子笑道："那就一言为定了。"

就在柳醇清还有些茫然的时候，一只手拍在了柳醇清的肩膀上，只见桃卉儿怒气冲冲地问道："你这小木头，死去哪里了？让姑奶奶我好找。"

柳醇清不敢把金刀门的事情说给桃卉儿听，否则以她的性子，一定会毒死那群人。柳醇清只说是遇到了一位大叔。

桃卉儿顺着柳醇清手指的方向，看到了男子的背影。

桃卉儿心中一惊，她在心中暗道：这个人的背影怎么那么像他！

伍宛城中，最负盛名的馆子便是这再一楼，但凡是食客能叫得上名字的菜，这里的厨子都做得出来，味道甚至比记忆中的还要美味几分。

仇斯只吃了几样素食，柳醇清却对腥膻油腻的肉食来者不拒，桃卉儿虽然不喜欢人间食物，却也乐得陪着柳醇清大快朵颐，看着他们吃的如此欢快，仇斯也忍不住露出了怜爱的笑容。

就在这时，小二引着一个中年男子上了二楼，这人生得高大，眉如利剑，目似朗星，只是一道从鼻梁到腮下的伤疤斜着将一张俊秀的面庞一分为二，有一种说不出的狰狞可怖。腰间悬着一柄佩剑，剑鞘光可照人，想来定是经常擦拭，可见其爱惜的程度。

那人在离仇斯等人很远的一张桌前落坐，眼神却一直盯着仇斯不放。

桃卉儿看到了那个人，有些意外地说道："应不识？"

仇斯喝了一口茶，问道："哦？你也认得他？"

桃卉儿撇了撇嘴说道："这人好不要脸，当年死缠烂打求爷爷赐给他一副能复明的药，去救他瞎了眼的主人。"

柳醇清的口中还塞着一个鸡腿，他含糊地说道："那你爷爷给他药了吗？"

桃卉儿摇了摇头说道："爷爷看到他脸上的伤疤时，就知道这个人的主人他救不了了。爷爷怕他像狗皮膏药一样阴魂不散，就带着我东躲西藏了几个月，这才甩掉这个人。要是依着我，就算他有十条命也毒死了。"

柳醇清疑惑道："既然救不了就算了，为什么要逃呢？"

桃卉儿冷哼道："爷爷说应不识不可怕，他忌惮的是应不识背后的那个主人。"

仇斯沉声说道："老祖不救他，是因为老祖一眼就认出了这个人的伤疤是天罚剑所伤，我只是没想到'千面玉郎'应不识还活着。"

桃卉儿哈哈笑道："'千面玉郎'？这丑八怪也能称得上是'玉郎'？你这烂木头挖苦起人来，简直比姑奶奶我还要刻薄几分。"

桃卉儿的笑声引得众多食客纷纷侧目，只有应不识不为所动。

仇斯摇头道："十几年前'千面玉郎'应不识和'一剑遮天'原有意，乃是一对江湖上人人得而诛之的采花大盗。原有意的剑术庞杂，但是天赋极高，一柄遮天剑也算得上是登堂入室，而应不识的剑术虽不及原有意，但是其易容之术乃是一绝，若是不听声音，不辨动作，单以相貌来看，即便是亲近之人也难分辨真伪。

"那时江湖传闻有人在江南见到我出手伤人，可当时我正在塞北，等我赶到江南，多方打听才知道冒充我之人早已离开，我巡弋了方圆数十里，依然毫无头绪，心中燥怒难耐之时，在会稽山遇到了金翅大鹏雕在攻击两个凡人。

"我本以为是金灵逞凶，于是天罚剑怒吟出鞘，金灵被剑气所伤。被我出手相救的二人向要道谢，我发现其中一人竟然和我长得一模一样，那两人面面相觑。我这才知道，这二人就是我苦苦寻找的冒充之人，想来金灵定是撞见了这二人的恶行，这才出手意欲除害。原有意仗着自己剑法超群，本欲趁我错愕之际取我性命，可在天罚剑之下，他的一剑遮天简直如同儿戏。我一剑斩杀了原有意，本欲再取应不识的性命，天罚剑挥出，剑势已老，应不识的性命已在顷刻之间，但是突如其来的一道剑光硬生生地将天罚剑气抵挡了十之八九，余势仍将应不识的脸刺伤，他重伤倒地，生死不知。

"我心中大怒，本想连同那道剑光的主人一同击杀，直到看到那人手中的'春水柔'我才知道，原来那个人就是'快剑仙'云中傲。'一佛双耳三剑仙，兽语屠戮桃花签'，得见六子之中的快剑仙即是平生幸事，又激起了我心中求死的欲望，若是能死在快剑仙的剑下，这才是死而无憾。

"快剑仙质问我为何要滥杀无辜，我不屑辩解，提剑便要和快剑仙以命相搏，快剑仙从容应战，此时他方才认出天罚剑，虽然面带惊讶却毫无惧色。那一战简直酣畅淋漓，云中傲是我平生仅见的对手，两百招之内云中傲未露败相，春水柔在天罚剑下更是丝毫不落下风。可春水柔终是人间凡铁，两百一十三招之后，天罚剑一剑抵在了春水柔的剑尖之上，将春水柔从中一分为半。天罚剑气刺伤了云中傲，我慌忙收手，心中暗道可惜。

"重伤之下的云中傲仍不忘将生死不明的应不识带走，我看着两个人离去，心中的戾气没由来地暴涨，我心中暗惊，想来自己怕已被天罚剑的戾气支配,眼见着便要坠入魔道。就在这时,我听到了一声佛号,说来也怪,我心中的戾气竟然被这声佛号隐隐压制了下去。一个和尚骑着一只奇怪的坐骑从会稽山深处而来。当时我并未认出来者何人,只是从坐骑上传来了浓重的土灵气息让我惊讶不已,寻常土灵之气远不如这怪兽雄浑,只见那怪兽虎头、独角、犬耳、龙身、狮尾、麒麟足,又似龙非龙、似虎非虎、似狮非狮、似麒麟非麒麟、似犬非犬。没想到那竟然是土灵之祖——谛听。我这才意识到那和尚原来是地藏菩萨。地藏菩萨以佛法愈合了金灵的伤口,只是金灵的灵珠被天罚剑打碎,愈合灵珠非一朝一夕之功。我心魔已生,虽然知道眼前就是地藏菩萨,却仍杀机四起。谛听早已感知到我的杀气,以身护住地藏菩萨。我虽知谛听是土灵之祖,却还不将它放在眼里。地藏菩萨慈悲为怀,不愿见我坠入魔道残害苍生,便以佛门至宝菩提木相赠,由此我心中的戾气才被菩提木压制了下去。

"也正是自那一天起,我舍弃了天罚剑。谛听在地藏菩萨耳边耳语了片刻,地藏菩萨便告知我,若忘山乃是金灵之祖石化的所在,若是将金灵带去若忘山,或许能以金灵之祖的气息愈合金灵珠。"

听完仇斯的话,柳醇清惊讶不已,他想到了金乌洞里的那个和尚,又想到了那一晚和凌若虚交战之时,从幽冥大门里传来的慈悲之音。想不到仇斯与地藏菩萨、金灵和云中傲还有这样的渊源,那坐在不远处的应不识来此只怕是为了寻仇吧。

柳醇清吞下一颗鹌鹑蛋后,对仇斯说道:"先生,那个大叔来者不善,不如我们早点走吧。"

就在这时,楼梯上传来一阵急促的脚步声,一群身着缟素的人涌进了二楼,食客们见来者个个凶神恶煞,纷纷结账离去。

柳醇清定睛一看,为首的一人不是旁人,正是金刀门的掌门——何崇虎。

柳醇清误以为这群人是来找自己麻烦的,吓得急忙把头低下。

何崇虎却径直走到应不识的桌前,怒喝道:"你果然在这里,不枉我千里迢迢赶到伍宛城，阁下可认得我？"

应不识看了一眼何崇虎，道："不认识。"

何崇虎狂笑道："你可还记得十三年前金刀门的掌门何崇蛟，我便是他的弟弟何崇虎！"

应不识身躯一震，显然记起来了。

何崇虎继续怒斥道："十三年前，你易容化作我兄长的模样，与原有意骗走了金刀门账面上的几万两银子，又侮辱了我嫂嫂。事后我兄长回来之后，才真相大白，嫂嫂羞愤交加自缢而死，哥哥在驿站将你二人拦下，可惜双拳不敌四手，死在了原有意的剑下。这十几年你过得安逸，可想过血债还需要血来偿！"

应不识看了一眼仇斯，低声说道："该来的迟早要来，应不识等这一天已经好久了。"

何崇虎取下背上一把金光闪闪的刀，金灿灿的刀锋闪烁着逼人的寒意。

桃卉儿饶有兴趣地说："竟是'金背开明刀'！爷爷说过，此刀乃是取上古神兽开明兽的兽骨锻造的，两百年前金刀门凭此刀威震江湖，当时的高手以此刀尚能召唤出开明兽封印在兽骨之内的神识，神兽凶威之下罕有敌手。可是如今的后人所继承的刀法尚且不足前人的十之二三。"

何崇虎此时虎目含泪，悲愤道："自兄长被你们二人杀害至今，我金刀门一日未曾脱下缟素，如今仇人相见，就算倾金刀门满门之力，也要报杀兄辱嫂之仇！"

言罢，何崇虎大喝一声，提刀相向。何崇虎所使的乃是大开大合的刀法，一刀劈出绝无半点回转的余地。应不识却依然坐在桌前，稳如泰山。

金背开明刀眼见着就要砍在了应不识的头上，刀刃的破空之声，连柳醇清都听得到。他吓得一声惊呼，急忙捂住了眼睛。

只见应不识迅速从桌上的筷筒之中抽出两根筷子，两根筷子交错，硬生生夹住了何崇虎这石破天惊的一刀，应不识借力卸力，手腕一翻，何崇虎的刀便重重地落在应不识身边的地板上，霎时间木屑翻飞，再一楼的二楼险些被这一刀震塌，一楼的食客纷纷逃窜，掌柜和伙计躲在柜台里不敢露出头来。

何崇虎也被这一刀的力道带着跌落在地，他狼狈起身，手里的刀却不复刚才的气势。这一来一回之间不过片刻，却高下立分。

金刀门的弟子见掌门如此狼狈，心下已经了然，就算在场所有人围攻应不识也未必能讨得好处，可是掌门已经立下重誓，若就此离去，金刀门势必会颜面扫地。就在犹豫不决的时候，一名弟子发现了柳醇清，他左右四顾，并未见到市集上相助柳醇清的男子，便放下心来。

年轻弟子走到柳醇清身边，轻蔑地笑道："小东西，真是冤家路窄，刚才我们着急赶路，才没教训你们，现在我要让你知道什么是天高地厚。你的帮手呢？快叫他出来，免得别人说我以大欺小。"

柳醇清硬着头皮说："这位大哥，我和那位先生萍水相逢，哪里是我的帮手。"

年轻弟子大喜，既然他们彼此并不熟识，那此刻就更无须顾忌了，当下举起刀冷笑道："既然你不愿让那人出来，相比是对自己的功夫有十足的把握，那就别怪我了！"说着，手中的金刀就冲柳醇清劈来。

仇斯摇了摇头，桃卉儿眼疾手快，一手抓住了刀背，年轻弟子只觉得一股雄浑的力道挡住了刀势，再也无法向下分毫。他还没来得及心惊，就发现那一柄削铁如泥的金刀如同寒冰遇到火焰一般，在桃卉儿的手中缓缓融化。

年轻弟子吓得急忙扔掉仅剩的刀柄，可手掌仍感觉到一阵又麻又痒的感觉，一瞬间黑气自手掌蔓延到了全身。

身边的另一名弟子打算出手相助，黑气瞬间连同那名弟子一并包裹住。

何崇虎大惊失色，急忙挥起金背开明刀，刀刃左右一分，顷刻间将两名中毒的弟子拦腰斩断。

柳醇清急忙捂住嘴，险些将刚才吃进去的食物都吐了出来。

桃卉儿笑道："何掌门好凌厉的刀法，砍对手虽说还欠点火候，砍自己的弟子倒是炉火纯青！"

何崇虎被说得面红耳赤，怒道："臭丫头，你是什么人？手段竟如此毒辣！"

桃卉儿冲何崇虎吐了吐舌头说："我偏不说，你能拿姑奶奶怎么样？"

何崇虎愤怒至极，对身边的弟子使了眼色，弟子心领神会，举起刀便要将桃卉儿剁成肉糜。

只听嗖的一声，应不识甩出手中的筷子，两只筷子如同梭镖一般，钉在了金刀门弟子的刀身上，竹子做的筷子竟然贯穿了金刀，足见这手投掷功夫的力道。

应不识平静地说道："若是连花童都认不出，金刀门的气数也该尽了。"

"花童"二字像一道惊雷在金刀门众人的脑子里响彻。何崇虎想对花童作揖赔礼，又觉得折辱了自己掌门的身份，他甚至不敢问一问坐在一旁不为所动的仇斯是何人。

何崇虎只好硬着头皮不去理会桃卉儿，转而对应不识说道："我已说过，就算赌上金刀门满门的性命也要将你擒杀在此处！那个兔爷儿原有意在何处，为何不一同来此受死？"

应不识微微皱眉，语气中难掩悲痛，道："已死之人，何必还要这般折辱？"

何崇虎笑道："果然苍天有眼，那等淫贼死有余辜，只是死得太过干脆，我在此立誓，无论原有意埋在何处，我都要将他从坟墓里掘出，在正午烈日之下暴晒鞭尸！如此才能解我心头之恨。"

应不识气得双手握拳浑身发抖，双眼布满血丝。何崇虎暗喜，刚才一个照面他便知晓应不识的功夫远在自己之上，所以他有意出言激怒于他，欲趁他心性大乱之时寻找取胜良机。

应不识身影一晃，除了仇斯和桃卉儿，在场之人均未看清应不识的身法。再落座之时，一名弟子的金刀已经在应不识的手中了。

何崇虎忙退后了一步，以刚才的轻身步法来看，应不识不仅手上的功夫了得，轻功更是令何崇虎望尘莫及。

若是刚才应不识袭击何崇虎，他已无招架之功。想到这儿，何崇虎不觉冷汗涔涔。

桃卉儿拍手笑道："金刀门这群三脚猫功夫的混蛋终于惹怒那个丑八怪了！"

金刀门众人如临大敌，应不识却横刀将右手手掌齐腕斩断。

应不识微哼一声，额头冷汗密布。

柳醇清不忍再看，别过头去，桃卉儿却大感意外。

应不识忍痛道："应不识还有重任在身，暂且以右手相抵，虽然不能偿还昔日罪孽万一，但应不识保证，只要事一了，定会在令兄墓前自裁以谢罪。"

何崇虎的脑中闪过万千念头，此时乃是击杀应不识的绝佳时机，只是旁边还有花童，特别是仇斯让他摸不清底细，从此人身上散发出的气势远远高于应不识，若论年纪此人绝非"三童"中的任何一人，莫非是"六子"之一？

想到这儿，何崇虎更加不敢轻举妄动，金背开明刀将应不识的断手砍成肉酱，愤恨道："好，我就信你一次，若是你胆敢食言，就算追至天涯海角我也要杀了你！"

让金刀门众人闹了一通，再一楼早就没了客人，仇斯望着远去的一行人，心中感慨万千，自己隐居避世了十年，如今的江湖难道尽是沽名钓誉、欺世盗名之徒？

许久，仇斯才从追忆之中回过神来，他对柳醇清说道："清儿，吃饱了吗？吃饱了的话我们该上路了。"

柳醇清早就想走了，急忙点头。桃卉儿还想看戏，颇为不情愿地起身随着仇斯一起离开。

路过应不识的身边，仇斯看也未看他一眼。

应不识微微动容，想要和仇斯说些什么，却终究什么也说不出口。

一路上应不识就像是不散的阴魂，紧紧尾随在仇斯一行人的后面，如影随形。

空气里弥漫着淡淡的血腥味。柳醇清倒还好，只是嗅觉灵敏的火灵就有些不太自在了。

桃卉儿回过头，远远还能看到在后面苦苦尾随的应不识，只是手腕的断口处还有鲜血在向外流着。她冷哼道："这家伙也不知道还有多少血可以流。"

仇斯摇了摇头，似有不忍般说道："放不下的不是曾经，而是心中的执念。我尚且如此，又何况他人。"

说着，仇斯看了一眼火灵说道："加快些脚力，不要让已经不相干的人再卷入这波澜中。"说罢，行水诀如风似幻，转眼间已看不到了踪影。

柳醇清和桃卉儿急忙翻身骑在火灵的背上，火灵发出一声欢快的嘶鸣，四蹄翻飞去追赶仇斯。

如此走走停停，终于甩掉了应不识。过了半月有余，仇斯一行人行至离生死城三十里处的一座药王庙前，已是入夜，于是众人商议在此休息一晚。

仇斯带着桃卉儿和柳醇清走了进去，里面只有一间正殿，供奉着一座不知名的石像，旁边还有跪卧着一只似鹿非鹿的奇兽。

虽然里面空无一人，倒是干净整洁，应是常有香客来打扫。

柳醇清围着正殿里的石像转了几圈，挠挠头："奇怪，这塑像不是药王孙思邈？"

桃卉儿笑道："小木头，莫说是你，普天之下知道这个人的也不出十人。"

柳醇清挠了挠头道："卉儿，你就别卖关子了，快告诉我他是谁吧！"

桃卉儿见柳醇清憨憨的样子，忍不住发笑道："看你这么有诚意，我就告诉你吧！这个人就是黄及老祖！"

柳醇清回忆了片刻，似乎从未听说过这个人，便问道："这个黄及老祖有何过人之处，能被称为'药王爷'？"

桃卉儿道："此人有何能耐连我爷爷都不知道，但是此人有两个徒弟，一个叫做'百生大帝'，另一个叫做'百杀大帝'。"

柳醇清惊道："生死城的生杀二帝？难怪，难怪。"说着柳醇清一指旁边的兽石像问道："那个又是什么？"

桃卉儿支支吾吾好一会儿，也说不出个所以然来。

仇斯接口道："那是'缩地兽'，其脚力之快远在行水诀之上，走遍天下不过须臾之间，有缩地成寸的本事。"

就在仇斯随口讲述着江湖上一些逸闻趣事之时，桃卉儿见供桌上的蜡烛火光不住摇曳，显然是烛火受到杀气的影响变得摇摆晃动，正要出言提醒仇斯，就见仇斯神情凝重地望向窗外。

柳醇清见仇斯和桃卉儿突然变得沉默了，一时之间有些不明所以。本来在庙外卧倒酣睡的火灵此刻如临大敌一般，不住嘶鸣。

仇斯蓦地睁大了双眼，脱口道："小心，有人来了！"

柳醇清还未见过仇斯这般紧张，正要问来人是谁，只见庙门被一股巨大的力道撞了开来。一个身穿夜行衣，面部蒙着黑布的人如同鬼魅一般钻进了药王庙里。来人手持一柄精致古朴的短剑，二话不说直奔仇斯面门刺去。

仇斯也不敢托大，忙向后飞身跃去，避过了这凶险的一剑，随即手腕一翻，拔出了无争剑。

黑衣人似乎全然无惧仇斯手中的无争剑，剑法依旧凌厉狠辣，仇斯从容应对，只是那人的剑法甚是高明，一时半刻也看不出谁在上风。

药王庙内本就狭小，仇斯时刻顾忌柳醇清的安危，无法完全施展剑法，即便如此，仍与黑衣人斗得难解难分。

桃卉儿在暗中时刻观察黑衣的身形步法，东引桃杖在她的手中早已跃跃欲试。

只有柳醇清最为痛苦，不仅双剑相击的声音几乎将他震得晕厥过去，从黑衣人的剑法中迸射而出的剑气已经刺破了他的衣衫，剑劲扑面如同刀刮一般疼痛。

黑衣人见仇斯的剑法毫无破绽，短时间内难以取胜，便再不做纠缠，欲抽剑退出缠斗，余光一扫，见在场之人只有柳醇清的修为最差，便提剑欲取柳醇清的性命。

仇斯见此人不仅剑法毒辣，心肠却比剑法还要歹毒，便怒喝道："放肆！"

无争剑顿时剑气暴涨，黑衣人横剑抵挡，剑气余势仍将黑衣人肩膀刺穿。

黑衣人闷哼一声，此时已无心恋战，便要抽身离去。

桃卉儿却悄无声息地拦在了庙门之前，东引桃杖横在胸前，打算将黑衣人拦下。

黑衣人见桃卉儿在前，仅露出的双眼之中满是不屑的目光，挥起短剑便砍向桃卉儿。

仇斯喊道："卉儿姑娘，不可接剑，快闪开。"

桃卉儿对仇斯的话置若罔闻，东引桃杖与黑衣人的短剑轰然相击，东引桃杖瞬间变得粉碎，以桃卉儿的本事尚且无法承受这一剑的力道，整个人飞了出去，重重地撞在了墙上，喷出一口血雾。

黑衣人有片刻的错愕，刚才那一剑砍在了东引桃杖上，竟然没有感觉到什么阻力，似乎斩在一团棉絮之上，但东引桃杖破碎后却散发出一股奇异的香气，黑衣人不敢多做思虑，飞身逃出药王庙，堪堪躲避火灵在庙外蓄势待发的一击，消失在浓浓的夜色之中。

黑衣人出手果决狠辣，一击不成便抽身离去，绝不拖泥带水，不难看出这人是个危险且难缠的角色。

桃卉儿跌坐在地上，柳醇清忙跑去察看她的伤势，桃卉儿虽口中血流不止，可眼神中笑意大盛。见到柳醇清慌张的样子，便再也忍不住，哈哈大笑。柳醇清急忙用手摸了摸桃卉儿的额头，担忧地说问道："先生，莫不是刚才黑衣人的一剑伤了卉儿的神智？哪有人中了一剑还能笑出声的？"

桃卉儿打掉柳醇清放在她额头上的手，笑骂道："小色鬼，总是想着占姑奶奶的便宜。"

柳醇清长出了口气，说道："没事就好，刚才那个人究竟是什么人？为什么一见面就要对我们痛下杀手？"

桃卉儿笑道："连姑奶奶的东引桃杖都不放在眼里的人，左不过就是'六子''三童'中的一个！"

柳醇清本来还在为东引桃杖被黑衣人毁掉而惋惜，此时却发现东引桃杖正插在桃卉儿的发髻里，那刚才被黑衣人击碎的又是什么？

仇斯见桃卉儿的伤势并不致命，也放下心来。刚才短短数个回合，黑衣人的剑法虽然不如快剑仙灵活百变，却胜在狠毒决绝，每一招剑势都没有多余花哨的繁杂，剑招所及都是仇斯的要害。仇斯忘记有多久没有体会过这种酣畅淋漓的感觉了，就连此刻的无争剑也隐隐颤抖不止，显然是兴奋至极，这对他来说好像是前世的记忆了。

望着黑夜，仇斯喃喃地说道："好毒辣的剑法，好一个'绝剑仙'！"

柳醇清大惊，刚才那个黑衣人竟然是当世三大剑仙之一的绝剑仙。绝剑仙因绝少与人比斗，加之剑法狠辣决绝，剑下鲜有人活命，是以江湖上见过绝剑仙的人少之又少。

桃卉儿脸色惨白，却难掩笑意地说道："中了姑奶奶的'香消玉殒'，就算是神仙只怕也要绝迹江湖了。"

柳醇清忽然想到，刚才被绝剑仙砍断的乃是桃卉儿用毒所化的东引桃杖，难怪一击便碎。柳醇清暗暗咋舌，桃卉儿用毒的手段实在是出神入化，令人防不胜防。

说罢，桃卉儿又吐了一口血。仇斯担忧道："刚才那一剑怕是伤了心脉。"

柳醇清忙道："先生，那卉儿岂不是命不久矣？"

桃卉儿气得骂道："小木头，你咒姑奶奶是不是？再过三十里就是生死城，有百生大帝在，就算姑奶奶被绝剑仙砍掉头颅他也有办法救活我。"

仇斯点了点头道："事不宜迟，我们现在就上路。"

天边已泛起鱼肚白，而生死城郊外的官道上往来的人已经络绎不绝，路人中大多都是乘坐马车或滑竿，都是一些气若游丝的患病之人，不用猜也知道这些人定是去生死城向百生大帝求药的病人。

仇斯与柳醇清往来其中毫不起眼，只是那驴子如同火焰一般的皮毛甚是惹眼，但行人本就连自己的生死都未可知，谁还会去在意那些和自己不相干的奇人异兽呢。

行至正午，烈日当头，柳醇清早已满头大汗，口渴难耐。

路旁有一处简陋的茶摊，仇斯要了三盏凉茶，几个包子。柳醇清如蒙大赦一般，大口喝茶，桃卉儿对淡茶和包子都不感兴趣，反而对茶摊的主人更加留心。

茶摊的主人是一个优雅的女子，虽不施粉黛，却别样动人。和桂青那种出尘仙子一般的清幽相比，茶摊的主人却多了一丝说不出的冷艳。

茶摊主人似有愧疚般说道："我这茶摊太过简陋，平日这路边虽人来人往，光顾这里的人却很少，随意准备的茶饭也过于简单，真是怠慢几位贵客了。"

仇斯淡淡回应道："无妨。"

桃卉儿咳嗽了两声，忽然问道："姐姐将这茶摊摆在生死城的官道旁，难道也是向百生大帝求药吗？"

茶摊主人笑道："这位客官说笑了，百生大帝何等尊贵，我何德何能，哪有有这样的荣幸一见百生大帝呢？像我这样卑微之人，除了自生自灭哪还有别的打算。"

柳醇清微微皱眉，听这女子话中的弦外之音，似乎对百生大帝颇有微词。

桃卉儿意味深长地说道："可惜，可惜了。"

柳醇清休息好了，仇斯一行人重新上路。

不过多时，从身后传来一声虚弱的喊声："求死先生，且慢。"

只见应不识面无血色地出现在了仇斯一行人的后面，手腕的断口处只是胡乱地用布条包扎，血还在不断向外渗着，看来是急着追赶仇斯，顾不得找医馆医治。

仇斯转过身，殊无多余的情感，问道："有何赐教？"

应不识嘴唇已经发紫，断断续续地说道："不……不敢，在下此来是有一件公事和一件私事。"

仇斯不以为意地问道："哦？"

应不识道："前几日我家主人收到一封秘信，信上说先生不日将前往生死城求取升阳草，送信之人在信上说愿和主人共同拦截先生，取先生的首级和天罚剑。"

仇斯笑道："无论送信之人是谁，他都小看了仇某，更小看了快剑仙！"

仇斯早已猜到，应不识的主人便是快剑仙云中傲。

应不识面露赞许道："不错，主人当下将秘信毁掉，信上所说之事全然没有理会。只是还有一人也看到了秘信，接着便不见了踪影，那人便是绝剑仙。主人说先生去往生死城必然经过伍宛城，所以命在下在伍宛城等候先生，提醒先生务必要提防绝剑仙。"

仇斯点头道："绝剑仙剑术奇绝诡辣，仇某已领教过。不知阁下的私事又是什么？"

应不识忽然单膝跪倒在地，含泪道："应不识昔日罪孽深重，本应是先生的剑下之魂，十几年来苟且偷生，一来是报答主人当日的救命之恩，二来便是赎当年罪过。这十几年来在下行走江湖惩恶锄奸，再未做过一件伤天害理之事，但这并不足以弥补当日罪过的万一。多少次在下本想自行了断,免得让在下这样的人污了这世道,只是在下和原有意乃是八拜之交,情同手足。在下与他做尽恶事,本死不足惜。可一想到他惨死在先生剑下,而在下却不能为他报仇,便自觉无颜在九泉之下与他相见。所以今日斗胆,以原有意的'遮天剑'为他报仇,望先生成全。"

桃卉儿在驴子的背上,笑道:"哪有人找人寻仇还希望仇家成全的?"

仇斯却开口道:"既然如此,仇某成全你便是。"

应不识重重在地上磕了一个头,道:"多谢先生!"

应不识缓缓站起身来,用仅有的左手拔出遮天剑,自打原有意被仇斯一剑斩杀在会稽山,应不识重伤之际却只能带走这一柄原有意的随身佩剑。

这柄遮天剑已有十几年未出鞘,此时出鞘并没有发出脆响的剑吟之声。遮天剑当日被天罚利刃的戾气所侵,如今剑身已经变得锈迹斑斑,再无往日光辉。

这些年应不识追随快剑仙,耳濡目染虽只学到了快剑仙剑术中的皮毛,可放眼江湖已经是一等一的高手,就连当日的原有意也不及此时的应不识。应不识似乎早就知道遮天剑会变成这个样子,他拿起遮天剑,摆出一个起手式,这并不是快剑仙的剑法,而是原有意的剑法。应不识欲以原有意的剑法为他报仇,可见其决心。

仇斯负手站立,并没有拔出无争剑。

应不识双脚蓄力,奋力蹬踏,整个人如同豹子一般,飞快地向仇斯重来,因用了内劲的缘故,手腕的伤口又止不住地滴血。

柳醇清急得大喊道:"先生,快出剑啊!"

但接下来的一幕让柳醇清瞬间呆了,因为原本已经腐朽的剑身还未刺破仇斯的衣衫,就被仇斯的护体真气震得粉碎,就连遮天剑的吞口都化作了齑粉随风四散。

应不识突然泪流满面的跪倒在地,口中哭喊不止,似乎要将这十年来的心结连同这泪水一同发泄出去。

桃卉儿冷哼一声，别过脸去。这世间再也没什么能比一个男人的泪水更能令人动容了。

应不识的手腕上，血流如注。他站起身，似乎比刚才更加虚弱了。他对仇斯拱手道："先生，在下十几年的执念终于可以放下了，主人所托之事也已经完成，在下这就去金刀门自行了断，为当年的罪孽做个了结……"

应不识话音未落，一柄短剑自身后刺穿了他的胸膛。应不识弥留之际看到了身后那人的脸，临死之前他用尽最后的力气说道："先生，小心……"

一个女子冷冰冰地说道："如此无用之徒，活在世上也只会拖累旁人。"

柳醇清定睛一看，杀了应不识的人竟是茶摊主人。

仇斯带着一丝不忍说道："既然他已经痛改前非了，你为什么还要杀他？即便是死也应当遵从他的意愿。"

茶摊主人抽回剑，倒竖于身侧，大笑道："这句话从求死先生的口中说出真是让人惊讶。"

柳醇清见应不识被她如此残忍杀害，而她却面不改色，于是愤怒道："伤人性命这样的恶行竟然是出自如此清秀的女子之手，也是够让人惊讶的。"

听完柳醇清的话，茶摊主人流露出了些许哀伤，她摸着自己的脸颊，问道："小娃娃，你也觉得我貌美吗？就算天下人都觉得我貌美又有何用？唯独他看不见！"

柳醇清有些摸不着头脑，"他"又是谁？

仇斯接口说道："若是天下人知晓当世三大剑仙之一的'绝剑仙'竟然是个女子，就算再貌美如花，可看在天下人眼里也只有冷峻的剑锋吧。"

茶摊主人莞尔一笑说道："原来先生已经知道奴家的身份了，奴家千江月，这厢有礼了。"

仇斯道："仇某也没想到神龙首尾的绝剑仙竟是看起来如此清秀娇弱的女子，只是你手中的'离恨天'乃是当世罕见的神兵利器，家师曾经偶然提起过，仇某一直铭记在心。"

千江月目光灼灼，怒道："离恨天又如何？依然无法取先生的项上人头。"

仇斯叹了口气说道："仇某和快剑仙虽只有一面之缘，但仇某视他为平生知己。你是他的近人，仇某不愿为难与你。药王庙一战你应该知晓，凭你手中的剑还无法胜过仇某，不如就此离去如何？"

千江月神情不屑地说道："盛名之下其实难副，没有天罚剑的求死先生也不过如此。若是今日奴家拼死一战，未必不能如愿。"

桃卉儿此时伏在驴子背上，笑道："绝剑仙果然名不虚传，能以真气压制住'香消玉殒'。只是不知道姐姐能坚持多久，姐姐可知此毒怪就怪在无药可解，寻常之人若是身中此毒毫发无损，但功力越是深厚之人，越会激发毒性，毒性会随着真气内劲侵入心脉。姐姐被奉为剑术至尊，武功修为已臻化境，到时候只怕姐姐真的就香消玉殒了。"

千江月笑道："小小花妖，这等微末伎俩能奈我何？待我杀了你们，再将毒气逼出体外也不迟。"

仇斯平静地说道："仇某一生虽树敌无数，可不知何故与阁下结此仇怨，惹得阁下要以命相搏？"

千江月杏目圆睁，含泪怒道："你可还记得在会稽山被你刺伤的快剑仙？他就是我的夫君。"

仇斯微微动容，良久才说道："那一剑本是仇某平生之憾。"

千江月骂道："好一个道貌岸然的伪君子，你可知当初那一剑伤了他的双眼，从此他再也看不到我的样子了，我的一颦一笑再也不能映入他的眼，这全都是拜你所赐！"

仇斯许久才沉吟道："如此说来，阁下向仇某寻仇倒也理所当然。"

千江月冷哼一声道："受死吧！"说着离恨天呼啸着刺向仇斯。

仇斯见千江月剑势惊人，无争剑倏然出鞘，驴子感觉到了无争剑和离恨天所激发出的撼人心魄的气势，急忙驮着柳醇清和桃卉儿远远避开仇斯和千江月。

没有了顾忌,仇斯方展现出令千江月心惊的实力。千江月的离恨天虽然招招直奔仇斯要害,剑法刁钻狠辣至极,奈何仇斯与无争剑浑然一体殊无破绽。

千江月一声暴喝,离恨天剑身未变,但剑势却暴涨了几分。仇斯心中一动,剑势脱离剑体,便是剑气,绝剑仙虽然未修炼出剑气,但从这暴涨的剑势来看,假以时日剑气可成。

一旁观战的柳醇清抬起头,刚才是还是烈日当空,转瞬间便阴云密布,官道之上飞沙走石。他心中骇然,这个看似柔弱的女子竟然有如此能耐,让天地都为之变色。

千江月手中的离恨天上下翻飞,力道比刚才似乎更加重了几分,将仇斯逼得连连退后。离恨天所过之处寸草不留。

柳醇清暗暗咋舌,好一个绝剑仙,若是那几剑刺向自己,此刻或许早就死无全尸了。

桃卉儿更是惊讶,千江月如此催发内劲,却仍能将身中的剧毒压制在体内的某一处穴道之上,这样的修为难怪可以和仇斯齐名。

仇斯连退数十步,面色却依旧淡泊如水,招式未见一丝慌乱。千江月不禁大怒,仇斯的剑法之中不但没有一式进攻的剑招,反而处处忍让。

千江月生性偏执高傲,自艺成之日起任何小觑她的对手都要付出生命的代价。千江月回想当日出"弥杀幻境"之时,主人曾传授于快、绝、灵三大剑仙每人三招杀手锏。而绝剑仙千江月得到的三式剑招唤作"落虹三绝"。

千江月轻咬银牙,使出了最后不世出的三招剑法。

第一剑,唤作惊虹。此剑一出,剑光如同万千琉璃彩霞,仇斯忍不住在心中喝彩,这一剑竟然同时封堵住上中下三路,已然是毫无破绽的剑法,这一式简直比雨后的虹光还要光彩万分。仇斯以无争剑应对,这一剑仇斯深知避无可避，唯有以攻代守，取其一处，以更刁钻的剑招方可破之。

千江月见仇斯剑势如同一道滚滚惊雷斩断虹桥，刚猛至极，不得已只得避其锋芒。仇斯虽胜过这一剑，却也隐隐感觉到吃力，即便当初与快剑仙的比斗中也未曾感觉到如此难缠。

第二剑，名为落虹。仇斯以攻为守，以无上剑招应对千江月的绝妙剑法。无争剑与离恨天相交，剑招中的剑势四溢，无争剑激发出的无形剑气四下翻飞。一旁的驴子被剑气所震，身形一晃，将柳醇清与桃卉儿甩落在地。柳醇清见桃卉儿本就身受重伤，若是再被剑气所伤，只怕会有性命之忧，当下来不及细细思量，急忙用身体护住了桃卉儿。

剑气所及之处，地上砂石翻飞。柳醇清本以为自己也会被剑气割伤，等再睁开眼时，却发现毫发未损，原来千钧一发之际，火灵现出了兽身，堪堪挡住了无争剑的剑气，只是仍不住的喘息，想来硬接剑气让它也十分痛苦。

落虹三绝的最后一式，长虹贯日。千江月飞身倒悬，离恨天直指仇斯头颅，犹如天外星矢一般，令仇斯感到一股莫大的压力。

仇斯叹道："罢了！"脚下御使行水诀，直飞冲天。这等杀招足足有十几年未现世于江湖，只是此刻使出，剑招虽致命，仇斯却已无杀心。

双剑轰然相交，离恨天的剑势如同巨锤一般将仇斯砸落在地，仇斯退了两步堪堪稳住身形，一口血涌在咽喉，被仇斯生生吞下。

千江月则跌倒在地，握剑之手虎口迸裂，血流不止。离恨天冲天而起，斜插在身边的泥土之中。

落虹三绝过后，胜负已分。

千江月呆呆地看着身边被击飞的离恨天，半晌无语。自行走江湖以来，此战是唯一一败，却败得无话可说。

千江月狂笑不止，眼角却闪烁着泪光，她惨笑道："落虹三绝尚不能置你于死地，江湖上再也不会有'绝剑仙'三个字了。"

说着千江月吃力地拔出离恨天，怅然道："夫君，此生无法替你报仇，来世愿再与你结为夫妻，续未尽之缘吧。"

千江月流出两行清泪，便要拔剑自刎。

忽然一道剑气破空而至，击飞了千江月手中的离恨天。只见一个身着淡蓝色长衫的男子出现在千江月的身前，冷峻的面庞中似有愠怒，他道："你为何这么傻，难道你真的忍心要离我而去吗？"

千江月被剑气所震，朦胧之中喊了一句"夫君"便昏倒在地。

柳醇清一眼就认出了那人正是在市集上救过自己的大叔，脱口喊道："大叔，怎么是你？"

男子抬起头，似在辨认柳醇清的方位，他冲柳醇清淡然一笑，然后走到应不识的尸体旁，神情悲切地说道："我早就告诉过你，待事情一了要及时回来，为何要自作主张！"

仇斯面色变了又变，说道："剑气无形，十年未见，云兄修成剑气，已入剑仙之境，'快剑仙'这三字实乃当之无愧！"

柳醇清张大了嘴巴，难以置信。这个男子竟然就是"快剑仙"云中傲。

云中傲笑道："休要再提'快剑仙'三字，在仇兄眼中在下不过是个败军之将而已。"

仇斯道："当日一剑，仇某视为平生之憾，原本以为有生之年怕是再也无法与云兄相见。"

云中傲空洞的双眼似乎在追忆往昔，许久才道："当日我虽躲过了天罚剑，却躲不过天罚的戾气，拙荆曾亲自前往生死城恳求百生大帝相救，可是你我都清楚，能在天罚剑下捡回一条命已实属不易，只坏了一对招子已经是我的造化了。宿命的藩篱即便是百生大帝也无可奈何，所以对拙荆避而不见，拙荆盛怒之下竟迁怒于仇兄，在下这里替拙荆给仇兄赔不是了。"

柳醇清恍然大悟，难怪适才绝剑仙言语之中充满了对百生大帝的不满之情，原来还有这样的隐情。

仇斯看到云中傲灰蒙蒙的瞳孔，突然有一种心痛的感觉。他动容道："当日一战，仇某被天罚利刃所制，险些走火入魔。嫂夫人欲取仇某性命也理所当然，毕竟仇某难辞其咎。"

云中傲爽朗笑道："仇兄言重了，在下还要多谢仇兄，之于剑术，当日在下已入瓶颈，很难再精进一步，幸亏当日被仇兄一剑所伤，在下眼中最后的景象便是天罚剑惊天动地的一式，十年来在下念念不忘，时时揣摩该如何破解那一剑，也正是天罚剑凛冽的杀意让在下领略了剑术的真谛，在下才得以修成了无形剑气，跨入了剑仙之境。虽比仇兄足足晚了十几年，却终也能窥这无上妙境。"说罢，云中傲闭上眼睛，像是又回忆起了最后见到的那一剑，感叹道："好快的剑！好霸道的剑！"

云中傲言辞恳切真诚，总归是有安慰仇斯的意味在，这并未让仇斯的内心得到释然，仇斯只得喃喃道："甚好，甚好。"

云中傲的笑容如同三月春风，令人心生暖意。忽听他道："当日有人传书于在下，在下本不耻这小人行径。如今再见仇兄，真如隔世一般，十年来，在下一直苦思破解天罚利刃的招数。虽无十足把握，在下却斗胆愿再领教天罚利刃之威，不知道仇兄是否肯赐教？"

柳醇清大惊失色，本以为快剑仙翩翩君子，是个讲道理的人，想不到竟也要和仇斯比斗，仇斯刚与绝剑仙打过一场，此时连战两位高手，他实在为仇斯捏了把汗。

仇斯为难道："云兄有所不知，仇某早就舍弃了天罚剑，如今腰间这柄短剑名曰无争，只怕已经难以和云兄一较长短了。"

云中傲微露讶异，转而坦然道："仇兄竟舍弃了天罚利刃？实在难得，也实在可惜！天罚也好无争也好，当日在下总归是败在仇兄之手，想来这十年来仇兄的剑技又精进不少，这般推诿莫非仇兄是在同情我这瞎眼之人吗？"

仇斯点了点头说道："既然云兄殊不在意，若是仇某再藏拙只怕会令云兄笑话了。仇某愿以无争剑领教云兄的春水柔。"

听仇斯答应下来，云中傲倏然伸出手，手中虽无长剑，却隐隐可见一道淡绿色的气韵，竟是一柄剑的形状。

仇斯赞许道："这便是春水柔的剑气？"

云中傲说道："春水柔本就在会稽山被仇兄一分为二了，后来，春水柔残剑在一次劈空练剑中陡然断裂，在下便将剑身安葬，以剑气御之。在下手中无剑，剑在心中，仇兄小心了。"

仇斯拔出腰间的无争剑，无争剑出鞘无声，剑身无光。

云中傲以剑气感应无争剑，柳醇清只觉得大地都在抖动，火灵伏在地上隐隐发抖，插在桃卉儿发髻上的东引桃杖连同绝剑仙手中的离恨天都在发出铿吟之声，就连方圆数十里的剑客，都察觉到了自己兵器的异样，万千兵刃齐齐向快剑仙发出了臣服之音。

唯有仇斯手中的无争剑无声无息。

云中傲先是错愕了片刻，紧接着放声笑道："仇兄未免太小瞧云中傲了，也太小觑了这个江湖，以一柄木剑便要直撄春水柔剑气的锋芒吗？"

仇斯不以为意的说道："仇某手中无剑，心中也无剑，如此方能做到以剑止争。那么即便是金石亦或是草木又有何干系？"

云中傲颔首笑道："如此说来是在下庸俗了。"

仇斯道："无争剑虽是木剑，剑气却非同小可，云兄小心。"

在柳醇清的眼中，快剑仙的剑招缓慢至极，仇斯应对的也似乎极为慵懒。只是呼啸的风声传来，剑气相交的铿锵怒吟如同细密的雨珠一般砸在柳醇清的耳朵里，他这才知道，仇斯与云中傲的动作快到他的眼睛已无法分辨，所以在他看来，两个人缓慢的动作，其实转眼间两人交手已有数十回合。

桃卉儿茫然地看着战作一团的仇斯与快剑仙。最令她惊讶的并不是快剑仙的快，而是那一柄无争剑。

想不到制服火灵，将其禁锢在若忘山上，击碎水灵灵珠，不得不再度以兽身重修真元，以剑气斩杀万虫谷图腾圣兽青龙，力战绝剑仙，令其败得无话可说的无争剑，竟然是一柄非金非石的木剑。这让桃卉儿深感仇斯的修为简直深不可测。

正出神间，只听云中傲放声狂笑。柳醇清与桃卉儿定睛望去，春水柔淡绿色的剑气与无争剑此消彼长，忽然快剑仙手中剑气一抖，倏然化作两道剑气。柳醇清以为自己眼花了，他揉了揉眼睛，剑气瞬间变作了四道，紧接着漫天都是淡绿色的剑光，犹如千道利刃刺破长空，仇斯已被无数剑气团团围住，似是岌岌可危。

快剑仙手中暴涨的仍是春水柔的剑气，可胜在一个"快"字。是以在外人眼中如同同时出现了万千春水柔。

桃卉儿长大了嘴巴，惊道："这便是快剑仙的'惊天三变'了！"

相传天下三童之一的兽童曾围攻青丘国，欲取青丘国主九尾火狐的灵珠。

云中傲在其主人的授意之下，对青丘国施以援手。

青丘国城郭之外，云中傲与兽童激战整整一昼夜，数万凶兽在兽童的驱使之下凶性大发，却尽数被云中傲斩杀于剑下。

最终云中傲以惊天三变中的第一式——千变，击败兽童。在众多凶兽的掩护之下，兽童才得以逃脱。那一战之后，成就了云中傲快剑仙之名，只是江湖上对于惊天三变的印象仍只停留在第一式。

主人曾说过，第三式剑法乃是剑术中至高无上的奥义，稍有不慎则会引火烧身，是以主人只传授给云中傲"千变"与"惊变"两式剑法，至于第三式"天变"则要他自己去揣摩。

江湖上还从未有人见过云中傲使出第二式——"惊变"。

如今千变已出，云中傲再无保留。

仇斯情不自禁喝道："好剑法！"手中的无争剑也不自觉地加重了几分。

无争剑在万千剑气的包围之下，虽然犹如一叶浮萍置身于浩瀚烟波之中，可仇斯的剑招并未见丝毫慌乱。

云中傲心中暗暗惊讶，和十几年前满心杀伐之意的仇斯相比，如今的求死先生已然是心静如水。若是十年前有机会使出千变这一式，定会激得仇斯冒进，取胜便是轻而易举。可这一次仇斯的剑中丝毫不见取胜的欲望，如此再战三天三夜只怕也分不出胜负。

云中傲怒喝一声，万千剑气合归一处。

仇斯轻皱眉头，他隐隐感知到春水柔的剑气中酝酿出一股极为骇人的气势。

云中傲叹道："仇兄真乃在下平生仅见的对手，也是一生难觅的知己，愿此战之后，还有机会能与仇兄把酒言欢！"

仇斯心中豪情顿生，笑道："仇某正有此意，只盼云兄不要手下留情才是。"

在云中傲的长笑声中，春水柔化作的剑气竟然脱手而出。

仇斯脱口道："飞剑！"

云中傲以指作剑，隔空以剑仙意念驱使剑气，青绿色的剑芒之气，夹杂着奔腾雷音直奔仇斯而去。

惊天三变中的第二式惊变，正是令手中之剑毫无束缚，以飞剑之姿杀敌与莫测的变幻之中。飞剑要以意念驱使，只是定要达到剑仙之境才能驱使此招。

无争剑虽固若金汤，仇斯却仍被飞剑剑气击飞足有十丈之远。剑气冲击之力方圆数里仍可察觉得到。

柳醇清与桃卉儿双眼紧紧盯着仇斯与云中傲，而一旁的绝剑仙也已悠悠转醒。

仇斯嘴角隐隐渗出一丝鲜血，想来那一剑震得他气血翻涌，足可见其威力。

仇斯不怒反笑，脚下御使行水诀踏空而行，与飞剑战作一团。

千江月醒来之后，见到云中傲的飞剑，泪水便夺眶而出，对她来说，这才是威风凛凛的快剑仙，这才是他挚爱的夫君。

可是一想到夫君的双眼便是被仇斯所伤，心中的恨意便如决堤的洪水，汹涌而至，一念及此便要提起离恨天与仇斯拼死一战。

柳醇清见到千江月已经醒来，忙说道："姐姐，你受了伤，万不能再动气了。"

柳醇清一席话倒是提醒了千江月，此时自己的身体只怕根本无法承受无争剑的力量，如此冒然加入战团，一来只会弄巧成拙，二来以云中傲的性子，绝对不会与千江月联手对付仇斯的。

她看到身边的花童身受重伤，还有一个手无缚鸡之力的少年。于是二话不说，仗剑便刺向花童，一旁的火灵大怒，身体如同燃烧的火球一般挡住了千江月这一剑。

霎时间火花四溅，火灵被千江月这一剑砍伤了身体，一道触目惊心的伤口出现在火灵的肩上，伤口里隐隐流动着如同岩浆一般灼热的血液。

火灵不顾伤口，奋力与千江月一战。离恨天每一剑都刺在火灵的要害上，好在千江月身受重伤，手上的力道小了很多，伤口虽可怖却不致命，即便如此火灵也渐渐倒地不支，千江月在火灵离火之气的逼迫下，一直苦苦压制的"香消玉殒"在身体里已经隐隐按耐不住了。

柳醇清见火灵倒地，急忙过去查看伤势，千江月大喜，她等的便是这一刻，此时柳醇清、火灵还有桃卉儿在一条直线上，自己这一剑刺去便可取下三人的性命。

千江月当下不顾身体的毒气四溢，离恨天直奔柳醇清的身体，不留余地地刺去。

桃卉儿虚弱地大喊："小木头，快闪开！不要管我！"

柳醇清此时吓得腿都软了，见离恨天已经近在咫尺，他绝望地闭上眼睛，胡乱伸出手掌去抵挡。

时间仿佛在这一刻静止了，只见柳醇清的手掌凝聚出一股无形的气。千江月难以置信地看着柳醇清单凭一只手掌就挡住了离恨天决绝的一击。

千江月心中惊道：好强的杀气！本以为柳醇清已是案板上的鱼肉，可以任其宰割，没想到这本来已经吓得瑟瑟发抖的孩子竟然在紧要关头生出无尽杀气，硬生生地扼住了离恨天的剑锋。

云中傲和仇斯也纷纷感知到了一股冲天的杀气，只是二人的比斗已处在至为关键的时刻，稍一分神便会有性命之虞，是以二人皆不敢轻举妄动。

柳醇清突然睁开眼睛，眼神中流露出一股睥睨天下的杀气，他冷冰冰地说道："找死！"

说罢，手中的杀气弹开了离恨天，柳醇清脚下发力，顷刻间已至千江月的身前。千江月大惊失色，急忙挥起离恨天砍向柳醇清。

柳醇清狞笑一声，以掌做刀，劈向千江月的手腕。

只听咔擦一声脆响，竟将千江月的手腕腕骨斩断，断手连着皮肉，如同烂泥一般。

离恨天也被柳醇清夺在手里，他轻蔑地笑道："破铜烂铁也敢在此螳臂挡车？"说着，柳醇清重重一掷，离恨天倏然钉在不远处一棵树干之上，连同吞口，齐齐没入树干之内。

离恨天乃是江湖中人人视为重宝的神兵利器，此刻在柳醇清的眼里却犹如草芥一般，毫无珍惜之意。

千江月咬碎银牙，抬起腿踢向柳醇清，柳醇清却一跃而起，翻身来到千江月的身后。一瞬间以指作剑，刺入千江月身体里，千江月疼痛不止，只觉得周身真气正在缓缓流逝，再无还手之力，只能任凭柳醇清虐杀。

柳醇清脚下不停，指剑翻飞，连刺千江月周身二十八处穴道，顷刻间，千江月一身修为消弭殆尽，数十年的苦修化为乌有。柳醇清竟然在弹指间废掉了千江月的武功。

至此，江湖上再也不会有绝剑仙了。

桃卉儿看得心惊，却隐隐认出了这熟悉的杀人手法。

看到千江月瘫倒在地上，一脸难以置信的样子，柳醇清觉得十分有趣。他伸出手掌，五指似钢钩透着杀意，如同饿虎扑食一样，向千江月的咽喉抓去，这是置人于死地的一击。

千江月绝望的闭上眼睛，只是心中还有太多的遗憾。

致命的杀招迟迟没有施以千江月的身上，她缓缓睁开眼，只见柳醇清的左手牢牢掐住右手的手腕，他痛苦地说道："不管你是谁，我都不允许你在利用我的身体行凶。"

原来在这千钧一发之际，柳醇清的意识忽然清明了起来，他惊讶地发现，千江月倒在了地上，自己正要袭击她。匆忙之下，柳醇清只好用左手拦住了右手，那情景说不出的古怪。

虽然柳醇清神识恢复，可右手似乎还不听使唤，仍要致千江月于死地，眼看着右手就要扼上千江月的咽喉，柳醇清只觉得眼前一黑，整个人连同右手都没有了意识。

桃卉儿面色苍白地举着东引桃杖出现在柳醇清身后，计无可施之下，她只好打晕柳醇清，这才保住了千江月一命。千江月的死活她并不关心，她在意的是柳醇清。

桃卉儿看着晕倒的柳醇清，憨厚的样子像是睡着了一般。

桃卉儿的心里拧成了一个疙瘩，她自言自语地说道："难道你真的是他？"

云中傲见千江月的危急已解，漫天杀气此刻竟然消失得一干二净，当下便固守心神，全力与仇斯一战。

仇斯手持无争剑，行水诀虽然势如疾风，却仍比飞剑慢了许多。他的衣衫已被飞剑剑气刺破，激斗之时，仇斯真想放声大笑以抒胸臆，若是此时被飞剑所杀，这才是死得其所。只是他还有重任在身，不得已之下，无争剑的真意毕现。

仇斯闭上眼睛，只凭直觉去感应那如惊涛骇浪一般的飞剑。

春水柔的无形剑气，在云中傲意念的指引之下专攻仇斯的要害之处，仇斯以无争剑格挡，每每将剑气的攻击化解得恰到好处。

无争剑每击打在剑气之上，云中傲都能感觉到一股莫大的力量在震荡他与飞剑之间的意念之力。

仇斯双目紧闭，手中的剑招却愈发迅速，剑意也愈发清晰。

十几年前，天罚利刃的威力远比无争剑要雄浑霸道很多，可是自己每每以天罚剑御敌时，都会感觉到天罚剑那股吞噬天地的戾气，剑不仅杀意毕露，还企图控制仇斯的心神，而仇斯也险些沦为天罚剑的剑下之奴。

而如今无争剑却传递给仇斯一种甚为奇妙的感觉。

无争剑即没有控制仇斯的欲望，也没有杀伐的戾气，就像是仇斯此时淡泊宁静的心绪一般。仇斯也不是无争剑的主人，仿佛是许久未见的老友，久别重逢后仍不陌生。

人与剑此时心意相通，仇斯倏然睁开眼，只见春水柔犹如一道淡绿色的闪电，向仇斯劈来。

无争剑在空中划出一道弧线，桃卉儿看得直替仇斯揪心，她喊道："烂木头，来不及了，还做这些愚蠢的动作做什么？"

仇斯置若罔闻，只有云中傲明白，若是要抵挡春水柔这石破天惊的一式，一定要以巨大的力道破解，正所谓大成若缺，大巧似拙。仇斯看似笨拙多余的剑招，确是蓄力待发，这正是拆解"惊变"的不二法门。

只听仇斯大喝一声"退！"剑气自无争剑而出，迎面与飞剑剑气相撞。时机与力道无懈可击。

春水柔的剑气冲天而起，无争剑剑势未老，仍向云中傲刺去。

云中傲只觉一阵劲风扑面，他又惊又喜。喜的是，时隔十几年，自己终究是再等到了这一剑。惊的是，相隔许久，自己又已参悟剑仙之境，到头来却仍没有把握避过这一剑。

云中傲手掌一翻，春水柔倏然出现在掌心之中。无争剑气已至眼前，云中傲转攻为守，硬生生接下了无争剑这一式，只是此时虽然仍是要命的杀招，可剑气之中却无杀意。

只听"轰"的一声巨响，云中傲倒退了十几步，仓促之下以剑气斜插在身后的泥土之中，这才堪堪定住身形，他只觉得嗓中一阵腥甜，勉强将翻涌上来的血气强压了回去。

无争剑气的余势将云中傲头上的纶巾斩落，万千青丝如瀑落下。此时云中傲已无翩翩公子的文弱之气，倒有些剑仙超然脱俗的俊逸。

云中傲实在心有不甘，想不到十年之后，自己又败在了这一剑之下。

凝聚成剑气的春水柔在云中傲的手掌之中兀自抖动不止。

云中傲无奈笑道："你也不甘心吧。"

仇斯猛然心惊，目光落在了春水柔之上。

云中傲也终于察觉到了异样，这剑似乎在啜泣。

云中傲感知到了春水柔的悲鸣，此剑虽已无剑身，可突破了有形之体的桎梏，剑气与他反而更加心意相通。

他仰头叹道："我知道，若是那一剑不出，你与我都死不瞑目。"

云中傲对仇斯朗声道："仇兄，那日主人传授我等三人三招剑术。在下却只得到两式，主人曾告诫在下，最后那一式要靠在下独自揣摩。或许今日就是悟剑之机，只是不知这一剑出世会有何等后果，不知仇兄可愿与在下一同受之？"

仇斯坦然道："惊天三变十年前便已如雷贯耳，如今若是能见到最后一式，仇某死而无憾。若是如愿死于云兄剑下，还请云兄替仇某取升阳草送与若忘山神。"

云中傲郑重地点了点头，手中剑气瞬间暴涨，竟隐隐流动着金色的光晕。

仇斯惊道："剑气化妖！"

仇斯发现，春水柔的剑气之中竟然隐隐孕育出一个生命，世间万物皆是如此，沾染了灵性之后，经年累月便可修炼出神识。春水柔脱离了俗世之形，以剑气存在于世。又沾染了云中傲的剑仙之气，终于在败给了无争剑之后，怒而生出了意识，成了一柄剑妖。

云中傲感觉到了前所未有的力量，一瞬间上天惊雷骤起。春水柔浩然当空，剑尖直指万道惊雷。

绝剑仙此时倒在地上，虽已是强弩之末，但见到云中傲竟然不顾漫天雷电，简直犹如纵火焚身。她大喊道："夫君，小心天雷降世，你忘了主人的告诫吗？不可强行使出'天变'！"

云中傲笑中带泪说道："我如今才知何为剑术真谛，当日主人不肯传授惊天三变的最后一式，因为此剑一出，天下怕是无可出其右者。月儿，你我一生追求剑术之道，难道不想见一见这惊世骇俗的一剑吗？"

千江月哭道："没有你在身边，无敌于世又当如何？"

千江月的话，字字如重锤击打在仇斯心上，若是他能早些明白，没有心爱之人陪伴，无敌于世也是枉然，那么雾宣仙子也不会枉死，那是仇斯永生永世无法抚平的伤疤。

仇斯大喝道："剑妖欲引天雷，莫非云兄要与它同归于尽吗？"

云中傲在雷电之中，长发绽立飘散，犹如神魔一般笑问道："仇兄可是怕了？"

仇斯道："云兄，你被剑妖迷了心智，快快收手，以免万劫不复！"

云中傲微怒道："仇兄是怕我抢了你江湖第一人的风头吗？此战之后，江湖或许再无求死先生了。"

忽然一道巨大的闪电照亮了天际，整个天空似乎都被这道电光一分为二。

桃卉儿惊得说不出话来，只得喃喃道："天……天雷！"

世间草木走兽，机缘巧合之下得到点化，欲修成仙之道必经三灾九劫，得道者往往不足十之一二，于是便有堕入魔道者寻求捷径，此为天道所不容，届时必将天雷降世以惩之。天雷乃是鸿蒙初分时，天地之间一股原始的能量，即便天庭雷部正神所掌管的雷电亦不可与之同日而语。天雷是冥冥之中维护世间正道的利器。

天雷降世，直贯入春水柔之中，云中傲似是无法承受这等力量，在电光之中露出了极为痛苦的表情。

仇斯心下了然，若是让天雷肆无忌惮劈下，不仅云中傲会粉身碎骨，就连周围一干人等也要化为灰烬了。

仇斯横下心，快步踏空而行，行水诀已到极致，几乎快逾闪电。

云中傲看到仇斯近在咫尺，顾不得身体上的痛楚，怒喝一声，便要将雷电引致仇斯身上。

此时仇斯与无争剑心意相通。仇斯已动了十足杀意，无争剑无声而出，砍在春水柔剑气之上，剑势不止，又强行与天雷相击。

一股仇斯前所未见的力量从无争剑身传来，仇斯喷出一口血雾，霎时间天雷骤歇，漫天雷电戛然而止，密布的阴云被无争剑气震荡散去，现出万里晴空。

仇斯犹如断了线的风筝，从空中翩然落下，火灵怒吼一声，强忍疼痛一跃而起，接住了仇斯的身体。

云中傲此时稳稳落地，眼神中已无刚才的狂态。他看着春水柔剑气，在手中缓缓消失流逝，难掩怅然之意。

春水柔竟然被盛怒之下的仇斯一剑斩断，剑气一断，再也无法凝聚成剑，春水柔便是死了。

微风吹过，云很淡，天很蓝。云中傲虽然双目无法视物，却第一次用心眼感知周遭万物。之前他的脑海之中，只有天罚剑刺伤他的那一式，也正是因为那一剑，云中傲才苦修跨入剑仙之境，如今春水柔已死，他第一次发现，原来这世间除了剑术还有更多美好的东西，他亏欠了这个世界太多，也亏欠的心爱之人太多。直到此刻，他才终于明白了仇斯所说的，手中无剑，心中也无剑的境界。

云中傲缓步走到仇斯跟前，火灵如临大敌一般护住仇斯。

云中傲风轻云淡一般问道："无争剑可是地藏菩萨的菩提木所制？"

仇斯答道："正是。"

云中傲笑道："难怪。仇兄能以一柄木剑断剑气，斩天雷，是在下班门弄斧了。在下败得心悦诚服！"

此时再败，云中傲的心绪却殊为平静，甚至有些淡淡的庆幸，这让他自己都感觉到意外。

云中傲忽然想到了什么，又问道："天雷乃鸿蒙之力，天下苍生，三界之内无人能在天雷之下全身而退，在下刚才虽然被剑妖所制，却也做足了必死的决心，奈何仇兄不惧天雷，天雷亦奈何不了仇兄？"

仇斯的眼神中闪过一丝落寞的神情，无奈苦笑道："天地也容不得仇某，是以仇某乃是没有'命谍'之人。"

云中傲此时才露出极为惊讶的神色，张口结舌道："原来……如此，仇兄竟已不在三界之内，五行之中，在下失敬了。"

云中傲不再多言，径直走向千江月。他既没有为刚才险些坠入魔道，将周围一干人等置于死地而流露歉意，也没有因仇斯受伤而多做询问。

仇斯与云中傲本就惺惺相惜，两人之间虽只有两面之缘，却犹如多年挚友，彼此本不需多言。

此时柳醇清醒了过来，后脑传来一阵剧痛，不由闷哼出声，桃卉儿急忙转过头去，生怕柳醇清会问她为何自己会晕倒。

见云中傲走了过来，柳醇清大惊失色，忙解释道："大……大叔，我不是故意要伤害这位姐姐的，请大叔不要怪罪清儿。"

云中傲俯下身，笑着说道："刚才多亏小友出手，才令拙荆因祸得福，捡回一条性命。何来怪罪之说，若是拙荆中毒而亡，我只怕会做出连自己都会后悔的事情。"说着，云中傲有意无意看了一眼桃卉儿。

桃卉儿蓦地打了一个冷战，她惊讶地发现，此时的千江月虽然虚弱至极，但气色尚好，已无半点中毒的迹象。本来那"香消玉殒"之毒遇强则强，乃是受真气所激，绝剑仙乃是"六子"之一，一身修为放眼江湖几无敌手，若不是将毒气压制在身体的穴道之内，只怕顷刻间便已毒发身亡。说来也巧，被柳醇清莫名其妙废掉武功之后，周身真气尽数散去，千江月此时形同废人，香消玉殒却再也无法危及她的性命。

桃卉儿冷汗涔涔，好在绝剑仙已无性命之虞，否则云中傲怎能与她善罢甘休，看刚才与仇斯的比剑，云中傲的修为与仇斯仅仅毫厘之差。想到这儿，桃卉儿不得不暗呼侥幸。

云中傲抱起千江月，怜爱地说道："我虽然看不见，可映在我眼里的永远都是你最好的年华。如此夫复何求？"

千江月伏在云中傲的怀中，早已泣不成声。

仇斯此时已调理好内息，面色却隐隐有黑气缭绕，想来是天雷余威尚存，他对云中傲说道："云兄，仇某有一事相问。"

云中傲道："但说无妨。"

仇斯道："传与云兄'惊天三变'之人究竟是何方神圣，但看这三招剑法便知此人乃绝世之才，仇某思来想去，即便是家师复生，论其武学造诣也远远不及此人。"

云中傲的脸色变了又变，他看了看怀中的千江月，彼此交换了眼神，这才对仇斯说道："非是在下不愿告知，只是出"弥杀幻境"那日，我等六人在主人面前立下重誓，主人的名讳万万不可提及，在下实难从命，还请仇兄见谅。"

桃卉儿惊呼道："六人？'一佛双耳三剑仙'难道都奉一人为主？究竟是什么人有如此能耐？"

仇斯叹道："可惜了。"

云中傲抱着千江月一跃而起，横置于地上的离恨天感知到了云中傲的剑仙之气,倏然飞至云中傲的脚下。云中傲从怀中拿出一个布包扔给了仇斯,道:"当日有人传书于在下,在下断不会做出下作之事,只是和密信一同寄来的还有这个包袱,若是仇兄去往生死城的话,便替在下将这个包袱交给生杀二帝吧。"

仇斯接过包袱,而云中傲此时已御剑而飞,宛如仙人临世一般。

桃卉儿与柳醇清正好奇包袱里究竟是何物,却听半空中传来云中傲的声音:"仇兄,在下虽无法将主人的名讳告知,可有一事想来说与仇兄听也无妨,主人和仇兄一样,也是无命谍之人。"

仇斯如被雷击一般,呆立良久。他忽然想到当日在竹林之中与地藏菩萨的交谈,当时地藏菩萨曾有言,五行之内,无论诸天神佛还是妖精鬼魅,皆有劫数,可三百年前天下众生的劫数却只因两个凡人。此二人虽为肉体凡胎,却未在'天、地、人、神、鬼'之列。此二人不在三界之内,跳出五行外,不服天管,不受地辖,因此这二人没有命谍。

莫非"六子"的主人便是那二人之一吗?

仇斯隐隐感觉一直以来那个如影随形的阴谋终于露出了一角。

还不等仇斯从震惊之中回过神来,一个响彻天际的声音传来,听起来像是一只青蛙在叫,可柳醇清听在耳中,那叫声简直比惊雷还要振聋发聩。

一个巨大的身影从郊外的树林之中一跃而起,稳稳落在一处山坡之上,俯视着生死城。

桃卉儿面色苍白地笑道:"好大的蛤蟆!"

柳醇清定睛望去,原来是一只三条腿的蟾蜍。

仇斯道:"'玄水金蟾'已出,生死城的门要开了。"

卷六 并蒂

玄水金蟾现世，生死城外顿时人声鼎沸。人群蜂拥而至，好在有火灵的灼热之气护身，闲杂人等倒也近不了仇斯等人的身边。

桃卉儿伏在火灵的背上，时不时侧过脸，悄悄盯着柳醇清，这呆头呆脑的傻小子，为何能在眨眼之间废掉绝剑仙的武功，虽说绝剑仙身负重伤加之体内毒发，但论实力，仍在江湖一流高手之上，柳醇清一个手无缚鸡之力的少年为何突然变得如此了得？可看着他呆头呆脑的样子，桃卉儿无论如何也无法相信柳醇清就是她心中所猜测的那个人。

更令桃卉儿感到意外的是，仇斯似乎对柳醇清险些杀死绝剑仙这件事儿丝毫不感到意外。不过很快她就释然了，这块烂木头自雾宣仙子逝去之后，世间再无能触动他的事了。

生死城乃是法外之地，不依附于任何城邦，建城于一峡谷之内，四面皆有万丈山壁为屏障，飞鸟亦不可飞过。唯有城门一处，是生死城的出入口，无论是求药之人还是生杀二帝，若要出入必要经过城门。

走出树林，官道豁然开朗。只见生死城城门前无数人跪倒在地上，放眼望去，黑压压一片。

柳醇清看着生死城的山壁，茫然地四下张望，只见原本是生死城城门之处并没有洞开的大门，而是浑然一体的山壁。

柳醇清抬起头，山峰高耸入云，竟一眼望不到顶，他喃喃道："乖乖，这山好像比若忘山还要高上几倍。"转头又问仇斯道："先生，这么多人不去找入口，而是跪在这里做什么？"

仇斯解释道："他们所跪之处的前方就是生死城城门所在。"

柳醇清揉了揉眼睛，怎么看也无法在山壁之上看出城门的样子。

桃卉儿虚弱地说道："玄水金蟾这孽畜又不听话了，定是百杀老儿愈懒，疏于管教。若在平时，姑奶奶早就抽了这孽畜的筋了。"

桃卉儿话音未落，柳醇清忽然闻道了一阵淡淡的清香，像是兰花的香气。

一个身穿幽蓝色服饰的女孩子犹如下凡的仙女一般，在空中连踏数步，脚尖点在路边的树枝之上，转眼间就来到了玄水金蟾所盘踞的山坡之上。

桃卉儿的脸色变了又变，口中不屑地说道："怎么是她？"

火灵此时突然躁动不安，眼神之中流露出了一丝警备的神色。柳醇清却毫无察觉，倒是仇斯看出了火灵的异样，伸手抚在火灵的脖颈，用眼神示意他无妨，火灵这才从焦躁的情绪中缓和了下来。

山坡上，蓝衣女子轻骂道："金蟾儿，又这般顽皮，小心耽误了老祖的生辰，百杀帝君若是迁怒于你，只怕今年的'百足火蛊'你是休想再吃到了。"

看到蓝衣女子之后，玄水金蟾竟还冲她翻了翻眼睛，直到听她说出了"百足火蛊"才忍不住流下了涎水。

相传玄水金蟾乃是百年之前一只金灵与水灵相交所孕育的灵兽，此兽生来便有金与水的属性，虽然尚不能与五行灵兽相提并论，却也是世间罕见之物。

昔日黄及老祖在云梦泽偶遇玄水金蟾，后将此兽带到生死城，命其镇守大门。玄水金蟾一年之中只在七月初七这一天醒来，半月之后便会再度睡去，玄水金蟾可数年不吃不喝，却只对"百足火蠹"垂涎欲滴。这百足火蠹乃是至为险恶的毒虫，此虫所到之处必有冲天大火，寻常之人若是被其所伤，轻者灼烧重伤，重者则有性命之忧，百生大帝曾将此虫赶尽杀绝，只留了一对雌雄种虫交与百杀大帝。百足火蠹虽然凶烈，却是玄水金蟾最喜食之物，每年生死城关门之际，百杀大帝都会将新培育出的百足火蠹留出一百只喂养玄水金蟾。

玄水金蟾口中突然咕咕作响，一道水柱从它的口中喷出，水柱反复冲刷山壁。

片刻之后，一座气势恢宏的城门竟然缓缓在山壁之上露出了本来面目。

柳醇清惊讶得说不出话来。城门洞开之后，人群纷纷涌入，却不见丝毫乱象，即使病入膏肓之人也能耐着性子，遵照生死城的规矩依次而入，想来是处于对生杀二帝的敬畏方能如此地循规蹈矩。

仇斯道："这便是黄及老祖的手笔了，当日缩地兽足足用了一昼夜才捉到一只'雾隐兽'，非是缩地兽的脚力不行，而是雾隐兽最善隐匿。若是雾隐兽隐匿身形，便是大罗金仙也无处可寻，雾隐兽的肉是天下最为美味之物，据我所知，普天之下就只剩下那一只了。黄及老祖本想捉到雾隐兽，豢养起来，不想竟被缩地兽一口咬死，无奈之下黄及老祖取出笔墨，以雾隐兽的血液为墨，作《山河幻境图》后，又用余下的血画了这座城门。此门只有遇水灵的玄水之气才能显现出来，所以玄水金蟾的水箭便是开门的钥匙。"

柳醇清这才恍然大悟。

蓝衣女子正要随人群进入生死城，突然看到了仇斯也在人群之中。蓝衣女子忙一跃而起，足尖轻点路旁的草叶，几个起落间便到了仇斯一行人面前，而被她踩到的花草竟然只是微微摆动，可见这蓝衣女子的轻身功夫也算得上登堂入室了。

蓝衣女子倏然拜倒在仇斯身前,忙道:"奴婢叶苒不知先生屈尊驾临生死城,有失远迎,还请先生恕罪。"

仇斯淡然道:"叶姑娘客气了,仇某此次前来是有求于百生大帝,事出突然,只盼不要扰了生杀二帝的清修才是。"

叶苒恭敬地说道:"先生言重了,若是二位帝君知道先生前来,定会欣喜若狂。"转头看到了伏在火灵背上的桃卉儿,诧异地问道:"卉儿姐姐受伤了?天下间还有谁会如此了得将姐姐伤成这般模样?"

桃卉儿冷哼了一声,并不理会叶苒。

叶苒生得面容俊俏,明眸皓齿,眼神之中的明媚之意如同清泉一般澄澈可饮,清纯的样子和桂青相比甚至有过之而无不及,柳醇清在见到叶苒如同翩翩仙子一般落在仇斯身前时,不觉间就看得痴了。

而此时桃卉儿无礼的样子却让柳醇清觉得有些过意不去,当下解释道:"叶苒姑娘不要见怪,卉儿她是因为身体不舒服,不愿多开口。"

叶苒冲柳醇清甜甜笑道:"卉儿姐姐和百杀帝君平辈论交,是生死城最尊贵的客人,这'见怪'二字奴婢万万担当不起。"

桃卉儿此时见柳醇清和叶苒聊得如此热切,愤恨地说道:"妖媚!"双眼之中却含着泪光。

仇斯忽然说道:"有劳叶姑娘替仇某通传一声,就说仇斯多有叨扰,另外受快剑仙所托,有一物要交给生杀二帝。"

叶苒忙对仇斯深施一礼,又含情脉脉地看了一眼柳醇清,这才飞身进入生死城。

仇斯看了一眼柳醇清和桃卉儿,微笑道:"走吧。"

柳醇清急忙跟在仇斯身后,桃卉儿则在暗中掐了柳醇清一下,柳醇清虽然不觉得有多疼,却仍做出了痛苦之状。

桃卉儿忽然破涕为笑,骂道:"就你话多!以后不许你和那个妖媚的昔日黄及老祖在云梦泽偶遇玄水金蟾，后将此兽带到生死城，命其镇守大门。玄水金蟾一年之中只在七月初七这一天醒来，半月之后便会再度睡去，玄水金蟾可数年不吃不喝，却只对"百足火蠹"垂涎欲滴。这百足火蠹乃是至为险恶的毒虫，此虫所到之处必有冲天大火，寻常之人若是被其所伤，轻者灼烧重伤，重者则有性命之忧，百生大帝曾将此虫赶尽杀绝，只留了一对雌雄种虫交与百杀大帝。百足火蠹虽然凶烈，却是玄水金蟾最喜食之物，每年生死城关门之际，百杀大帝都会将新培育出的百足火蠹留出一百只喂养玄水金蟾。

　　玄水金蟾口中突然咕咕作响，一道水柱从它的口中喷出，水柱反复冲刷山壁。

　　片刻之后，一座气势恢宏的城门竟然缓缓在山壁之上露出了本来面目。

　　柳醇清惊讶得说不出话来。城门洞开之后，人群纷纷涌入，却不见丝毫乱象，即使病入膏肓之人也能耐着性子，遵照生死城的规矩依次而入，想来是处于对生杀二帝的敬畏方能如此地循规蹈矩。

　　仇斯道："这便是黄及老祖的手笔了，当日缩地兽足足用了一昼夜才捉到一只'雾隐兽'，非是缩地兽的脚力不行，而是雾隐兽最善隐匿。若是雾隐兽隐匿身形，便是大罗金仙也无处可寻，雾隐兽的肉是天下最为美味之物，据我所知，普天之下就只剩下那一只了。黄及老祖本想捉到雾隐兽，豢养起来，不想竟被缩地兽一口咬死，无奈之下黄及老祖取出笔墨，以雾隐兽的血液为墨，作《山河幻境图》后，又用余下的血画了这座城门。此门只有遇水灵的玄水之气才能显现出来，所以玄水金蟾的水箭便是开门的钥匙。"

　　柳醇清这才恍然大悟。

　　蓝衣女子正要随人群进入生死城，突然看到了仇斯也在人群之中。蓝衣女子忙一跃而起，足尖轻点路旁的草叶，几个起落间便到了仇斯一行人面前，而被她踩到的花草竟然只是微微摆动，可见这蓝衣女子的轻身功夫也算得上登堂入室了。

蓝衣女子倏然拜倒在仇斯身前，忙道："奴婢叶莴不知先生屈尊驾临生死城，有失远迎，还请先生恕罪。"

仇斯淡然道："叶姑娘客气了，仇某此次前来是有求于百生大帝，事出突然，只盼不要扰了生杀二帝的清修才是。"

叶莴恭敬地说道："先生言重了，若是二位帝君知道先生前来，定会欣喜若狂。"转头看到了伏在火灵背上的桃卉儿，诧异地问道："卉儿姐姐受伤了？天下间还有谁会如此了得将姐姐伤成这般模样？"

桃卉儿冷哼了一声，并不理会叶莴。

叶莴生得面容俊俏，明眸皓齿，眼神之中的明媚之意如同清泉一般澄澈可饮，清纯的样子和桂青相比甚至有过之而无不及，柳醇清在见到叶莴如同翩翩仙子一般落在仇斯身前时，不觉间就看得痴了。

而此时桃卉儿无礼的样子却让柳醇清觉得有些过意不去，当下解释道："叶莴姑娘不要见怪，卉儿她是因为身体不舒服，不愿多开口。"

叶莴冲柳醇清甜甜笑道："卉儿姐姐和百杀帝君平辈论交，是生死城最尊贵的客人，这'见怪'二字奴婢万万担当不起。"

桃卉儿此时见柳醇清和叶莴聊得如此热切，愤恨地说道："妖媚！"双眼之中却含着泪光。

仇斯忽然说道："有劳叶姑娘替仇某通传一声，就说仇斯多有叨扰，另外受快剑仙所托，有一物要交给生杀二帝。"

叶莴忙对仇斯深施一礼，又含情脉脉地看了一眼柳醇清，这才飞身进入生死城。

仇斯看了一眼柳醇清和桃卉儿，微笑道："走吧。"

柳醇清急忙跟在仇斯身后，桃卉儿则在暗中掐了柳醇清一下，柳醇清虽然不觉得有多疼，却仍做出了痛苦之状。

桃卉儿忽然破涕为笑，骂道："就你话多！以后不许你和那个妖媚的蹄子多说话!"

柳醇清在后面连连称是。

生死城虽在深山幽谷之内,却并没有想象中的阴暗潮湿,反而有一种别有洞天之感。

一年之中只有半月才会现世的生死城,自然在这一天热闹非凡,柳醇清看到城内竟然也有集市,只是贩卖的货物并不是寻常集市上随处可见的日常用品,这里卖的都是些虫蛇毒草,或是灵根仙果。

柳醇清对市集上的一切都感到新鲜不已,仇斯则不露痕迹地将他挡在身后。这些贩卖物品之人,大多是江湖上恶名昭彰的凶恶之徒,躲进生死城或是避祸,以免仇家追杀;或是身受重伤,寻求百生大帝的救治。只是无论这些人出于什么原因,如果不能在城门闭合之前离开,就要终身留在生死城。这是黄及老祖当初定下的规矩,从来没有人敢逾越半步。

桃卉儿的伤只有百生大帝能治,仇斯要的东西也只有百生大帝才有,所以一行人等并未在集市上多做停留。

和柳醇清想象的不同,生杀二帝的行宫并不是富丽堂皇、气势恢宏的宫殿,而是一座草庐,虽然占地甚广却极为普通,华丽的程度甚至不如生死城中一些富户的宅子。

一入草庐,柳醇清才发现,草庐之内幽静深远,仿佛世外的居所。复行百步,突然遇到了岔路。

一条路上的路牌写着"必死无疑",另一条路则写着"妙手回春"。这针尖对麦芒的路牌不用想也知道,定是各自指引生杀二帝的居所。

仇斯道:"百生大帝向来不喜欢热闹,我们还是先去见见百杀大帝吧。"说着,带着柳醇清和桃卉儿走了那条"必死无疑"。

只见在一座巨大的草堂前,之前跪在城门外的求药之人齐刷刷跪在门口。过不多时,一个小厮模样的人端着一个巨大的托盘,上面盛装着大大小小上百个药盅。

柳醇清诧异道："我们走了必死无疑，难道不是百杀大帝的住处吗？为何这些人身染重病却不去寻百生大帝，而是来这里。莫非是知道自己气数已尽，想给自己一个了断吗？"

仇斯冷笑道："世人皆贪生，若有一线生机，就算是做出十恶不赦之事也在所不惜。"

果然听那小厮说道："这药盅之内，越小的药盅毒性越猛烈，诸位依着自己的情况自行选择吧！"

小厮话音未落，跪在地上的人便迫不及待地想去取托盘中的药盅，虽然急切却不敢造次，只得耐着性子排队选取。

桃卉儿咳嗽了一阵，才说道："这是生杀老儿的规矩，百生老儿生性怪癖，虽然医术通天，却喜欢见死不救。十几年前，江南一带突发瘟疫，数位江湖泰斗不忍见百姓遭此荼毒，便赶在生死城城门打开之际，求百生大帝出手相助。百生大帝却无动于衷，幸得此事惊动了不怒金刚笑弥勒，迫于笑弥勒的面子，百生大帝这才不情愿地治好了江南一带的瘟疫。生杀二帝向来不和，但凡被百杀大帝下毒之人，百生大帝定要想方设法将其医好，无奈之下百杀老儿只好先给求药之人下毒，这才能激得百生老儿出手相救。"

柳醇清忍俊不禁，不由得想立刻就见一见这两个像孩子一样的生杀二帝。

忽然听得前方一阵嘈杂之声，一个须发皆白，穿着深色寝衣的老者慌里慌张地从草庐之中跑了出来，一只脚上甚至连鞋子都没穿。

老人忙大声问道："求死先生在何处？"

突然老人脚下一滑，险些跌倒在地上，柳醇清眼疾手快，急忙扶住老人，道："老伯小心！"

仇斯微笑道："一别十几年，帝君别来无恙？"

柳醇清大为惊讶，难道眼前这老人便是百杀大帝？

百杀大帝浑身一震，急忙站稳身子，整理好衣服，恭敬地对仇斯深施蹄子多说话！"

柳醇清在后面连连称是。

生死城虽在深山幽谷之内，却并没有想象中的阴暗潮湿，反而有一种别有洞天之感。

一年之中只有半月才会现世的生死城，自然在这一天热闹非凡，柳醇清看到城内竟然也有集市，只是贩卖的货物并不是寻常集市上随处可见的日常用品，这里卖的都是些虫蛇毒草，或是灵根仙果。

柳醇清对市集上的一切都感到新鲜不已，仇斯则不露痕迹地将他挡在身后。这些贩卖物品之人，大多是江湖上恶名昭彰的凶恶之徒，躲进生死城或是避祸，以免仇家追杀；或是身受重伤，寻求百生大帝的救治。只是无论这些人出于什么原因，如果不能在城门闭合之前离开，就要终身留在生死城。这是黄及老祖当初定下的规矩，从来没有人敢逾越半步。

桃卉儿的伤只有百生大帝能治，仇斯要的东西也只有百生大帝才有，所以一行人等并未在集市上多做停留。

和柳醇清想象的不同，生杀二帝的行宫并不是富丽堂皇、气势恢宏的宫殿，而是一座草庐，虽然占地甚广却极为普通，华丽的程度甚至不如生死城中一些富户的宅子。

一入草庐，柳醇清才发现，草庐之内幽静深远，仿佛世外的居所。复行百步，突然遇到了岔路。

一条路上的路牌写着"必死无疑"，另一条路则写着"妙手回春"。这针尖对麦芒的路牌不用想也知道，定是各自指引生杀二帝的居所。

仇斯道："百生大帝向来不喜欢热闹，我们还是先去见见百杀大帝吧。"说着，带着柳醇清和桃卉儿走了那条"必死无疑"。

只见在一座巨大的草堂前，之前跪在城门外的求药之人齐刷刷跪在门口。过不多时，一个小厮模样的人端着一个巨大的托盘，上面盛装着大大小小上百个药盅。

柳醇清诧异道:"我们走了必死无疑,难道不是百杀大帝的住处吗?为何这些人身染重病却不去寻百生大帝,而是来这里。莫非是知道自己气数已尽,想给自己一个了断吗?"

仇斯冷笑道:"世人皆贪生,若有一线生机,就算是做出十恶不赦之事也在所不惜。"

果然听那小厮说道:"这药蛊之内,越小的药蛊毒性越猛烈,诸位依着自己的情况自行选择吧!"

小厮话音未落,跪在地上的人便迫不及待地想去取托盘中的药蛊,虽然急切却不敢造次,只得耐着性子排队选取。

桃卉儿咳嗽了一阵,才说道:"这是生杀老儿的规矩,百生老儿生性怪癖,虽然医术通天,却喜欢见死不救。十几年前,江南一带突发瘟疫,数位江湖泰斗不忍见百姓遭此荼毒,便赶在生死城城门打开之际,求百生大帝出手相助。百生大帝却无动于衷,幸得此事惊动了不怒金刚笑弥勒,迫于笑弥勒的面子,百生大帝这才不情愿地治好了江南一带的瘟疫。生杀二帝向来不和,但凡被百杀大帝下毒之人,百生大帝定要想方设法将其医好,无奈之下百杀老儿只好先给求药之人下毒,这才能激得百生老儿出手相救。"

柳醇清忍俊不禁,不由得想立刻就见一见这两个像孩子一样的生杀二帝。

忽然听得前方一阵嘈杂之声,一个须发皆白,穿着深色寝衣的老者慌里慌张地从草庐之中跑了出来,一只脚上甚至连鞋子都没穿。

老人忙大声问道:"求死先生在何处?"

突然老人脚下一滑,险些跌倒在地上,柳醇清眼疾手快,急忙扶住老人,道:"老伯小心!"

仇斯微笑道:"一别十几年,帝君别来无恙?"

柳醇清大为惊讶,难道眼前这老人便是百杀大帝?

百杀大帝浑身一震,急忙站稳身子,整理好衣服,恭敬地对仇斯深施一礼,道:"陆百杀见过先生,不知道先生大驾光临,有失远迎,真是罪过。"

这时叶苒也跟了出来,手里拿着百杀大帝的黑锦缎长褂和一只鞋子。笑道:"帝君知道先生驾临生死城,顾不得正在午睡,连鞋子都来不及穿就来见先生了。"

柳醇清再见到叶苒,也是喜不自胜,突然眼角看到了杏目怒睁的桃卉儿,这才把要和叶苒说话的念头压了下去。

百杀大帝对叶苒道:"小冉,快去把哥哥叫来。"

叶苒点头称是,然后飞快地向百生大帝的住处飞奔而去。

百杀大帝和仇斯寒暄了片刻,言语之中恭敬有加,从他热切的神情来看,对仇斯的尊重乃是发自肺腑。百杀大帝对火灵毫不在意,却发现了面色惨白的桃卉儿,忙问道:"小花妖,何人能伤你至此?"

桃卉儿没好气地说道:"百杀老儿,枉你活了这般年纪,姑奶奶又不是天下无敌,伤便伤了,又能如何?"

百杀大帝气得胡子都立了起来,这时柳醇清忙道:"老伯,卉儿身受重伤,火气自然大了些,求您不要和小孩子一般见识。"

百杀大帝茫然地看了看柳醇清,又看了看仇斯。

仇斯解释道:"得若忘山神引荐,仇某收了这孩子,算是半个徒弟吧。"

百杀大帝恍然大悟,忙对柳醇清说道:"既然是先生的高足,这'老伯'二字万不敢当,若是不嫌弃的话,小兄弟就叫我一声哥哥吧!"

桃卉儿噗嗤一声哈哈大笑,柳醇清尴尬地看了看仇斯,仇斯却不以为然。

不消一会儿,叶苒回到百杀大帝的草庐回禀,一个和百杀大帝长得一模一样的老人跟在叶苒身后,两人如同一个模子里刻出来一般,一看便知俩人定是同胞兄弟。只是老人穿得一身洁白的锦缎长褂,与百杀大帝的黑色长褂相比,一黑一白倒像是黑白无常,如此旁人才得以区分。

百生大帝人还在外面便听到一个洪亮的声音道:"老不死的,老夫足有十年未踏入你这破草庐了,要不是叶丫头求我,老夫才不来……"

百生大帝一只脚刚踏进草庐，便看到端坐在椅子上的仇斯，惊呼了一声，忙单膝跪倒在地，道："陆百生拜见先生，不知什么风把您吹来了？"说着回头瞪了一眼叶莳道："你这臭丫头怎么不早说是先生来了。"

叶莳在一旁忍不住捂嘴偷笑。

生杀二帝向来不和，彼此的下人也从不往来，只有叶莳深得生杀二帝的喜爱，虽然名义上是个婢女，却与生杀二帝的女儿无二。当日叶莳奉生杀二帝之命，去江湖上搜寻罕见的草药，在外面待了足有一年的时间，回来之时恰好赶在城门大开，这才遇到了仇斯一行人。能自由出入生死城的，除了生杀二帝，也就只有叶莳了。

百生大帝一眼就瞧见了几乎气若游丝的桃卉儿，脱口道："花童可是被绝剑仙的离恨天所伤？"

柳醇清忙说道："正是，老伯可有方法救救卉儿？"

一旁的百杀大帝大声说道："什么老伯？他是我的哥哥，也就是你的哥哥，叫他哥哥便可！"

百生大帝正要发怒，叶莳在他耳边悄声说了什么。

百生大帝瞬间转怒为笑道："这老不死的说的没错，先生的高足就是我等的兄弟！小兄弟放心，天罚剑的伤我治不了，区区离恨天还入不了老夫的法眼，老夫保证，十二个时辰之后就还你一个活蹦乱跳的花童！"

百生大帝说得柳醇清又羞又喜，谢道："如此就有劳老……哥哥了！"

说罢百生大帝立即吩咐下人，将花童送至他的草庐之中。

一通折腾之后，生杀二帝将仇斯引至上座，二人这才以晚辈之礼向仇斯问安。

柳醇清一头雾水，本想问问桃卉儿，可是桃卉儿不在此处，只好小声询问叶莳道："叶姑娘，当日翠渊阁的信常子来找先生，先生尚且称呼其前辈，和信常子相比，生杀二帝的辈分应该更高才对，可为何在先生面前以晚辈之礼相见呢？"

一礼，道："陆百杀见过先生，不知道先生大驾光临，有失远迎，真是罪过。"

这时叶苒也跟了出来，手里拿着百杀大帝的黑锦缎长褂和一只鞋子。笑道："帝君知道先生驾临生死城，顾不得正在午睡，连鞋子都来不及穿就来见先生了。"

柳醇清再见到叶苒，也是喜不自胜，突然眼角看到了杏目怒睁的桃卉儿，这才把要和叶苒说话的念头压了下去。

百杀大帝对叶苒道："小冉，快去把哥哥叫来。"

叶苒点头称是，然后飞快地向百生大帝的住处飞奔而去。

百杀大帝和仇斯寒暄了片刻，言语之中恭敬有加，从他热切的神情来看，对仇斯的尊重乃是发自肺腑。百杀大帝对火灵毫不在意，却发现了面色惨白的桃卉儿，忙问道："小花妖，何人能伤你至此？"

桃卉儿没好气地说道："百杀老儿，枉你活了这般年纪，姑奶奶又不是天下无敌，伤便伤了，又能如何？"

百杀大帝气得胡子都立了起来，这时柳醇清忙道："老伯，卉儿身受重伤，火气自然大了些，求您不要和小孩子一般见识。"

百杀大帝茫然地看了看柳醇清，又看了看仇斯。

仇斯解释道："得若忘山神引荐，仇某收了这孩子，算是半个徒弟吧。"

百杀大帝恍然大悟，忙对柳醇清说道："既然是先生的高足，这'老伯'二字万不敢当，若是不嫌弃的话，小兄弟就叫我一声哥哥吧！"

桃卉儿噗嗤一声哈哈大笑，柳醇清尴尬地看了看仇斯，仇斯却不以为然。

不消一会儿，叶苒回到百杀大帝的草庐回禀，一个和百杀大帝长得一模一样的老人跟在叶苒身后，两人如同一个模子里刻出来一般，一看便知俩人定是同胞兄弟。只是老人穿得一身洁白的锦缎长褂，与百杀大帝的黑色长褂相比，一黑一白倒像是黑白无常，如此旁人才得以区分。

百生大帝人还在外面便听到一个洪亮的声音道："老不死的，老夫足有十年未踏入你这破草庐了，要不是叶丫头求我，老夫才不来……"

百生大帝一只脚刚踏进草庐，便看到端坐在椅子上的仇斯，惊呼了一声，忙单膝跪倒在地，道："陆百生拜见先生，不知什么风把您吹来了？"说着回头瞪了一眼叶苒道："你这臭丫头怎么不早说是先生来了。"

叶苒在一旁忍不住捂嘴偷笑。

生杀二帝向来不和，彼此的下人也从不往来，只有叶苒深得生杀二帝的喜爱，虽然名义上是个婢女，却与生杀二帝的女儿无二。当日叶苒奉生杀二帝之命，去江湖上搜寻罕见的草药，在外面待了足有一年的时间，回来之时恰好赶在城门大开，这才遇到了仇斯一行人。能自由出入生死城的，除了生杀二帝，也就只有叶苒了。

百生大帝一眼就瞧见了几乎气若游丝的桃卉儿，脱口道："花童可是被绝剑仙的离恨天所伤？"

柳醇清忙说道："正是，老伯可有方法救救卉儿？"

一旁的百杀大帝大声说道："什么老伯？他是我的哥哥，也就是你的哥哥，叫他哥哥便可！"

百生大帝正要发怒，叶苒在他耳边悄声说了什么。

百生大帝瞬间转怒为笑道："这老不死的说的没错，先生的高足就是我等的兄弟！小兄弟放心，天罚剑的伤我治不了，区区离恨天还入不了老夫的法眼，老夫保证，十二个时辰之后就还你一个活蹦乱跳的花童！"

百生大帝说得柳醇清又羞又喜，谢道："如此就有劳老……哥哥了！"

说罢百生大帝立即吩咐下人，将花童送至他的草庐之中。

一通折腾之后，生杀二帝将仇斯引至上座，二人这才以晚辈之礼向仇斯问安。

柳醇清一头雾水，本想问问桃卉儿，可是桃卉儿不在此处，只好小声询问叶苒道："叶姑娘，当日翠渊阁的信常子来找先生，先生尚且称呼其前辈，和信常子相比，生杀二帝的辈分应该更高才对，可为何在先生面前以晚辈之礼相见呢？"

叶苒笑道："柳公子有所不知，翠渊阁到如今已然是微末的门派，江湖上最为隐秘之事岂是信字辈的弟子能知晓的？求死先生称他们为前辈乃是先生自谦，不愿张扬。"

柳醇清被叶苒称呼为"柳公子"，脸色顿时变得绯红，便道："叶姑娘，叫我清儿便可，我只是先生的侍童而已，可不是什么公子。"

叶苒忙正色道："奴婢不敢，二位帝君视公子为平辈，公子便是奴婢的主子，奴婢不敢造次。"

柳醇清挠了挠头，说："那这样好了，我也不叫你叶姑娘了，如此一来都生分了。你和先生一样，叫我清儿，我和二位帝君一样，叫你小冉，如何？"

叶苒还要推辞，见柳醇清神情坦诚，便索性答应了。她说道："公子……清儿，你可知我生死城的祖师爷，黄及老祖？"

柳醇清道："听先生说过一二。"

叶苒说："我听帝君曾经偶然说起过，黄及老祖昔日险些命丧黄泉，后幸得求死先生的师父'半通先生'出手相救，从此黄及老祖便奉半通先生为恩人，见之必行晚辈之礼。所以黄及老祖和求死先生算是同辈人，那自然就是二位帝君的长辈了。"

柳醇清恍然大悟，他正要问半通先生究竟是何人，可既然是仇斯的师父，那自然就是柳醇清的师祖，自己的师祖还要询问旁人，这实在说不过去，柳醇清只好强按下自己的好奇心。

仇斯饮了口茶，淡淡说道："仇某此次冒然前来，所为之事有两件。"说着从怀中掏出一个包袱，又道："仇某受快剑仙所托，务必将此物交于二位帝君手中！"

生杀二帝彼此对视了一眼，皆是一头雾水。

两人缓缓打开包袱，只见包袱之中只有一个如同干枯树杈一般的物品，上面还隐隐流动着玉质的光韵，除此之外包袱上便只有三个大字——幻境图。

生杀二帝一见此物，大惊失色，齐刷刷跪倒在地，顿时涕泪横流，口中不住喊道："师尊！弟子不孝，让您受苦了！"

仇斯也深感意外，没想到这包袱之中竟然是此物。

柳醇清看得莫名其妙，为何生杀二帝会对着一根树杈一样的东西口称师父？难道黄及老祖是个得道的树妖不成？

叶莘也被此物吓了一跳，她瞪大眼睛难以置信地说道："那……那是缩地兽的兽角！"

以缩地兽的脚力，天下无任何高手、灵兽可与其并肩，竟然有人能将其兽角斩断，实在太过匪夷所思。

叶莘忙上前搀扶起泣不成声的生杀二帝。

仇斯见生杀二帝的心绪平复了下来，这才问道："黄及公现在身在何处？"

百杀大帝望了一眼百生大帝，百生大帝点了点头，百杀大帝这才说道："当日先生前去囚谷解天罚之危之时，半通先生突然辞世，师尊在冥冥之中感应到半通先生驾鹤西去，当下便在生死城中为半通先生立了牌位，重孝裹身为半通先生守夜三日，三日之后便将生死城托付于我兄弟二人，师尊取出曾与半通先生对弈过的棋盘，只说一生未赢过半通先生一局，此后更再无半通先生这般可执子对弈之人了。师尊摔碎了棋盘，从此云游太虚杳无踪迹。"

仇斯听到"半通先生"四字时，微微动容。

百生大帝站起身来，大声说道："缩地兽尚且如此，师尊一定是遇到了敌手，你我兄弟却还在生死城偷安，将来有何面目与师尊相见？"

百杀大帝还没有昏了头脑，只得安抚百生大帝的情绪，百生大帝怒斥道："你这老不死的，若不是师尊传授你一身本事，何来如今的百杀大帝？老夫真是看错你了，你不去救师尊，老夫一人去救便可！"

说着，百生大帝便要只身去寻黄及老祖。

叶莘急忙拉住百生大帝，说道："帝君又在耍小孩子的性子了，即便叶苒笑道："柳公子有所不知，翠渊阁到如今已然是微末的门派，江湖上最为隐秘之事岂是信字辈的弟子能知晓的？求死先生称他们为前辈乃是先生自谦，不愿张扬。"

柳醇清被叶苒称呼为"柳公子"，脸色顿时变得绯红，便道："叶姑娘，叫我清儿便可，我只是先生的侍童而已，可不是什么公子。"

叶苒忙正色道："奴婢不敢，二位帝君视公子为平辈，公子便是奴婢的主子，奴婢不敢造次。"

柳醇清挠了挠头，说："那这样好了，我也不叫你叶姑娘了，如此一来都生分了。你和先生一样，叫我清儿，我和二位帝君一样，叫你小冉，如何？"

叶苒还要推辞，见柳醇清神情坦诚，便索性答应了。她说道："公子……清儿，你可知我生死城的祖师爷，黄及老祖？"

柳醇清道："听先生说过一二。"

叶苒说："我听帝君曾经偶然说起过，黄及老祖昔日险些命丧黄泉，后幸得求死先生的师父'半通先生'出手相救，从此黄及老祖便奉半通先生为恩人，见之必行晚辈之礼。所以黄及老祖和求死先生算是同辈人，那自然就是二位帝君的长辈了。"

柳醇清恍然大悟，他正要问半通先生究竟是何人，可既然是仇斯的师父，那自然就是柳醇清的师祖，自己的师祖还要询问旁人，这实在说不过去，柳醇清只好强按下自己的好奇心。

仇斯饮了口茶，淡淡说道："仇某此次冒然前来，所为之事有两件。"说着从怀中掏出一个包袱，又道："仇某受快剑仙所托，务必将此物交于二位帝君手中！"

生杀二帝彼此对视了一眼，皆是一头雾水。

两人缓缓打开包袱，只见包袱之中只有一个如同干枯树杈一般的物品，上面还隐隐流动着玉质的光韵，除此之外包袱上便只有三个大字——幻境图。

生杀二帝一见此物，大惊失色，齐刷刷跪倒在地，顿时涕泪横流，口中不住喊道："师尊！弟子不孝，让您受苦了！"

仇斯也深感意外，没想到这包袱之中竟然是此物。

柳醇清看得莫名其妙，为何生杀二帝会对着一根树杈一样的东西口称师父？难道黄及老祖是个得道的树妖不成？

叶苒也被此物吓了一跳，她瞪大眼睛难以置信地说道："那……那是缩地兽的兽角！"

以缩地兽的脚力，天下无任何高手、灵兽可与其并肩，竟然有人能将其兽角斩断，实在太过匪夷所思。

叶苒忙上前搀扶起泣不成声的生杀二帝。

仇斯见生杀二帝的心绪平复了下来，这才问道："黄及公现在身在何处？"

百杀大帝望了一眼百生大帝，百生大帝点了点头，百杀大帝这才说道："当日先生前去囚谷解天罚之危之时，半通先生突然辞世，师尊在冥冥之中感应到半通先生驾鹤西去，当下便在生死城中为半通先生立了牌位，重孝裹身为半通先生守夜三日，三日之后便将生死城托付于我兄弟二人，师尊取出曾与半通先生对弈过的棋盘，只说一生未赢过半通先生一局，此后更再无半通先生这般可执子对弈之人了。师尊摔碎了棋盘，从此云游太虚杳无踪迹。"

仇斯听到"半通先生"四字时，微微动容。

百生大帝站起身来，大声说道："缩地兽尚且如此，师尊一定是遇到了敌手，你我兄弟却还在生死城偷安，将来有何面目与师尊相见？"

百杀大帝还没有昏了头脑，只得安抚百生大帝的情绪，百生大帝怒斥道："你这老不死的，若不是师尊传授你一身本事，何来如今的百杀大帝？老夫真是看错你了，你不去救师尊，老夫一人去救便可！"

说着，百生大帝便要只身去寻黄及老祖。

叶苒急忙拉住百生大帝，说道："帝君又在耍小孩子的性子了，即便我们放心让你一人前去，可江湖之大，帝君可知黄及师祖身在何处？"

百生大帝一见是叶苒便没了脾气，只好乖乖又坐回椅子上。

仇斯道："如今看来，这关键所在就是'幻境图'三字了。若是仇某所料不错的话，黄及公此时应该在幻境图中。"

百杀大帝说道："幻境图是师尊极为看重的宝贝，即便是我兄弟二人也从未有幸得见。师尊说过，将来若是有杀身之祸，这幻境图便是他最后的救命稻草。"

百生大帝愤恨道："师尊向来不问江湖之事，知其身份者更是凤毛麟角，早年又得半通先生指点，一身修为想来应不在求死先生之下，究竟是何人能伤得了缩地兽，又将师尊逼入幻境图中？"

仇斯心中隐隐想到了快剑仙曾提及的主人。

生杀二帝在为如何营救黄及老祖而吵得不可开交，一旁的叶苒有心相劝却插不进话去，只好对仇斯说道："先生刚才说有两件事，那么另一件事又是什么？"

百生大帝一拍脑门道："对对对，险些将先生的大事耽误了，既然师尊已入幻境图避难，那么当下应无大碍，先生还有何事吩咐但说无妨，我兄弟二人定尽全力。"

仇斯也不客套，直说道："仇某此次前来乃是为了求取升阳草以救若忘山神的性命。"

百杀大帝说道："如此小事还劳烦先生亲自前来，升阳草我大哥那里要多少有多少，只要先生传书一封，我等便会差小冉给先生送去。"

仇斯沉吟不语，他看到百生大帝的面色极为难看。

这时百杀大帝也看出不对劲的地方，便低声训斥百生大帝道："大哥，你该不会是舍不得吧，求死先生是何人？他可是半通先生的弟子，和我等渊源甚深又是你我的长辈，若是连这点要求都推三阻四，我生死城如何在江湖立足？他日师尊重临生死城也定会怪罪你我无礼。"

百生大帝尴尬地说道："你这老不死的,当我是什么人?先生有求,别说几棵升阳草,就算是要我这条老命我也甘之若饴,只是……"

陆百杀忙问道："只是什么?"

陆百生羞红了脸说道："数月前的一天,一只百足火蠹偷偷溜进了我的药圃之中,幸好我及时发现,当时正巧老夫酒瘾犯了,便想用香油炸了这只百足火蠹来下酒,不想这百足火蠹被我困在药罐之中竟还是逃了出去,等到升阳草田被百足火蠹烧得只剩下灰烬,我才知道一切都晚了。"

听到此,百杀大帝气得胡子都立了起来,怒道："你这老东西,偷吃我的百足火蠹也就算了,烧了升阳草事小,耽误了先生的大事你拿什么来赔?"

百生大帝自知理亏,也不再与百杀大帝争吵,只是小声嘟囔道："还不是怪你,谁让你不看好那只破虫子的! !"

百杀大帝气道："你!"

仇斯怅然道："罢了,是仇某时运不济,既然如此仇某另寻他法便是!"

一旁的柳醇清如被霹雳劈中身体一般,半晌说不出话,难道桂青姐姐真的无力回天了吗?

陆百生像是猛然想到了什么,对仇斯说道："先生莫要气馁,我知道还有一处定有升阳草!"

还不等仇斯问话,柳醇清像是抓到了一根救命稻草一般,忙拉住百生大帝的衣袖问道："老伯……不,哥哥!究竟是何处,请您如实相告!"

百生大帝悄悄瞥了一眼百杀大帝和叶苒,然后避开他们诧异又急切的眼神,突然在仇斯面前跪倒在地,坚定地说："先请先生赎罪,若想知道升阳草的生长之处,还请先生先答应陆百生一个不情之请!"

百杀大帝又惊又怒,喝道："大哥,你这是做什么?怎敢要挟先生?"

柳醇清本以为抓住了最后的希望,没想到百生大帝竟然以此要挟仇斯,气得他恨不得拽掉这个天下人人敬畏的"药王"的胡子!

我们放心让你一人前去，可江湖之大，帝君可知黄及师祖身在何处？"

百生大帝一见是叶苒便没了脾气，只好乖乖又坐回椅子上。

仇斯道："如今看来，这关键所在就是'幻境图'三字了。若是仇某所料不错的话，黄及公此时应该在幻境图中。"

百杀大帝说道："幻境图是师尊极为看重的宝贝，即便是我兄弟二人也从未有幸得见。师尊说过，将来若是有杀身之祸，这幻境图便是他最后的救命稻草。"

百生大帝愤恨道："师尊向来不问江湖之事，知其身份者更是凤毛麟角，早年又得半通先生指点，一身修为想来应不在求死先生之下，究竟是何人能伤得了缩地兽，又将师尊逼入幻境图中？"

仇斯心中隐隐想到了快剑仙曾提及的主人。

生杀二帝在为如何营救黄及老祖而吵得不可开交，一旁的叶苒有心相劝却插不进话去，只好对仇斯说道："先生刚才说有两件事，那么另一件事又是什么？"

百生大帝一拍脑门道："对对对，险些将先生的大事耽误了，既然师尊已入幻境图避难，那么当下应无大碍，先生还有何事吩咐但说无妨，我兄弟二人定尽全力。"

仇斯也不客套，直说道："仇某此次前来乃是为了求取升阳草以救若忘山神的性命。"

百杀大帝说道："如此小事还劳烦先生亲自前来，升阳草我大哥那里要多少有多少，只要先生传书一封，我等便会差小冉给先生送去。"

仇斯沉吟不语，他看到百生大帝的面色极为难看。

这时百杀大帝也看出不对劲的地方，便低声训斥百生大帝道："大哥，你该不会是舍不得吧，求死先生是何人？他可是半通先生的弟子，和我等渊源甚深又是你我的长辈，若是连这点要求都推三阻四，我生死城如何在江湖立足？他日师尊重临生死城也定会怪罪你我无礼。"

百生大帝尴尬地说道:"你这老不死的,当我是什么人?先生有求,别说几棵升阳草,就算是要我这条老命我也甘之若饴,只是……"

陆百杀忙问道:"只是什么?"

陆百生羞红了脸说道:"数月前的一天,一只百足火蠹偷偷溜进了我的药圃之中,幸好我及时发现,当时正巧老夫酒瘾犯了,便想用香油炸了这只百足火蠹来下酒,不想这百足火蠹被我困在药罐之中竟还是逃了出去,等到升阳草田被百足火蠹烧得只剩下灰烬,我才知道一切都晚了。"

听到此,百杀大帝气得胡子都立了起来,怒道:"你这老东西,偷吃我的百足火蠹也就算了,烧了升阳草事小,耽误了先生的大事你拿什么来赔?"

百生大帝自知理亏,也不再与百杀大帝争吵,只是小声嘟囔道:"还不是怪你,谁让你不看好那只破虫子的!!"

百杀大帝气道:"你!"

仇斯怅然道:"罢了,是仇某时运不济,既然如此仇某另寻他法便是!"

一旁的柳醇清如被霹雳劈中身体一般,半晌说不出话,难道桂青姐姐真的无力回天了吗?

陆百生像是猛然想到了什么,对仇斯说道:"先生莫要气馁,我知道还有一处定有升阳草!"

还不等仇斯问话,柳醇清像是抓到了一根救命稻草一般,忙拉住百生大帝的衣袖问道:"老伯……不,哥哥!究竟是何处,请您如实相告!"

百生大帝悄悄瞥了一眼百杀大帝和叶苒,然后避开他们诧异又急切的眼神,突然在仇斯面前跪倒在地,坚定地说:"先请先生赎罪,若想知道升阳草的生长之处,还请先生先答应陆百生一个不情之请!"

百杀大帝又惊又怒,喝道:"大哥,你这是做什么?怎敢要挟先生?"

柳醇清本以为抓住了最后的希望,没想到百生大帝竟然以此要挟仇斯,气得他恨不得拽掉这个天下人人敬畏的"药王"的胡子!

百生大帝不理会兄弟的指责，仍旧低头大声说道："先生若不答应，陆百生决不会说出升阳草的下落，如果若忘山神因此而死，陆百生也会以死谢罪，为若忘山神陪葬！"

仇斯微微皱眉，虽然对百生大帝的请求早就了然于心，却仍然觉得他的做法为人所不齿，不过他很快就释然了，他明白百生大帝的良苦用心，他宁愿背负不仁不义的骂名也要救他的师父。

仇斯淡淡地说道："仇某知道你所为何事，如此仇某便答应你，定将黄及老祖救出来。"

陆百生重重在地上磕了三个响头，含泪说道："多谢先生慈悲，陆百生不得已才出此下策，不求先生原谅，但求先生将师尊完好带回，陆百生会在生死城内为先生立下长生位，以求先生长命百岁。"

陆百杀见状也陪着兄长一同跪下，给仇斯同样磕了三个响头。

柳醇清怒道："我家先生已无命谍，即使没什么长生位也能长生不老，不需帝君劳神！"

听到柳醇清说仇斯是无命谍之人，叶莴手中拿着的托盘险些脱手掉在地上，好在众人皆有心事，并没有人注意到她的失态。

仇斯用手拦住了柳醇清的话头，欣慰地说道："有徒如此，黄及公也该感到欣慰了。"

百生大帝擦了擦眼泪，说道："十几年前江南一带突生瘟疫，笑弥勒找到我，请我配出治疗瘟疫的药，当时碍于不怒金刚的面子，我拿出了珍藏的升阳草，不想却被'鬼盗'钻了空子，将升阳草偷了去。后来师尊命缩地兽协助我在天下寻找升阳草的草种，功夫不负有心人，终于被我找到了十颗草种，没想到路过雾宣山时，一粒草种掉在了山上，万般皆有缘由，既然草种落地生根，便是此处与升阳草有缘。如今升阳草在雾宣山上应该繁衍成片，先生在那里必有收获！"

仇斯只觉得呼吸一滞，他以为此生再也不会踏入那片伤心之地，想不到兜兜转转，命运又要将他带回雾宣山。

在百生大帝的药庐之中，几个侍女为桃卉儿解去衣衫，一旁的木桶之中倒满了温热的药汤。

桃卉儿的身体浸入药浴之中，那种寒彻骨髓的阴冷开始渐渐消退。药汤之中加入了多种草药，有些甚至在江湖上早已绝迹，可在生死城却多如野草，百生大帝只是简单查看了桃卉儿的伤势，便交代下人如何去做，在他看来，离恨天的剑伤甚至无需他亲自出手医治。

药浴的热气缓缓蒸腾，氤氲成一片如梦似幻的朦胧景象。桃卉儿恍惚之中睁开眼睛，片刻之后便沉睡下去。

梦里她依偎在柳醇清身边，柳醇清和她呢喃着那些动人的情话。仇斯和桂青在不远的地方冲他们微笑，仿佛是无声的祝福，火灵欢呼雀跃地跑来，似乎也为这旖旎的光景添些色彩。

突然桃卉儿发现了不对劲的地方，火灵的背上竟然还坐着一个女子，桃卉儿仔细观瞧，竟然是叶苒。

叶苒冲柳醇清狐媚地一笑，伸出一根手指对着柳醇清勾了勾，柳醇清呆呆地站起身，向叶苒身边走去。

桃卉儿急忙去拦柳醇清，可手刚碰到柳醇清的衣衫，柳醇清却倏然不见了，桃卉儿再看，柳醇清已经和叶苒一起坐在了火灵的背上越走越远。她转头冲仇斯大喊，可仇斯却像是在嘲笑她一般，牵着桂青的手消失在了黑暗里。

此时叶苒回过头，示威似的冲桃卉儿扬了扬下巴，然后挽着柳醇清的胳膊，柳醇清顺势便向叶苒的唇吻去……

桃卉儿哭喊道："清儿……不要走，清儿！"

桃卉儿猛地睁开眼睛，发现一切是场梦，好在是场梦！

离恨天剑势在桃卉儿身上留下的创口此刻已几近痊愈，只是内伤的恢复却不是一朝一夕之功，但桃卉儿不顾侍女的劝阻，执意穿上衣衫，甚至百生大帝不理会兄弟的指责，仍旧低头大声说道："先生若不答应，陆百生决不会说出升阳草的下落，如果若忘山神因此而死，陆百生也会以死谢罪，为若忘山神陪葬！"

仇斯微微皱眉，虽然对百生大帝的请求早就了然于心，却仍然觉得他的做法为人所不齿，不过他很快就释然了，他明白百生大帝的良苦用心，他宁愿背负不仁不义的骂名也要救他的师父。

仇斯淡淡地说道："仇某知道你所为何事，如此仇某便答应你，定将黄及老祖救出来。"

陆百生重重在地上磕了三个响头，含泪说道："多谢先生慈悲，陆百生不得已才出此下策，不求先生原谅，但求先生将师尊完好带回，陆百生会在生死城内为先生立下长生位，以求先生长命百岁。"

陆百杀见状也陪着兄长一同跪下，给仇斯同样磕了三个响头。

柳醇清怒道："我家先生已无命谍，即使没什么长生位也能长生不老，不需帝君劳神！"

听到柳醇清说仇斯是无命谍之人，叶苘手中拿着的托盘险些脱手掉在地上，好在众人皆有心事，并没有人注意到她的失态。

仇斯用手拦住了柳醇清的话头，欣慰地说道："有徒如此，黄及公也该感到欣慰了。"

百生大帝擦了擦眼泪，说道："十几年前江南一带突生瘟疫，笑弥勒找到我，请我配出治疗瘟疫的药，当时碍于不怒金刚的面子，我拿出了珍藏的升阳草，不想却被'鬼盗'钻了空子，将升阳草偷了去。后来师尊命缩地兽协助我在天下寻找升阳草的草种，功夫不负有心人，终于被我找到了十颗草种，没想到路过雾宣山时，一粒草种掉在了山上，万般皆有缘由，既然草种落地生根，便是此处与升阳草有缘。如今升阳草在雾宣山上应该繁衍成片，先生在那里必有收获！"

仇斯只觉得呼吸一滞，他以为此生再也不会踏入那片伤心之地，想不到兜兜转转，命运又要将他带回雾宣山。

在百生大帝的药庐之中，几个侍女为桃卉儿解去衣衫，一旁的木桶之中倒满了温热的药汤。

桃卉儿的身体浸入药浴之中，那种寒彻骨髓的阴冷开始渐渐消退。药汤之中加入了多种草药，有些甚至在江湖上早已绝迹，可在生死城却多如野草，百生大帝只是简单查看了桃卉儿的伤势，便交代下人如何去做，在他看来，离恨天的剑伤甚至无需他亲自出手医治。

药浴的热气缓缓蒸腾，氤氲成一片如梦似幻的朦胧景象。桃卉儿恍惚之中睁开眼睛，片刻之后便沉睡下去。

梦里她依偎在柳醇清身边，柳醇清和她呢喃着那些动人的情话。仇斯和桂青在不远的地方冲他们微笑，仿佛是无声的祝福，火灵欢呼雀跃地跑来，似乎也为这旖旎的光景添些色彩。

突然桃卉儿发现了不对劲的地方，火灵的背上竟然还坐着一个女子，桃卉儿仔细观瞧，竟然是叶苒。

叶苒冲柳醇清狐媚地一笑，伸出一根手指对着柳醇清勾了勾，柳醇清呆呆地站起身，向叶苒身边走去。

桃卉儿急忙去拦柳醇清，可手刚碰到柳醇清的衣衫，柳醇清却倏然不见了，桃卉儿再看，柳醇清已经和叶苒一起坐在了火灵的背上越走越远。她转头冲仇斯大喊，可仇斯却像是在嘲笑她一般，牵着桂青的手消失在了黑暗里。

此时叶苒回过头，示威似的冲桃卉儿扬了扬下巴，然后挽着柳醇清的胳膊，柳醇清顺势便向叶苒的唇吻去……

桃卉儿哭喊道："清儿……不要走，清儿！"

桃卉儿猛地睁开眼睛，发现一切是场梦，好在是场梦！

离恨天剑势在桃卉儿身上留下的创口此刻已几近痊愈，只是内伤的恢复却不是一朝一夕之功，但桃卉儿不顾侍女的劝阻，执意穿上衣衫，甚至顾不上去取回东引桃杖便要去寻柳醇清。

走出药庐,外面已经漆黑一片,虽不知是何时辰,但想来此时定是深夜。桃卉儿喊了几声,仍不见柳醇清与仇斯,甚至连火灵都不见踪影,这更让桃卉儿心急如焚。

黑暗之中,桃卉儿只觉得撞到了一个人的身上,一股淡淡的清香传来,桃卉儿凭直觉断定,那定是个女人。

果然传来一个冷冰冰的女人声音:"陆百生在哪?"

桃卉儿本就心急,此时更无心和这个女人纠缠,脱口骂道:"滚开!"

女人冷哼了一声道:"生死城的人都这么大口气吗?一个小小的贱婢也敢在我面前出言不逊?"

桃卉儿不再理会她,侧过身想要避开她,不想女人一把拉住桃卉儿的手,疑惑道:"咦?不对,你受伤了!可是被离恨天所伤?"

桃卉儿用力抽回手,怒道:"这和你无关!"

女人有些感慨地说道:"被那狠心的妮子伤了还能活着,看来你也不是个普通的角色。告诉我陆百生在哪,我就饶你一命如何?"

桃卉儿只顾去寻柳醇清,对这女人的话一句也未放在心上。

女人见桃卉儿对她视而不见,也动了怒气,喝道:"臭丫头怎敢如此无礼!"女人手掌一翻,子母棱金刺倏然出现在双掌之中。

桃卉儿只觉得一阵劲风袭来,险些将她带倒在地,子母棱金刺已至身前,桃卉儿已然避无可避。

这时叶苒及时赶到,她一声娇喝道:"住手,帝君清修之地岂可放肆?"

叶苒凌空跃起,眨眼之间连踢数脚,堪堪压制住了那女人的子母棱金刺。女人刚才这一手突袭本来便是见桃卉儿重伤未愈,手下力道不足两成,如此才会被叶苒化解了招式。女人柳眉轻蹙,手腕一转,兵刃又向叶苒刺去,叶苒从容应对,一时间打得难解难分。

这时生杀二帝带着仇斯与柳醇清也赶了过来,见叶苒和一神秘人打斗如此激烈，柳醇清情急之下喊道："小苒，小心！"

桃卉儿只觉得耳中一阵轰鸣，柳醇清竟然唤叶苒作"小苒"，泪水如同断了线的珠子，止不住地往下流。

忽然寒光一闪，紧接着叶苒一声痛苦的叫声传来，子母棱金刺已刺入叶苒的手臂。

百杀大帝怒喝道："狂徒敢尔！"说着大手一挥，一阵烟雾从百杀大帝手中弥漫开来。

女人似乎对这烟雾颇为忌惮，急忙闪避。

柳醇清急忙上前扶住叶苒，问道："小苒，你没事吧？"

百生大帝急忙从怀里拿出随身带着的金创药给叶苒敷上，又是心疼又是关切地说道："你这丫头，跟你说过多少次了，不要和那个女魔头硬碰硬，你怎么就不听呢！"

叶苒摇了摇头，示意自己无碍，她对柳醇清说道："清儿，你快去看看桃姐姐吧。"

由于夜里太过阴暗，柳醇清这才看到瘫倒在地上的桃卉儿，急忙过去扶她，又惊又喜道："卉儿，你的伤好了！"

桃卉儿泪流满面地说道："你的眼里先有她，然后才有我，是吗？"

柳醇清一头雾水地问道："卉儿，你在说什么？"

桃卉儿摇了摇头，想要推开柳醇清，可是又舍不得他怀里的温暖，只能不住地啜泣，刚才叶苒那一声"清儿"仿佛一道利箭射穿了桃卉儿的心，身体上的伤口已经愈合，可心上的伤却愈演愈烈。

那一边百杀大帝与那女人缠斗不止，百杀大帝的毒雾似乎有生命一般，在百杀大帝的控制之下犹如毒蛇一般钻入女人的身体里。

柳醇清心里的石头算是落了地，看来那女人败给了百杀大帝，正要扶着桃卉儿回房里休息，没想到中了毒的女人一声娇喝，毒雾却被她一点点逼出体外。百杀大帝和花童齐名，天下用毒者，无出其二人之右者，可这顾不上去取回东引桃杖便要去寻柳醇清。

走出药庐,外面已经漆黑一片,虽不知是何时辰,但想来此时定是深夜。桃卉儿喊了几声,仍不见柳醇清与仇斯,甚至连火灵都不见踪影,这更让桃卉儿心急如焚。

黑暗之中,桃卉儿只觉得撞到了一个人的身上,一股淡淡的清香传来,桃卉儿凭直觉断定,那定是个女人。

果然传来一个冷冰冰的女人声音:"陆百生在哪?"

桃卉儿本就心急,此时更无心和这个女人纠缠,脱口骂道:"滚开!"

女人冷哼了一声道:"生死城的人都这么大口气吗?一个小小的贱婢也敢在我面前出言不逊?"

桃卉儿不再理会她,侧过身想要避开她,不想女人一把拉住桃卉儿的手,疑惑道:"咦?不对,你受伤了!可是被离恨天所伤?"

桃卉儿用力抽回手,怒道:"这和你无关!"

女人有些感慨地说道:"被那狠心的妮子伤了还能活着,看来你也不是个普通的角色。告诉我陆百生在哪,我就饶你一命如何?"

桃卉儿只顾去寻柳醇清,对这女人的话一句也未放在心上。

女人见桃卉儿对她视而不见,也动了怒气,喝道:"臭丫头怎敢如此无礼!"女人手掌一翻,子母棱金刺倏然出现在双掌之中。

桃卉儿只觉得一阵劲风袭来,险些将她带倒在地,子母棱金刺已至身前,桃卉儿已然避无可避。

这时叶苒及时赶到,她一声娇喝道:"住手,帝君清修之地岂可放肆?"

叶苒凌空跃起,眨眼之间连踢数脚,堪堪压制住了那女人的子母棱金刺。女人刚才这一手突袭本来便是见桃卉儿重伤未愈,手下力道不足两成,如此才会被叶苒化解了招式。女人柳眉轻蹙,手腕一转,兵刃又向叶苒刺去,叶苒从容应对,一时间打得难解难分。

这时生杀二帝带着仇斯与柳醇清也赶了过来,见叶苒和一神秘人打斗如此激烈，柳醇清情急之下喊道："小苒，小心！"

桃卉儿只觉得耳中一阵轰鸣，柳醇清竟然唤叶苒作"小苒"，泪水如同断了线的珠子，止不住地往下流。

忽然寒光一闪，紧接着叶苒一声痛苦的叫声传来，子母棱金刺已刺入叶苒的手臂。

百杀大帝怒喝道："狂徒敢尔！"说着大手一挥，一阵烟雾从百杀大帝手中弥漫开来。

女人似乎对这烟雾颇为忌惮，急忙闪避。

柳醇清急忙上前扶住叶苒，问道："小苒，你没事吧？"

百生大帝急忙从怀里拿出随身带着的金创药给叶苒敷上，又是心疼又是关切地说道："你这丫头，跟你说过多少次了，不要和那个女魔头硬碰硬，你怎么就不听呢！"

叶苒摇了摇头，示意自己无碍，她对柳醇清说道："清儿，你快去看看桃姐姐吧。"

由于夜里太过阴暗，柳醇清这才看到瘫倒在地上的桃卉儿，急忙过去扶她，又惊又喜道："卉儿，你的伤好了！"

桃卉儿泪流满面地说道："你的眼里先有她，然后才有我，是吗？"

柳醇清一头雾水地问道："卉儿，你在说什么？"

桃卉儿摇了摇头，想要推开柳醇清，可是又舍不得他怀里的温暖，只能不住地啜泣，刚才叶苒那一声"清儿"仿佛一道利箭射穿了桃卉儿的心，身体上的伤口已经愈合，可心上的伤却愈演愈烈。

那一边百杀大帝与那女人缠斗不止，百杀大帝的毒雾似乎有生命一般，在百杀大帝的控制之下犹如毒蛇一般钻入女人的身体里。

柳醇清心里的石头算是落了地，看来那女人败给了百杀大帝，正要扶着桃卉儿回房里休息，没想到中了毒的女人一声娇喝，毒雾却被她一点点逼出体外。百杀大帝和花童齐名，天下用毒者，无出其二人之右者，可这女人竟然无需解药，顷刻之间以内力将剧毒逼出体外，这份修为放眼江湖也是罕见至极的。

趁百杀大帝错愕之际，女人一掌逼退了百杀大帝，又顺势祭出子母棱金刺直奔桃卉儿而去。

仇斯身形一晃，刹那间已挡在柳醇清与桃卉儿身前，无争剑倏然出鞘，叮当两声，无争剑与子母棱金刺相击，女人似乎无法承受仇斯的力道，子母棱金刺也险些脱手而飞。

女人见仇斯不好相与，便使了个破绽不与他正面交锋。

电光火石之间，女人便捉住了柳醇清与桃卉儿，不想无争剑已至眼前，女人只好再度出手应对。数招过后，女人无奈将柳醇清推了出去，仇斯急忙收剑接住柳醇清，当他再想救下桃卉儿时，女人的子母棱金刺已经抵在了桃卉儿的咽喉之上。

纵使仇斯行水诀已快逾闪电，却仍没有把握从女人手中救下花童。

女人冷笑道："陆百杀，就算你有帮手又如何？限你天明之前将我要的东西交给我，否则我就杀了这丫头。"

柳醇清急道："不要伤了卉儿，否则我绝不会放过你！"

桃卉儿见柳醇清是真心为自己焦急担忧，不由得心中一暖。

女人笑道："黄口小儿，我倒想知道，你手无缚鸡之力，如何不放过我？"

柳醇清一时气结，想了片刻道："我现在虽然打不过你，但是我会认真和先生学好功夫，就算我愚钝，可得到了当今天下剑术盛名的求死先生指点，只需他一两成功力便已能无敌于天下，到时候杀了你还不是易如反掌。"

女人瞪大了眼睛看着仇斯，问道："求死先生？你是仇斯？"

仇斯沉吟不语。

女人像是想到了什么，忍不住笑道："难怪，难怪！若是让他看到你，定要缠着你和他比试一二！"

柳醇清喊道："又怒又笑，真是个怪人，快把卉儿还给我！"

这时叶苒走到柳醇清身边，安慰道："清儿，你不要心急，有先生和二位帝君在，定能护得桃姐姐的周全。"

看到叶苒和柳醇清亲昵的样子，桃卉儿如同遭受重拳一般，泪水又不可遏止地涌出眼眶。她别过头，对女人说道："你还是杀了我吧，反正我苟活于世只会惹人烦厌，还不如早点死了，也算是成全了别人！"

柳醇清忙心痛地说道："卉儿，你在说什么傻话？"

桃卉儿怒道："住口！你是我什么人？桃卉儿不过是人人唯恐避之不及的妖女，当不起柳公子一声'卉儿'，还请柳公子自重！"

柳醇清被桃卉儿说得面红耳赤，却仍关切地盯着她。

女人笑道："小花妖，想不到你也是个痴情的种子，若是天明之时我拿不到那个东西，我定会给你一个痛快，不过到时候我再替你杀了那对狗男女给你陪葬如何？"

桃卉儿怒道："你敢！"

子母棱金刺刺入桃卉儿皮肤几分，女人突然低声道："像我这样的人还有什么不敢的？"说着一滴泪从女人的眼角滑落。

女人带着桃卉儿躲进草庐之中，威胁众人不可靠近。

柳醇清在外面如同热锅上的蚂蚁，突然他问道："二位帝君，这女人究竟是何来头？"

仇斯此时已隐隐猜出了女人的身份。

百生大帝叹了口气说道："她就是曲听竹！"

仇斯面色变了又变，冷冷地说道："果然是'双耳'！"

柳醇清瞠目结舌道："双……双耳？""一佛双耳三剑仙"，这段时间柳醇清已经如雷贯耳，昨日才见识过快剑仙的手段，一出手便要将天雷引下来，可见能和快剑仙并称的双耳是何等狠辣的角色了。

叶苒在一旁小声解释道："曲听竹和燕听雨本是'六子'之一，因二人名字之中都有'听'字，加之二人耳目极佳，对江湖之事了如指掌，故女人竟然无需解药，顷刻之间以内力将剧毒逼出体外，这份修为放眼江湖也是罕见至极的。

趁百杀大帝错愕之际，女人一掌逼退了百杀大帝，又顺势祭出子母棱金刺直奔桃卉儿而去。

仇斯身形一晃，刹那间已挡在柳醇清与桃卉儿身前，无争剑倏然出鞘，叮当两声，无争剑与子母棱金刺相击，女人似乎无法承受仇斯的力道，子母棱金刺也险些脱手而飞。

女人见仇斯不好相与，便使了个破绽不与他正面交锋。

电光火石之间，女人便捉住了柳醇清与桃卉儿，不想无争剑已至眼前，女人只好再度出手应对。数招过后，女人无奈将柳醇清推了出去，仇斯急忙收剑接住柳醇清，当他再想救下桃卉儿时，女人的子母棱金刺已经抵在了桃卉儿的咽喉之上。

纵使仇斯行水诀已快逾闪电，却仍没有把握从女人手中救下花童。

女人冷笑道："陆百杀，就算你有帮手又如何？限你天明之前将我要的东西交给我，否则我就杀了这丫头。"

柳醇清急道："不要伤了卉儿，否则我绝不会放过你！"

桃卉儿见柳醇清是真心为自己焦急担忧，不由得心中一暖。

女人笑道："黄口小儿，我倒想知道，你手无缚鸡之力，如何不放过我？"

柳醇清一时气结，想了片刻道："我现在虽然打不过你，但是我会认真和先生学好功夫，就算我愚钝，可得到了当今天下剑术盛名的求死先生指点，只需他一两成功力便已能无敌于天下，到时候杀了你还不是易如反掌。"

女人瞪大了眼睛看着仇斯，问道："求死先生？你是仇斯？"

仇斯沉吟不语。

女人像是想到了什么，忍不住笑道："难怪，难怪！若是让他看到你，定要缠着你和他比试一二！"

柳醇清喊道："又怒又笑，真是个怪人，快把卉儿还给我！"

这时叶苒走到柳醇清身边，安慰道："清儿，你不要心急，有先生和二位帝君在，定能护得桃姐姐的周全。"

看到叶苒和柳醇清亲昵的样子，桃卉儿如同遭受重拳一般，泪水又不可遏止地涌出眼眶。她别过头，对女人说道："你还是杀了我吧，反正我苟活于世只会惹人烦厌，还不如早点死了，也算是成全了别人！"

柳醇清忙心痛地说道："卉儿，你在说什么傻话？"

桃卉儿怒道："住口！你是我什么人？桃卉儿不过是人人唯恐避之不及的妖女，当不起柳公子一声'卉儿'，还请柳公子自重！"

柳醇清被桃卉儿说得面红耳赤，却仍关切地盯着她。

女人笑道："小花妖，想不到你也是个痴情的种子，若是天明之时我拿不到那个东西，我定会给你一个痛快，不过到时候我再替你杀了那对狗男女给你陪葬如何？"

桃卉儿怒道："你敢！"

子母棱金刺刺入桃卉儿皮肤几分，女人突然低声道："像我这样的人还有什么不敢的？"说着一滴泪从女人的眼角滑落。

女人带着桃卉儿躲进草庐之中，威胁众人不可靠近。

柳醇清在外面如同热锅上的蚂蚁，突然他问道："二位帝君，这女人究竟是何来头？"

仇斯此时已隐隐猜出了女人的身份。

百生大帝叹了口气说道："她就是曲听竹！"

仇斯面色变了又变，冷冷地说道："果然是'双耳'！"

柳醇清瞠目结舌道："双……双耳？" "一佛双耳三剑仙"，这段时间柳醇清已经如雷贯耳，昨日才见识过快剑仙的手段，一出手便要将天雷引下来，可见能和快剑仙并称的双耳是何等狠辣的角色了。

叶苒在一旁小声解释道："曲听竹和燕听雨本是'六子'之一，因二人名字之中都有'听'字，加之二人耳目极佳，对江湖之事了如指掌，故并称为'双耳'。与不怒金刚的慈悲不同,这两人专杀江湖上恶贯满盈之辈,是江湖上谈之色变的绝顶杀手,曾有传言说这两人一直在寻找一个人,欲杀之后快,至于那人是谁就不得而知了。"

仇斯忽然问道:"她所要的东西究竟是何物?"

百杀大帝犹豫了一下说道:"她要的是一方锦帛。"

柳醇清急道:"一方锦帛而已,她要给她便罢了。"

百杀大帝和百生大帝对望了一眼,不由得低下头去,显然是极为不舍。

叶荋替生杀二帝解围道:"清儿,你有所不知,那块锦帛是我生死城的圣物,是黄及师祖留下的唯一念想。"

百生大帝接口说道:"那是师尊留下的……"

百生大帝显然在犹豫是否要将此事告知仇斯。百杀大帝倒是坦荡,直言道:"那是师尊留下的一套秘法,只是上面的内容极为晦涩,我和哥哥也一起参悟过,直到现在也无法参透上面所记载的秘法究竟要如何修炼。只是师尊说过,此物静待有缘人,若是流落于江湖,只怕会引起无妄的杀戮,而且就算把锦帛给了曲听竹,她也看不懂,治不了她的病。"

仇斯疑惑道:"病?什么病?"

百生大帝有些为难地说:"是病也不是病,老夫也解释不清楚,等到天明之时先生自会知晓。"

柳醇清心中焦躁不安,怒道:"那疯女人说过,天明之时拿不到东西就要杀了卉儿,我要去救卉儿!"说着就要闯进草庐之内。

百杀大帝伸手挡住柳醇清解释道:"小兄弟稍安勿躁,曲听竹第一次到生死城已是三年前了,每当生死城城开之时,她都会来这闹一闹,生死城里哪个下人没有被她挟持过?就连小荋也被她当作人质扣押过,只是到了天亮自会离去。"

柳醇清看了一眼叶荋,叶荋郑重地点了点头。

可柳醇清还是不相信凶神恶煞的曲听竹会在天亮的时候放了桃卉儿。

柳醇清还要再说什么，仇斯安慰他说："静观其变即可，有我在，卉儿姑娘绝不会出事。"

有了仇斯的承诺，柳醇清这才将悬着的心放回了肚子里。

草庐之内，曲听竹不再用子母棱金刺威胁桃卉儿，任由她在草庐之内自由活动。曲听竹斜靠在椅子上，用手轻抚额头暗自神伤。

桃卉儿见大门虽近在咫尺却仍不敢轻举妄动，一来自己伤势并未痊愈，二来东引桃杖并未在自己的手中。在这有限的空间之内，曲听竹有可能在刹那之间取她性命。

直到天边微微泛起鱼肚白，不知哪里传来了一声公鸡的啼叫之声，桃卉儿大惊，天已经亮了，莫非自己真的要死在这个女魔头的手里？她谨慎地转过头去看曲听竹。

曲听竹双目紧闭，眉头紧锁，竟显得十分痛苦。

桃卉儿心中暗喜，她蹑手蹑脚走到内室之中取回东引桃杖,有兵器在手，桃卉儿即使没有胜算，但保住性命便不在话下。

桃卉儿怒喝一声，手中的东引桃杖狠狠地向椅子上的人砸去。

一击之下，并没有桃卉儿想象的血肉模糊，东引桃杖被一只手稳稳托住。

一股极大的力道从东引桃杖顶端传来，险些将桃卉儿掀翻在地，幸亏那只手又及时抵在桃卉儿的后背，这才堪堪稳住身形。

桃卉儿定睛望去，只见一黄衫男子神情凝重地看着桃卉儿，额头上一根青玉束带令飘然的长发恣意地垂泻于身后，颇有几分仙风道骨的模样。

黄衫男子质问道："姑娘，为何要对在下痛下杀手？"

桃卉儿环视草庐之内，女魔头一般的曲听竹居然不见了？她茫然问道："你是何人？"

黄衫男子沉声答道："在下燕听雨，看姑娘手持东引桃杖，莫非姑娘便是花童？"

桃卉儿目瞪口呆，嘴里重复道："燕听雨……燕听雨？你是双耳？"

黄衫男子道："正是！"

桃卉儿恍然大悟，道："你是燕听雨，那个疯婆娘就是曲听竹喽？"

黄衫男子微微皱眉，对桃卉儿如此称呼曲听竹感到有些不悦，却仍压住怒气道："想必你一定见过听竹，在下替她向你陪个不是，你可以离开了。"

桃卉儿游移不定，她并未听到开门之声，而草庐之中能藏人的地方屈指可数，曲听竹消失不见本就够令人匪夷所思了，而燕听雨出现得莫名其妙，现在又这样轻而易举地放了她，她怀疑这又是一个阴谋。

桃卉儿谨慎地向门口走去，突然听到燕听雨说道："且慢！"

桃卉儿的心沉到了谷底，果然另有所谋。

燕听雨从怀中掏出一方手帕，递给了桃卉儿，说道："你脖子上的伤是她的子母棱金刺所伤吧？这个手帕你拿去，包扎一下伤口吧。"说着燕听雨又叹了口气，苦笑道："她只是太想见我了，你别怪她，要怪就怪我吧。"

桃卉儿接过手帕，逃也似的打开了草庐的门，外面的阳光刺得她眼睛生疼。

众人在外等了一夜，好不容易等到鸡鸣天亮，柳醇清已经急不可待，若不是仇斯仍旧神情自若，柳醇清此刻早已冲进草庐之内。

突然草庐的门开了，桃卉儿若无其事地走了出来，柳醇清简直不敢相信自己的眼睛。他三步并作两步，跑到桃卉儿面前，将她死死抱在怀中。

等到桃卉儿适应了阳光，这才发现自己已经被柳醇清揽在了怀里，她愤怒至极，想要推开柳醇清，奈何柳醇清抱得太过用力，桃卉儿挣扎了两下便流出了委屈的泪水，手上也没了力气，任凭柳醇清抱着她。

桃卉儿一边轻轻捶打柳醇清一边哭道："你还来抱我做什么？去找你的小苒腻歪去吧，小心你的小苒吃醋！"

柳醇清的嘴恰好在桃卉儿的耳边，他轻声说道："好卉儿，你一个人就把我的心填满了，哪里还容得下别的女子？"

桃卉儿只觉得耳朵发痒，醉人的情话听到心里，连脚下都没了力气。

燕听雨此时缓步而出，柳醇清吓了一跳，忙护住桃卉儿，生怕她再被人掳了去。

燕听雨并不在意柳醇清与桃卉儿，径直走向生杀二帝，抱拳道："在下给二位帝君添麻烦了，这就离去。"

百生大帝似乎是见惯了这样的光景，也不多话，当下拱手抱拳，做了一个请的手势。

燕听雨大步向外走去，路过仇斯身边时，忍不住看了仇斯一眼，他诧异地说道："嗯？你身上有天雷之气，又有春水柔的剑气，你见过云中傲？"

仇斯点头道："在生死城外与快剑仙交过手。"

燕听雨睁大眼睛问道："他可是使出了'天变'？"

仇斯点头。

燕听雨再问："孰胜孰负？"

仇斯道："仇某险胜。"

燕听雨退后了一步，沉声道："仇某？你是求死先生？云中傲全盛之时，在下也只能与他的'惊变'打个平手，最后一式只怕连他自己也没见过，如今有人能胜过惊天三变，在下真想和先生打个痛快！只是在下还有要事在身，他日若有机会定向先生讨教一二！"

仇斯点头道："仇某静待阁下。"

燕听雨走后，柳醇清忙问："刚才那大叔是谁？那个疯女人又去哪了？"

叶苒走到柳醇清身边说道："刚才那人便是双耳，燕听雨。"

桃卉儿见叶苒走来，便心生厌烦，她倒在柳醇清怀中，别过脸去不再看她。

柳醇清也有此猜测，于是问道："那曲听竹又去了哪？"

叶苒说道："曲听竹和燕听雨就是同一个人，此人三年前的夜里便到了生死城，可到了白天本来是女人的曲听竹就变成了燕听雨。白天燕听雨便会离开生死城去办他的要紧之事，到了晚上曲听竹就会来到生死城，要挟百生大帝治好她的病，她想再见一见燕听雨。"

百生大帝叹气道："不知是谁将双耳的灵魂困在了一副躯体里，白天为雄夜晚为雌，只是生生世世，两人永不相见。这不是病，是命！"

能将两个人的灵魂禁锢在一个身边里，无论如何都算是无上神通了，仇斯忽然想到了六子的主人，也只有这个神秘的主人才办得到。

折腾了些许时辰，百生大帝终于得空为病重的患者进行医治。一直忙到夕阳西下，这才回到药庐之中喘息片刻。

百生大帝的药庐之内，生杀二帝一言不发，脸上愁云惨淡。一想到夜里曲听竹又会去而复返，两人虽不堪其扰，却也无可奈何。

经过一整天的调理，桃卉儿的内伤几近痊愈，仇斯见生死城已无升阳草，便打算与生杀二帝告辞。

生杀二帝诚心挽留，非要仇斯住到生死城门关闭之日。

叶苒得知仇斯要离开，便有意无意地看了柳醇清一眼，说道："先生这一走，若是双耳再来袭扰生死城，我等又该如何是好？"

桃卉儿此时气不打一处来，便嘲讽道："叶妹妹怕是过谦了，那一夜见你与曲听竹交手，三十招之内和双耳不分胜负，十几年未见，没想到叶妹妹的功夫精进于斯，单凭这一手功夫，只怕连姐姐我都要汗颜了。"

叶苒微笑道："姐姐太瞧得起妹妹了，曲听竹本就有求于生死城，自然不会对生死城的人痛下杀手，若非如此，妹妹这三脚猫的功夫只怕顷刻间就会被毙命于双耳的手下。"

柳醇清此刻也有些为难地对仇斯说道："先生，那女魔头的确难缠，不如替二位帝君想出一个万全之策再离开也不迟。"

桃卉儿怒道："你这没良心的小木头，看到漂亮的女子就忘记了桂青姐姐了吗？我们在这里耽搁一刻，桂青姐姐的伤势或许就会加重一分。"

柳醇清一时犯了难，一想到桂青的伤势刻不容缓，当下也犹豫不决起来。

仇斯说道："桂青姑娘有本体真元固守神识，又有参髯老祖的参须锥镇守蛊虫，便是一年半载也无大碍。"

百杀大帝急道："先生定要救救生死城，曲听竹虽然并未做出十恶不赦之事，但此人心性偏执，难保日后不会大开杀戒。"

仇斯道："曲听竹的子母棱金刺极为难缠，此时她又与燕听雨合为一体，虽然是一人之体，却有两人的力量。白日时仇某与燕听雨打过照面，观此人呼吸吐纳，内力的修为只怕还在快剑仙之上。"

叶茾却接口道："先生天纵之才，虽然舍弃了天罚剑，但先生一身修为放眼江湖仍无人可与之争锋。况且先生乃是无命谍之人，区区双耳怕是还不足以和先生比肩。"

生杀二帝突然异口同声叫道："命谍！"

百生大帝兴奋地说道："对啊，先生乃是无命谍之人，能参透那个也说不定？"

百杀大帝却颇为冷静地说道："可是那是师尊留下的，未经师尊允许便将此物示与外人，只怕师尊到时候会怪罪我等。"

百生大帝笑道："老不死的，看来你真的是老糊涂了，你忘了师尊当时如何交待你我的吗？"

百杀大帝恍然大悟地说道："静待有缘人！"

生杀二帝不由分说，将仇斯带入了一处僻静的小路，其他人紧随其后。

小路的尽头赫然出现一座不大的寝殿，却气势十足。仇斯不由得在心中赞叹，此地乃是生死城藏风聚气之所，山谷里数条龙脉的精气在此相交汇聚，在此处建造居所的人定是洞悉天地造化的高人，此处定是黄及老祖的寝殿了。

百杀大帝对柳醇清和桃卉儿说道："还请二位贵客在殿外等候。"

柳醇清恭敬称是，桃卉儿撇了撇嘴，嘲讽道："姑奶奶才不稀罕进去。"

生杀二帝引着仇斯来到了寝殿的内室，内室墙壁上悬挂着黄及老祖等身画像，生杀二帝微微动容，俯身跪倒在画像前，恭恭敬敬地磕了三个头，这才由百生大帝取下画像。

只见画像后的墙壁上镂空雕刻着几只不知名的虫子，隐隐闪动着金属的光泽。

百生大帝以指甲划破了自己的食指，将食指上渗出的鲜血滴在那块镂雕之上，百杀大帝依样照做。镂雕上的虫子突然像是活了一般，开始扭动身子，去舔舐生杀二帝的鲜血。

仇斯此刻才想到那虫子究竟是何物，脱口说道："蚀金虫？"

百杀大帝道："不错，正是蚀金虫！蚀金虫一生嗜睡，沉睡之时通体便如金属一般。这神龛里供奉的神位，师尊视之胜过自己的性命。故此以蚀金虫镇守，我和哥哥从小就按照师尊的教导，服食诸多草药，经年累月以药力浸入血液，我兄弟二人的血就是唤醒蚀金虫的钥匙，若是旁人以蛮力强行打开，定会伤了蚀金虫，蚀金虫的血液可腐蚀世间万物，师尊宁愿毁掉神龛里的神位，也要确保不会被他人所得。"

仇斯点了点头道："仇某只道蚀金虫早已绝迹江湖数百年，想不到这传说之物也被他寻得。"

百生大帝说道："师尊曾只身潜入数座千年大墓，终于在一位蛊毒造诣极深的前辈墓中寻得了几枚蚀金虫卵。"

仇斯沉声道："不知是何人神位值得黄及公如此良苦用心。"

此时蚀金虫已全部苏醒，在血液的驱使下聚集到一处，露出了虫体之下的神龛。百生大帝轻轻打开神龛，里面供奉着一座蒙着黄布的神位，神位旁还有一个锦盒。

百杀大帝取出锦盒，对仇斯说道："师尊曾叮嘱过，我兄弟二人终生不可揭开神位上的黄布，故此我二人也不知晓神位上究竟是何方神圣，只是师尊交待，每过十年便拜祭一次。这锦盒却是师尊有意留下，直说缘分到了自然有人会来取。"

仇斯接过锦盒时，竟没来由地觉得心跳加快，他轻轻拭去上面薄薄的一层灰尘，那上面如蝌蚪一般的字体他再熟悉不过了。

生杀二帝瞧出了仇斯的异样，百生大帝轻声问道："先生难道识得此物？"

仇斯当下也不理会，急忙打开锦盒，里面是一卷竹简，残破的样子像是稍微用力就会随风四散一般。

仇斯取出竹简，急切又小心地展开。刚看到第一行字的时候只觉得脑海中顿时一片空白。

竹简上洋洋洒洒足有数千字，仇斯越看越心惊，突然他咦了一声。

百杀大帝忙问："先生，如何？"

仇斯有些失控地叫道："不对！不对！"

直到仇斯看到了竹简上用一种奇怪的文字将内容分为三卷，分别是《上卷通神》《中卷慑人》《下卷御鬼》。

仇斯再也无法控制内心的激动，手掌上不自觉地加重了力道，竹简瞬间化作齑粉。

生杀二帝见状，心痛不已，忙跪到黄及老祖画像前，口称"弟子不孝！"

仇斯仍无法从震惊中走出来，他呆呆地说道："为何会这般？"

百生大帝急忙扶住意识有些涣散的仇斯，问道："先生，您究竟看到什么了？"

仇斯喃喃地说道："是《普若明心咒》！"

生杀二帝喜出望外，道："先生果然识得这《普若明心咒》，当日师尊曾告知我等，《普若明心咒》若非机缘之人万不可强行催动，否则必会受其反噬，苦于我兄弟二人莫说催动，就是上面的字迹也无法识得一二。"

仇斯仍痴痴不语，好半天才说道："为何会这般，《普若明心咒》为何还有一卷？"

说罢，仇斯一口鲜血再也压制不住，自口中喷出。血雾喷到了神龛里的神位之上，上面的黄布也随之飘落。

生杀二帝难掩好奇之心望去，只见神位上只有两个大字：蚩尤！

百生大帝痴痴地望着神位上两个朱红的大字，霎时间惊得他魂飞魄散。

蚩尤乃上古第一魔神，是九黎族的首领，相传他生得牛面巨角，背有双翅。他有兄弟八十一人，各个铜头铁角，势不可挡，仗着八十一个凶神恶煞的兄弟，蚩尤曾称霸上古时代。

蚩尤曾与炎帝大战，蚩尤魔威大盛，无人可挡，险些将炎帝部落屠戮殆尽。

炎帝率残部逃到黄帝部落。

其时曾有传闻，蚩尤早年间独创无上奇术，参悟奇术真谛，修为至臻化境。蚩尤率八十一个兄弟大举进犯黄帝部落，欲与黄帝争天下，黄帝与炎帝联合成炎黄部落，在涿鹿与蚩尤展开激战。蚩尤与八十一个兄弟各个铜头铁额，刀枪不入。八十一人与炎黄部落数万人马交战，竟不落下风。眼见着部落子民要被九黎凶神屠杀残害，无奈之下黄帝只好高挂免战牌。

黄帝洞悉天地之道，已入仙道门径，不得已之下只好以一身修为作为代价，向天神祈求取胜之道。当夜梦中，黄帝便得九天玄女所传授的符诀，黄帝以天神传授的秘法符诀，又拼尽一身修为，与蚩尤死战。那一战杀得天昏地暗，血流成河。最终蚩尤不敌被黄帝所杀，为绝后患，蚩尤的八十一个兄弟也被黄帝统统斩杀，炎黄二帝又将九黎族屠杀殆尽，自此平定了天下，炎黄部落从此兴盛。

后黄帝尊蚩尤为"兵主"，封他为"战神"。他勇猛威武的形象已经深入天下人的心中，黄帝将蚩尤的样子画在了战旗之上，用来鼓励自己的军队勇敢作战，但凡有不服从黄帝领导的部落每每见到军旗上蚩尤的画像便不战而降，臣服于炎黄部落。

百生大帝深知其中利害，这古往今来第一魔神的神位出现在黄及老祖的寝殿之内，若是传出去只怕黄及老祖一世英名就要毁于一旦。就连生死城也会被世人诟病为邪魔歪道。

仇斯此时心慌意乱，师父离世前最后传授于仇斯的技艺便是这《普若明心咒》。

师父号称半通先生，他曾言，天下间的武功秘法，他一人便知十之八九，《普若明心咒》乃是上古时期一位修为通神彻鬼的高人所创，此术有违天道，不到万不得已切不可用，且用之必以寿数为代价。当日师父言之凿凿，《普若明心咒》只有上下两卷，仇斯对师父之言从未产生过半分怀疑，只是如今在这个神龛里竟然见到了《普若明心咒》的中卷"慑人法"。直到此法现世，仇斯才真的明白师父所说的"有违天道"究竟是何缘故了。

仇斯只觉得腰间的无争剑抖动不止，他暗暗心惊，心中一丝不详的预感蔓延开来，可是他神识涣散，实在无法再握紧无争剑以安抚其躁动。

忽然，从神位之上传来一个飘渺的声音，道："神识竟然散了？"

仇斯惊道："你是何人？"

那声音"咦"了一声道："你听得见我说话？怪哉。"

仇斯只觉得无争剑抖得更厉害了，他凝眉道："究竟是何人在此装神弄鬼？"

那声音说道："我在此已不知多少年月，你休要再言语，我助你固守元神。"

仇斯只觉得一道无形的气从神位之上散发出来，将他笼罩其间。

以生杀二帝的修为尚且听不到神位发出的声音，百杀大帝诧异至极，暗道：寝殿之内并无第四人，百生大帝已然被神位上的名字吓得呆若木鸡，自己又不敢发出半点声响，仇斯这是在和谁说话？

百杀大帝隐约察觉到仇斯身上好像蒙上了一层如纱似雾的气晕，他小心翼翼地去触碰仇斯的身体，手指刚触及那道气晕，顿时被一股纯粹的力量震飞到数丈开外。百生大帝这才如梦方醒，急忙去查看百杀大帝的情况，百杀大帝被震得气血翻涌，面如金纸，只好用眼神去询问百生大帝，百生大帝茫然地摇了摇头，这陡然而生的变故实在匪夷所思，即便是他也是见所未见。

仇斯已然入定，仿佛置身在一片鸿蒙之中，他感受不到外界也感受不到无争剑的波动，甚至感受不到自己。耳边似乎总是有人在反复念叨着什么，可是仇斯不但对这声音不反感，反而这声音让他没由来地觉得安定。

仇斯闭目去细细聆听那声音的内容，良久他猛然睁开眼睛，这声音一直重复的赫然便是《普若明心咒》。

那声音忽然惊讶地说道："你也修得这门功法？难怪你听得见我的声音。"

仇斯心神渐渐稳固，力气便从四肢百骸源源不断恢复起来，隐约更胜从前。他问道："阁下究竟是何人？"

那声音想了想说道："我也不知道我是谁，我只记得我在等一个可以救我出去的人，可是那个人始终没有出现，如今我成了一缕残魂，再也出不得这块小小的木牌，从前的种种也忘得差不多了，若不是遇见了你，我这缕残魂也快散尽了。"

仇斯问道："为何你也熟知这《普若明心咒》？"

那声音像是听到了一个笑话，大笑不止道："这门功法便是我一人独创，你说我为何熟知？不过你修的却是残的，你身无命谍，又学了这不全的《普若明心咒》，看来是有人要用你做鼎炉吧！"

仇斯怒火攻心，眼见着便要再吐鲜血，突然觉得一股纯粹的真气涌入他的身体，在筋脉之间游走，竟将他心中郁结之气悉数疏通，仇斯吐出一口浊气道："你为何要救仇某？"

那声音沉吟半晌道："我也不知道，或许是我在你身上感觉到了我的兄弟的气息吧。"

仇斯疑惑道："兄弟？"

那声音说:"我不记得我的兄弟是谁,也不记得有多少人,可我记得他们为我流过的血。"

仇斯不假思索道:"仇某向来不愿欠人情分,阁下出手相助,令仇某免于神识溃散之苦,仇某就救你出去如何?"

那声音无奈道:"我说过,我已是一缕残魂,再也出不得这木牌,若你有心,倒也可以帮我做件事。"

仇斯道:"请讲。"

还不等那声音说出所托何事,仇斯只觉得脑子里轰然响起巨大的声音,如同呓语般喋喋不休。仇斯大惊,想将这声音从脑海中驱散,可那声音每一个字都像是烙印一般,清晰地印在仇斯心中。

那声音突然说道:"我已将这慑人法传授与你,如今你已身负完整的《普若明心咒》了。"

仇斯道:"你这是为何?"

那声音答非所问地说道:"有一个人骗了我,骗走了我的《普若明心咒》,若是有机会,你帮我刺他一剑吧,我感觉到你的剑……不一般。"

仇斯点头道:"那人是谁?"

那声音笑道:"我早就忘了那狗贼的样子,也忘了他的名字。我忘记了太多的东西……可是有些事我忘不了,我忘不了轩辕老儿的阵法,若不是九天玄女相助,他的阵法如何困得住我?如何困得住我的兄弟?"

仇斯一震,道:"我该如何去找那人?"

那声音道:"那人和你一样,没有命谍。"他像是想起了一件很久远的事情,笑道:"都是轩辕老儿做的好事!"

柳醇清在寝殿之外等得心急,可又不敢冒然闯进殿内。就这样一直等到夕阳西下,天刚黑下来时,柳醇清就听到身后响起了一片痛苦的惨叫声。

忽然听到一女子怒道:"陆百生在哪?再不交出我要的东西,我就要大开杀戒了。"

桃卉儿见到那女子，双眼似乎要喷出火来，她从发髻上取下发簪一样的东引桃杖，东引桃杖在她的手中迎风变大。

桃卉儿狞笑道："来得正好，双耳曲听竹！"

桃卉儿不由分说，举杖便打。

曲听竹双手一翻，子母棱金刺便已握在手中，她眼中杀机大作，怒道："小花妖，你找死！"

东引桃杖每挥出一下便响起破空之声，曲听竹全然不将这势大力沉的攻势看在眼里，子母棱金刺看似弱不禁风，却每每将桃卉儿的招式死死压制。

柳醇清看得心急，直呼道："卉儿，别打了！"

叶苒握住柳醇清的手，轻声说道："清儿不要担心，这是卉儿姐姐的'拖刀计'，卉儿姐姐一味示弱，令曲听竹步步逼近，想必姐姐定有后手，我们观望便可。"

桃卉儿眼角余光瞥见叶苒的手搭在柳醇清的手上，不由得瞪了柳醇清一眼。柳醇清吓得赶紧抽回了手，这时曲听竹的子母棱金刺已经逼到眼前，柳醇清大声喊道："卉儿小心！"

见柳醇清抽回了手，叶苒眼神中闪过一丝怅然，但转瞬间便用微笑将那种落寞和心有不甘掩藏得恰到好处。

桃卉儿与曲听竹打得难解难分，虽然桃卉儿一招一式仍进退有度，但只有她自己最清楚，若论兵器上的造诣，自己始终稍逊"六子"一筹。心中恍然了片刻，败相便已注定。

桃卉儿舍命一击被曲听竹轻而易举化解之后，她便卖了个破绽，抽身离去。

曲听竹怒极反笑道："小花妖，打不过就要逃？天下间可没这样的道理。"

子母棱金刺紧随其后，眼见着就要刺入桃卉儿的后背，只见桃卉儿突然转身，冲曲听竹怪笑了一下。曲听竹心中升起一股不祥之感。

只见桃卉儿手腕一抖，七十二枚桃骨针自她的手中倏然射出，桃骨针细如毛发，发而无声。曲听竹只觉得闪过数十道寒光，桃骨针直奔她周身穴道而去。

桃骨针密如飞蝗，快若星矢，无论如何曲听竹也是避无可避了，柳醇清闭上眼睛，似是不忍心见到一女子就此殒命。

曲听竹心下凛然，子母棱金刺左右翻飞，挑开大半桃骨针，余下的桃骨针已非子母棱金刺所能抵挡，曲听竹无奈之下只好闭起眼睛。

桃卉儿拍了拍手笑道："不敢看了吗？放心，这桃骨针上的毒不会马上要了你的命，等你疼上七天七夜，连眼皮都溃烂之后，你想不看都不行了，到时候也许你会求姑奶奶给你一个痛快的！"

千钧一发之际，曲听竹闭上眼睛，在刹那之间入定，仅以双耳感知周围一切，桃骨针的破空之声本细不可闻，此时在曲听竹耳中却愈发分明，连每一根桃骨针飞行的轨迹，她都听得一清二楚。

曲听竹以耳力配合极快的身法，堪堪避过剩余的桃骨针。

曲听竹避开桃骨针之后，并未停下步法，她足尖点地，转眼间已到了桃卉儿跟前。桃卉儿大惊失色，看曲听竹踏步的方位，较之仇斯的行水诀亦不遑多让。

曲听竹在桃卉儿面前睁开了眼睛，阴恻恻地笑道："小花妖，'双耳'这'辨竹分雨'的功夫数十年未露江湖，如今在你手下得见，也该死而无憾了吧？"

子母棱金刺散发着死亡的气息，刺入桃卉儿的身体，从后背直贯而出，桃卉儿仿佛痴傻了一般，不避不让，甚至连惊呼都没来得及发出一声。

柳醇清睚眦欲裂，怒吼道："卉儿！"

说着便要冲上去与曲听竹拼命，叶莳急忙抱住了柳醇清，冷冷地说道："假的！"

子母棱金刺刚刺进桃卉儿体内，曲听竹便感觉到子母棱金刺下的桃卉儿并无半分血肉之感。

果然片刻之后，桃卉儿竟化作了一片浓雾，将曲听竹笼罩其中。

见是桃卉儿用的障眼法，柳醇清欣喜若狂，蓦地想到当夜在药王庙中也是这般令绝剑仙中了她的毒。

桃卉儿不知何时已坐到了不远处的树枝之上，笑道："若是用'辨竹分雨'或许你还能识得姑奶奶的分身，怪就怪你太过自大，如今中了姑奶奶的'香消玉殒'，已是神仙难救了。"

曲听竹急忙掩住口鼻，却仍能感觉到真气在一点点流失。曲听竹急忙运足真气，想要将毒逼出体外，没想到刚一调息，毒气不但没有被压制，反而又加重了几分，曲听竹蓦地喷出一口乌黑的浊血，眼神里有了一丝慌乱。

曲听竹双目流出血泪，神态几近癫狂，子母棱金刺直指桃卉儿，怒道："若是就这样死了，此生便再也见不到他了，都怪你，我要你给我陪葬！"

桃卉儿呼吸一滞，二十年之前在长留山，她曾目睹杀童与长留真仙一战，杀童徒手击碎长留真仙的如意量天尺，并掏出了他的心脏。自那之后，桃卉儿便再也没有感受过如此令人胆寒的杀气，曲听竹此刻的样子让她又想起了当日如同魔神临世的杀童！

叶苒凝眉道："糟了，曲听竹强行逆转真气，试图暂时压制卉儿姐姐的毒，这无异于饮鸩止渴，看来曲听竹要和卉儿姐姐以命相搏了。"

曲听竹的子母棱金刺轰然击倒桃卉儿所在的大树，桃卉儿也随即跌落在地上。曲听竹闭上眼睛，仅以双耳感知桃卉儿的方位。桃卉儿心道不好，急忙四下逃窜，却依然无法摆脱曲听竹的围杀，一来一回间，桃卉儿已被子母棱金刺刺得鲜血淋漓。

柳醇清急得直跺脚，他猛然想到叶苒的身手也是极佳的，便恳求道："叶姑娘，求你帮帮卉儿吧！"

叶苒愣了片刻，眼眶渐渐湿润了起来，她点了点头便要加入战局。突然她回过头，笑着说道："公子，果然又和奴婢生分起来了，不叫奴婢小苒了？"

柳醇清一时张口结舌，不知为何，自桃卉儿被曲听竹囚禁之后，他的脑海中便全都是桃卉儿的音容笑貌，他唯一挂念的便是桃卉儿的安危。当桃卉儿毫发无损地出来之后，柳醇清便有意无意地提醒自己要时刻和叶苒保持距离，他的心很小，有了桃卉儿便再也容不下别的女子了。

见柳醇清不说话，叶苒的眼泪再也止不住地流了下来，她笑着问道："若是奴婢死在了双耳手中，公子会不会偶尔想起奴婢的样子？"

柳醇清张了张口，叶苒却一跃而起，一脚踢在了曲听竹的手腕上，救下了危机之中的桃卉儿。

桃卉儿见叶苒出手救了她，她又羞又怒，喝道："姑奶奶不用你假慈悲，小心我和这疯婆子一起杀了你！"

叶苒冷冷说道："你当我是为了你才自不量力地与双耳为敌吗？我是为了他！"

桃卉儿神情一顿，看向了一旁焦急的柳醇清，不由得握紧了东引桃杖，与叶苒一起抵挡曲听竹。

盛怒之下的曲听竹在真气逆流的激发之下，已然动了十足的杀机。曲听竹一刺逼退了叶苒，招式未老，顺势连刺桃卉儿几处要害，若非此时毒气攻心，这几招便可要了桃卉儿的命。

桃卉儿重重跌倒在地上，曲听竹后发先至，眼见着便要给桃卉儿致命一击，突然她眼角余光看到了桃卉儿怀中掉落了一方丝帕。那本是燕听雨送与桃卉儿包扎伤口之物，也是为曲听竹的冲动而聊表歉意。

曲听竹蓦地睁大了眼睛，她拾起丝帕，上面绣着一只燕子从竹林中飞过的画面，曲听竹怒道："这丝帕你是从哪里得到的？"

桃卉儿有意激怒曲听竹，怒道："自然是我的情郎送给我的定情之物！"

柳醇清又急又怒道："卉儿，都这要命的档口了，你何苦还要逞这口舌之快！"

桃卉儿不理柳醇清，继续道："我的情郎说，有朝一日他摆脱了你的纠缠，就要和我双宿双飞！"

曲听竹怒喝道："住口！"说着看着眼前的丝帕，含泪道："飞燕栖竹，本是我送与你的信物，若是被你这般视如草芥，我又何必留着。"

曲听竹将丝帕抛向空中，子母棱金刺将之刺成碎片。

桃卉儿见她竟然将丝帕销毁，没由来感到一阵惋惜，想来这曲听竹和燕听雨也算是一对有情人，如今落得生生世世永不相见的境地，又成了一对可怜人，她开始后悔刚才在言语之上刺激曲听竹。

曲听竹一边吐出一口乌血，一边说道："小花妖，你何苦要激怒我？既然你这般想死，我就成全你！"乌黑之气缭绕在曲听竹的脸上，显然香消玉殒的毒已入心脉。

子母棱金刺的子刺倏然脱手，直奔桃卉儿的咽喉而去。

桃卉儿只觉得劲风扑面，冷森森的杀意仿佛连她的灵魂都要冰封了一样，桃卉儿从未觉得自己离死亡这般接近。

周遭的一切仿佛凝固了一般，子刺近在咫尺；叶苒倒在地上，复杂的眼神让桃卉儿觉得作呕；柳醇清正向这里冲过来，桃卉儿心里笑道，这个小木头，再快难道还快得过这棱金刺吗？

死亡突如其来，桃卉儿反而出奇的平静。

突然，寝殿的门被一股巨大的力道撞了开，子刺的刺尖已经刺破了桃卉儿的皮肤，还未来得及再向前几分，便被无争剑格挡住。棱金刺瞬间冲天而起，巨大的冲击力仍震得桃卉儿头晕目眩，耳中一阵轰鸣。

仇斯的嘴角上还残有干涸的血迹，此时他持剑站立在桃卉儿身边，竟有一种难以言喻的诡异。

柳醇清见仇斯出现，心中突然安定了下来，顿时瘫坐在地上，仿佛经历了一场重病一般，浑身都没了力气。

曲听竹稳稳接住子刺，游移不定地看着仇斯，刚才那一剑令曲听竹暗暗心惊，一日不见，仇斯的修为似乎又迈入了一个新的境界。

仇斯对柳醇清微微露出笑容，目光扫过叶苒，没由来地皱了皱眉。

最后，仇斯的目光落在狼狈的桃卉儿身上，对她说道："卉儿姑娘，若你开口，仇某便替你取了双耳的性命，如何？"

桃卉儿此时心中并无半分劫后余生的欣喜，反而为曲听竹这苦命的人而感到惋惜，若非辟毒之体，香消玉殒之毒便无药可解。

曲听竹见仇斯张口便要取自己的性命，非但不怒，反而令她想起了昔日的往事，她微露笑意，喃喃地说道："那日他从主人手中接过龙首湛金枪时，也是这般意气风发，也是这般睥睨天下的眼神。"说着她又笑道，"那时年少轻狂，连笑弥勒他都不放在眼里，若不是我成了他的羁绊，或许现在也是盖世的英雄吧。"

仇斯定定地站在那里，等着曲听竹把话说完。

桃卉儿则提醒道："曲听竹，别斗了，你的毒虽然无药可解，但百生大帝一定有办法压制住的。"

曲听竹凄然笑道："小花妖，你当我怕死吗？我怕的是再也见不到他。那一年也是这般光景，主人许我和他一同出了那'弥杀幻境'。"说着，曲听竹掩口笑道，"说来也不怕你们笑我，当时我欣喜呀，想着我与他在主人座下苦修数十年，彼此渐生情愫，如今艺成出世，便再也不会分开。我便厚着脸皮让他娶我，未曾想他犹豫了半晌，终究还是摇了摇头。我知道，'六子'之中，笑弥勒虽然修为已近大成，却因为先天之因无法再精进分毫，三大剑仙又各有执念，主人最器重的还是他，主人曾说，他日诛杀了那个恶贼，便要收他为徒。主人的衣钵只有燕听雨可受，他在主人面前发下宏愿，若不替主人诛杀那个恶贼，便'终生无我'。这傻瓜，如此一来自然便无法再娶我。我几次三番想说服他，甚至不惜求他，可他却依然无动于衷，有时候我真的嫉妒千江月那丫头，虽然太过偏执，可她却爱得轰轰烈烈，无论她怎样玩闹，云中傲依然会宠她。"

曲听竹说到动情处，潸然泪下。只见她呼吸明显不畅，显然毒发将近。

桃卉儿哭道:"曲听竹,不要再说了,已经来不及了。"

曲听竹咳出一口浊血道:"小花妖,你可曾爱过?"

桃卉儿只觉得呼吸莫名地一滞,二十年前在长留山见到了杀童,便不可抑止地爱上了那个如同魔君的人。桃卉儿辗转千里,终于再见到杀童,她鼓起勇气将满心的相思之情说与杀童,可杀童不愿被儿女情长所累,从此便不再见她。

为了逼杀童现身,桃卉儿不惜在祁山山顶炼天下至毒之物,残害天下人,后幸被参髯老祖与仇斯制服。直到柳醇清出现,桃卉儿才忘记了那杀童,在朝夕相处中爱上了这个有些呆笨的少年郎。

曲听竹继续说道:"我不恨主人,主人的事情大过天地,不是我等可妄加议论的。我只恨他,恨他不懂变通,主人何曾希望由我等来诛杀那个恶贼?以我六人的资质,尚且没有资格被主人收为弟子,这一切不过都是他的一厢情愿罢了,而我对他的情意又何尝不是一厢情愿?从那以后,我便不再如怨妇一般抱怨哀求,而是与他以命搏杀,我是真的想杀了他,然后再自行了断,或许只有这样才能和他在一起吧。他却极力避免和我正面交锋,直到那一次,他被我纠缠得怒了,我知道那殊无杀意的一招不过是恼怒我的无理取闹,可他的龙首湛金枪终究是胜了子母棱金刺一筹,我本想以两伤法与他同归于尽,可在紧要关头我还是下不去手,我忽然想,若是这样死在他的枪下,或许他会记得我一辈子,当他的枪刺穿了我的身体时,一切都来不及了,他错愕、他怒吼、他哀嚎,只是这一切都无力回天了。没想到我会用这样的方式和他厮守一生,是我没福气,陪伴他的不过是他对我的愧疚罢了。"

柳醇清被曲听竹的故事深深震撼到,他壮着胆子问道:"那你为何还……"

曲听竹苦笑道:"我为何还活着?他见措手杀了我,本万念俱灰,便要自断筋脉随我而去。我本不忍他为了我而落得如此境地,可我心里还是有一丝欣喜的,他宁愿与我殉情而去,想来我在他心中还是比主人的要事更重要吧。就在我意识混沌之际,我见到了主人。笑弥勒说过,主人自从三百年前与那恶贼大战一场,惊动了三界,无数神佛皆因那一战受到惩罚,重者神识消弭,轻者削了仙根,灭了佛性。总之主人与那恶贼便是诸天神佛的一场劫数。自那以后,主人便再未踏出过'弥杀幻境'。主人当时只是一声叹息,伸出两根手指刺入我的头颅之中,我只觉得灵魂像是被撕裂了一般,被硬生生地与身体分离。"

柳醇清打了一个冷战,不禁想起当日在若忘山下的竹林之中,马面罗刹以钢叉挑出凌若虚的灵魂,令其魂飞魄散的情形。当日凌若虚惨叫的声音还时不时出现在柳醇清的噩梦之中,现在想想仍让他觉得毛骨悚然。

曲听竹继续说道:"我本以为主人是在惩罚我,要我遭受魂飞魄散之苦,可主人如法炮制,也拖出了他的灵魂。主人探查一番,便知我的身体已被龙首湛金枪刺穿,于是主人重新打通了他的经脉,将我的灵魂与他的灵魂纠缠一处,打入了他的身体里。我知道,主人并不气他自戕身体,也不在意我等死活,出手相救不过是横亘在岁月里的寂寥罢了。自此之后,我便与他共用一副身体,白日之中是他,夜里便是我,只是生生世世永不相见。"

仇斯静静地听着,暗中却以内力传音。

叶苒游移不定地看向仇斯,四目相对时,眼神立刻瞥向别处。

曲听竹踉跄着后退了两步,显然身子已然到了极限,可她依然在笑,她说道:"这便是'双耳',我与他以这样的姿态在江湖上惩恶除奸。直到有一天夜里,我收到了一封书信,却未察觉送信之人,能在我无知无觉的情况下送与书信,自然也能取我性命,普天之下也只有主人才能做得到,可主人又怎会做这样的事?我隐约猜到送信之人十有八九便是主人的宿敌,但和书信的内容相比,送信之人的身份就显得无足轻重了。信上说生死城中有让我与燕听雨再见一面的法子,那时正好是生死城门大开之际,我便星夜兼程,在天亮之前赶到了生死城。可天亮之后,他也猜到了送信之人的身份，便不顾生死城中有能令我二人见面之物，硬要去寻那恶贼。可到了晚上，我便执拗地回到生死城。如此往复，我与他则成了逐日的夸父，到头来不过是徒劳无功，惹人嘲笑罢了。"

仇斯冷冷地说道："你说够了没有？"

曲听竹笑道："好一个冷血的求死先生，当日雾宣仙子被赤尾恶蛟所害，我还为此伤心流泪，为你们这对苦命的鸳鸯而感到神伤。如今看来，你这无情之辈实在配不上雾宣仙子的一片痴情，也罢，对燕听雨来说，你始终是一座山，如果胜不得你，何谈诛杀那恶贼？今天我就替他平了你这座山吧！"

说罢，曲听竹再一次逆转真气，咬破舌尖，一口血雾喷在子母棱金刺上，她大喝一声："去！"

子母棱金刺倏然脱手，化作两道金光，只见一大一小两条金龙咆哮着向仇斯袭来。仇斯微微皱眉，却不敢托大，忙以无争剑抵挡。

正酣斗间，一个如同洪钟一般的声音响起："清儿，花童，你们在哪？"

柳醇清诧异地回过头，只见一个赤发红须的虬髯大汉正摇摇晃晃地走了过来，竟然是许久未现身的火灵化作了人形。

柳醇清又惊又喜，道："驴兄？你为何又现了人形？"

火灵的神色有些困顿，他愤然道："他奶奶的，若不是先生传音与老子，令老子以人形现身，只怕老子现在还睡着哩，这生死城里有古怪！"

火灵不顾仇斯与子母金龙缠斗正酣，以极快的身法将桃卉儿与叶苒带到柳醇清身边。

柳醇清仔细查看了桃卉儿的伤势，好在大多都是皮外伤。叶苒别过头去，不愿看他们亲昵的样子。

子母金龙的精魄从子母棱金刺中脱器而出，刹那间，寝殿前的空地上亮如白昼。

精魄虽无实形，可其凶悍的程度却不减分毫，即便是仇斯也不敢小觑这两只凶兽。

子母金龙左右夹击，动作飘忽不定，不时有雷电从口中喷吐而出。仇斯以无争剑从容应对，一人对双龙却丝毫不落下风。

火灵看了片刻道："他奶奶的，也不知道先生在作何打算。"

柳醇清疑惑道："驴兄，何出此言？"

火灵道："刚才那一剑先生本可将那条小龙拦腰斩断，不知何故先生并未痛下杀手。"

桃卉儿看着曲听竹微晃的身影，心里便明白是香消玉殒发作了，就算曲听竹以真气压制香消玉殒，现在只怕是内脏已经开始腐蚀消弭了。

子母金龙似乎也感知到曲听竹的虚弱，凶性顿时暴涨，开始疯狂攻击仇斯，一来是仇斯的压制性的招式彻底激怒了这对凶兽，二来更是为了挣脱曲听竹对其的束缚。

突然间，子母金龙不知何故，双双在空中疯狂地扭曲身体，像是被什么东西缠住了一般。

仇斯微微皱眉，但并未趁这空当给予致命一击，显然对这对凶兽的异样并不意外，接着，仇斯发现子母金龙的双眼突然变得血红，虽然没有刚才那般躁怒，可如此模样更显得狰狞诡异。

只见那子母金龙转过头，又向仇斯发出攻击，小龙更是以搏命的方式，无惧仇斯手中带着杀气的无争剑，而仇斯本可轻而易举将小龙斩成数段，可在紧要关头还是收回了无争剑。

小龙趁机紧紧缠绕住仇斯的身体，灵活得如同一根绳索。

即便如此，也不见仇斯丝毫惧色，只是等着子母金龙的下一步动作，他本以为既然小龙缚住了他的身体，那么母龙必会趁机来取他的性命，可母龙对仇斯全然视而不见，竟然冲着桃卉儿俯冲下去。

曲听竹对这般变故也有些不知所措，忙在口中反复诵念主人当年传授的口诀，只是曲听竹的毒已浸入心脉，此时已无法提起真气催动灵力去感知自己与子母金龙的联系，眼见着龙母冲桃卉儿而去却也奈何不得。

而一旁护着柳醇清等人的火灵，见金龙透着灼灼的杀意俯冲过来，一时间便现了真身，冲向金龙。

赤焰金毛犼四蹄生焰，踏空而行，欲与金龙直面交锋。

金龙见赤焰金毛犼凶戾无挡，当下也激起了好胜的兽性，龙口大张，一道霹雳迅速向赤焰金毛犼劈去。

赤焰金毛犼全然无惧，离火凶焰自它口中而出，硬生生地与金龙电光相交，巨大的冲击之力令两只凶兽身形一滞，彼此也收起了轻视之心。

赤焰金毛犼有心顾及身下的柳醇清等人，而金龙则全力猛击，一时之间竟将赤焰金毛犼打得连连后退，龙尾打在赤焰金毛犼的兽身之上，竟然火花四溅。

见赤焰金毛犼灼热的毛发和鳞甲掉落，柳醇清忙用身体护住桃卉儿，生怕她被热浪伤到。

柳醇清一边照料桃卉儿，一边还不忘出言提醒赤焰金毛犼要多加小心。

金龙还欲再与赤焰金毛犼分个高下，突然身体又是一阵痛苦的扭曲，一时之间也顾不得与赤焰金毛犼的搏斗，如同在和另一股无形的力量抗衡，赤焰金毛犼见此良机，当下不再犹豫，四蹄生风，转瞬之间已到了金龙身前，张开血盆巨口咬在金龙的脖颈之上。金龙虽是精魄之体，但被火属真灵咬中要害，仍吃痛不已。

赤焰金毛犼一击得中本以为金龙会殊死反抗，没想到金龙竟然以极其灵动的身法避过火灵，仍直直冲向桃卉儿，欲杀之而后快。

桃卉儿想要推开柳醇清，奈何柳醇清死死抱住她，喊道："要杀卉儿，就先杀了我吧！"

桃卉儿听罢不由呆住，任由他抱着，哽咽道："小木头，来世无论你在哪，姑奶奶都有办法找到你！"

而一旁一直未有动作的仇斯面色一冷，眼神中的杀气渐渐升腾，缠住他的小龙竟感知到了一股莫名的恐惧，忍不住颤抖起来。

仇斯也如曲听竹那般，咬破舌尖，喷出一口血雾。

血雾却并未四散，反而渐渐化作一只巨大的龙首。

龙首黑麟巨角，双目如同无底深渊，尖锐的獠牙直逼利刃钢刀。数千年来，龙首终于等到了重见天日的机会，不由得又喜又怒，一阵堪比雷阵的巨大咆哮声从龙首口中传了出来。

整个大地都因这一声咆哮而颤动，眼见着就要咬下柳醇清与桃卉儿头颅的金龙，感知到龙首的存在，血红的瞳孔瞬间又变成了金黄之色，缠绕仇斯的小龙再也无法承受那股巨大的压力，与金龙再度化作子母棱金刺，掉落在曲听竹身边。

柳醇清、叶苒与桃卉儿纷纷捂紧耳朵，这一声咆哮几乎震穿了他们的耳膜。

而赤焰金毛犼听到这一声怒吼后，竟然吓得立刻变回了驴子的模样，趴在柳醇清身边瑟瑟发抖。

柳醇清不由诧异，那日在竹林，即便面对幽冥地府的马面罗刹，这火灵依然也不为所动，而如今仅仅被一声叫喊吓成了这般模样，实在令柳醇清匪夷所思。

桃卉儿痴痴地望着那巨大的龙首，难以置信地说道："这……这是'逆鳞玄龙'！"

柳醇清从未见过如此可怖的凶兽，颤颤巍巍地问道："逆鳞玄龙是何物？"

桃卉儿解释道："逆鳞玄龙本是上古混沌初分之时一道游离的浊气，后感日月精华化作逆鳞玄龙，曾在逐鹿之战中为黄帝荡除九黎族而立下过战功，其凶威之盛，天下间无任何凶灵妖兽可与之争锋，故被天下人奉为天下第一凶兽。其时五行灵兽也纷纷现世，而五行灵兽中又以独一无二的五行灵祖最受世人推崇。这逆鳞玄龙又被好事之人称作'第六灵祖'。"

柳醇清又问道："那这第一凶兽为何会出现在先生的身体里？"

桃卉儿有些难为情地看了看柳醇清，犹豫了一下才说道："那一日我在祁山炼制毒物，爷爷为阻止我费尽心思，当时我一只脚已跨入了魔道，爷爷苦心之言我一句也听不进去，还将他打成了重伤。幸亏那块烂木头路过，及时阻止了我，可爷爷的伤势已然危在旦夕，幸好烂木头还算有良心，带着爷爷和我来到了生死城。他与生死城的生杀二帝是旧相识，百生老儿自然拼尽浑身解数来救治爷爷，只是当时烂木头一心求死，他听闻百杀老儿与我同为天下毒术之尊，便请求百杀老儿赐他一死，而我已经被他封住了一身修为，自然无法再炼毒，百杀老儿自然不肯，烂木头扬言捣毁生死城。万般无奈之下，百杀老儿只好拿出压箱底的七十二种毒药。烂木头将毒药一一尝遍，却依然无法遂愿，最猛烈的毒药也不过是在他血液中随真气运行一周天后被护体真气逼出体外。百杀老儿眼睁睁地看着自己苦心炼制的毒药被烂木头不费吹灰之力便化解掉了，啧啧，你是没见到当时心痛的样子，估计也是气坏了，不顾百生老儿的劝阻，取出了三滴'龙尾血'，我还记得龙尾血黑的颜色，比那墨色还浓。百杀老儿还说这三滴龙尾血乃是他师尊留下的宝物，是生死城的镇城之宝。烂木头才不管这些，将龙尾血饮下，也只一息的时间，龙尾血的毒性便发作了，烂木头的面色霎时变得乌黑。后来我才知道，这龙尾血便是逆鳞玄龙尾巴上的精血。烂木头得知这龙尾血果真能取其性命，非但不怕，反而露出一丝欣慰。

"谁知烂木头昏迷之后，百杀老儿却反悔了，直说若他师尊日后回来，发现他杀了半通先生的高足定会怪罪。当时百生老儿听了也是直皱眉，逮着百杀老儿训斥了几句，极其不舍地取出了三滴透着金光的液体，他只说那是'龙首血'，取自逆鳞玄龙的龙首，也是他们师尊留下的极其珍贵的宝物。逆鳞玄龙的血乃是天下至毒之物，饶是百生大帝一身妙手回春的本事也对玄龙血束手无策，而天下间能解玄龙血之毒的也唯有玄龙血本身。我当时极为好奇，这逆鳞玄龙的血首尾颜色竟然不同。当百生老儿将龙首血喂入烂木头口中后，他的面色才有所好转，只是看起来很是怪异，本来发黑的面色却渐渐转为金黄，最后才恢复成了本来面色。烂木头悠悠转醒之后，见自己并未如愿以偿，顿时怒不可遏，可这论辈分他终究是长辈，不好再迁怒于生杀老儿，至此玄龙血便在他的身体里扎下了根基。"

柳醇清呆呆地看了看桃卉儿，又看了看仇斯，想不到先生竟然有如此境遇。

仇斯不知说了句什么，巨大的逆鳞玄龙不甘心地摆动头颅，片刻之后化作淡淡的血雾，随风消散。

桃卉儿有些嫉妒地说道："天下间再无任何毒药巫蛊能伤其分毫，如此辟毒之体，连姑奶奶我也难望其项背。"

曲听竹此时万念俱灰，本欲以两伤法重创仇斯，只是她中毒已深，非但未伤及仇斯分毫，反而令她临近油尽灯枯。

桃卉儿看着委顿下来的曲听竹，心里不由得愧疚起来，但看她这样子，又想，按时辰算，曲听竹早就应该全身销蚀而亡，但她虽然已是强弩之末，却并未显现临死之状。

同样觉得不对劲的曲听竹，猛然抬头看向桃卉儿，电光火石间，俩人同时想到了原因。

曲听竹突然神态癫狂，仿佛自言自语般吼道："不要！我不需要你来同情我！"

看曲听竹癫狂之态，仇斯也猜到了八九分，神情中不由得透出一股悲哀。他运使行水诀踏空而驰，无争剑悄无声息地直指曲听竹咽喉。

曲听竹欣喜道："仇斯，你快动手！迟了就来不及了！"

仇斯的手不知道染过多少人的血，无论是受天罚剑戾气蛊惑，还是他心中本就躁动的恨意，用剑取人性命，他从未有过半分犹豫。只是这一次，握剑的手却不可抑止地抖了起来。

曲听竹的脸和雾宣仙子的脸在仇斯的眼前交替变幻着，此时的曲听竹除了任人宰割，再无回天之力，这与当日的雾宣仙子何其相似。

就在这时，寝殿内突然传来了一声沉闷的叹息："为心魔所累，你终是凡世蝼蚁，只有断了心魔，方可跨入无上之境。"

听到神位上那缕残魂的话，仇斯反而平静了下来，他道："仇某昔日的确想做天下第一的剑客，可到头来却因这飘渺的虚名而错过了太多太多，若是可以的话，仇某愿意以生命为代价，换取和冰儿再见一面的机会，也愿舍弃这副残躯去换一株能救桂青姑娘的升阳草。可我直到现在才明白，这世间还有许多比做天下第一更值得去努力的事，仇某前半生不过是庸人自扰而已。"

看了眼已经泛起鱼肚白的天色。仇斯握紧了手中的无争剑，决绝地挥向了曲听竹。

曲听竹含笑昂起头，雪白的脖颈毫无防备地暴露在无争剑毫无光泽的剑锋之下。

仇斯神情愈发凝重，可手中的力道却不知不觉地又加重了几分。

曲听竹的性命已在须臾之间，仇斯在心中暗道："莫非失算了？"

无争剑已经毫无转圜的余地，就在此时，曲听竹的手中忽然精光乍现，仇斯只觉得方圆数丈之内都在扭曲变化。恍惚之间，仿佛一颗龙头从斜下方钻出，蓦然张开龙口，只见寒光一闪，一截尖枪从龙口中赫然而出。

枪尖不偏不倚，正刺在无争剑身之上。

枪尖一点，无争剑被一股雄浑霸道的力量硬生生地向上托了足有一尺，就是这一尺的距离，化解了无争剑的杀招。

曲听竹侧着头，无争剑从他发边滑过，青玉发带也被无争剑斩断，随着几根发丝轻轻飘落，饶是如此，剑风还是刺得她头皮生疼。

只见回过头的男子斜睨着仇斯，飘然的长发少了发带的束缚散在身后，颇有几分仙风道骨的模样。手中握着一根通体金黄的长枪，傲然挺立在寝殿前的空地上，长枪的枪杆遍体金鳞，仿佛缠绕着一条五爪金龙，枪尖自龙口而出，透着一股子不可一世的威武。

桃卉儿喊道："燕听雨？"

燕听雨不理会桃卉儿的叫喊，此刻他眼中只有仇斯。仇斯散发出的气势让他隐隐不安，不仅仅是无争剑凌厉的剑招，更是因为仇斯心中毫无胜负欲望的淡然，这让燕听雨有些嫉妒。

燕听雨猛地一踢枪身，枪尖直指仇斯。他足不点地，转眼间便跃至仇斯身前，两人一言不发，霎那之间已过手数十招。

仇斯心惊不已，此人修为乃平生罕见，若论真气力道，燕听雨犹在快剑仙云中傲之上。

燕听雨仗兵器之势，枪尖直奔仇斯肋下而去。

仇斯以无争剑卸去枪尖的力道。

燕听雨顺势转身，一记回马枪又刺入仇斯心口。

仇斯用剑抵住龙口的位置，堪堪架住枪尖，再近不得分毫。

燕听雨似乎早已料到仇斯会如此应对，当下手掌平伸，怒吼一声，双掌交错。只见长枪飞速旋转，仇斯大惊失色，这股刁钻又霸道至极的旋转之力竟让他有种力不从心之感，忙以左手结印。

柳醇清在一旁隐隐看出了门道，他看到一道青蓝色的痕迹随着仇斯手指滑动的轨迹在空中若隐若现。眨眼的功夫，仇斯便以左手的掌力将那个奇怪的图形打入右手的手臂里。

无争剑几乎要脱手而去，仇斯双手持剑，大喝一声："困！"

那杆金枪竟然瞬间停止旋转，定在了半空中。

由于力道的反噬之力，燕听雨口中一阵腥甜，急忙催动真气，将这口血硬生生地吞了回去。

燕听雨眼神中又是讶异又是惊骇，好半天才说道："好功夫！"

仇斯此时也并不好受，他仗着阵法造诣，在情急之中使出了将水灵困在翠渊阁时所用的"九曲缚龙阵"，他将阵图凌空结印，注入到无争剑气之内，这才勉强压制住了燕听雨的枪法。

仇斯平静地看着那杆金枪，赞许地说道："龙首湛金枪，仇某领教了。"

燕听雨傲然道："那一年主人路过东海，见一雌一雄两只金龙为祸人间，两条恶龙竟然吞噬了一整座渔村，主人盛怒之下击杀那条雄龙，本欲再将雌龙一并屠杀，却不想这条雌龙已有孕在身。主人感念好生之德，有心放过这条雌龙，但雌龙见雄龙已死，不愿苟活，便怒触海滨礁石，当场而亡。主人虽气愤它们滥杀生灵，却也为它们的情谊而感动。主人不忍它们受轮回之苦，便取了它们的魂灵，雄龙化作这一杆龙首湛金枪，有孕的雌龙与幼龙便化作子母棱金刺。"

桃卉儿见说话的燕听雨的面色中透着一股睥睨众生的桀骜，但若隐若现的乌黑之气也证实了她心中所想，有些难过地说道："你为何要这般，你可知这毒无药可解。你替曲听竹分担了毒性，你也是要死的，这又是何必呢？"

燕听雨笑道："双耳向来同进共退，若是听竹不在了，我一个人又算什么双耳？当年是我心性太盛，宁愿负了她也要完成主人的心愿。如今想来，她说的对，以我的能力，尚且无法战胜仇斯，又何谈替主人诛杀那恶贼？这一切都不过是我自以为是罢了。今日能与听竹共赴黄泉，我亦甘之若饴。"

仇斯摇头道："刚才那一枪，仇某便知阁下天资奇高，不出三十年，阁下定能胜过仇某。"

燕听雨朗声笑道："求死先生过谦了，三十年后的胜负谁能预料？只怕到时候先生的境界早已今非昔比了。"

仇斯讶异道："胜负之分不重要了？"

燕听雨道："今日之前，重要。今日之后，如浮云耳。"

仇斯沉默良久才说道："若是仇某当日也能看淡胜负，或许人生的际遇会有另一番光景。江湖上早已没有求死先生，只有隐居在乡野村间的神仙眷侣了。"

燕听雨洒脱一笑，感受着周身正在一点点消散的真气，不由看向桃卉儿，赞道："花童果然名不虚传，此毒乃我平生仅见，双耳今天只怕就命丧于此了。"

桃卉儿本就有些后悔，又听燕听雨如此说，心里更是难过，她道："此毒虽无药可解，但你口中的那位主人或许有办法也未可知，以双耳的修为，定可再撑几个时辰，现在动身即可，否则便回天乏术了。"

燕听雨摇头道："我等六人，自出了弥杀幻境后，不得主人召唤便不可再入其中。当日主人挽回听竹的魂魄已是无上之恩，如今我二人尚且无法替主人分忧，又有何面目求主人出手相助？这是我们的命。"

仇斯忽然冷笑道："你认了这命，仇某却偏要和你争个高下！"

仇斯突然出剑，剑招狠辣决绝，仿佛与燕听雨有着血海之仇一般。

燕听雨忙提枪应对，丝毫不以为惧。

而一旁的叶苪，看着又战到一起的俩人，眼中阴晴不定，仿佛在犹豫着什么。

桃卉儿却愤恨地说道："这烂木头怎么改了心性？双耳本就是一对苦命的人，他何苦还要如此相逼？"

数十招过后，燕听雨感叹道："求死先生的确了得，莫说在下身负剧毒，就算全盛之时也未必是先生的对手，我等六人能与先生争个高下的，也只有笑弥勒和灵剑仙了。"

言语中虽充满敬佩，但燕听雨手中的龙首湛金枪却丝毫没有退缩之意，反而在无争剑的压制之下，激发出了最后的斗志。

金枪每与无争剑相交，便响起铮铮龙吟之声。五爪金龙的魂魄似愤怒至极。

燕听雨抚摸龙首湛金枪，似自嘲一般说道："你也不服吗？就算放你出来，与逆鳞玄龙相比，不过是蚍蜉撼树，如此自不量力只怕会惹人耻笑。"

说罢,燕听雨握枪挺立在仇斯对面,他微微闭起眼睛,天地仿佛在这一刻都静止了一般。

那一瞬间仇斯有一种错觉,燕听雨仿佛脱胎换骨了一般,仿佛周遭一切都尽在他的掌握之中。

燕听雨朗声道:"这辨竹分雨本是洞悉天地的法门,我与听竹终究是天资愚钝,尚且无法参透其中真妙,上听不得天,下闻不得地。只有勉强去感受这不堪的尘世,饶是如此,先生的一招一式此刻我已了然于胸,先生小心了。"

仇斯冷笑道:"那仇某就自不量力地领教阁下的辨竹分雨。"

仇斯的剑越发迅捷,以柳醇清的目力已无法看清剑招,只有无争剑破空之声响彻在这方圆之内。

尽管仇斯的剑快逾闪电,但燕听雨似乎在仇斯出手之前便已知晓了剑招的走势,每每能提前避过仇斯凶险的攻势。

仇斯见剑招每每落空,倒也不急。突然他的剑陡然一变,无争剑的剑气倏然而出,天一下就暗了下来,连天也为无争剑而变了颜色。

燕听雨本来微眯着双眼,仅以耳力去感知周围。剑气一至,他蓦地睁大了眼睛,忙以龙首湛金枪抵挡。

剑气硬生生地将燕听雨震开数丈之远,双脚在方砖之上留下了两道深深的印迹。燕听雨心中骇然,即便早已料到仇斯的剑招,可是仍无法躲避,这难道就是无争剑真正的威力?

燕听雨不顾翻涌的气血,又惊又怒地冲仇斯喊道:"为何你身上有那恶贼的气息?"

仇斯本欲再重创燕听雨,忽然听到他这般说,便卸去了缭绕在周身的刚猛真气,忙问道:"你说的那人究竟是谁?"

燕听雨正要斥骂,一张口却呕出乌黑的毒血,香消玉殒之毒已经蔓延到燕听雨的心脉。

仇斯叹了口气，运使行水诀，瞬间就到了燕听雨面前，燕听雨甚至来不及握住龙首湛金枪，便只觉得额头一阵刺痛。

仇斯以迅雷不及掩耳之势，伸出双指毫不犹豫地刺进燕听雨的额头之中。

柳醇清吓得急忙别过头去，与仇斯相处许久，这还是他头一遭看到仇斯如此狠辣血腥地取人性命。

桃卉儿倒是意外地说道："我就知道这烂木头如此行事定有他的深意在其中。"

柳醇清壮着胆子看去，果然看到燕听雨虽然神情十分痛苦，但是并没有血迹从他的额头上流出，但仇斯的手指仍诡异地插在燕听雨的头上。

仇斯此时也显得十分吃力。

这时，从寝殿之中又传出了神位上的声音："固守神识，默念我传与你的心法。"

仇斯深吸一口气，又伸出另一只手插进了燕听雨的额头，双手极力向两边分离，仿佛要将燕听雨的身体一分为二。

柳醇清眨了眨眼睛，恍惚之中他仿佛看到了有什么东西似乎在仇斯的力道之下，试图从燕听雨的身体里挣扎分离。柳醇清揉了揉眼睛，这才看清，那两道混沌一般的影子分明是一男一女两条人影。只是那两条人影如同在燕听雨的身体里生了根一般，饶是仇斯已满头是汗，仍然无法彻底将那两条人影剥离出来。

神位上的声音道："哈哈哈哈，痛快！许久未见有人肯和这贼老天相抗了，若是我还有肉身，也想与这天道斗上一斗。好在你身上有天雷之气，我再助你一臂之力，借天雷之力再加上我的力量，便可以用慑人法取出这人身体中的两条魂魄。"

仇斯顿时觉得一股极其纯粹的力量从后背涌入他的身体里。先前仇斯一剑斩断天雷，天雷刚猛霸道的雷息之气残留在仇斯的身体之中，虽然会随着精气运行几个周天之后便会消散，但用在此处最为合适不过。仇斯暴喝一声道:"天地为偈,神鬼役从!离!"

柳醇清瞪大了眼睛,他看到两个若有若无的人影从燕听雨的身体里,缓缓地抽离出来。

叶苒说道:"难怪先生一直对燕听雨苦苦相逼,就是为了等待燕听雨意志最薄弱的时机,先生想让双耳再见一面。"

柳醇清鼻子一酸,忽然有一种想哭的冲动。

仇斯双手分别抽出了曲听竹和燕听雨的魂魄,两个人的魂魄相视而立,久久无语。

仇斯看起来十分疲惫,显然初次用这慑人法,极为消耗真气。仇斯见二人只是四目相对,便说道:"说些什么吧,迟了就来不及了。"

燕听雨颤抖着嘴角,问道:"你……可还怪我?"

曲听竹咬着嘴唇,泪水止不住地流了下来,她摇着头说:"若不是我这般偏执,也不至于连累你沦落至此,说到底,这错在我。"

燕听雨释然道:"你我何时又分过彼此,你在,我活着才有意义。你若不在,我必同往。"说着他伸出了手,想摸一摸曲听竹的脸,颤颤巍巍的手指始终不敢触及曲听竹的面庞,他不敢相信自己有生之年还能亲眼见一见这个他爱了一生的女子。

曲听竹哭着扑进燕听雨的怀中,虽是朦朦胧胧的虚影,可两个人抱在一起时,彼此都感到了那种久违了的温暖。

仇斯动容道:"若是当年仇某也能如此,即便以魂飞魄散为代价,也愿再见一见冰儿的样子。既是有情人,便当以情为终。"

曲听竹与燕听雨此时才明白了仇斯的良苦用心,两人彼此执手,冲仇斯深深鞠了一躬。

还未及起身,双耳的魂魄便一点点消散。柳醇清却真切地看到了两个人脸上幸福甜蜜的笑意。

仇斯眼角闪烁莹莹泪光,露出了悲切的神色,柳醇清忙走过去,安慰似的偎在他身旁,仇斯怜爱地摸了摸柳醇清的头,说道:"清儿,扶我进寝殿。"

柳醇清扶着仇斯步入寝殿,火灵驮着桃卉儿也一同走了进去,叶蒓面无表情地紧随其后。

寝殿之内,百生大帝仍出神地瘫坐在地,百杀大帝凝重地望着神位。

神位里的声音忽然说道:"如今你已修成真正的《普若明心咒》,我也累了。数千年来,我等的人一直没来,等来你,也算是个慰藉。以后的路当如何走,你好自为之吧。"

说完,神位忽然变得暗淡无光。那最后的一缕残魂,也终究消逝而去。

仇斯轻轻推开柳醇清,俯身跪下,对着神位重重磕了一个头。

此时,百生大帝如梦方醒,也跟着跪倒在地,拉着仇斯的衣襟说道:"先生,先前之言您只当陆百生在胡说八道,即便冒天下之大不韪我也要说,师尊万万不可救出。"

百杀大帝怒道:"你这不孝之徒,这种话也说得出口?"

百生大帝沉痛道:"师尊竟然在寝殿之中供奉着古往今来第一魔君,只怕早已偏入魔道。若是将师尊救出,只怕天下苍生都会遭受劫难,陆百杀愿终生自囚于生死城的地牢之内,与师尊同受禁锢之苦。"

百杀大帝还要再说什么,仇斯却点了点头,道:"仇某应你就是……"

仇斯话音未落,只见百生大帝的身体升起阵阵白烟,转瞬间便化作一滩脓水。

所有人都对这一变故不知所措,百杀大帝大喊道:"哥哥!"

柳醇清不明所以,正要俯身去观望,仇斯拦住了他,皱眉道:"有毒!"

叶蒓拜倒在地,哭喊道:"帝君!"

百杀大帝忽然止住哭声,冷冷说道:"好一个花童,我哥哥与你并无仇怨,你为何要置他于死地?"

柳醇清难以置信地看着桃卉儿,无论如何他也不愿意相信是桃卉儿杀了百生大帝。

面对百杀大帝的指责，桃卉儿呆愣片刻，但很快就被愤怒所取代，她怒喝道："百杀老儿，你老糊涂了吗？为何要这般污蔑姑奶奶？"

叶苒跪倒在百生大帝还未溶化的衣衫前，哭喊不止，听到桃卉儿之言，她目露凶光道："这想必就是你这妖女的'香消玉殒'吧？好毒的手段。"

桃卉儿怒不可遏，踉跄着站起身来，怒斥道："小贱人，敢这般与我说话，小心我撕烂你的嘴！"

百杀大帝双目圆睁，吼道："够了，能在我面前悄无声息地施毒杀人，天底下除了你花童之外，恐怕再无第二人了，我只想问一问你，为何要取我兄长的性命？"

桃卉儿掐着腰，气道："好好好，你说是我杀的，那便是我杀的。姑奶奶一生杀人无数，从来不问缘由，只是百杀老儿，你也太过自大了，在你面前杀人也不是什么难事。莫说那烂木头乃当今江湖第一人，姑奶奶我也要胜你一筹，你与百生老儿鼠目寸光，叶苒那小贱人只怕修为也在你之上，就算是这小木头也……"桃卉儿看了一眼柳醇清，忽然意识到自己失言了，急忙按住话题，冷冷地哼了一声。

柳醇清急道："卉儿，此时你还要逞这口舌之快，此事天大的干系，你不能揽在身上。"

桃卉儿看着柳醇清，笑中带泪道："小木头，难道你看不出吗？这欲加之罪昭然若揭，就算我满身是口，他们既然认定了是我做的，我辩解又有何用。既然左右不过一死，为何还要屈服呢？"

百杀大帝点头道："你承认便好，也免得再与你这丧尽天良的妖女多费口舌，乖乖受死吧！"

仇斯方才一直在调理内息，直到此时真气方才恢复了两成，他沉声道："帝君，依仇某之见，此事仍有诸多蹊跷，不如卖仇某一个薄面，待仇某将此事查个水落石出，若是真为卉儿姑娘所为，仇某必会还百生帝君一个公道。"

百杀大帝犹豫片刻道:"非是陆百杀有意违逆先生,只是花童早已承认杀害兄长,而兄长之状也与这妖女的手段吻合,此事已是我生死城的家事,就不劳先生尊驾了。"

仇斯面露愠怒之色,但转瞬间又恢复那副淡漠的模样,他道:"仇某言尽于此,帝君若要执意如此,仇某也无话可说。"

桃卉儿冷笑道:"百杀老儿,有本事尽管来取姑奶奶的性命,只怕你未必胜得过我手中的桃杖!"

百杀大帝哈哈大笑,整个寝殿的琉璃瓦也随着笑声震动不止,仇斯心下了然,想来这已活了一百二十余年的老人,除了毒术造诣震古烁今之外,真气修为也绝非等闲之辈可比拟。

百杀大帝道:"妖女,你可知老夫一介老朽,除了摆弄些毒物之外,别无所长,何以被世人称为帝君?"

桃卉儿还要再讥讽百杀大帝,突觉脚下颤动不止,仿佛发生了地震一般。

柳醇清一时没有站稳,跌倒在地上,他正要爬起来,只见一只如同枯草一般的手从地下伸了出来。紧接着,一个个像是由腐败的枯草辫扎而成的草人如同雨后春笋一般,从地下钻了出来。

柳醇清吓得肝胆欲裂,忙站起身扶住桃卉儿。

片刻之后,整个寝殿之前的空地上站满了黑压压的草人,草人如同军队一般,整齐划一地排列布局。

仇斯沉吟道:"九黎藤?黄及公果然和蚩尤有莫大的干系。"

九黎藤相传乃蚩尤死后须发所化,此藤遇火不焦、遇水不烂、遇金不断、遇土不生、遇木不荣,与五行生克。九黎藤被九黎族残存的后人奉为圣草,后下落不明,天下间九黎藤也不过区区可数之数,只怕尽数都被编成草人深藏于生死城了。

百杀大帝道:"师尊曾言,有这六千九黎藤兵在,天下城池无一座敢袭扰生死城。若是攻城掠地,即便虎狼之师在这藤兵面前也不过是区区尘埃。师尊临别之际曾嘱咐,不到万不得已时,万不可惊扰藤兵,只是兄长已亡,老夫还要这帝君的虚名何用？今日就以这六千藤兵诛杀你这妖女,用你的性命来祭奠兄长亡魂！"

说罢,百杀大帝口中开始念念有词,藤兵似乎感受到召唤,纷纷拔出腰间的用藤草编制的刀剑,齐齐冲向桃卉儿。

火灵怒吼一声,现出真身冲入藤兵之中。

赤焰金毛犼口中所喷的离火虽然不同与凡火,但九黎藤遇火不焦,离火烧过,只在藤草上留下熏黑的痕迹。

倒是藤兵手中的藤草刀剑刺入火灵肉身之时,火灵吃痛不已,发出阵阵怒吼。

柳醇清急道："驴兄,快出来吧,这些草人太危险了。"

桃卉儿气得直跺脚,道："谁让你这蠢驴子多管闲事的,还不快快出来！"

赤焰金毛犼怒不可遏,周身离火之焰暴涨,整个身子变大了数倍有余,猩红的双眼让柳醇清忍不住打了一个冷战。

仇斯皱眉道："不好,火灵入狂了！清儿,你快与卉儿姑娘远离这孽畜！"

入了狂的赤焰金毛犼凶威难挡,在藤兵阵中横冲直撞,再无一只藤兵能伤其分毫。火灵张口吞噬数十藤兵,接着回头,口中喷出幽紫色的离火凶焰,藤兵瞬间被烧成了灰烬。

百杀大帝见藤兵转眼之间便已死伤了大半,捶胸顿足道："我的藤兵！"

赤焰金毛犼还要逞凶威,突然身躯一震,整个身体痛苦地扭曲起来,周身凶焰瞬间变得暗淡,赤焰金毛犼虽然口中怒吼不止,可身体却再也动不得。

藤兵趁势包围住了赤焰金毛犼,柳醇清大声叫喊,若是被这些凶悍的藤兵包裹住，赤焰金毛狲只怕是凶多吉少。

还未来得及为赤焰金毛狲担忧，余下藤兵受百杀大帝驱使，齐齐向桃卉儿冲来。

桃卉儿这些时日，重伤不断，此时再也无法握紧东引桃杖。

千钧一发的时刻，柳醇清挡在桃卉儿身前，紧紧抱住了桃卉儿。

桃卉儿又急又怒，道："小木头，你快让开，我不用你为我去死！"

桃卉儿被柳醇清紧紧拥着，看不清他的脸，但是能感觉到柳醇清心中的坚决。桃卉儿甚至忘了这是第几次要和柳醇清生离死别，但是每一次都让她刻骨铭心，若是这般和他一起死，也算了了心愿吧。

藤兵已至跟前，眼见着就要刺穿柳醇清与桃卉儿，可就在柳醇清背后三寸之处，便再也进不得分毫。

百杀大帝怒道："小兄弟，若是你自甘堕落，为了妖女而与老夫为敌，便休怪老哥哥无情了！"说着他继续催动意念。

可藤兵依旧无法在前进分毫，柳醇清与桃卉儿相拥之处隐隐仿佛被一股无形的气包裹住，如同一个圆球。

柳醇清轻轻放开桃卉儿，在她的耳边邪魅地说道："花丫头，终究还是让你找到了我，等我打发了这些稻草人再和你叙旧如何？"

桃卉儿心中一震，这似曾相识的称呼，这恍如隔世的语调让她有些恍惚。

就在桃卉儿出神之际，柳醇清突然如同幽灵鬼魅一般，以掌做刀，斩断了身边藤兵手中的兵器，这遇金不断的九黎藤在柳醇清手下如同泥沙一般不堪一击。

百杀大帝难以置信道："这……"

桃卉儿流着泪笑道："我就知道，我就知道！"

叶苒此时眼中阴晴不定地看着在藤兵阵中如同砍瓜切菜般毁掉藤兵的柳醇清。

仇斯微闭双眼，似乎对这场变故毫不在意，或许他早已了然于心。

柳醇清虽是徒手搏杀，但手掌之上流动的气确实锋利无比，却又异于剑气，百杀大帝虽见多识广，但面对柳醇清如此诡异的招式仍是感到匪夷所思。

一道火光突然拔地而起，直奔柳醇清而去。

柳醇清笑道："还活着？如此甚好！"

火光到了柳醇清跟前，张开血盆大口想要把柳醇清吞入腹中，那竟是被九黎藤兵包围住的赤焰金毛犼。

柳醇清的眼中瞬间杀机大作，无形的杀气将赤焰金毛犼笼罩其中。赤焰金毛犼只觉得一股惧意在心底升起，身体如筛糠一般颤抖不止，仿佛灵魂都在此刻凝固住一般。

赤焰金毛犼的眼神渐渐恢复清明，他艰难地口吐人言，道："清儿你不要管我，我控制不了我的身体！"

仇斯看了一眼火灵，若有所思。

柳醇清笑道："无妨，我已斩断驱使你的意念之力，还请你护得花丫头的周全，我先谢过驴兄了！"

还不待火灵回话，柳醇清手指一点，火灵便急速向下坠落，落地之前，那股压制火灵行动的杀气突然荡然无存，火灵恢复了灵活的身法，稳稳落在地上，他幻化作人形，守在桃卉儿身边。

九黎藤兵被柳醇清转眼之间几乎残杀殆尽，仅存之数不足十具。百杀大帝惊怒交加，手掌愤而一挥，只见一股淡淡的烟雾从他的袖口中散出。

桃卉儿提醒道："清儿小心，这烟有毒！"

烟雾如同丝绸一般，紧紧将柳醇清缠绕其间，柳醇清轻蔑地笑道："这雕虫小技不过尔尔，帝君可还有别的手段？"

柳醇清双手飞速斩击烟雾，但毒烟并无实质，柳醇清的掌劲虽然锋利，却似乎对这毒烟也是无可奈何。

百杀大帝道："小兄弟，别小瞧我这毒烟，就算你不吸入，它也能从你身上的皮肤浸入到体内。"

柳醇清笑道:"那我岂不是中毒已深?还请帝君看在先生的面子上放过在下。"

百杀大帝狞笑道:"好说,只要那小妖女肯为我兄长抵命,老哥哥定会看在求死先生的面子上将解药赐予你。"

柳醇清狂笑不止,好半天才道:"原来这毒还有解药,那也不过如此嘛。"

柳醇清的动作越来越快,百杀大帝此时方看出玄机,柳醇清的双手被一股杀气包裹住,毒烟非但没有沾染到柳醇清的身体,反而在柳醇清的斩击下不断缩成一团。

不消一会儿,百杀大帝引以为傲的毒烟竟然被柳醇清的杀气压作一团,柳醇清眼中带着笑意,一步步走向百杀大帝,百杀大帝大惊失色,忙要再施手段,柳醇清笑道:"帝君休要再做徒劳之功了。"

柳醇清的笑声震得百杀大帝内息大乱,只觉得手脚变得无比僵硬,只能看着柳醇清一步步逼近。

叶苒此时怒道:"清……柳公子,休得无礼!即使拼了性命奴婢也不许你伤及帝君分毫!"

柳醇清把头转向叶苒,双目圆睁,叶苒正要跃起,突然浓重的杀气将她周身真气紧紧封印在体内,仿佛被人施了定身法一般。

只听柳醇清笑道:"叶姑娘过谦了,莫说是我,就算是仇斯想要取你性命也不是一件容易的事。"

柳醇清当下不再理会叶苒,他走到百杀大帝面前,捏开了百杀大帝的嘴,将那一团毒烟塞进了他的嘴里。

百杀大帝已是辟毒之体,顷刻间便化解了毒烟。饶是如此,百杀大帝仍感觉到一种深深的绝望,面对一个弱不禁风的少年,自己却只能任他宰割。

柳醇清笑道:"帝君可吃饱了?黄泉路上可不能做一个饿死鬼!"

说着，柳醇清弯指作爪，便要狠狠地抓向百杀大帝的咽喉。

此时仇斯开口说道："清儿，百杀帝君年事已高，经不起这般玩闹，住手吧。"

闻得仇斯之言，柳醇清身体一震，手掌在百杀大帝咽喉两寸之处堪堪停下。

百杀大帝自知已在鬼门关里走了一遭，冷汗瞬间浸透了衣衫。

柳醇清在百杀大帝耳边悄声说道："今日我不取你性命乃是因为当日百生大帝与我曾有些渊源，若只是仇斯为你讲情，你早已是我手下亡魂了。待他日我重临天下，第一个要杀的就是仇斯！"

百杀大帝肝胆欲裂，想不通为何这看似文弱的少年眨眼之间变得如同恶魔一般恐怖，更让百杀大帝诧异的是，为何仇斯的弟子反而要置仇斯于死地？

仇斯此刻也已恢复了几成真气，他站起身来走到柳醇清面前，手轻轻打在柳醇清的肩膀上，道："清儿，你太累了，余下之事交给仇某可好？"

柳醇清转过头，与仇斯对视片刻，冷笑道："也好，那就有劳先生了，待他日清儿养足精神再侍奉先生左右！"

仇斯微微颔首，道："仇某静候。"

话音刚落，柳醇清仿佛在一瞬间被抽走了周身气力，瘫坐于青石板上。

"公子……"一旁的叶莳见柳醇清虚弱无力，正要去搀扶，不想东引桃杖破空而来，正钉立于叶莳面前，吓得叶莳堪堪止住脚步。

桃卉儿在火灵的搀扶下走到柳醇清面前，她冷笑着对叶莳说："贱婢，若是再敢近这小木头的身，姑奶奶可就要毒烂你这娇俏的脸蛋儿了。"

说着，桃卉儿把柳醇清抱在怀里，泪珠像断了线一样，不断地滴在柳醇清的身上。

柳醇清虚弱地说道："哎呀，卉儿八成是想吃腌肉了，眼泪不妨再多些，也好等到卉儿饿了的时候，割了我身上的肉给卉儿解解馋。"

桃卉儿噗嗤一声，破涕为笑。

一旁的百杀大帝早已心神失散，忽然痛哭不止："想我陆百杀徒存于世百年，兄长在我面前被奸人所害而无法为其报仇，师尊身陷囹圄而救不得，就连那乳臭未干的娃娃也能戏耍于我，如此再苟活于世只会给天下英雄徒增笑柄，今日之耻唯有来世再讨回公道了！"言罢，百杀大帝从袖口之中取出一柄断刃，意欲自戕。

仇斯前跨一步，无争剑悄然出鞘，一道剑气恰巧打在百杀大帝手中的短刃上，断刃随即脱手而出，钉在草庐的门窗之上，发出铮铮怒吟。

陆百杀捶胸顿足道："先生为何还要这般折辱于我？"

仇斯直视陆百杀道："帝君直到此刻还看不清真相吗？"

陆百杀闻言止住哭声，问道："先生此言何意？"

仇斯道："当日在生死城外，见玄水金蟾之时仇某还未察觉什么，直到帝君的百足火蠹误烧百生帝君的药圃我才隐隐察觉其中蹊跷之处，试想二位帝君是何等人物，区区小虫何以在二位帝君的眼下惹出这等事端。"

陆百杀茫然点头道："不错，当日兄长也觉得此事多有蹊跷，但又无从着手查起。"

仇斯继续说道："适才火灵失控，曲听竹的子母金龙也发狂逞凶，这让仇某更加断定所猜不错。"

陆百杀道："先生天纵之才，所料之事定是不虚，可这与兄长被害又有何干系，兄长乃是中毒身亡，这与凶兽发狂逞凶风马牛不相及。"

仇斯道："若是平日发生这等奇事，仇某也会认定是花童所为，但有之前的种种，加之见过那魔帝蚩尤的神位之后，仇某便知百生帝君虽然是死在剧毒之下，却并非是花童之毒。"

此时桃卉儿眼中只有柳醇清，周遭一切仿佛与她全无干系。柳醇清却急着为桃卉儿洗清冤屈，他道："先生，卉儿断然不会做出那等事来，请先生快将真相说与百杀帝君听吧。"

仇斯道："百生帝君的死因说起来百杀帝君也应该再熟悉不过了，是噬金虫所为。"

百杀大帝瞪大了眼睛，欲言又止，良久才喃喃道："不错，不错！只有噬金虫的毒与'香消玉殒'如此相像，也只有噬金虫才能悄无声息地致兄长于死地，是我错怪花童了。"

桃卉儿冷笑道："百杀老儿，姑奶奶早就说过你鼠目寸光，认错不会还百生老儿一个公道，噬金虫虽然霸道，却也不会无端害人性命，说到底百生老儿还是被奸人所害。"

陆百杀眦眦欲裂般问道："花童此言务必要说清楚，究竟是何人谋害我兄长？"

仇斯道："帝君可知'三童'为何人？"

陆百杀沉声道："自然知晓，花童自不必言，三童之首的杀童已销声匿迹许久，而兽童则与其母极乐姥母深居简出，嫌少于江湖之上走动。"

仇斯道："兽童天赋异禀，有号令天下野兽虫属之能，其一人之能无异于拥有百万雄兵，控制区区几只凶兽毒虫更是不在话下。"

陆百杀怒道："莫非兽童也在生死城？"

桃卉儿媚笑道："若是兽童亲至，我等若想安生定要付出更惨重的代价，若是姑奶奶没猜错的话，此人即便不是兽童本人，也一定和兽童有着千丝万缕的关系。你说是吗？叶苒姑娘？"

闻言百杀大帝难以置信地看向叶苒。

叶苒面色变了又变，不自觉地退后了几步，强作镇定道："卉儿姐姐这是何意？难不成是把奴婢看成凶手了？"

百杀大帝摇头，双目紧盯叶苒道："不会！断断不会！叶丫头来生死城足有十年了，我与兄长视她如己出，她断然不会做出如此禽兽之举的。"

话虽如此，百杀大帝却已从诸事之中的端倪以及叶苒此时的神态看出，叶苒早已心虚不已。

百杀大帝喃喃自语："对……对……只有你能随意出入我与兄长的草庐药圃，只有你能取出我的百足火蠱烧了升阳草，也只有你能在兄长殊无防范之下伤他性命，可这一切到底是为什么？我与兄长可是轻怠与你？"

叶苒早已泪流满面，拜伏在地上，泣道："二位帝君待叶苒恩重如山，叶苒就算粉身碎骨也难报万一，只是叶苒也有不得已的苦衷，叶苒不敢奢求帝君宽宥，只求帝君不要和那人作对，以免累及自身。"

百杀帝君老泪纵横，怒道："好一个狼心狗肺的臭丫头，说出你幕后指使之人，老夫或许会留你一具全尸。"

柳醇清挣扎着坐起身，对叶苒说："叶姑娘，我有一事不明，还请姑娘直言相告。"

叶苒此刻却不敢再直视柳醇清的眼睛，哭道："公子请讲。"

柳醇清道："我等此次前来乃是为了取升阳草解桂青姐姐的蛊毒，桂青姐姐和你无冤无仇，为何你要烧毁升阳草？"

叶苒道："这是那人曾交待我做下的，至于缘由那人却从未告知。"

仇斯问："你口中所说之人究竟是谁？"

叶苒道："那人的身份神秘至极，以我的修为尚且无法感知其气息。只是那人与我的母亲大人有些渊源，是以用母亲与兄长的性命相要挟，命我潜伏生死城，想来已有十年。"

桃卉儿轻笑了一声，道："原来是兽童的妹子，难怪也会这训鸡逗狗的把戏。"

百杀大帝仿佛瞬间又衰老了许多，颓然问道："你来生死城究竟所谓何事？"

叶苒再拜道："我受那人指示潜伏生死城，所为之事有两件，其一调查黄及老祖的踪迹，其二寻找一份秘术。那人曾言，若有人阻其成事，必杀之。百生帝君为了世间道义，试图阻止求死先生营救黄及老祖，我无奈之下才以噬金虫害了百圣帝君的性命。叶苒自知罪责难逃，只求帝君不要再与那人作对了。"

百杀大帝怒道："住口，你这臭丫头，杀了兄长还在这里大放厥词，今日我若不手刃了你这妖女，他日如何在九泉之下面见兄长。"

说着，百杀大帝手中的短刃直刺叶苒，只是百杀大帝的招式软绵无力，叶苒哭着避开。

叶苒哭道："帝君明鉴，我还有要事未尽，待要事一了，自当会到百生帝君神位前自杀谢罪。"

桃卉儿冷笑道："这臭丫头要跑了！"

桃卉儿话音刚落，只见叶苒周身生出细密黑羽，转眼之间竟化作一只巨大的黑鸟。

桃卉儿识得此鸟，脱口道："竟然是玄枭？此鸟极善飞行，可日飞千里，这臭丫头把玄枭封印在体内，怕是早就想好了退路。"

仇斯缓缓踏步，无争剑也已出鞘握于仇斯手中，化作玄枭的叶苒感知到了无争剑无形的压力，展翅欲飞。

仇斯道："叶姑娘，即便仇某今日肯放你离去，这世间的道义有如何容得下你所做之事？"

无争剑的剑气顿时暴涨，眼见着便要将玄枭劈作两爿。

百杀大帝突然道："先生且慢，生死城十年来从未经历过今日这般巨变，死则死矣，活着的人就不要再造杀孽了，兄长之仇，来日陆百杀自会去报。"

仇斯已明了百杀大帝的心意，便收回了无争剑。一瞬间压力消弭，叶苒冲天而起，她回首看了柳醇清一眼，然而柳醇清的眼中却只有桃卉儿。叶苒含泪展翅，转眼之间便没了踪影。

百杀大帝看着天边，痴痴地说道："走吧，走了好，远离这纷争，我想兄长也不会真的想让我向叶丫头报仇的。"

仇斯淡淡说了一句："走吧，这里的事不需要我们了。"

火灵只是受了些皮外伤,桃卉儿把柳醇清扶上火灵,自己也翻身骑了上来,她死死地抱着柳醇清,一种莫名的安全感油然而生,这一次她不会再让他跑掉了。

　　风骤起,只留下生死城一地萧索。